明代

詞選研究

陶子珍　著

自序

　　「明詞」之成就，雖不若宋詞絢爛耀眼，亦不如清詞為人矚目，然於詞史洪流沖激下，所留存之資產，自是彌足珍貴。「明代詞選」，百餘年來，多有散佚，而流傳於今者，或體例蕪雜，或選詞不精，甚或造成詞風搖落，一蹶不振。然明人之選，究為詞學發展之一隅，牽動相關問題，因果相繼，不容小覷。

　　昔日詞壇之研究工作，多集中於宋詞，明詞乃漸冷落，世人亦率以「不足觀」視之。唯目前詞學界對於明詞之研究，已投注較多之心力，如詞家部分，有針對劉基、楊基、高啟、陳霆、楊慎、王世貞、沈謙等人之詞集與詞學理論，進行分析考述，成果燦然；詞選部分，則有研究《草堂四集》與《古今詞統》之專門著作；其餘詞選，亦有單篇文章論及。然而尤乏全面深入之探究，經多方思索考量，乃以「明代詞選研究」為題，予以統合考辨，作整體觀照，冀使明代詞學發展之脈絡，益趨完善清晰。

　　本文之撰寫，歷經數年始成，而資料之取得，乃就目

前臺灣各圖書館所藏，與透過師長、學界同好協助蒐尋，
尤賴王師偉勇與黃師文吉，傾力相助，方能順利完成撰寫
工作，謹以至誠，敬申謝意。唯自揆資庸學淺，闕失不周
之處，在所難免，尚祈　知音君子，不吝　教正。

陶　子　珍　謹識

中華民國九十二年三月

明代詞選研究　　目次

明代詞選研究

第一章　緒論

第一節　研究動機與目的

　　歷來詞評家皆謂：詞學之發展，至明而中衰。因之學術界對於詞學之研究，多以晚唐、五代、兩宋及清代之詞，為探討之對象，尤著力於宋詞內涵與詞家思想之辨析論證，至於明人之詞，則未受重視。然誠如趙叔雍〈惜陰堂彙刻明詞記略〉所言：

> 夫就學詞以言詞，因明詞之謬於律韻，以及無新境界之可言，自可暫置勿論。然若就詞學而言詞，則前承宋元，繼開清代（清初浙派，詞學極盛，大都均循明季之遺風。）作者更僕，越世三百年，又豈可漫加鄙薄。[1]

　　是以數十年來，詞學之研究趨勢，已擴大層面，注意及於明代詞作與詞人之討論分析，使明詞頭角漸露，不再遭受冷落棄置。如國內研究生所撰寫之學位論文較早有：朴永珠《明代詞論研究》（文化大學中國文學研究所碩士論文，1982年6月）、陳美《明末忠義詞人研究》（東吳大學中國文學研究所碩士論文，1986年4月）、涂茂齡《陳大樽詞的研究》（高雄師範大學國文研究所碩士論文，1992

1

年5月）、陳清茂《楊慎的詞學》（臺灣師範大學國文研究所碩士論文，1994年5月）及白芝蓮《夏完淳詩詞研究》（東海大學中國文學研究所碩士論文，1995年4月）等；近五年來則有，黃慧禎《王世貞詞學研究》（東吳大學中國文學研究所碩士論文，1997年5月）、郭娟玉《沈謙詞學與其沈氏詞韻研究》（東吳大學中國文學研究所碩士論文，1998年1月）、鄒秀容《雲間詞派研究》（中興大學中國文學系碩士論文，1998年6月）、江俊亮《楊慎及其詞研究》（東海大學中國文學研究所碩士論文，1998年7月）、杜靜鶴《陳霆詞學研究》（東吳大學中國文學研究所碩士論文，2000年5月）、潘麗琳《劉基寫情集研究》（東吳大學中國文學研究所碩士論文，2000年6月）、雷怡珮《楊基眉菴詞研究》（東吳大學中國文學研究所碩士論文，2000年6月）、李雅雲《高啟扣舷詞研究》（東吳大學中國文學研究所碩士論文，2000年6月）等。故明詞之探究，經過近幾年來前輩先進之努力，研究成果已蔚然可觀。

學界對明詞之研究工作，顯已多方面進行，其中「詞選」之發展，影響當時詞壇甚鉅，為明詞演進過程重要之一環。目前以明代詞選為研究對象之專門著作，僅李娟娟《草堂四集及古今詞統之研究》（高雄師範大學國文研究所碩士論文，1996年6月）一書；另相關之論著則有蕭鵬《群體的選擇——唐宋人選詞與詞選通論》（臺北：文津出

版社，1982年11月初版），此書以唐宋人選詞特徵與詞選
分析為主體，兼及元、明、清詞選內容之概述；而其餘學
者，乃針對個別詞集：《草堂詩餘》、《詩餘圖譜》、《
天機餘錦》、《花草粹編》、《詞的》、《古今詞統》及
《詞菁》等，發表單篇論文（參見本文「主要參考書目」
）探討之。唯皆未將明代之詞選，全面予以統合考辨；因
此，乃興擇取明代詞選加以研討之動機，冀能由辨其體例
、明其異同，釐清諸選特色與時代風尚之關係，進而推展
後世詞學發展之方向，以建構明代詞學整體宏觀之視野。

註：
[1]　趙尊嶽輯：《明詞彙刊》（上海：上海古籍出版社，1992年7月），
　　　下冊，頁11。

3

第二節　研究範圍與方法

　　「詞選」，既名之為「選」，則具有判斷、批評之意涵；是以詞集之選錄，乃受主觀意識所主導，為編選者依據某種標準或特殊之目的，存取特定或若干詞人之作品而成帙。[1]因之，由詞選之內容與性質，可反映時代環境之背景，及編選者本身之見解與理念。蕭鵬《群體的選擇——唐宋人選詞與詞選通論》曰：「嘉靖至明末，詞選也出現所謂繁榮景象。估計這期間產生的詞選，不下一、二百種。」[2]然就國內外各圖書館之目錄、索引查考，明代詞選未達百種，恐多已散佚不存；目前蒐尋得見者，唯《精選名賢詞話草堂詩餘》、《類編草堂詩餘》、《類選箋釋草堂詩餘》、《類編箋釋續選草堂詩餘》、《類編箋釋國朝詩餘》、《草堂詩餘》（楊慎批點）、《草堂詩餘正集》、《草堂詩餘續集》、《草堂詩餘別集》、《草堂詩餘新集》、《詞林萬選》、《百琲明珠》、《天機餘錦》、《花間集補》、《花草粹編》、《詩餘圖譜》、《詩餘》、《嘯餘譜》、《唐詞紀》、《唐宋元明酒詞》、《詞的》、《古今詞統》、《詞菁》、《精選古今詩餘醉》等二十四種，乃以此為本文之研究範圍。茲將其研析之法概述如次：

一、詞選發展背景部分

　　探討嘉靖至崇禎期間，學術、文學及詞學等方面，重要學派之興起，與思想理論之倡導。而分別自——復古運動、陽明心學、詞體樂律、通俗文學與雲間詞派等具體要項，進行考述。

二、詞選內容部分

　　將二十四本詞選，按編選時間先後，依時代歸類，分為嘉靖、萬曆、崇禎三個時期論述。而每部詞選，首述編者生平，由詞集之序、跋或《明史》、年譜、傳記、筆記中，探考其學詞過程與經歷背景，以明其編選詞集之原由。次論詞選之版本及體例，比較各版本間之異同，分析編排方式，並統計選錄詞家、詞作、詞調之多寡；進而再就詞選內容之特色，歸納選詞之原因與標準；最後則綜觀詞選對詞壇演變與詞學風格之影響。

三、詞選影響部分

　　總合明代詞選對後世詞學發展之影響，由「雲間四大支脈」——西泠詞派、柳洲詞派、廣陵詞派與毗陵詞派，導其先路，此為明末詞壇過渡至清初之重要階段。而後陽羨、浙西、常州等派繼起，為清代詞壇崇奉之主流，亦為提升詞學風氣之動力。故擬就各派之形成發展、主要詞集及詞學觀之承繼與新變等方面，為闡述重點；以體認明人選詞之失，與明詞衰頹之因，掌握清詞重振之契機。

　　此外，明代尚有《唐宋名賢百家詞集》、《宋六十名
家詞》、《詞苑英華》、《詞壇合璧》等詞集叢刻刊本行
世；其為輯錄各家別集，或彙錄多種詞選於一帙，與選家
依一定標準或目的所擇取若干詞人部分作品之「詞選」，
性質不同；又《詩淵》一集，專收詩，兼收少量詞，屬「
百科全書性質的類書」[3]；故此等之選，皆不列入討論範圍
。然明代之詞選，除本文所探討之二十四種外，另有收藏
於北京圖書館：《詞壇豔逸品》、《情籟》、《詞海評林
》、《詩餘圖譜補遺》；上海圖書館：《詞學筌蹄》、《
花草新編》、《彙選歷代名賢詞府全集》；及山東省圖書
館：《新鐫出像詞林白雪》等。唯以上各集，目前臺灣各
圖書館均未見收藏，雖現行兩岸學術交流頻繁，但由於善
本古籍之複製、取得，仍困難重重，故無法併入討論，希
冀他日能有機會得探驪珠，使明代詞選之研究，更臻完善
。

註：

[1] 蕭鵬《群體的選擇──唐宋人選詞與詞選通論》曰：「選詞可以分為
　　狹義和廣義兩種概念：狹義之詞選，乃是編選者對若干詞人的部分作
　　品，按照一定的取捨標準或角度進行有選擇的輯錄，並依據某種體例
　　編排成帙。廣義之詞選，則是編選者對若干詞人的作品部分地加以輯
　　錄，並依據某種體例編排成帙。………作為對詞選歷史的研究和詞選
　　的歷史研究，我們當然應該採用廣義的概念。」（臺北：文津出版社
　　，1992年11月，頁1─2。）茲參酌蕭鵬所言，本文所謂之「詞選」，

乃以編選者依某種標準或特殊之目的，輯錄若干詞人之部分作品，為主要研究範圍。

[2] 蕭鵬著：《群體的選擇——唐宋人選詞與詞選通論》（臺北：文津出版社，1992年11月），頁231。

[3] 孔凡禮撰：〈前言〉，《詩淵》（北京：書目文獻出版社，1984年），第1冊，頁2。

第二章 明代詞選發展之背景

　　歷代文學發展之過程，各體文學間相互為用、更替影響。謝桃坊《中國詞學史》曰：「在元代初年雖然詞體已趨於衰微，但因有一群宋遺民尚活躍於詞壇，而且他們的詞作的藝術水平很高；所以從詞的發展過程來看可算是宋詞的餘波。元代中期以後，詞與音樂的關係完全分裂，北曲以絕對的優勢代替了詞體而成為一時代之文學。」[1]然對明代詞壇有重大影響之詞選——《增修箋註妙選群英草堂詩餘》，現存最早且完整之版本，即為元至正辛卯（11年，西元1351年）雙璧陳氏刊本，此或可視作元詞發展之延續。而據方智範等著《中國詞學批評史》言：「朱明王朝是我國封建社會逐漸走向衰落的歷史時期。在這一時期，統治者為鞏固極端專制的中央集權政治制度，在意識形態領域對文人實行高壓與籠絡並用的兩手政策，並採取了一些相應措施。其一是以八股文取士。………其二，明代統治者又大力提倡程、朱理學，………力圖扼殺人的自然本性，窒息人的正常情感需要。當然，這對明代的文學創作也起了阻滯的作用。」[2]是以明代除《增修箋註妙選群英草堂詩餘》有洪武壬申（25年，西元1392年）遵正書堂刊本，及成化庚子（16年，西元1480年）劉氏日新書堂刊本外，嘉靖以前幾無詞選。因此文學之士乃思改革，力求突破，多

方競起，使有明一代之詞選，處於文藝思潮、學術流派、新興文體以及政治、經濟等競露頭角之氛圍中，產生起伏變化，形成特殊面貌，而體現明詞盛衰之軌跡。故擬由下列各節，析論明代詞選發展之背景。

第一節　學術思想之演進

復古思想與陽明心學，為明代文化領域中主要之思維理念，其於發展過程中不斷替換、革新；而文學創作之方向，則隨思想之變革而演進，於相互彌補或矛盾中，形成獨特之意識主流。茲進一步論述如下：

壹、復古運動之高張

由孝宗弘治時期至明末清初，百餘年間，明代復古運動之起承變化，為文學思潮興衰演進之主軸；而前後七子所倡導之復古主義，不僅規模宏大，歷時長久，且影響深遠。廖可斌《明代文學復古運動研究》[3]一書，乃將復古運動之發展過程，析為三次高潮；茲依其論，亦將明代復古派之主要思想，分為三階段加以探究：

第一階段：孝宗弘治至武宗正德年間

王運熙、顧易生之《中國文學批評史》曰：「弘治、正德年間，政治腐敗，封建統治集團加緊土地兼併，殘酷剝削人民，形成尖銳的階級矛盾和民族危機。在思想

10

方面，程、朱理學和八股文緊密結合，毒害人心，銷磨士氣。至於文學，臺閣體粉飾太平，紛蕪靡蔓；『理氣詩』宣揚道學，迂腐庸俗，而彼此推演，文風日益敗壞。」[4]是知當時政治、思想、文學各方面，均面臨嚴重之危機；因此李夢陽、何景明、徐禎卿、邊貢、康海、王九思、王廷相等「弘正七才子」（通稱為「前七子」），乃繼茶陵派而起，以李、何二人為首，倡言復古，主張「文必秦漢，詩必盛唐」。即欲藉秦、漢以前具政論、現實意義之散文，矯板滯僵化之八股文；而舉盛唐以前優美生動之詩歌，糾臺閣、道學空虛無趣之弊。此外，前七子又進一步強調「學古」之重要性，以實踐其復古之理念。李夢陽《空同集》卷六十二〈答周子書〉曰：

> 文必有法式，然後中諧音度。如方圓之於規矩，古人用之，非自作之，實天生之也。今人法式古人，非法式古人也，實物之自則也。[5]

　　蓋李氏學古謹守古人成規，注重法度格調，視其為「天生」、「自則」，而絕不可任意擅改；因之模擬古法，獨守尺寸，以至一成不變。然前七子其餘作家，則於「學古」之基礎上，另提出「求變」之主張。如王廷相《王氏家藏集》卷二十八〈與郭价夫學士論詩書〉云：

工師之巧，不離規矩；畫手邁倫，必先擬
摹。《風》、《騷》、樂府，各具體裁，
蘇、李、曹、劉，辭分界域。欲擅文囿之
撰，須參極古之遺。調其步武，約其尺度，
以為我則，所不能已也。久焉純熟，自爾悟
入。………故能擺脫形模，凌虛搆結，春育
天成，不犯舊跡矣。[6]

前七子復古之思想，雖秉持「學古」為原則，然以「富于材積，領會神情，臨景構結，不倣形跡」[7]為目標，而求其變化；唯此觀點，僅止於理論之闡述，尚未能確切實現。是以前七子取法乎古之見解，為字句形式所束縛，猶如臨帖模擬，終難脫食古不化、因襲剽竊之譏。

第二階段：世宗嘉靖至神宗萬曆年間

由於前七子保守復古之思維，造成文壇困窘，剽襲模擬，流弊孳生。因此一群號稱「嘉靖八才子」：陳束、王慎中、唐順之、趙時春、熊過、任瀚、李開先、呂高等人崛起，而以王慎中及唐順之為代表，標舉唐、宋散文，提出「文仿歐、曾」之主張，與前七子「文必秦漢」之論，相與抗衡，世稱「唐宋派」。其申言唐、宋散文，內容平易、字句順從之特點，反對以時代定優劣，盲目擬古之迂腐習氣；並強調直抒胸臆，文理自然，以擺脫襲古窠臼。

唯唐宋派一方面雖極力掙脫秦、漢之桎梏；然另一方面，則又高築唐、宋之藩籬，未能從根本思想方面與擬古主義劃清界限。因之，於嘉靖後期，復古之浪潮乃再次掀起。

此時期之復古運動，以「嘉隆七才子」：李攀龍、王世貞、謝榛、梁有譽、宗臣、徐中行、吳國倫等為主要倡導者（通稱為「後七子」），而以李、王二人為領袖；宣揚「文自西京，詩自天寶而下，俱無足觀。」[8]故重蹈前七子以古為式之舊轍，遵守古法，徒求形式技巧方面之字剽句擬。而後王世貞等人自省臨摹太過，而從方法與觀念上，修正「學古」之偏失。王世貞《藝苑卮言》卷五曰：

> 今天下人握夜光，途遵上乘，然不免邯鄲之步，無復合浦之還，則以深造之力微，自得之趣寡。《詩》云：「有物有則。」又曰：「無聲無臭。」昔人有步趨華相國者，以為形跡之外學之，去之彌遠。又人學書，日臨《蘭亭》一帖，有規之者云：「從此門而入，必不成書道。」然則情景妙合，風格自上，不為古役，不墮蹊徑者，最也。隨質成分，隨分成詣，門戶既立，聲實可觀者，次也。或名為閏繼，實則盜魁，外堪皮相，中乃膚立，以此言家，久必敗矣。[9]

　　王氏認為步趨擬古，並不能自成一家，為文創作，應
博采眾長，自抒情性，以求才思相合，師心獨造，方為最
上；否則掇拾古語，拼湊成篇，致作品僅著皮相，終遭厭
棄。是知後七子已察覺擬古之弊，而學古之思想亦有所改
變；然復古派於發展之過程中，卻面臨難以突破之矛盾。
廖可斌《明代文學復古運動研究》一書言：

> 批評歸批評，剽竊模擬還是成為復古派的痼
> 疾。因為復古派的作家們畢竟還是想「取乎
> 其上」，不肯自動放棄復古的追求。而在學
> 古中，古典詩歌的審美特徵（格）與它的語
> 言法度要求等（語）是密切相關的。………
> 復古派作家想得其「格」，就不免「剽其語
> 」。結果「格」沒有真正得到，剽竊模擬之
> 病卻著實落下了。[10]

　　蓋復古派「剽竊模擬」之習，可謂根深蒂固，而文壇
上反對陳規舊套之浪漫主義思潮，正蓄勢待發，前後七子
於內外壓力交相夾擊之下，已成強弩之末。

第三階段：熹宗天啟至思宗崇禎年間

　　浪漫主義文學思潮之推動，以「公安三袁」：袁宗道
、袁宏道、袁中道等三人為主力。此狂飆之勢，自萬曆中
、晚期開始延伸，其高張反復古之旗幟，挑戰陳腐教條，

14

革除虛偽矯飾之病，尋求思想之解放；故於詩文創作方面則強調「獨抒性靈，不拘格套，非從自己胸臆流出，不肯下筆。有時性與境會，頃刻千言，如水東至，令人奪魂。」[11]顯見公安派以直切真率之性，表達自我情感，不為傳統形式所束縛。然公安派全力矯枉之餘，不免有所偏執而流於太過，結果導致放浪不羈，浮泛庸俗；因而乃重新提出，遵守體裁法度，學習漢魏盛唐之詩。是以就文學思想發展之過程言，公安後期已與復古主義漸趨妥協。

　　萬曆晚期，以鍾惺、譚元春為首之竟陵派，代公安派而起；清・錢謙益《列朝詩集小傳・袁稽勳宏道》曰：「機鋒側出，矯枉過正，於是狂瞽交扇，鄙俚公行，雅故滅裂，風華掃地。竟陵代起，以淒清幽獨矯之，而海內之風氣復大變。」[12]竟陵一派，崇尚性靈、抒寫真情，反對模擬之文學主張，與公安派之理論要求一致；然其對公安末流輕佻膚淺之弊，則予以嚴厲之駁斥，因而「別出手眼，另立深幽孤峭之宗，以驅駕古人之上。」[13]可謂於承繼中求創新，而知所變革；故竟陵派能於學「古」中求「真」，以較客觀之心態，正視古典詩文所表現之審美特質。

　　蓋公安、竟陵之發展方向，均漸往復古主義靠攏；而明代末年，政局紛擾，社會動盪，以「興復古學」為號召之幾社、復社，相應而起，具有特殊之時代精神，促使復古風潮再度回流，而以愛國志士陳子龍為代表之「雲間派

」，統領當代文壇。陳子龍〈佩月堂詩稿序〉云：

> 情以獨至為真，文以範古為美。今子之詩，
> 大而悼感世變，細而馳賞閨襟，莫不措思微
> 茫，俯仰深至，其情真矣；上自漢、魏，下
> 迄三唐，斟酌摹擬，皆供麾染，其文合矣！[14]

陳子龍強調，詩之「情真」應追求「獨至」，而「文美」則須以「範古」為法，且以漢、魏、三唐為模擬對象。陳子龍雖承繼前、後七子之論，重振復古思想；然對前、後七子襲古模擬之風並不全然認同，因而提出批評。其〈仿佛樓詩稿序〉曰：

> 夫詩衰於宋，而明興尚沿餘習。北地、信陽
> 力返風雅，歷下、琅琊復長壇坫，其功不可
> 掩，其宗尚不可非也。特數君子者摹擬之功
> 多，而天然之資少；意主博大，差減風逸；
> 氣極沉雄，未能深永。空同壯矣，而每多累
> 句；滄溟精矣，而好襲陳華；弇州大矣，而
> 時見卑詞；惟大復奕奕，頗能潔秀，而弱篇
> 靡響，概乎不免。[15]

陳子龍直指前、後七子，因模擬之功多，而產生「每多累句」、「好襲陳華」、「時見卑詞」、「弱篇靡響」

等弊端，且體認師古尚實之重要，進而標榜意、氣之博大
、沉雄，以復臻古樸風雅之思潮。

　　此外，復古運動起伏發展之變遷軌跡，亦影響明代詞
壇之選詞趨向；如：嘉靖時期之《天機餘錦》，傳統之復
古觀念，因唐宋派之崛起而改易；萬曆時期之《唐詞紀》
，乃以冀復古道為宗旨；而崇禎時期之《詞菁》，則為竟
陵派之代表詞選；諸如此類，使詞學之審美理想與體裁形
式產生變化。故復古主義與浪漫主義對峙、演進之過程，
為明代詞壇選詞所依循之指標。

貳、陽明心學之倡導

　　夏咸淳《晚明士風與文學》曰：「從明初至成化百餘
年間，程朱理學壟斷了思想學術，缺少對立面，也沒有爭
鳴。學者唯知掇拾宋儒語錄，將朱子奉若神明，『此亦一
述朱，彼亦一述朱』。宋元理學落到這個地步，就如一潭
死水，很難再激起清澈鮮活的思想浪花了。這種僵化沉寂
的學術空氣，愈來愈引起有識之士的不滿，而去尋求新的
境界。於是王陽明心學出現了，逐漸取代了長期居於統治
地位的程朱理學。」[16]是以陽明心學之崛起，為明代自憲宗
成化後，學術思想轉變之重要關鍵。程朱理學主張「窮理
滅欲」，所謂「理」，為天理，乃宇宙客觀之精神本源；
「欲」，為人欲，乃人心感官之刺激滿足；而此即強調「

17

以理制欲」，因之朱明王朝大力提倡鼓吹，冀藉程朱學說
以箝制社會思想。然王守仁（字伯安，學者稱「陽明先生
」），則以「心」為本體，提出「心理合一」，以與朱子
析「心」、「理」為二之論，分庭抗禮。王守仁《傳習錄
》卷上云：

> 心即理也，此心無私欲之蔽，即是天理，不
> 須外面添一分。[17]

又云：

> 身之主宰便是心，心之所發便是意，意之本
> 體便是知，意之所在便是物。如意在於事親
> ，即事親便是一物；意在於事君，即事君便
> 是一物；意在於仁民愛物，即仁民愛物便是
> 一物；意在於視聽言動，即視聽言動便是一
> 物。所以某說，無心外之理，無心外之物。[18]

　　王守仁特別注重心之主宰作用，強調理自心發，由物
歸心，而「心、意、知、物」，則可謂一體相生。然天理
之體現，在於本心之去欲除擾，而致「良知」之生發，是
以良知即天理也。王守仁《傳習錄》卷中〈答顧東橋書〉
曰：

> 若鄙人所謂致知格物者，致吾心之良知於事

事物物也；吾心之良知，即所謂天理也；致
吾心良知之天理於事事物物，則事事物物皆
得其理矣。致吾心之良知者，致知也；事事
物物皆得其理者，格物也；是合心與理而為
一者也。[19]

蓋所謂「格物致知」，即為「格心」、「正心」，為
去私欲之蔽而達「良知」之極至，追求自由獨立之主體精
神；且以「良知」寄存於「吾心」，而致良知則須反求諸
心。故王守仁以「吾心」為本，其「致良知」之說，為心
學體系之核心，亦為傳統束縛解放之鎖鑰；影響所及，乃
使明代當時之文學宗尚發生改易。據廖可斌〈唐宋派與陽
明心學〉一文云：

陽明心學與前七子復古運動同興起於明弘、
正之際。………它們都具有擺脫束縛、張揚
自我的特徵，都是當時思想文化領域解凍的
產物，………因此兩者曾「並行而不悖」。
但是，復古派的目標，是恢復個人與社會、
情與理完美統一的古典審美理想，這樣，它
擺脫束縛、張揚主體精神的程度就有較大局
限。陽明心學則大力倡導人的「良知」、「
心」，即主體精神，它在追求主體精神的獨

> 立上便先走了一步。………因此，陽明心學
> 與前七子復古運動聯袂走過很短一段路程後
> ，便撇後者而去，並將復古派成員何景明、
> 徐禎卿、鄭善夫等紛紛吸引過去，最後幾乎
> 吞滅了前七子復古運動。而在它孕育下誕生
> 的唐宋派，則走到了復古派的反面，成為與
> 之相對抗的文學流派。[20]

　　是知陽明心學之倡導，不僅開啟唐宋派之大門，更為往後公安、竟陵等派之浪漫文學思潮，預伏先機。而此時明代詞風衰頹，詞人選家迷信「花草」，盲目崇拜；然陽明心學異軍突起，打破程朱一統天下之局面，或可激發詞家破除「花草」桎梏之意識，擴大選詞之範疇。故依循心學內涵之指導原則，追求自然真意之審美形態，乃漸為文壇之主流。

註：

[1]　謝桃坊著：《中國詞學史》（成都：巴蜀書社，1993年6月），頁82。

[2]　方智範等著：《中國詞學批評史》（北京：中國社會科學出版社，1994年7月），頁149—150。

[3]　廖可斌著：《明代文學復古運動研究》（上海：上海古籍出版社，1994年12月）。

[4]　王運熙、顧易生主編：《中國文學批評史》（臺北：五南圖書出版公

司，1991年11月），頁468。

5　明‧李夢陽撰：《空同集》（臺北：臺灣商務印書館，1987年8月，《景印文淵閣四庫全書》，第1262冊），卷62，頁15。

6　明‧王廷相撰：《王氏家藏集》（臺南：莊嚴文化事業公司，1997年6月，《四庫全書存目叢書》，集部，第53冊），卷28，頁6。

7　明‧何景明撰：〈與李空同論詩書〉，《大復集》（臺北：臺灣商務印書館，1987年8月，《景印文淵閣四庫全書》，第1267冊），卷32，頁19。

8　清‧張廷玉等奉敕撰：《明史》（臺北：臺灣商務印書館，1984年8月，《景印文淵閣四庫全書》，第297—302冊），卷287，頁19。

9　明‧王世貞著，羅仲鼎校注：《藝苑卮言校注》（濟南：齊魯書社，1992年7月），卷5，頁232。

10　同註3，頁296。

11　明‧袁宏道撰：〈敘小修詩〉，《袁中郎全集》（臺北：世界書局，1964年2月），頁5。

12　清‧錢謙益撰：《列朝詩集小傳》（臺北：世界書局，1985年2月），丁集中，頁567。

13　同前註，丁集中：〈鍾提學惺〉，頁570。

14　明‧陳子龍撰：《陳子龍文集》（上海：華東師範大學出版社，1988年11月），卷7，頁381—382。

15　同前註，頁378—379。

16　夏咸淳著：《晚明士風與文學》（北京：中國社會科學出版社，1994年7月），頁146。

17　明‧王守仁著：《王陽明傳習錄》（臺北：廣文書局，1994年5月），卷上，頁2。

18　同前註，頁4。

19　同前註，卷中，頁4。

20 廖可斌撰:〈唐宋派與陽明心學〉,《文學遺產》1996年第3期,頁
81—82。

第二節　文學環境之變遷

　　每一個朝代，皆有不同之時代背景，而不同之環境因素，則建構特殊之文學形態。詞之發展，至明中衰，乃因明代詞壇處於詞樂散佚、俗曲流行之環境，已喪失有利之發展條件，遂走向衰頹之路。

壹、唐宋詞樂之散佚

　　詞為音樂性之文學，以隋、唐燕樂為基礎；而所謂「燕樂」，乃為新興之宴享音樂。漚盦〈詞的起源與音樂之關係〉一文曰：「考唐代之讌樂，其肄習之所曰教坊。自武德（唐高祖年號）後，置內教坊於禁中，掌教習音樂，典倡優，其官隸屬太常。………凡此曲調，皆『雜採胡夷里巷之曲』（見《舊唐書・音樂志》），而為翻新之製。」[1]燕樂曲調融合胡夷里巷之曲，並經教坊之傳播，使填詞之風漸開。

　　北宋時期，上自宮廷教坊，下自瓦舍勾欄，燕樂創作盛行，新聲競繁。施議對《詞與音樂關係研究》云：「北宋統一中國，集中了各地音樂人才，在承襲隋、唐舊制，尤其是在接受南唐（江南）音樂成就的基礎上，創建了一代樂制。統治者既竭力維護傳統雅樂的地位，又鼓勵燕樂新聲及其合樂歌詞的創作，以滿足社會文化娛樂生活之需。」[2]因之北宋前期，以新聲樂曲創作歌詞之代表作家柳永

，不僅填製長調慢詞，「變舊聲，作新聲」[3]，且自制樂調，擴大體制，所謂：「凡有井水飲處，即能歌柳詞。」[4]可知其詞流傳廣遠。而後周邦彥提舉大晟府，注重文字聲律之講求，使與樂律相應和，並兼採眾家之長，是為北宋詞樂發展之集大成者。宋‧張炎《詞源》卷下曰：

> 古之樂章、樂府、樂歌、樂曲，皆出於雅正
> 。粵自隋、唐以來，聲詩間為長短句。至唐
> 人則有《尊前》、《花間集》。迨於崇寧，
> 立大晟府，命周美成諸人討論古音，審定古
> 調，淪落之後，少得存者。由此八十四調之
> 聲稍傳。而美成諸人又復增演慢曲、引、近
> ，或移宮換羽，為三犯、四犯之曲，按月律
> 為之，其曲遂繁。[5]

北宋合樂歌詞，經柳永之開拓，與周邦彥之推廣，已穩定進展，漸趨成熟。然由於政治環境之驟變，使詞調音律亦面臨巨大衝擊。施議對《詞與音樂關係研究》一書中，即論述此種變革之情形，其言曰：「金人南侵，不僅直接導致了北宋政權的覆亡，而且，也使得北宋的禮樂制度、禮樂設施，遭到了嚴重的破壞。戰亂中，大晟遺譜佚失，教坊伎人流散，樂壇上，歌詞合樂條件已大大不及以往。但是，江左偏安又為合樂歌詞的發展創造了環境。」[6]是

知宋朝南渡，雖曾一度禁樂，然偏安一隅、樂不思蜀之政
風，促使歌舞作樂、倚聲唱詞之習，仍盛行於世。唯南宋
詞多沿襲舊調，自度之曲不多，且嚴音律、復雅正，和之
者遂寡；又「詞壇上獨立抒情詩體的出現，改變了歌詞的
特性，同時也改造了歌詞所合之樂。」[7]作者藉詞意之表達
，寓寄身世家國之興亡悲慨，強化詞體社會性之功能，故
詞、樂分道而行之現象，已然成形。

　　元、明之際，樂譜無傳，詞體衰微，明詞創作流於淫
哇輕靡，格調不高。謝桃坊《中國詞學史》則說明其中之
緣由，其言曰：

> 元代以來詞的音譜失傳，倚聲填詞失去了依
> 憑的標準。明人對於詞體由音樂文學轉化為
> 純文學的情形尚不能適應，缺乏寫作經驗，
> 因而普遍出現詞律粗疏的現象。宋人的詞集
> 在元代大量散佚，明人對宋代名家詞集未能
> 進行認真的整理學習。他們僅將《花間集》
> 和《草堂詩餘》作為學習的範本，徒事模擬
> ，不去進行新的藝術探索；因而作品沒有獲
> 得真正的藝術生命。文人的主要注意力已轉
> 移到傳奇、小說和通俗小曲的創作去了。他
> 們普遍地將詞體視為「詩餘」，僅僅作為一
> 種陳舊的小技而已。在中國詞史上，明代是

一個中衰的時代。[8]

蓋明人取《花間》、《草堂》為學詞典範，[9]詞壇乃陸續出現此二集之重編或續編選本，唯取法不高，致弊端叢生。又音律散佚，詞人不辨聲韻，無所依託，因此調譜之作乃應時而出；現存最早之詞譜（張綖《詩餘圖譜》）與詞韻（沈謙《沈氏詞韻略》），即為明人所輯。而明詞最終發展之結果，則如同《四庫全書總目提要》「宋名家詞」所言：「然音節婉轉較詩易於言情，故好之者終不絕，於是音律之事，變為吟詠之事，詞遂為文章之一種。」[10]

貳、通俗文學之繁榮

鄭振鐸《中國俗文學史》曰：「何謂『俗文學』？『俗文學』就是通俗的文學，就是民間的文學，也就是大眾的文學。換一句話，所謂俗文學就是不登大雅之堂，不為學士大夫所重視，而流行於民間，成為大眾所嗜好，所喜悅的東西。」[11]鄭氏此言明白指出，俗文學發展之動力，來自民間大眾。是以明代後期，民歌、彈詞、戲曲、小說、話本等通俗文學，蓬勃興起，形成席卷文壇之一股強大風潮，致明詞之地位，飽受劇烈衝擊。而促使明代通俗文學繁榮之主要原因，有二：

一、文人追求個性解放

晚明文士自我意識提昇，乃試圖突破傳統社會長期以

來之禁錮，並起而與舊禮教及禁欲主義相抗衡。因之，文人雅士於個性方面尋求解放，於心態上則傾向俗化。明・袁宏道〈龔惟長先生〉一文，有「五快活」之說：

目極世間之色，耳極世間之聲，身極世間之新，口極世間之譚，一快活也。堂前列鼎，堂後度曲，賓客滿席，男女交舄，燭氣熏天，珠翠委地，金錢不足，繼以田土，二快活也。篋中藏萬卷書，書皆珍異。宅畔置一館，館中約真正同心友十餘人，人中立一識見極高，如司馬遷、羅貫中、關漢卿者為主，分曹部署，各成一書，遠文唐、宋酸儒之陋，近完一代未竟之篇，三快活也。千金買一舟，舟中置鼓吹一部，妓妾數人，遊閑數人，泛家浮宅，不知老之將至，四快活也。然人生受用至此，不及十年，家資田地蕩盡矣。然後一身狼狽，朝不謀夕，托缽歌妓之院，分餐孤老之盤，往來鄉親，恬不知恥，五快活也。士有一此者，生可無愧，死可不朽矣。[12]

　　由此可知文人追求生活樂趣之方式，一改昔日自視清高、重雅輕俗之觀念；且積極投入通俗文學創作行列，嶄

露頭角，獲得廣大世人之喜愛。明・沈德符《萬曆野獲編》卷二十五〈詞曲・時尚小令〉，即描述民歌俗曲風行於明代社會之盛況，其言曰：

> 元人小令，行於燕、趙，後浸淫日盛。自宣、正至成、弘後，中原又行〈鎖南枝〉、〈傍妝臺〉、〈山坡羊〉之屬。李崆峒先生初自慶陽徙居汴梁，聞之以為可繼《國風》之後。何大復繼至，亦酷愛之。………嘉、隆間，乃興〈鬧五更〉、〈寄生草〉、〈羅江怨〉、〈哭皇天〉、〈乾荷葉〉、〈粉紅蓮〉、〈桐城歌〉、〈銀紐絲〉之屬。自兩淮以至江南，漸與詞曲相遠，不過寫淫媟情態，略具抑揚而已。比年以來，又有〈打棗竿〉、〈挂枝兒〉二曲，其腔調約略相似。則不問南北，不問男女，不問老幼良賤，人人習之，亦人人喜聽之。以至刊布成帙，舉世傳誦，沁人心腑。其譜不知從何而來，真可駭嘆！[13]

民歌之所以能夠流傳廣遠，符合男女老幼之喜好，在於以生動活潑之語句，表達真情，唱出心聲。如：《挂枝兒・描真》[14]，大膽表現女子沉溺於美好愛情之甜蜜相思；

28

無名氏〈詞謔・醉太平〉[15]，則譏刺統治階級殘酷剝削、巧取豪奪之醜態。而此種反映人民心境之時代樂章，亦呈現於戲曲、小說等通俗文學中，如：湯顯祖《牡丹亭》，描寫年輕男女勇於反抗傳統，追求愛情之精神；施耐庵《水滸傳》，則揭發政府官僚專制、暴虐之惡行，並申張社會公理正義，與惡勢力對抗而絕不服輸。顯見當時文人亟欲衝破羅網，嚮慕心靈之自由，而藉通俗文學之創作，寄託難以實現之理想與無法滿足之願望。

二、城市經濟興盛活躍

商業交易熱絡，經濟迅速發展，乃全面帶動城市之興盛繁榮。自明中葉始，徽州商人群體「在江南市鎮形成和發展過程中發揮了巨大的推進作用；另一方面，江南市鎮也為徽州商幫的發展和興盛提供了商業活動的舞臺。」[16]熱鬧繁華之市鎮，為文人雅士流連忘返之地；而經濟結構之改變，則促使商人地位提升，且傳統社會之價值觀，亦有所不同。明・王守仁〈節菴方公墓表〉曰：

> 古者四民異業而同道，其盡心焉一也。士以修治，農以具養，工以利器，商以通貨，各就其資之所近，力之所及者而業焉，以求盡其心。其歸要在於有益於生人之道，則一而已。士農以其盡心於修治具養者，而利器通

貨，猶其士與農也；工商以其盡心於利器通
貨者，而修治具養，猶其工與商也。故曰：
四民異業而同道。[17]

傳統社會之階層，以士、農、工、商為序，其中士人
之地位最高，然明末則多有棄儒從商者；顯見四民之關係
，已趨於平等互利，而各盡其心也。商人經營，本諸求新
、趨奇、講真之原則，而此時文人受世俗之風薰染，自我
意識增強，創作之心態與風格亦因之發生變化。是以商賈
文化之發達，為明代文學發展過程轉變之契機。夏咸淳《
晚明士風與文學》曰：

到了晚明，商品經濟和各地城市空前繁榮，
市民階級空前活躍的時代，知識分子群體特
別是那些受市民文化影響較深的文人才漸漸
由雅入俗，在思想觀念和生活方式上帶有不
同程度的俗化痕跡。[18]

蓋文人已試將市民之生活情態，融合於小說、戲曲等
文學中，不再桎梏於雅文學之藩籬；且其時印刷刻書事業
鼎盛，商賈販售謀利，乃擴大書籍之流通性。故通俗文學
得以廣為流行，與都市城鎮之經濟活動密切相關。

通俗文學以銳不可擋之勢，盛行於晚明文壇，致詞學
於明代難有突出之表現，且選詞之風，亦趨於淺近卑俗。

鄭騫〈論詞衰於明曲衰於清〉一文曰：「明詞所以如此式微的緣故，簡單說來，就是受了文壇上新舊兩方的夾攻。所謂舊，是詩文的復古；所謂新，是曲的盛行。」[19]又曰：「若沒有曲，以馮惟敏、王九思、康海、徐渭、湯顯祖諸人的才情襟抱，總可寫出些好詞來，而振起當時詞壇的頹勢。」[20]是知明詞之發展，遭受外力牽制，而詞體之創作，亦不獲文人青睞，因之明代詞選之輯錄，則難免為世人所輕忽。

註：

1. 趙為民、程郁綴選輯：《詞學論薈》（臺北：五南圖書出版公司，1989年7月），頁94。
2. 施議對著：《詞與音樂關係研究》（北京：中國社會科學出版社，1985年7月），頁69。
3. 宋‧李清照撰：〈詞論〉，宋‧胡仔編：《苕溪漁隱叢話》（臺北：長安出版社，1978年12月），後集，卷33，頁254。
4. 宋‧葉夢得撰：《石林避暑錄話》，映庵輯：《彙輯宋人詞話》（臺北：廣文書局，1970年10月），頁38。
5. 唐圭璋編：《詞話叢編》（臺北：新文豐出版公司，1988年2月），第1冊，頁255。
6. 同註2，頁92。
7. 同前註，頁229。
8. 謝桃坊著：《中國詞學史》（成都：巴蜀書社，1993年6月），頁86。
9. 清‧王昶〈明詞綜序〉曰：「及永樂以後，南宋諸名家詞皆不顯於世，惟《花間》、《草堂》諸集盛行。」（清‧王昶輯：《明詞綜》，

臺北：臺灣中華書局，1970年6月，《四部備要》本），頁1。

[10] 清‧永瑢、紀昀等撰：《四庫全書總目提要》（臺北：臺灣商務印書館，1983年10月），卷200，頁339。

[11] 鄭振鐸著：《中國俗文學史》（上海：上海書店，1987年12月），上冊，頁1。

[12] 明‧袁宏道著，錢伯城箋校：《袁宏道集箋校》（上海：上海古籍出版社，1981年7月），卷5，頁205—206。

[13] 明‧沈德符著，黎欣點校：《萬曆野獲篇》（北京：文化藝術出版社，1998年6月），卷25，頁692。

[14] 《掛枝兒》歡部二卷〈描真〉：「碧紗窗下描郎像，描一筆、畫一筆，想著才郎，描不成，畫不就。添惆悵。描只描你風流態，描只描你可意龐，描不出你溫存也。停著筆兒想。」（明‧馮夢龍編：《明清民歌時調集》，上海：上海古籍出版社，1999年12月），上冊，頁17。

[15] 無名氏〈詞謔‧醉太平〉：「奪泥燕口，削鐵針頭，刮金佛面細搜求，無中覓有。鵪鶉膆裏尋豌豆，鷺鷥腿上劈精肉，蚊子腹內剜脂油，虧老先生下手。」（明‧無名氏撰，盧冀野校：《詞謔》，民國25年上海中華書局排印本，臺北：國家圖書館藏），頁16。

[16] 張海鵬、王廷元主編：《徽商研究》（合肥：安徽人民出版社，1995年12月），頁614。

[17] 明‧王守仁撰：《詳註王陽明全集》（民國24年掃葉山房石印本，臺北：國家圖書館藏），卷25，頁9。

[18] 夏咸淳著：《晚明士風與文學》（北京：中國社會科學出版社，1994年7月），頁35。

[19] 鄭騫著：《景午叢編》（臺北：臺灣中華書局，1972年1月），上編，頁162。

[20] 同前註，頁163。

第三節　雲間詞派之興起

　　元、明之際，詞學之發展漸趨衰微，然至晚明，由於社會動盪、家國巨變，反使詞壇再現生機；而「雲間詞派」即興起於明、清易代之時，不僅力挽明詞頹勢，更開啟清詞復興之前奏。故「雲間詞派」對明末清初詞壇之影響，甚為深遠，因而擬就以下幾方面，探討「雲間詞派」之形成及其重要之詞學主張：

壹、「雲間」之地理位置

　　「雲間」為一地域名稱，乃松江縣之古稱，今屬上海市；而「雲間詞派」則為地域性之詞派。據《紹熙雲間志》[1]、《松江府志》[2]及《華亭縣志》[3]載：

　　松江古揚州之域，春秋為吳地，吳子壽夢築華亭為行獵宿會之所，而華亭之名始著閭閻。明世宗嘉靖二十二年（西元1543年），割華亭西北境：集賢、脩竹二鄉之半，置青浦縣，尋廢所割；而神宗萬曆元年（西元1573年），復割置青浦縣。清世祖順治十三年（西元1656年），割華亭西南境：風涇、胥浦二鄉，及脩竹、集賢、華亭、仙山四鄉之半，置婁縣；世宗雍正二年（西元1724年），割華亭東南境：雲間、白沙二鄉之半，置奉賢縣。

　　是知「雲間」一地，包括舊松江府所屬七縣：華亭、婁縣、金山、青浦、上海、川沙、奉賢等；即今上海市松

江縣之古稱，屬江蘇省。

貳、雲間詞派與幾社之關係

明代文士，結社之風盛行，而雲間詞人，多為幾社成員。幾社成立於明思宗崇禎二年（西元1629年），由六位文人共同創辦發起。清·杜登春《社事始末》曰：

> 六子者何？先君子與彞仲兩孝廉主其事，其四人則周勒卣先生立勳、徐闇公先生孚遠、彭燕又先生賓、陳臥子先生子龍是也。周、徐古今業，固吾松首推，又利小試，試輒高等，特不甚留心聲氣。先君子與彞仲謀曰：「我兩人老困公車，不得一二時髦新采共為薰陶，恐舉業無動人處。」遂敦請文會，情誼感孚，親若兄弟。時先王父延燕又先生於家塾，授我諸叔古學，頗才穎，凡得五人，同事筆硯，甚相得也；臥子先生甫弱冠，聞是舉也，奮然來歸。諸君子以其年少訝之，乃其才學則已精通經史，落筆驚人，遂成六子之數。………然幾社六子，自三六九會藝詩酒倡酬之外，一切境外交遊，澹若忘者，至於朝政得失，門戶是非，謂非草茅書生所當與聞。[4]

34

　　據杜氏所言，杜麟徵、夏允彝、周立勳、徐孚遠、彭賓及陳子龍等，為幾社之創始者，號稱「幾社六子」，其皆為松江府人，故屬雲間地方之文人集團，且非師生子弟不予入社。而「幾」者之名，杜氏云：「絕學有再興之幾，而得知幾其神之義也。」[5]因之其立社宗旨，係以「興復古學」，研習古文詩詞為主；崇禎五年（西元1632年），更編刻《幾社壬申合稿》及《幾社六子詩》等。

　　崇禎二年，復社成立，幾社即統合於復社之下，然因兩者之性質、作風皆不甚相同，是以幾社仍屬獨立之組織。郭紹虞〈明代的文人集團〉云：

> 幾社雖參加復社，而作風與復社不同，又常保持其獨特的性質。假使說復社是政治性的，則幾社是文藝性的；假使說復社是文藝性的，則幾社又可說是學術性的。[6]

　　蓋幾社成立之初，雖非是以政治為目的之社團，然而明末局勢黑暗混亂，朝綱衰敗、朋黨樹立、匪寇為患，遂導致甲申國變[7]，明思宗自縊於煤山，滿清大軍攻占北京。此時一些仁人志士，乃奮勇衛國，其中幾社亦由原本文藝性、學術性，以文會友而相結合之社集，一變而為社會革命之政治團體，積極投入抗清救國之行列。當明朝政權走向滅亡之際，文人士子將內心之慷慨、悲憤與國恨家仇，

化為文字，譜成傾訴時代劇變之哀歌；而幾社雲間詞人之作品，則多易代之音，促使明代之詞風為之改變。葉嘉瑩於〈從雲間派詞風之轉變談清詞的中興〉一文曰：

> 雲間詞派………，最初他們寫春令之作，還是承繼著明朝的遺風；可是一個國變下來以後，他們的詞就有了不同的內容。甲申的國變和晚唐、五代的亂離有暗合之處。而那種憂危念亂，隱藏在內心最深處的、最悲哀、最婉曲的、最痛苦的一段感情他們在詞裏邊表現出來了。………所以是甲申國變造成了雲間派詞風的轉變。[8]

雲間詞派附存於幾社，因此得以廣募優秀人才，而幾社之文士，藉由雲間詞派之唱和，亦因此得以展現文學抱負。然兩者之根本特性，皆因歷史之動盪，發生關鍵之變異，反使明代之文藝、學術漸趨復甦，後世之文學流派蓬勃發展。

參、雲間派之詞學理論

雲間派主要之代表詞家，有所謂「雲間三子」：陳子龍、李雯、宋徵輿，以及夏完淳、宋徵璧等人。張宏生《清代詞學的建構》曰：「雲間詞派初始宗尚《花間》，詞風婉麗；明亡後，許多作者詞風發生變化，或慷慨激昂，

或悲憤蒼涼，或直抒胸臆，或寄託深微，展示了清詞中興的契機。」[9]是知雲間作品風格鮮明，然雲間詞人並無完整之詞論著作，故欲探求雲間派之詞學觀，僅能就目前所輯存之詞話，與雲間各家之詞集序跋中分析窺知。茲從下列三點，歸納言之：

一、推尊詞體

　　「詞」於中國文學史上稱之為「詩之餘」，且當時復社、幾社之人士，主要皆以研習八股文章為職志，而「詞」之一體，既無關乎功名，亦無益於前途，故文人乃多以小道視之，不受注重。然雲間詞人則提出不同之見解，陳子龍〈王介人詩餘序〉曰：「物有獨至，小道可觀也。」[10]又於〈三子詩餘序〉云：

> 是以鏤裁至巧而若出自然，警露已深而意含
> 未盡，雖曰：「小道」，工之實難；不然何
> 以世之才人，每濡首而不辭也。[11]

　　陳子龍強調，詞之形式技巧、內容意涵，工之難矣，是以詞雖「小道」，然實可觀，不容小覷；因而乃上溯詞源，求覓詞統，積極提尊詞體之地位。〈三子詩餘序〉曰：

> 詩與樂府同源，而其既也，每迭為盛衰，豔

辭麗曲，莫盛於梁、陳之季，而古詩遂亡。

詩餘始於唐末，而婉暢穠逸，極於北宋。[12]

夫詩歌既與樂府同源，而詞調又本於樂府，且以詩餘之始，起於唐末，極於北宋；顯見陳子龍力追五代、北宋之音，以尋覓詞統之源，其〈幽蘭草詞序〉曾言：

南渡以還，此聲遂渺。寄慨者亢率，而近於
傖武；諧俗者鄙淺，而入於優伶，以視周、
李諸君，即有彼都人士之嘆。元濫填詞，茲
無論已。明興以來，才人輩出，文宗兩漢，
詩儷開元，獨斯小道，有慚宋轍。[13]

蓋陳子龍自詞體之盛衰興變中，體認詞由南宋歷元至明而漸微，並認為詞統之延續阻絕於此，因之乃直接宗法五代、北宋。其同派詞人宋徵璧言：「詞至南宋而繁，亦至南宋而敝。」[14]又清・王士禎《花草蒙拾》曰：「雲間數公………其于詞，亦不欲涉南宋一筆，佳處在此，短處亦坐此。」[15]另雲間後期詞人蔣平階及其門人周積賢、沈億年等，則輯錄彼此共同唱和之作，名之為《支機集》，凡三卷，其〈凡例〉首條即云：

詞雖小道，亦風人餘事。吾黨持論，頗極謹
嚴。五季猶有唐風，入宋便開元曲。故專意

小令，冀復古音；屏去宋調，庶防流失。[16]

是知蔣氏師生諸人，主張創作填詞應以晚唐、五代為典範，不僅將「宋詞」摒除於外，且專意以「小令」為本；而其主要之目的，則為恢復「古音」，而一切思想之根本，即源於「復古」。然此獨尊一體之論點，則將導致雲間派之詞學理論，深陷於自我局限之桎梏中，走向更為偏仄之狹徑。

二、感物言情

歷代詩詞之傳，為傳詩詞之句，亦為傳作者之情；然人感於物而情生，形諸於長短句則詞成。明代文人重情，而雲間詞人更以為「情」乃思想內容及詞語形式之基礎。陳子龍〈三子詩餘序〉云：「夫《風》、《騷》之旨，皆本言情，言情之作，必託於閨襜之際。………思極於追琢，而纖刻之辭來；情深於柔靡，而婉孌之趣合。」[17]故無論詩詞之情，為託於閨襜，抑或訴之於纖辭麗語，唯須情有所感，方能發而為詞，否則徒為無病之呻吟耶！清‧丁紹儀《聽秋聲館詞話》卷九曰：

世人動以詞為小道，且以情語、豔語為深戒，甚或以須有關繫之論，概及於詞。抑知夫子刪詩，以《二南》冠首，豈無意哉。正惟家庭之內，情意真摯，充類至盡，而後國治

天下平。況《離騷》之芳草、美人,即《國
風》之卷耳、淑女,古人每借閨襜以寓諷刺
。詞之旨趣,實本《風》、《騷》,情苟不
深,語必不豔,惜後人不能解,不知學耳。
就明而論,詞學幾失傳矣,而穠詞麗製,半
出自忠烈偉人。………如陳忠裕子龍、吳節愍
易、夏節愍完淳,皆以明亡殉難。[18]

據丁氏所論,《二南》之所以為首,《離騷》、《國
風》之所以寓寄美刺,乃因作者之情意真摯;而詞本於《
風》、《騷》,其主要之旨趣,即在於辭情兼備。陳子龍
於〈王介人詩餘序〉又云:

宋人不知詩而強作詩,其為詩也,言理而不
言情,故終宋之世無詩焉。然宋人亦不免於
有情也,故凡其懽愉愁怨之致,動於中而不
能抑者,類發於詩餘,故其所造獨工,非後
世可及。[19]

所謂:「人稟七情,應物斯感,感物吟志,莫非自然
。」[20]人之情感往往隨外在事物而變,此心此理雖同,然人
喜、怒、哀、樂之情,則各不相類,故動於中,創為詩詞
,乃能獨工。清‧沈雄《古今詞話》〈詞品〉下卷載:「

宋徵璧曰：情景者，文章之輔車也。故情以景幽，單情則露；景以情妍，獨景則滯。………然善述情者，多寓諸景，梨花榆火，金井玉鉤，一經染翰，使人百思。」[21]是以雲間詞人一再強調，詩詞之作，即應感於物而言之於情；啟發後世詞人，對當時盛行之《花間》、《草堂》，所流行於歌筵酒席之「靡靡之音」，予以重新審視。

三、雅正高渾

王國維《人間詞話》曰：「詞以境界為最上，有境界則自成高格，自有名句。五代、北宋之詞所以獨絕者在此。」[22]是以詞之創作，整體之意境呈現，即為詞之精髓所在，並能使主觀之情與客觀之物，得以融合無間。王國維認為，五代、北宋之詞所以獨絕者，因其有高格、有名句；而陳子龍〈幽蘭草詞序〉，亦特舉北宋之詞，以論述詞中之最高境界，其言曰：

> 自金陵二主以至靖康，代有作者，或穠纖婉麗，極哀豔之情；或流暢澹逸，窮盼倩之趣。然皆境繇情生，辭隨意啟，天機偶發，元音自成，繁促之中尚存高渾，斯為最盛也。[23]

陳子龍強調「境繇情生，辭隨意啟」，以上接「天機元音」，而達自然高渾之格。是知詩詞之意境、辭語，與作者之情感、意念，若能貫通渾成，而無斧鑿之跡，則可

41

成就天然之神韻，餘不盡之風味。沈雄《古今詞話》〈詞
品〉下卷載：「宋徵璧曰：詞稱綺語，必清麗相須，但避
癡肥，無妨金粉。譬則肌理之與衣裳，鈿翹之與環鬟，互
相映發，百媚斯生。………且閨襜好語，吐屬易盡，率露
之多，穢褻隨之矣。」[24]因之詩詞創作，無不希冀能致風流
蘊藉之情，而使百媚生發，唯忌流於率露穢褻之弊。故陳
子龍乃提出「四難」，具體言明作詩填詞之法，〈王介人
詩餘序〉云：

> 蓋以沉至之思而出之必淺近，使讀之者驟遇
> 如在耳目之表，久誦而得沉永之趣，則用意
> 難也。以嫘利之詞而製之寔工鍊，使篇無累
> 句，句無累字，圓潤明密，言如貫珠，則鑄
> 調難也。其為體也纖弱，所謂明珠翠羽，尚
> 嫌其重，何況龍鷥，必有鮮妍之姿，而不藉
> 粉澤，則設色難也。其為境也婉媚，雖以警
> 露取妍，實貴含蓄，有餘不盡，時在低回唱
> 嘆之際，則命篇難也。[25]

陳子龍標舉「用意」、「鑄調」、「設色」、「命篇
」等四項，以提升詞作，使其內容雋永、音律和諧、字句
清麗、結構天成，而臻於化境。顯見雲間詞人多循雅正之
軌，以追高渾之境，其後詞人之創作，莫不以此為最高目

標與準則。因之雲間此論，不僅扭轉晚明淺俗卑弱之詞風，更對清代詞派及其理論之發展，產生深遠之影響（參見本文第七章）。

註：

1　宋・楊潛撰：《紹熙雲間志》（臺北：新文豐出版公司，1989年7月，《叢書集成續編》，第228冊），卷上，頁1—2。

2　明・顧清等修纂：《松江府志》（臺北：成文出版社，1983年3月），卷1，頁1—3。

3　清・馮鼎高等修、王顯曾等纂：《華亭縣志》（臺北：成文出版社，1983年3月），卷1，頁1—2。

4　清・杜登春纂：《社事始末》（臺北：新文豐出版公司，1989年7月，《叢書集成新編》，第26冊），頁458—459。

5　同前註，頁458。

6　郭紹虞著：《照隅室古典文學論集》（臺北：丹青圖書公司，1985年10月），頁417。

7　甲申國變：明崇禎甲申十七年（西元1644年）三月十八日，李自成軍隊攻陷京師，思宗崩於煤山；至此，立國長達二百七十六年之朱明王朝遂傾垮覆亡。參清・谷應泰《明史紀事本末》（臺北：三民書局，1985年9月），卷79，頁945—957。

8　葉嘉瑩、陳邦炎撰：《清詞名家論集》（臺北：中央研究院中國文哲研究所籌備處，1996年12月），頁344。

9　張宏生著：《清代詞學的建構》（南京：江蘇古籍出版社，1998年7月），頁141。

10　明・陳子龍撰：《安雅堂稿》（臺北：偉文圖書出版社，1977年9月），卷3，頁29。

[11] 同前註，頁27。

[12] 同前註，頁26—27。

[13] 同前註，卷5，頁3。

[14] 明・徐釚編著，王百里校箋：《詞苑叢談校箋》（北京：人民文學出版社，1988年11月），卷四〈品藻二〉，頁234—235。

[15] 唐圭璋編：《詞話叢編》（臺北：新文豐出版公司，1988年2月），第1冊，頁685。

[16] 趙尊嶽輯：《明詞彙刊》（上海：上海古籍出版社，1992年7月），頁556。

[17] 同註10，頁27。

[18] 同註15，第3冊，頁2688—2689。

[19] 同註10，頁28。

[20] 梁・劉勰著，王更生注譯：《文心雕龍讀本》（臺北：文史哲出版社，1985年3月），卷二〈明詩〉，頁83。

[21] 同註15，第1冊，頁849。

[22] 同前註，第5冊，頁4239。

[23] 同註10，卷5，頁3。

[24] 同註15，頁852。

[25] 同註10，頁28—29。

第三章　嘉靖時期詞選

　　嘉靖時期詞選：《精選名賢詞話草堂詩餘》、《類編草堂詩餘》及《草堂詩餘》（楊慎批點）等，為據元至正辛卯（11年，西元1351年），雙璧陳氏刊本《增修箋註妙選群英草堂詩餘》所重新改編，其以北宋詞為主要輯選範圍。而同時之《詞林萬選》、《百琲明珠》與《天機餘錦》等詞集，則分別為擇取《草堂詩餘》所未收之詞，或以選錄南宋詞為主；此乃針對嘉靖詞壇復古觀念而為之修正，體現明代嘉靖期間詞學發展之現象。另萬曆時期所編選之《類選箋釋草堂詩餘》、《類編箋釋續選草堂詩餘》、《類編箋釋國朝詩餘》與崇禎時期所編選之《草堂詩餘正集》、《草堂詩餘續集》、《草堂詩餘別集》、《草堂詩餘新集》等，雖非屬嘉靖時期詞選，然為使《草堂詩餘》之探討，前後呼應，脈絡犁然，故於同節中併論之。

第一節　詞學史上重要之選本：《草堂詩餘》

　　《草堂詩餘》是宋人編選，主要以選錄宋詞為主（包括小部分唐、五代及金代詞），就其所傳，不僅有「分類本」與「分調本」之不同，更有各種「批點本」、「注釋本」、「刪改本」等出現。龍沐勛〈選詞標準論〉一文云：

> 獨《草堂詩餘》傳播最廣，翻刻最多，數百
> 年來，幾於家絃戶誦，雖類列凌亂，雅鄭雜
> 陳，而在詞壇之勢力，反駕乎《花間》、《
> 尊前》之上。[1]

《草堂詩餘》因流傳廣遠，其翻刻之版本眾多，蕭鵬《群體的選擇——唐宋人選詞與詞選通論》即歸納出二十二種「《草堂詩餘》詞選家族」[2]。所謂「《草堂》之草，歲歲吹青。」[3]其書飛馳百年，流遍人間，關係著明代詞學之發展及清代詞風之轉變，因而對《草堂詩餘》之編選過程、選詞之原因、標準，與其所反映之詞學理論，實有進一步探討之必要。

壹、編選之版本及體例

明代，《草堂詩餘》尤為盛行，仿效者甚多，故本項擬探究以《草堂詩餘》為本，或增、或刪、或加以重編，而仍以「草堂」為名之著作，透過比較分析，論述此中各種不同之版本、體例及其內容。

一、分類本

（一）《增修箋註妙選群英草堂詩餘》

最早著錄《草堂詩餘》者，為宋·陳振孫《直齋書錄解題》「歌詞類」：「《草堂詩餘》二卷，………書坊編集者。」[4]然此二卷本，已不可見。唯目前現存最早之版本

有二：

一是元至正癸未（3年，西元1343年），廬陵泰宇書堂刊本，僅存前集二卷（以下簡稱「癸未本」），臺北：國家圖書館收藏。

一為元至正辛卯（11年，西元1351年），雙璧陳氏刊本，存前集二卷，後集二卷（以下簡稱「辛卯本」），臺北：國家圖書館收藏。

此二者書名俱題《增修箋註妙選群英草堂詩餘》，「辛卯本」則署名「建安古梅何士信君實編選」。何士信之生平不詳，然按《直齋書錄解題》之著錄：《草堂詩餘》為書坊編集，故何士信或為原編者？或為添選者？甚或為書坊者？則無從確知矣。

此外，《草堂詩餘》之成書時間亦未明，據《四庫全書總目提要》「類編草堂詩餘」載：

> 不著編輯者名氏，舊傳南宋人所編。考王楙《野客叢書》作於慶元間，已引《草堂詩餘》張仲宗〈滿江紅〉詞證「蝶粉蜂黃」之語，則此書在慶元以前矣。[5]

又清・宋翔鳳《樂府餘論》載：

> 《草堂詩餘》，宋無名氏所選，其人當與姜堯章同時。堯章自度腔，無一登入者。其時

姜名未盛。以後如吳夢窗、張叔夏，俱奉姜
為圭臬，則《草堂》之選，在夢窗之前矣。[6]

清‧陸鎣《問花樓詞話》曰：

《草堂》本，不著編者姓氏，大抵宋慶元以
前人輯耳。[7]

另近人舍之〈歷代詞選集敘述〉（二）言：

余嘗考高宗紹興時尚無詩餘之名，故擬此書
當出於孝宗乾道淳熙之時。[8]

由上述諸家所論推斷，《草堂詩餘》之編選，約當在
南宋孝宗與光宗時，至遲亦在寧宗慶元以前。

《草堂詩餘》原編已不復見，唯就目前流傳最早而且
保存完整之「辛卯本」分析，或可知其內容梗概。「辛卯
本」除首列總目，並於前、後集前分載目錄，依類分註調
名，又於調下標識「新添」或「新增」字樣。然此往往與
卷內實際篇目不符。如目錄所列之事類、子目，與篇內各
詞調所擬之題多有出入：

【前集】		卷　內　所　列　子　目		
事類	目錄所列 子目	卷內分類		調下所擬詞題
春景類	初春　早春 芳春　賞春 春思　春恨 春閨　送春	卷 上	春景 曉夜 懷舊 春思 春情 春暮	春遊　春景　賞春　春旅 春曉　春夜 春情　春晚　初春感舊　春遊摩訶池 春半　春恨　春行即事　春晴　春遊 春晚　暮春　春暮　春曉　春睡　春別 春情　春恨　初春　春思　春遊
		卷 下	春景 春怨 春恨	春怨 春怨　　春閨
夏景類	初夏　避暑 夏夜　首夏 夏宴　適興 村景　殘夏	卷 下	夏景	初夏　夏日避暑　夏夜　夏景
秋景類	初秋　感舊 旅思　秋情 秋別　秋夜 晚秋　秋怨	卷 下	秋望 秋思 秋怨 秋別 懷舊 感舊 閨怨 秋閨 [9]	
冬景類	小令　冬雪 雪景　小春 暮冬	卷 下	冬景 冬雪	冬雪 小春

明代詞選研究

【後集】		卷　內　所　列　子　目		
事類	目錄所列子目	卷內分類		調下所擬詞題
節序類	元宵　立春 寒食　上巳 清明　端午 七夕　中秋 重陽　除夕	卷 上	上元 立春 寒食 上巳 端午 七夕 中秋 重陽 除夕	上元應制　上元前一日立春　閏元宵 元日立春 上巳日有懷許下西湖　清明應制和質章 夫韻 泗州中秋作此絕筆之詞也
天文類	雪月　雨晴 曉夜　詠雨	卷 上	天文氣候 詠雪 詠雨 晴景 星 曉景 晚景 夜景	上太守月詞　月詞　中秋月 春雨 春晴　秋晴 曉行
地理類	金陵　赤壁 西湖　錢塘亭	地 理 宮 室 （ 卷 上 ）	金陵 西湖 遊湖 錢塘 天台 水閣	懷古　金陵懷古　赤壁懷古 西湖和韻 詠劉阮事　垂虹橋

50

人物類	隱逸　漁父 佳人　妓女	卷 下	隱逸 漁父 佳人 妓女	幽居　退居　退間　歸去來辭 贈妓　妓館　題南劍妓館
人事類	宮詞　風情 旅況　警悟	卷 下	宮詞 宮春 閨情 風情 旅況 離別 感舊 警悟 慶壽 自述	 夜登小閣憶吳中舊遊 送參寥子 丞相生日　壽韓南間　壽史致道
飲饌 器用	茶酒　箏笛 漁舟　慶壽 吉席　贈送 感舊	卷 下	詠茶 詠酒 詠笛 詠箏 漁舟	 勸酒 詠佳人吹笛
花禽類	花卉　禽鳥 荷花　桂花	花 柳 禽 鳥 （卷下）	梅花 梨花 荷花 桂花 落花 楊花 柳 草 詠燕 詠鶯 杜鵑 孤鴻	早梅

　　「辛卯本」目錄所列與卷內之著錄，繁簡差異甚大，且卷內所列子目於分類上亦多缺失，如：前集卷下詞調下有題「春怨」者，不歸為「春怨類」下，卻將之歸於「春景類」；又前集卷下之詞有題「冬雪」者，不歸為「冬雪類」，卻列於「冬景類」下，諸如此類，失之草率。其書名有「增修箋註」四字，此或為後人於增訂修改之時，僅直接於內容加以修訂，而忽略將篇目同時作對照訂正；且書賈翻刻，校勘不精，矛盾錯誤，即難避免。然「辛卯本」分類編目雖與內容不符，但其所選錄之詞作，無疑係按事項分類加以編排，因而一般稱其為「分類編次本」（簡稱「分類本」）。再就卷內實際所收詞數統計，「辛卯本」共計選詞375闋，除原選之詞外，尚有「新添」、「新增」之別，詳列如下 ：

卷　別		原選	新添	新增	小計
前集	卷上	64	32	3	99
	卷下	82	22	2	106
後集	卷上	67	17	0	84
	卷下	57	11	18	86
合　計		270	82	23	375

　　除了「新添」、「新增」字樣，為後人所增改之明顯
註記外，其中劉叔安〈慶春澤〉（燈火烘春）、〈水龍吟
〉（弄情臺館收煙候），及潘庭堅〈南鄉子〉（我怕倚闌
干）等詞，更確知為寧宗慶元以後之作品，[10]故「辛卯本」
之內容，已絕非宋時二卷原選。

　　「辛卯本」於收錄之375闋詞中，對於所列之詞家，或
書名，或書字，或題「前人」，甚或空缺不題，其中亦多
漏誤，今依《全唐五代詞》及《全宋詞》查考，補足改正
（參見【附錄一】），合計選錄詞家，除無名氏外，共116
人；而所錄詞調，去其同調異名者，[11]計有176調。另於句
中則註以故實，或闡釋名物，詞後並附錄詞話，詳略不一
；間有編者按語或詞人自序，此後人增修之跡甚明。

　　時至明代，同樣題作「增修箋註妙選群英草堂詩餘」
者，有以下三種刊本，將之與「辛卯本」相互比對於下：
1.【明洪武壬申（25年）遵正書堂刊本】（以下簡稱「洪
武本」）

　　「辛卯本」前集卷下〈風流子〉（楓林凋晚葉）、〈
雨霖鈴〉（寒蟬淒切）、〈御街行〉（紛紛墜葉飄香砌）
、〈蘇幕遮〉（碧雲天）、〈漁家傲〉（塞下秋來風景異
）、〈採桑子〉（轆轤金井梧桐晚）、〈南柯子〉（十里
青山遠）、〈浣溪沙〉（菡萏香消翠葉殘）、〈望梅〉（
花竹深）等九闋詞，為「洪武本」所無，而「洪武本」中

〈念奴嬌〉（斷虹霽雨）一闋，「辛卯本」無，計「洪武本」選詞367闋。民國吳昌綬輯《景刊宋元本詞》（清宣統三年至民國六年，仁和吳氏雙照樓刊本），即據以景印，臺北：國家圖書館收藏。

2.【明成化庚子（16年）劉氏日新書堂刊本】（以下簡稱「庚子本」）

「庚子本」與「洪武本」同，較「辛卯本」少〈風流子〉等九闋詞，同時於前集卷上，亦比「辛卯本」少〈金明池〉（瓊苑金池）、〈海棠春〉（流鶯窗外啼聲巧）、〈西江月〉（照野瀰瀰淺浪）、〈漁家傲〉（平岸小橋千嶂抱）、〈瑞鶴仙〉（悄郊原帶郭）、〈江神子〉（杏花春館酒旗風）、〈惜餘春慢〉（弄月餘花）等七闋，合計選詞360闋。此刊本現藏於臺北：國家圖書館。

3.【明嘉靖間安肅荊聚春山所刻大字本】（以下簡稱「荊聚本」）

「荊聚本」所選錄之詞與「辛卯本」之差異，除同「洪武本」外，於前集卷上比「辛卯本」少錄〈瑞鶴仙〉（悄郊原帶郭）、〈江神子〉（杏花春館酒旗風）、〈惜餘春慢〉（弄月餘花）等三闋，共計選詞364闋。今「四部叢刊」本，即據上海涵芬樓借杭州葉氏所藏景印。

此明代三種刊本之編選，與「辛卯本」相較，除詞作多寡稍有差異外，於其前均有「類選群英詩餘總目」，分

為前集：春景、夏景、秋景、冬景四類；後集：節序、天文、地理、人物、人事、飲饌器用、花禽七類；子目六十有六，句下註故實，後附詞話，各類中多有新增或新添字等，[12]其體例內容皆大致相同。

（二）《精選名賢詞話草堂詩餘》

　　《草堂詩餘》於明嘉靖戊戌（17年，西元1538年）有閩沙太學生陳鍾秀刊本，題曰《精選名賢詞話草堂詩餘》（以下簡稱「戊戌本」），臺北：國家圖書館收藏。陳鍾秀之事蹟，無可查考，是書卷首有明南京國子監監丞陳宗謨〈序〉，並列有目錄，分上、下兩卷，按時令、節序、懷古、人物、人事、雜詠等六項分類重刊，其下又分子目，為依類編排之「分類編次本」。據目錄所載，共選詞364闋，然篇內實際所錄，僅349闋，顯有缺漏。茲就其分類情形與「辛卯本」相較，發現兩者部分分目雖同，但對於詞作之歸類則不盡相同，茲表列於次：

詞　　　　作	分	類
	戊戌本	辛卯本
行香子（北望平川）	時令：春景	天文類
春霽（遲日融和）	時令：春景	天文類
綺羅香（做冷欺花）	時令：春景	天文類
洞仙歌（簾纖細雨）	時令：春景	天文類
早梅芳（花竹深）	時令：春景	冬景類
秋霽（虹影侵階）	時令：秋景	天文類
醉蓬萊（漸亭皋葉下）	時令：秋景	天文類
臨江仙（煙柳疏疏人悄悄）	時令：秋景	天文類
南鄉子（萬籟寂無聲）	時令：冬景	天文類
蝶戀花（月皎驚烏棲不定）	時令：冬景	天文類
青玉案（碧空黯淡同雲繞）	時令：冬景	天文類
憶秦娥（雲垂幙）	時令：冬景	天文類
念奴嬌（海天向晚）	節序	天文類
念奴嬌（斷虹霽雨）	節序	天文類
念奴嬌（玉樓絳氣）	節序	天文類
西河（佳麗地）	懷古	地理類
桂枝香（登臨送目）	懷古	地理類
念奴嬌（大江東去）	懷古	地理類
酹江月（晚風吹雨）	懷古	地理類
賀新郎（睡覺啼鶯曉）	懷古	地理類
望海潮（東南形勝）	懷古	地理類
八聲甘州（謂東坡未老）	懷古	地理類
玉樓春（桃溪不作從容住）	懷古	地理類
洞仙歌（飛梁壓水）	懷古	地理類
天仙子（景物因人成勝概）	懷古	地理類

驀山溪（壹山居士未老心先嬾）	人物	人事類
滿庭芳（紅蓼花繁）	人物	飲饌器用
憶舊遊（記愁橫淺黛）	人事	春景類
花心動（仙苑春波）	人事	春景類
憶秦娥（春寂寞）	人事	春景類
聲聲令（簾移碎影）	人事	春景類
畫堂春（東風吹柳日初長）	人事	春景類
錦堂春（樓上縈簾弱絮）	人事	春景類
鬥百花（煦色韶光明媚）	人事	春景類
西江月（鳳額繡簾高捲）	人事	春景類
長相思（紅滿枝）	人事	春景類
踏莎行（春色將闌）	人事	春景類
搗練子（心耿耿）	人事	秋景類
金菊對芙蓉（梧葉飄黃）	人事	秋景類
更漏子（玉爐香）	人事	秋景類
菩薩蠻（蛩聲泣露驚秋枕）	人事	秋景類
菩薩蠻（金風簌簌驚黃葉）	人事	秋景類
長相思（一重山）	人事	冬景類
桃源憶故人（玉樓深鎖薄情種）	人事	天文類
南鄉子（晨色動粧樓）	人事	春景類
踏莎行（霧失樓臺）	人事	天文類
西平樂（稚柳蘇晴）	人事	天文類
滿江紅（斗帳高眠）	人事	春景類
滿庭芳（山抹微雲）	人事	春景類
浪淘沙（把酒祝東風）	人事	春景類
浪淘沙（簾外雨潺潺）	人事	春景類
石州慢（寒水依痕）	人事	春景類

品令（鳳舞團團餅）	雜詠	飲饌器用
阮郎歸（歌停檀板舞停鸞）	雜詠	飲饌器用
醉落魄（紅牙板歇）	雜詠	飲饌器用
鷓鴣天（綵袖殷勤捧玉鍾）	雜詠	飲饌器用
浣沙溪（堤上遊人逐畫船）	雜詠	飲饌器用
西江月（斷送一生惟有）	雜詠	飲饌器用
水龍吟（楚山脩竹如雲）	雜詠	飲饌器用
醉落魄（雲輕柳弱）	雜詠	飲饌器用
菩薩蠻（哀箏一弄湘江曲）	雜詠	飲饌器用
生查子（含羞整翠鬟）	雜詠	飲饌器用
花犯（粉墻低也）	雜詠	花禽類
絳都春（寒陰漸曉）	雜詠	花禽類
孤鸞（天然標格）	雜詠	花禽類
玉燭新（溪源新臘後）	雜詠	花禽類
驀山溪（洗粧真態）	雜詠	花禽類
西江月（玉骨那愁瘴霧）	雜詠	花禽類
漢宮春（瀟洒江梅）	雜詠	花禽類
水龍吟（素肌應怯餘寒）	雜詠	花禽類
念奴嬌（水楓葉下）	雜詠	花禽類
水龍吟（燕忙鶯嬾芳殘）	雜詠	花禽類
水龍吟（似花還似飛花）	雜詠	花禽類
漁家傲（塞下秋來風景異）	附錄	秋景類

　　「戊戌本」中歸於「時令」（春景、秋景、冬景）及「節序」項下者，「辛卯本」大部分將其列於「天文類」；「戊戌本」中歸於「人事」項下者，「辛卯本」則將其分列於「春景類」、「秋景類」、「冬景類」和「天文類」等；另「戊戌本」中之「懷古」詞，於「辛卯本」歸屬

於「地理類」；而「戊戌本」中之「雜詠」詞，「辛卯本」則分屬「飲饌器用」及「花禽類」。是知「戊戌本」中如「時令」（春景、夏景、秋景、冬景）、「節序」、「人物」、「人事」等分目，雖與「辛卯本」相同，但於詞作之分類編排上，則多有差異。

　　清光緒丙申（22年，西元1896年）王鵬運鈔自明天一閣所藏陳鍾秀二卷本，刊入《四印齋所刻詞》（以下簡稱「四印齋本」）。王鵬運〈跋〉云：

> 原鈔訛奪，幾不可讀，與李鶩校讎再四，方
> 付手民。刻成後，王邁父監倉又為審定姓名
> 之闕誤者，差為完善矣。[13]

　　由此推知，「戊戌本」於詞作頗多闕名，而「四印齋本」雖自言經校讎再四，又審定作者姓名，予以增補，但根據《全唐五代詞》與《全宋詞》所錄，細考其實，並非完全無誤。故以下乃將「戊戌本」及「四印齋本」中，作者題名不一者，以表列之，作一對照比較：

序號	詞　作	所題作者姓名[14]		
		戊戌本	四印齋本	《全唐五代詞》、《全宋詞》
1	玉漏遲（杏花飄禁苑）	闕　名	宋子京	韓嘉彥
2	浣溪沙（水漲魚天拍柳橋）	闕　名	周美成	無名氏
3	高陽臺（紅入桃腮）	闕　名	僧皎如晦	王　觀
4	錦纏道（燕子呢喃）	闕　名	宋子京	無名氏
5	海棠春（流鶯窗外啼聲巧）	闕　名	秦少游	無名氏
6	玉樓春（日照玉樓花似錦）	闕　名	歐陽炯	歐陽炯
7	燭影搖紅（香臉輕勻）	王晉進	王晉卿	周邦彥
8	浣溪沙（雨過殘紅濕未飛）	闕　名	周美成	周邦彥
9	眼兒媚（樓上黃昏杏花寒）	闕　名	秦少游	阮　閱
10	如夢令（樓外殘陽紅滿）	闕　名	晏　殊	秦　觀
11	如夢令（門外綠陰千頃）	闕　名	曹元寵	曹　組
12	如夢令（鶯觜啄花紅溜）	闕　名	秦少游	無名氏
13	點絳脣（紅杏飄香）	闕　名	賀方回	蘇　軾
14	浣溪沙（水滿池塘花滿蹊）	闕　名	張子野	趙令時
15	青玉案（一年春事都來幾）	闕　名	歐陽永叔	無名氏
16	浣溪沙（青杏園林煮酒香）	闕　名	秦少游	歐陽修
17	浣溪沙（一曲新詞酒一盃）	闕　名	晏叔原	晏　殊
18	如夢令（池上春雲何處）	闕　名	周美成	秦　觀
19	謁金門（春雨足）	闕　名	韋　莊	無名氏
20	浣溪沙（樓上晴天碧四垂）	闕　名	周美成	周邦彥
21	瑞鶴仙（臉霞紅映枕）	歐陽永叔	陸子逸	歐陽修
22	謁金門（空相憶）	闕　名	韋　莊	韋　莊
23	武陵春（風住塵香花已盡）	闕　名	李清照	李清照
24	謁金門（愁脈脈）	闕　名	俞克成	陳　克
25	點絳脣（春雨濛濛）	闕　名	何　籀	無名氏
26	點絳脣（鶯踏花翻）	闕　名	何　籀	無名氏

27	滿庭芳（曉色雲開）	闕　名	秦少游	秦　觀
28	金明池（瓊苑金池）	闕　名	秦少游	無名氏
29	浣溪沙（錦帳重重捲暮霞）	闕　名	張子野	秦　觀
30	春霽（遲日融和）	闕　名	胡浩然	胡浩然
31	柳梢青（岸草平沙）	闕　名	僧仲殊	仲　殊
32	桃源憶故人（碧紗影弄東風曉）	闕　名	秦少游	歐陽修
33	眼兒媚（楊柳絲絲弄輕柔）	闕　名	王元澤	無名氏
34	鷓鴣天（枝上流鶯和淚聞）	闕　名	秦少游	無名氏
35	浣溪沙（小院閑窗春色深）	闕　名	周美成	李清照
36	謁金門（鴛鴦浦）	闕　名	秦處度	張元幹
37	醉春風（陌上清明近）	闕　名	趙德仁	無名氏
38	菩薩蠻（南園滿地堆輕絮）	闕　名	何　籀	溫庭筠
39	臨江仙（綠暗汀州三月暮）	闕　名	晁無咎	無名氏
40	怨王孫（夢斷漏悄愁濃酒）	闕　名	李易安	無名氏
41	木蘭花令（都城水綠嬉遊處）	賈胡子	賈子明	賈昌朝
42	憶王孫（萋萋芳艸憶王孫）	闕　名	秦少游[15]	李重元
43	柳梢青（子規啼血）	闕　名	賀方回	蔡　伸
44	畫堂春（落紅鋪徑水平池）	闕　名	徐師川	秦　觀
45	鳳凰閣（遍園林綠暗）	闕　名	葉道卿	無名氏
46	青玉案（凌波不過橫塘路）	闕　名	賀方回	賀　鑄
47	浣溪沙（日射欹紅蠟蒂香）	闕　名	周美成	周邦彥
48	小重山（花過園林清蔭濃）	闕　名	沈會宗	沈　蔚
49	大聖樂（千朵奇峰）	闕　名	康伯可	無名氏
50	聲聲慢（梅黃金重）	闕　名	劉巨濟	無名氏
51	點絳脣（高柳蟬嘶）	闕　名	汪彥章[16]	汪　藻
52	滿江紅（慘結秋陰）	趙元禎	趙元鎮	趙　鼎
53	慶春宮（雲接平崗）	柳耆卿	周美成	柳　永
54	秋霽（虹影侵階）	陳後主	闕　名	無名氏
55	天香（霜瓦鴛鴦）	闕　名	王　充	王　觀
56	憶秦娥（雲垂幙）	闕　名	張國安	朱　熹
57	傳言玉女（一夜東風）	闕　名	胡浩然	晁沖之

58	寶鼎現（夕陽西下）	闕　名	康伯可	范　周
59	喜遷鶯（梅霖初歇）	闕　名	吳子和	黃　裳
60	賀新郎（思遠樓前路）	闕　名	劉潛夫	甄龍友
61	金菊對芙蓉（遠水生光）	辛幼安	闕　名	辛棄疾
62	滿庭芳（紅蓼花繁）	闕　名	張子野	秦　觀
63	柳梢青（有個人人）	闕　名	周美成	無名氏
64	憶秦娥（花深深）	闕　名	孫夫人	鄭文妻
65	聲聲慢（簾移碎影）	闕　名	俞克成	無名氏
66	長相思（紅滿枝）	闕　名	馮延巳	無名氏
67	搗練子（心耿耿）	闕　名	秦少游	無名氏
68	江城梅花引(娟娟霜月冷侵門)	闕　名	康伯可	程　垓
69	燭影搖紅（乳燕穿簾）	闕　名	孫夫人	無名氏
70	虞美人（落花已作風前舞）	闕　名	周美成[17]	葉夢得
71	蘇幕遮（隴雲沉）	闕　名	周美成	無名氏
72	晝錦堂（雨洗桃花）	闕　名	周美成	無名氏
73	滿江紅（斗帳高眠）	闕　名	張安國	無名氏
74	遶佛閣（暗塵四歛）	闕　名	周美成	周邦彥
75	蝶戀花（春事闌珊芳草歇）	闕　名	蘇東坡	蘇　軾
76	青玉案（人生南北如歧路）	闕　名	吳彥高	無名氏
77	千秋歲（塞垣秋草）	闕　名	辛幼安	辛棄疾
78	阮郎歸（歌停檀板舞停鸞）	闕　名	黃魯直	黃庭堅[18]
79	醉落魄（紅牙板歇）	闕　名	黃魯直	無名氏
80	菩薩蠻（哀箏一弄湘江曲）	闕　名	張子野	晏幾道
81	生查子（含羞整翠鬟）	闕　名	張子野	歐陽修
82	絳都春（寒陰漸曉）	闕　名	朱希真	無名氏
83	孤鸞（天然標格）	闕　名	朱希真	無名氏

　　「戊戌本」闕名共76闋，而「四印齋本」所增補之作者姓名，蓋多依「辛卯本」之前闋撰人題名，例如第1、2

、3、4、5、9、10、12、15、16、18、19、23、24、27、28、32、33、34、36、37、39、40、42、45、47、50、51、57、58、60、62、63、64、65、66、67、68、69、70、71、72、74、75、76、77、78、79、80、81等闋均是，然其所補，對錯互見，經由以上諸本之比照，可一目瞭然。另「戊戌本」於篇末附錄之岳飛〈滿江紅〉（怒髮衝冠）、〈小重山〉（昨夜寒蛩不住鳴）及文宋瑞〈沁園春〉（為子死孝）三詞，為「辛卯本」所無；且「戊戌本」中箋註與所附詞話，亦經增刪或改易，蓋「雖經屢亂，尚未盡失其真」[19]耳。

二、分調本

（一）《類編草堂詩餘》

　　明嘉靖庚戌（29年，西元1550年），武陵顧從敬刊刻《類編草堂詩餘》四卷（以下簡稱「庚戌本」），卷內署名「武陵逸史編次，開雲山農校正」，今臺北：國家圖書館收藏。校正者開雲山農，不詳何人；而編次者武陵逸史，或恐即為顧從敬之別號。[20]顧從敬，字汝所，松江之上海人也，父東川公定芳，官御醫，博物洽聞，著稱朝列，諸子清修好學，綽有門風，顧家代傳禮樂，喜購古書名畫、彝器祕玩，富於收藏。何良俊以為是編乃其家藏宋刻本，比世所行本多七十餘調；[21]然王重民《中國善本書提要》則指出：「顧氏所據，殆非宋刻，不過依何本重編之耳。」[22]

　　此「庚戌本」於每卷前列有目錄，著錄調名與詞數，按字數多寡排序，以小令、中調、長調分編，是為依詞調編排之「分調編次本」（簡稱「分調本」）。卷內每闋詞前，均題有春景、夏景、秋景、冬景、春恨、春思、閨情、懷舊等類別。共計選詞443闋，其中71闋為「辛卯本」所無；而「辛卯本」之〈祝英臺近〉（剪酴釀）、〈西平樂〉（稚柳蘇晴）、〈醉蓬萊〉（漸亭皋葉下）等三詞，「庚戌本」中未見收錄。「庚戌本」所選之443闋詞，去其同調異名者[23]，共錄189個詞調，較「辛卯本」多出13個詞調，而「辛卯本」中〈西平樂〉長調，則為「庚戌本」所無，茲以表列詳細比較如下：

卷次	調別	字數	詞數		調數		「庚戌本」較「辛卯本」所增之詞調
			庚戌本	辛卯本	庚戌本	辛卯本	
一	小令	27-58	159	135	46	44	〈青衫濕〉、〈朝中措〉
二	中調	59-91	86	76	45	40	〈唐多令〉、〈風中柳〉、〈四園竹〉、〈新荷葉〉、〈爪茉莉〉
三 四	長調	92-212	198	164	98	92	〈掃地遊〉、〈塞垣春〉、〈慶清朝慢〉、〈南浦〉、〈十二時〉、〈大酺〉、〈戚氏〉

　　又「庚戌本」按字數多寡羅列詞調，當中出現「同調異體」之情形；亦即一種詞調有幾種別體，各體之間，或字數、句讀不同，或用韻不同，或平仄不同，計有下列14調：

詞　　調	詞　　　　作	字　數
浣溪沙	（水漲魚天拍柳橋）等16闋	42
	（手捲真珠上玉鉤） （菡萏香消翠葉殘）	48
卜算子	（春透水波明）等3闋	44
	（胸中千種愁）	45
臨江仙	（巧剪合歡羅勝子）等4闋	60
	（池外輕雷池上雨） （金鎖重門荒苑靜）	58
蘇幕遮	（碧雲天）	62
	（隴雲沉）	60
青玉案	（一年春事都來幾）等3闋	68
	（凌波不過橫塘路）	67
洞仙歌	（雪雲散盡）	85
	（冰肌玉骨） （青煙羃處）	83
	（廉纖細雨）	84
	（飛梁壓水）	86
滿江紅	（春水連天）等4闋	93
	（慘結秋陰）	94
	（東里先生） （腦殺行人）	91

倦尋芳	（露晞向曉）	96
	（獸鐶半掩）	97
水龍吟	（摩訶池上）等8闋	102
	（素肌應怯）	103
秋霽	（虹影侵階）	105
	（壬戌之秋）	104
風流子	（東風吹碧草）等3闋	110
	（新綠小池塘）	109
女冠子	（帝城三五）	110
	（淡煙飄薄）	111
	（火雲初布）	107
	（同雲密布）	114
賀新郎	（篆縷銷金鼎）等10闋	116
	（乳燕飛華屋）	115
蘭陵王	（捲珠箔）	131
	（柳陰直）	130

　　清‧萬樹《詞律‧發凡》曰：「同是一調，字有多少，則調有短長，即為分體，若不分何以為譜觀。」[24]「庚戌本」將同一調名，長短彙列，此應即為後世各詞譜中，所謂之「又一體」[25]。

　　此外，「庚戌本」對於作者之題名，雖以字號為主，但同一詞人或有不同之名稱，例如：有題「蘇子瞻」與「蘇東坡」者，有題「歐陽永叔」與「六一居士」者。其中並無題為「前人」者，但有9闋「闕名」，取與「辛卯本」相較，其所補題之詞人部分與「四印齋本」所增補作者姓名之方式相同，蓋依「辛卯本」之前闋撰人而題，致多有

訛誤；「四印齋本」誤題者，「庚戌本」亦多如之。

　　另「庚戌本」又將「辛卯本」句中之附註，悉數刪除，僅保留詞後附錄之詞話。而尚有明末虞山毛氏汲古閣所刊之《詞苑英華》本——《草堂詩餘》四卷，其卷前有目錄，著錄調名、類別及作者姓名，題「武陵逸史編，隱湖小隱訂」，卷末有毛晉跋語，此本所收，即顧刻「庚戌本」，而刪去詞話部分。

（二）《類選箋釋草堂詩餘》、《類編箋釋續選草堂詩餘》、《類編箋釋國朝詩餘》

　　《類選箋釋草堂詩餘》六卷、續二卷、《國朝詩餘》五卷等三種合刻，為明萬曆甲寅（42年，西元1614年）刊本，臺北：國家圖書館收藏。前有明・陳仁錫〈詩餘敘〉、明・錢允治〈合刻類編箋釋草堂詩餘序〉、陳仁錫〈續詩餘序〉及明・何良俊〈類選箋釋草堂詩餘序〉。

　　《類選箋釋草堂詩餘》（以下簡稱「甲寅本」），卷端首頁題「上海顧從敬類選，雲間陳繼儒重校，吳郡陳仁錫參訂」。重校者陳繼儒，字仲醇，號眉公，松江華亭（今江蘇省松江縣）人，生於明世宗嘉靖三十七年（西元1558年）其為人，博文強識，名重一時，三吳名下士，爭欲得為師友；屢奉詔徵，皆以疾辭，年甫二十九，取儒衣冠焚棄之，隱居崑山之陽，後築室東佘山，杜門著述。工詩善文，短翰小詞，皆極風致，著述宏富，有《眉公全集

》。卒於明思宗崇禎十二年（西元1639年），年八十二。
[26]參訂者陳仁錫，字明卿，別號芝臺，吳之長洲（今江蘇省
吳縣）人，生於明神宗萬曆九年（西元1581年）。天啟壬
戌（2年，西元1622年）賜進士第三人，講求經濟，有志天
下事，以不肯撰魏忠賢鐵券文落職。仁錫性好學，喜著書
，有《無夢園集》。卒於明思宗崇禎九年（西元1636年）
，年五十六，追諡文莊。[27]

　　「甲寅本」與「庚戌本」相同，是為依詞調字數多寡
編排之「分調本」。每卷前列有目錄，然目錄所載之詞調
和詞數，與篇內所錄略有差異，如：卷一目錄載：「〈阮
郎歸〉八調，〈柳梢青〉二調，〈怨王孫〉一調。」而篇
內〈阮郎歸〉僅有四調，〈柳梢青〉三調，〈怨王孫〉二
調。另〈木蘭花令〉二調則未著錄，實際共錄詞434闋，較
「庚戌本」所錄443闋，顯有缺漏；但「庚戌本」未收之〈
西平樂〉一調，卻復見於「甲寅本」中。大體而言，「甲
寅本」與「庚戌本」所選之詞及其編排順序均相同，唯「
庚戌本」分為四卷，「甲寅本」則分為六卷。此外，「甲
寅本」保留「辛卯本」之句中注釋，及詞後所附之詞話；
而在作者方面，仍有闕名之情形，雖有若干已補題，亦多
有誤。

　　《類編箋釋續選草堂詩餘》（以下簡稱「類編續選本
」），分為上、下兩卷，卷內署名「長洲錢允治箋釋，同

邑陳仁錫校閱。」箋釋者錢允治，初名府，後以字行，更字功父，長洲（今江蘇省吳縣）人；貧而好學，年八十餘，有《少室先生集》。錢允治〈合刻類編箋釋草堂詩餘序〉曰：「先刻《草堂詩餘》無如雲間顧汝所家藏本為佳，繼坊間有分類注釋本，又有毘陵長湖外史續集本，………余搜葺國朝名人之作，並毘陵續集，盡加注釋，凡三編焉。」[28]故「類編續選本」原為長湖外史所輯，後由錢允治予以箋釋。

　　「類編續選本」卷上，前有目錄，著錄詞調與詞數，但與篇內所載亦有出入，而卷下前列之目錄則殘缺不全。全書按詞調字數多寡，分為小令、中調、長調，每闋之前並作秋閨、春情、離思、七夕、夏景等分類，是以屬於「分調編次本」。所選作品皆為「甲寅本」未收者，其中除〈鷓鴣天〉「春晴」，有目無詞外，共計選詞221闋，所錄詞調，將缺漏、錯誤之處，予以補正，[29]並去其同調異名者，[30]計有68調，當中〈相見懽〉、〈山花子〉、〈減字木蘭花〉、〈憶少年〉、〈瑞鷓鴣〉、〈唐多令〉、〈繫裙腰〉、〈鳳銜杯〉、〈一叢花〉[31]、〈惜紅衣〉、〈長相思（慢）〉[32]、〈琵琶仙〉、〈涼州令〉等13調，未見於「庚戌本」。此外「類編續選本」中，將〈木蘭花〉、〈南鄉子〉、〈鵲橋仙〉、〈虞美人〉、〈一斛珠〉、〈踏莎行〉等列為中調，而「庚戌本」，則將之歸屬小令；又「類編

續選本」中，〈洞仙歌〉為長調，而「庚戌本」則為中調。可見「類編續選本」與「庚戌本」，依字數判別小令、中調與長調之標準並不一致。

「類編續選本」選詞之範圍，涵括唐、五代、宋、金、元、明等朝，其中作者之題名，大致以字號為主，但仍有同一人而稱呼不同者，如：有題「陸渭南」、「陸務觀」與「陸放翁」者；有稱「晏小山」與「晏叔原」者。當中亦多有誤題作者姓名，或撰人姓氏可考而題為無名氏之情形，茲據《全唐五代詞》、《全宋詞》、《全金元詞》及《明詞彙刊》等，予以考證（參見【附錄二】）。合計「類編續選本」選錄之詞家，除無名氏外，共有66人；其中宋代詞人即占51位，是以「類編續選本」選詞之範圍，雖從唐、五代至於明代，然仍以宋詞為選詞之主要依據。

《類編箋釋國朝詩餘》（以下簡稱「國朝本」），五卷，前有錢允治撰〈類編箋釋國朝詩餘序〉，卷內署名「長州錢允治功甫編，同邑陳仁錫明卿釋。」每卷之前列有目錄，著錄調名及詞數，與篇內實際所錄稍有差異，而卷五之目錄則殘缺不全，共計選詞463闋。全書亦是以字數多寡，按小令、中調、長調次序編排，是為「分調編次本」。「國朝本」部分詞作於前有編者所題，如：客中、春情、美人、秋雁、遇舊等分類；而其餘或為作者自題之小序，如楊用修〈鷓鴣天〉：「乙酉九日」。劉伯溫〈浣溪沙

〉：「處州葉叔安溪南草堂」、王元美〈小諾皋〉：「偶有所感信筆為長短句一首，第以新名不足繩，曰：〈小諾皋〉，蓋取酉陽生之旨云耳。」已與「辛卯本」、「庚戌本」之分類方式有所不同。又「國朝本」於所選錄之部分詞調下，增註異名，或亦略述調名源起，如〈望江南〉調下註云：「〈望江南〉者，朱屋李太尉鎮關西日，為亡姬謝秋娘作〈望江南〉曲，又名〈夢江南〉，又名〈望江梅〉、〈憶江南〉、〈夢游仙〉、〈江南好〉。」故全書除同調異名者外，[33]計有144調；而小令、中調、長調劃分之標準，原則上與「庚戌本」相同，但其中〈玉樓春〉、〈木蘭花〉二者，應為同調異名，[34]但一為小令，一屬中調，則顯然有誤。另「國朝本」以詞人之字題名，於首闋下簡述作者名、號、籍貫或官位等，若為承前所題，則多空缺不註，除「無名氏」之外，總計收錄26位明代詞家作品，而以楊用修、王元美、劉伯溫、吳純叔、文徵仲等五人為多，均在40闋以上，其中楊用修之詞作，更多達113闋，是知「國朝本」乃以選錄明人作品為主。

三、批點本
（一）《草堂詩餘》

　　明・楊慎評點《草堂詩餘》五卷，為明吳興閔映璧刊朱墨套印本（以下簡稱「閔刊本」），臺北：國家圖書館藏。前有楊慎〈草堂詞選序〉及卷一至卷五目錄，著錄調

名、類別與作者姓名，並按詞調字數多寡，以小令、中調
、長調為序編排，與「分調本」性質相同，然因卷內署名
「西蜀升菴楊慎批點，吳興文仲閔映璧校訂」。可知楊慎
之批點，為其主要特色，故別歸一類，是為「批點本」。
批點者楊慎，字用修，別號升菴，四川新都（今四川省新
都縣）人，生於明孝宗弘治元年（西元1488年）。慎幼警
敏，十一歲能詩，十二歲擬作〈古戰場〉文；年二十四，
舉正德六年（西元1511年）殿試第一，授翰林修撰。世宗
嘉靖三年（西元1524年），以議大禮，伏闕泣諫，廷杖幾
絕。謫戍雲南永昌衛，歷三十八年，遍覽湖山，以詩酒自
娛；慎投荒多暇，書無所不讀，好學窮理，晚年學益博，
纂述甚富，詩文外雜著至一百餘種，後於嘉靖四十年（西
元1561年）卒於滇，年七十有四，天啟中追諡文憲。[35]而校
訂者，閔映璧，則生平不詳，事蹟無有記載。

　　「閔刊本」依據「庚戌本」，分全詞為五卷，刪其所
附詞話，而加上楊慎之批點。於卷二較「庚戌本」缺〈玉
樓春〉（鞦韆院落重簾暮）及〈鵲橋仙〉（纖雲弄巧）兩
闋；於卷四則缺〈水龍吟〉（摩訶池上追遊路）下半闋，
及〈水龍吟〉（鬧花深處層樓）、（弄晴臺館）兩闋；而
於卷末則多收〈西平樂〉（稚柳蘇晴）一闋，共選詞440闋
。楊慎評點之方式，以眉批為主，句旁間或有批語，於詞
調下則說明調名之源起，並用圈（。）點（、）之符號，

標示出作品之精粹佳處。

　　「閔刊本」所題作者，有三闋與「庚戌本」不同，如〈春從天上來〉（海角飄零），「庚戌本」題吳彥章作，「閔刊本」更正為吳彥高作；而〈賀新郎〉（睡起流鶯語），「庚戌本」題葉夢得作，「閔刊本」則誤題為李玉所作；又〈秋霽〉（虹影侵階）一詞，「庚戌本」題陳後主作，「閔刊本」題李後主作，實應為無名氏之作品。另「閔刊本」亦將「庚戌本」中9闋「闕名」詞作，予以補題作者姓名，但多有錯誤，茲以《全唐五代詞》及《全宋詞》為據，加以比對校正：

詞　　作	所　題　作　者　姓　名[36]	
	閔刊本	《全唐五代詞》、《全宋詞》
點絳脣（新月娟娟）	汪彥章	汪彥章
浣溪沙（小院閒窗春色深）	周美成	李清照
浣溪沙（雨過殘紅濕未飛）	歐陽永叔	周邦彥
浣溪沙（手捲真珠上玉鉤）	李景（璟）	李　璟
菩薩蠻（金風簌簌驚黃葉）	秦少游	無名氏
齊天樂（疏疏幾點黃梅雨）	周美成	楊無咎
喜遷鶯（梅霖初歇）	吳子和	黃　裳
秋霽（壬戌之秋）	朱希真	無名氏
賀新郎（步自雪堂去）	宋謙父	無名氏

　　「閔刊本」增補作者姓名之方式，亦多依前闋撰人而

題，是以9闋詞中，即有7闋題名錯誤。而楊慎之批點，對
於其中所題之作者，有不同之意見，如於〈點絳脣〉（高
柳蟬嘶）、（新月娟娟）之眉批云：「以下二詞乃東坡次
子蘇叔黨過所作，是時方禁坡文，故隱其名。」（卷一）
；據查唐圭璋《全宋詞》於蘇過〈點絳脣〉（新月娟娟）
後之案語曰：「此首《能改齋漫錄》卷十六、《玉照新志
》卷四，並作汪藻詞，黃公度《知稼翁詞》有和詞。惟黃
昇以為蘇過作，且云：『此詞作時方禁坡文，故隱其名以
傳於世。今或以為汪彥章所作，非也。』黃昇當另有所本
，茲兩收之。」[37]顯見楊慎之說，乃參酌黃昇之論述。又楊
慎於〈秋霽〉（虹影侵階）之眉批云：「此亦胡浩然作也
，何等妄人將此詞添入陳後主名，六朝安得有此慢調；況
『孤鶩』、『落霞』，乃王勃序，後主豈預知而引用之耶
。」（卷五）；六朝時固未有此詞，然亦非胡浩然所作，
《全宋詞》於無名氏〈秋霽〉（虹影侵階）後註曰：「案
此首原題陳後主作，其時尚未有詞，必非。今編無名氏詞
內。此首別又誤作李煜詞，見錢允治《類選箋釋草堂詩餘
》卷五、崑石山人本《類編草堂詩餘》卷四、胡桂芳本《
類編草堂詩餘》卷中。此首別又作胡浩然詞，見沈際飛本
《草堂詩餘正集》卷五，蓋本楊慎《詞品》卷二之說，出
自臆測，亦不足據。」[38]由此可知，楊慎評點之內容，亦或
有誤，當仔細辨證。[39]

　　清光緒十三年（西元1887年），山陰宋澤元據「閔刊本」覆刻校刊《草堂詩餘》五卷，收入《懺花盦叢書》。每闋詞後，多載有宋澤元之校訂語，其〈序〉曰：「其詞句與他本互異，及於本詞事有關涉者，隨筆記識得百餘條，棄之可惜，因附泐於各詞之後。」[40]其並將「閔刊本」卷四所缺漏之〈水龍吟〉（摩訶池上追遊路）、（鬧花深處層樓）及（弄晴臺館）等三闋詞，予以補錄。另明・朱之蕃於萬曆晚期刊刻《詞壇合璧》四種，為明金閶世裕堂刊本，其中所收《草堂詩餘》，即是據楊慎所批點之五卷本重刊。

（二）《古香岑草堂詩餘四集》

　　明・沈際飛評選《古香岑草堂詩餘四集》（以下簡稱「草堂四集」），十七卷，為明崇禎間太末翁少麓刊本，其中包括四部詞選：（1）《草堂詩餘正集》六卷；（2）《草堂詩餘續集》二卷；（3）《草堂詩餘別集》四卷；（4）《草堂詩餘新集》五卷。臺北：國家圖書館收藏。各詞集中有沈際飛之眉批語及箋註，並以不同符號，代表不同之評點意義，沈氏〈古香岑草堂詩餘四集發凡〉「著品」項云：「其靈慧新特之句，用『○』；爾雅流麗之句，用『、』；鮮奇警策之字，用『◎』；冷異巉削之字，用『ゝ』；鄙拙膚陋字句，用『｜』。復用『・』讀句，以便覽者，不囁嚅於開卷，心良苦矣。」[41]故將「草堂四集」歸

之於「批點本」。[42]其卷首附有明・秦士奇〈草堂詩餘敍〉，明・來行學〈草堂詩餘原序〉、明・沈際飛〈草堂詩餘四集序〉、明・沈瓚〈跋〉語，以及沈際飛〈古香岑草堂詩餘四集發凡〉。而評選者沈際飛，字天羽，號吳門鷗客，吳郡人（約今江蘇省東南部），詳盡生平資料則未見記載。

《草堂詩餘正集》六卷（以下簡稱「正集本」），前有明・何良俊〈草堂詩餘原序〉，卷內署名「雲間顧從敬類選，吳郡沈際飛評正」，每卷之前列有目錄，以字數多寡，按小令、中調、長調之序編排，著錄調名與闋數。沈氏〈古香岑草堂詩餘四集發凡〉曰：「《正集》裁自顧汝所手，此道當家，不容輕為去取。其附見諸詞，並鱗次其中。」[43]是以「正集本」內容與「甲寅本」大體相同，唯較「甲寅本」多「舊註」、「補亡」及「訂入」之調，共22闋。又於卷一〈浣溪沙〉「訂出」二調，比「甲寅本」少（手捲真珠上玉鉤）、（菡萏香消翠葉殘）兩闋。而每闋詞前均有分類之題，但題名卻往往與詞意內容不符，沈際飛則予以改題，如：卷二〈臨江仙〉（巧剪合歡羅勝子），原題「立春」，沈氏題為「人日」，並於其下註云：「作立春誤」。另於作者方面，沈氏並將誤題撰人姓名者，加以改正，如：卷二〈蝶戀花〉（鐘送黃昏雞報曉）題王晉卿撰，下註曰：「誤刻少游」；然亦不免有誤，如：卷

五〈齊天樂〉（疏疏幾點黃梅雨），題周美成撰，並註曰：「一刻無名氏」，但據《全宋詞》查考，應為楊無咎所撰。

　　《草堂詩餘續集》分上、下二卷（以下簡稱「續集本」），前有明·黃河清〈草堂詩餘原序〉，卷內署名「毘陵長湖外史類輯，姑蘇天羽居士評箋」。沈氏〈古香岑草堂詩餘四集發凡〉曰：「《續集》視顧選尤精約，悉仍其舊。」[44]是以「續集本」之編排方式、詞調著錄、分類改題、更正撰人等要項，一如「正集本」之形式，所選內容大體上與「類編續選本」一致，唯於卷上補〈西江月〉（寶髻鬆鬆挽就）一闋，訂出〈菩薩蠻〉（鬱孤臺下清江水）及〈憶秦娥〉（風蕭瑟）兩闋。而「類編續選本」於卷下〈鵲橋仙〉有（纖雲弄巧）一詞，沈氏卻改錄於「正集本」，註曰：「此詞蘇本刻在《續集》誤。」[45]又卷下黃庭堅〈滿庭芳〉題為「夏景」者，「續集本」錄（修水柔藍）一詞，「類編續選本」則錄（顏色翠縮）詞，然「類編續選本」此詞不見載於《全宋詞》，且僅73字，顯然有誤；同時「續集本」亦將「類編續選本」中，卷上〈清平樂〉（別來春半）與〈鷓鴣天〉「春晴」後所缺漏之詞，予以補錄。

　　《草堂詩餘別集》四卷（以下簡稱「別集本」），前有古香岑居士沈際飛〈草堂詩餘別集小序〉，卷內署名「

婁城沈際飛選評，東魯秦士奇訂定」。每卷之前列有目錄，著錄調名與闋數，並按字數多寡，分為小令、中調、長調，計選詞464闋，共162個詞調。沈氏〈古香岑草堂詩餘四集發凡〉曰：「《別集》則余僭為排纘，自宋泝之，而五代、而唐、而隋；自宋沿之，而遼、而金、而元。博綜《花間》、《樽前》、《花菴選》、宋元名家詞，以及稗官逸史，卷凡四，詞凡若干首。」[46]是以「別集本」所錄詞家，除無名氏外，計約179人，其中宋朝詞人幾佔三分之二，餘者上自隋、唐、五代，下及金、元、明各朝，均有選錄，涵蓋範圍甚廣。

　　《草堂詩餘新集》五卷（以下簡稱「新集本」），前有吳郡錢允治〈國朝詩餘原序〉，卷端首頁題「吳郡沈際飛評選，錢允治原編」。每卷之前亦列有目錄，以字數多寡編排，分為小令、中調、長調，著錄調名與詞數，計選詞524闋，共152個詞調。沈氏〈古香岑草堂詩餘四集發凡〉曰：「《新集》錢功父始為之，恨功父蒐求未廣，到手即收，故玉石雜陳，竽瑟互進，茲刪其什之五，補其什之七，甘於操戈功父，不至續尾顧公。」[47]因而「新集本」應是根據「國朝本」予以增刪重訂，其中刪除「國朝本」中158闋詞，另增錄詞219闋；並刪去「國朝本」中14個詞調，而新增20個詞調，[48]沈際飛評曰：「宋詞元曲有名同而調實不同者，如楊用修〈一枝花〉、〈折桂令〉諸作乃曲也

，混入集中何耶？」[49]可見「新集本」刪去了「國朝本」中，不屬於詞之曲調。又「國朝本」與「新集本」對以字數多寡為據，而分為小令、中調、長調之編排原則，亦稍有出入，如〈瑞鷓鴣〉一調，56字，「國朝本」將之列入中調，「新集本」則將其歸於小令。至於所錄詞家，「新集本」僅刪去「國朝本」中王濟之一人，卻增添47位詞家，擴大選詞之層面，其中更錄有沈際飛個人之作品14闋。

貳、選詞原因

　　明代重編或續編《草堂詩餘》者甚多，上述僅就知見，即有十一種相關之詞選；然由宋而明，隨時代之嬗遞，風氣之丕變，為應時事之需要，其編選之旨則有所不同，歸納言之，有以下幾點：

一、應歌娛樂

　　龍沐勛〈選詞標準論〉一文云：「詞集之編次，無論別集與選本，凡以宮調類列，或以時令物色分題者，皆所以便於應歌。」[50]《草堂詩餘》分類本，即以節序、天文、地理、人物、人事等類分題，且「辛卯本」後集卷上「上巳」類中，〈春雲怨〉一調下註有：「黃鍾商」；「重陽」類中，〈六么令〉調下註有：「仙呂」；又「除夕」類中，〈送入我門來〉調下亦註曰：「黃鍾商調」，雖未每闋皆加以標註，或以宮調類列，但可知《草堂詩餘》所選

，應是以便於歌唱為主，而陳振孫《直齋書錄解題》並將其納入「歌詞類」。清·宋翔鳳《樂府餘論》云：

> 《草堂》一集，蓋以徵歌而設，故別題春景、夏景等名，使隨時即景，歌以娛客。題吉席慶壽，更是此意。其中詞語，間與集本不同。其不同者，恆平俗，亦以便歌。以文人觀之，適當一笑，而當時歌伎，則必需此也。[51]

顯見《草堂詩餘》於宋人編選之初，以嘌唱為宗，可為宴饗侑觴之用，娛賓遣興之資，為應歌而作，屬於通俗性之選歌唱本。

二、說唱采擇

作為口頭文學之說唱與演講故事之「說話」技藝，自唐代即有之，至宋代，游藝劇場（瓦市勾欄）之說話藝術愈趨成熟。宋、元間，此等作為演唱用之腳本，稱為「話本」；其中有以演講為主，同時夾有詩詞、吹彈吟唱者，則稱為「詩話」或「詞話」。吳世昌於〈《草堂詩餘》跋——兼論宋人詞集與話本之關係〉曰：

> 當時藝人說唱故事，既須隨時唱詩或詞，而故事雖可臨時「捏合」，詩詞則須事前準備

　　；非有素養，難於臨時引用。………其中素
有學養者，固可翻閱專集，而一般藝人則頗
需簡便之手冊，以資隨時應用。《草堂詩餘
》將名人詞分類編排，輒加副題，實為應此
輩藝人需要而編，故雖為選集而又名「詞話
」。說話人得之，才高者可借此取經，據以
擬作；平庸之輩，亦可直采時人名作，以增
加說話之興味。其為宋代說話人而編之專業
手冊，非為詞人之選讀課本，昭然若揭。[52]

　　吳氏所謂「故雖為選集而又名『詞話』」，是指如「
辛卯本」雖題作「增修箋註妙選群英草堂詩餘」，而又於
前集上、下卷之首標示「名賢詞話」，於後集上、下卷之
首則標示「群英詞話」，因之《草堂詩餘》具有「詞話」
性質，乃為備唱而編，以便於說話藝人所采擇。施議對《
詞與音樂關係研究》書中亦提及：「《草堂詩餘》所選都
是兩宋名家代表作，在社會上廣為流傳，說話人有時直接
采擇其中名什用以演唱，有時變換語句，或更改作者姓名
，將歌詞移入話本。」[53]然為更切所需，後人乃據原選加以
增添，以「辛卯本」為例，總計新添82闋，新增23闋，按
事類分列如下：

項目	春景	夏景	秋景	冬景	節序	天文	地理	人物	人事	花禽	合計
新添	32	6	13	3	6	7	4	4	3	4	82
新增	3	2	0	0	0	0	0	0	16	2	23

其中新添者，以「春景類」32闋為最多，由所加副題，可知內容包括：春情、春晚、春恨、春遊、春思等；而新增者以「人事類」16闋為最多，內容以閨情、離別、感舊、慶壽等為主。姑不論詞中之副題與詞意是否相合，春景、人事類當中所表現之主題，確為話本中最常演說之題材。故宋、元之際，經後人加以「增修箋註」之《草堂詩餘》，選詞目的在於備唱，以應說唱者及話本作者之需，即吳世昌所言：「其為宋代說話人而編之專業手冊」也。

三、初學模習

詞至明代，樂譜散佚，詞樂失傳，以致《草堂詩餘》初編時之應歌性質不復存在，蕭鵬《群體的選擇——唐宋人選詞與詞選通論》曰：「唐宋詞樂失傳之後，我們再也無法喚醒它的唱本功能，無法不把它當作讀本來消費。」[54]因之顧從敬乃按字數多寡，將詞分成小令、中調、長調重新編排，以應時代之需。舍之〈歷代詞選集敘錄：草堂詩餘〉有言：

　　宋本依體材內容分類，蓋當時用以選歌，有
此需要。至明代，詞已不用於歌筵，而為文
人填詞之兔園冊子，以詞調長短區分為便。
故此本（顧從敬刻《類編草堂詩餘》）既出
，而舊本漸廢。清人所讀，大抵皆此本也。[55]

　　同時，《草堂詩餘》詞中之註釋，及所錄詞話，皆有
助於讀者參考、學習之用。趙叔雍〈金荃玉屑——讀詞雜
記：草堂詩餘跋〉云：「其時風氣如斯，人人既以能占韻
語為韻事，坊肆於是擇其淺近易解，以及流播最廣之諸調
，彙而輯之，以示初學之模楷。」[56]而後錢允治箋釋《類編
箋釋續選草堂詩餘》、錢允治編《類編箋釋國朝詩餘》，
及沈際飛評選《古香岑草堂詩餘四集》等續選、補選之相
關詞集，陸續完成，主要用意，即在擴大《草堂詩餘》原
有之選詞範圍，使其更合乎作為模習讀本之要求。宋澤元
〈草堂詩餘序〉曰：

　　予年十五，肄業劉鏡河太守郡齋，得見吳門
　　沈天羽評釋《草堂詩餘》一帙，分正、續、
　　別、新四集。維時童子無知，尚不諳讀書之
　　法，惟頗愛其評騭精當，注釋審密，曾手錄
　　《正集》小令一卷，視為枕中秘久矣。[57]

　　是以《草堂詩餘》自明代「分調本」出現後，已非用

以侑觴之歌集，而係被學子視為枕中秘寶之學習讀本。

參、選詞標準

　　明・俞彥《爰園詞話》載：「周長卿元曰：『選《草堂》詞，亦如《昭明文選》，但入選面目都相似，不入者非無佳詞，但覺有倀氣。』此語良然。選《草堂》者，小令、中調，吾無間然；長調亦微有出入，非惟作者難，選者亦難耳。」[58]選詞之難，難於去取，而《草堂詩餘》又一再經增補翻刻，選詞標準難以確知，然就詞選內容及歷代學者之論述，可整理歸納為以下兩點：

一、淺近通俗，順應風氣

　　《草堂詩餘》所選錄之三百多闋詞，為取便歌者，是以題材多樣；書賈為投俗所好，因而精粗雜存。如：柳永〈八聲甘州〉：「霜風淒緊，關河冷落，殘照當樓。」此語於詩句「不減唐人高處」[59]，然《草堂詩餘》不選此，而選其鄙俗之作，如「願嬭嬭、蘭心蕙性，枕前言下，表余深意。」（〈玉女搖仙佩〉）。又胡浩然〈東風齊著力〉（殘臘收寒）及〈送入我門來〉（荼壘安扉）二詞，亦在集中，蕭鵬以為其陳詞濫調，俗氣薰人，若非入樂傳唱，殆難流傳至今。[60]清・朱彝尊《詞綜・發凡》曰：「填詞最雅無過石帚，《草堂詩餘》不登其隻字，見胡浩立春吉席之作，蜜殊詠桂之章，亟收卷中，可謂無目者也。」[61]又言

：「《草堂詩餘》所收，最下，最傳。」[62]由於《草堂詩餘》在編選之初，因具歌本、話本之性質，為應市井大眾之需，俾便傳唱廣遠，故寧棄高遠雅正之作，而以「淺近通俗」為選詞標準。然清·譚獻《復堂詞話》載：

> 《草堂》所錄，但芟去柳耆卿、黃山谷、胡浩然、康伯可、僧仲殊諸人惡札，則兩宋名章迴句，傳誦人間者略具，宜其與《花間》並傳，未可廢也。《詩餘》續編二卷，不知出何人，擇言雅矣。然原選正不諱俗，蓋以盡收當時傳唱歌曲耳。續采及元人，疑出明代。然卷中錄稼軒、白石諸篇，陳義甚高，不隨流俗，明世難得此識曲聽真之人。[63]

　　顯見明代所編《草堂詩餘》之續選、補選本，已汰其近俳近俚者，另擇詞清意遠、高曠典雅諸作以替之，是以由宋至明，因詞風之改變，與社會風氣之轉移，《草堂》選詞之依歸，已然發生變異。

二、纖麗婉約，柔情曼聲

　　《草堂詩餘》選入張東父〈驀山溪〉（青梅如豆）一闋，楊慎《詞品》以為張東父其詞婉媚風流。[64]然不獨此闋，就《草堂》整體風格而言，穠纖綿麗，正為其選詞特色。何良俊〈類選箋釋草堂詩餘序〉曰：

> 然樂府以皦迳揚厲為工，詩餘以婉麗流暢為
> 美，即《草堂詩餘》所載，如周清真、張子
> 野、秦少游、晁叔原（按：應為晏叔原之誤
> ）諸人之作，柔情曼聲，摹寫殆盡，正辭家
> 所謂當行，所謂本色者也。[65]

《草堂》以麗字取妍六朝，編選者將此視為「當行」、「本色」[66]，並奉為圭臬，因之明代《草堂》之續選、補選本，所選之詞，仍秉持婉變近情、流麗動人之旨，予以延續承襲。黃河清〈草堂詩餘原序・續集〉有言：

> 所刻續集中，如李後主之秋閨，李易安之閨
> 思，晏叔原之春景，蕭竹屋之紀夢、懷舊，
> 周美成之春情，無名氏之有感，張子野之楊
> 華，歐陽永叔之閨情、採蓮，蘇子瞻之佳人
> ，楊孟載之莫春，朱淑真之閨情，程正伯之
> 秋夜，以此數闋，授一小青蛾拔銀箏、倚綠
> 窗作聲，則繞梁遏雲，亦足令多情人魂銷也
> 。[67]

不同之作者，不同之題材，卻呈現同樣令人多情銷魂之風格，其選旨亦可概見。秦士奇〈草堂詩餘敘〉，尤確切說明沈際飛評選《草堂四集》之標準及原則：

> 然歷朝近代皆有一種古雋不可磨滅處，余故
> 商之沈天羽氏，以《正》、《續》兩集，並
> 我明《新集》，為之正次訂舛，抉媺擷芳，
> 先識古今體製，雅俗脫出，宿生塵腐氣，大
> 約取其命意遠、造語鮮、煉字響、用字便，
> 典麗清圓，一一粘出；至於《別集》，則歷
> 朝近代中所逸，辭意穎拔，風韻秀上，騷不
> 雄、麗不險、質不率、工不刻，天然無雕飾
> 。[68]

　　沈氏選詞之過程，就造語用字、風格命意上，處處講求，從而取其騷、麗、質、工之作，唯須符合不雄、不險、不率、不刻之要求。故綜而言之，《草堂詩餘》之通俗性，因時代風氣之不同，而有所改異；但其「柔情曼聲」之特色，以及「纖麗婉約」之選錄標準，則始終如一。

肆、《草堂詩餘》之影響

　　《草堂詩餘》流傳至今，七、八百年間，存而不廢，籠罩詞壇，其建構體製，形成詞風，尤對明、清兩代影響甚鉅，故擬從以下幾方面，分別加以闡述：

一、崇北宋薄南宋，使明代詞風趨於衰頹

　　《草堂詩餘》選取作品之時代跨度，由晚唐至金代，範圍頗廣；然因編選者個人之學養、喜好，及時俗風氣之

趨向，所選難免有所偏倚。以「辛卯本」而言，選錄詞家
116人中，除無名氏外，包括：晚唐、五代10人，北宋42人
，南宋（南渡）63人，[69]金代1人；雖然南宋詞人多於北宋
詞人，但所收錄之375闋詞中，北宋詞卻多達202闋，南宋
詞113闋，晚唐、五代詞20闋，金代詞則僅有1闋。顯然《
草堂》所選，北宋詞人之作品已超過半數，茲將選詞在五
闋以上之詞家表列如次（詞人以時代歸類，並按總詞數之
多寡排列）：

時代	詞　人[70]	原選	新添	新增	合計
北	周邦彥	25	21	5	51
	蘇　軾	22	3	0	25
	秦　觀	19	1	0	20
	柳　永	10	5	1	16
	歐陽修	11	0	0	11
	黃庭堅	8	0	0	8
宋	晏幾道	4	1	0	5
	仲　殊	5	0	0	5
南	康與之	4	5	1	10
	辛棄疾	1	8	1	10
	李清照	4	1	2	7
宋	趙令畤	5	0	0	5
	胡浩然	4	1	0	5
晚唐五代	李　煜	5	0	0	5

　　由上表統計，可知《草堂詩餘》「辛卯本」選錄之詞
在五闋以上者，北宋8家，南宋5家，晚唐、五代1家，總計
14家；以周邦彥居冠：原選25闋、新添21闋、新增5闋；而
辛棄疾原選僅1闋，於後人增修時始增錄9闋（新添8闋、新
增1闋）。然另就「辛卯本」全書而言，其中原選未收，而
於增添時始選錄之詞人，北宋有8人，南宋則有12人，晚唐
、五代4人；可知南宋多數詞人與作品，係後人增修《草堂
》時，始入選其中。而全書仍以輕婉秀麗、富豔精工之北
宋格調為主，流風所及，使有明一代詞壇，亦彌漫柔靡纖
豔之創作風格。明・王世貞《藝苑卮言》載：

> 詞者樂府之變也。………蓋六朝諸君臣，頌
> 酒賡色，務裁豔語，默啟詞端，實為濫觴之
> 始。故詞須宛轉綿麗，淺至儇俏，挾春月煙
> 花於閨幨內奏之。一語之豔，令人魂絕；一
> 字之工，令人色飛，乃為貴耳。至於慷慨磊
> 落，縱橫豪爽，抑亦其次。不作可耳，作則
> 寧為大雅罪人，勿儒冠而胡服也。[71]

　　王世貞以為「宛轉綿麗，淺至儇俏」為詞之特點，並
以豔冶為正則，不尚慷慨豪爽之氣；此一觀念之形成，對
明代詞壇實造成不良之影響。蔣兆蘭《詞說》曰：

　　獨至詩餘一名，以《草堂詩餘》為最著，而
誤人為最深。所以然者，詩家既已成名，而
於是殘鱗剩爪，餘之於詞；浮煙漲墨，餘之
於詞；詼嘲褻諢，餘之於詞；忿戾慢罵，餘
之於詞；即無聊酬應、排悶解酲，莫不餘之
於詞。亦既以詞為穢墟，寄其餘興，宜其去
風雅日遠，愈久而彌左也。此有明一代詞學
之蔽，成此者升庵、鳳洲諸公，而致此者實
詩餘二字有以誤之也。[72]

　　以上所論，明白指出明詞之弊病及缺陷。而後，《草
堂詩餘》續選本出，茲據錢允治箋釋之《類編箋釋續選草
堂詩餘》及沈際飛《草堂詩餘別集》二書，分析其中詞作
選錄之情形，以探討明代詞學觀念之演進；試將選詞在五
闋以上者，表列如下（詞人以時代歸類，而按「類編續選
本」中詞數之多寡排列）：

時代	詞　人[73]	類編續選本	別集本
晚五唐代	李　煜	10	
	孫光憲		6
	韋　莊		5
北宋	歐陽修	25	
	秦　觀	19	5
	蘇　軾	16	15
	晏幾道	7	
	黃庭堅	7	7
	賀　鑄	6	
	張　先		5
南宋	程　垓	11	
	朱敦儒	10	
	辛棄疾	6	22
	蔣　捷		40
	劉克莊		14
	陸　游		11
	黃　昇		10
	史達祖		9
	劉　過		9
	姜　夔		7
	嚴　仁		7
	劉仙倫		6
	吳文英		6
	許　庭		5
	高觀國		5
	詹　玉		5
明代	楊　基	10	

「類編續選本」共選錄詞家66人，其中詞作在五闋以上者，北宋有6人，南宋僅3人，選詞比例仍偏重北宋。然「別集本」之情況卻不相同，詞作五闋以上者，北宋有4人，南宋則有14人，且選錄詞數最多者為：南宋蔣捷40闋，其次為辛棄疾22闋，可見選詞之重心已移至南宋。另於「辛卯本」中稱首之周邦彥，「類編續選本」僅錄1闋，「別集本」亦只錄2闋。此種改變，或係作為《草堂詩餘》之續補本，所呈現之必然趨勢；唯無可否認，明代詞壇在《草堂》後續選本之影響下，已留意及南宋詞，並為將來詞學之復興預藏先機。而明代詞人於《草堂》風行之際，縱使名家之作，亦遠不及宋人；蓋其詞柔靡近俗，缺乏新意，無怪乎歷來論詞者，皆謂明代詞學搖落、詞風衰頹。

二、按詞調編排，小令、中調、長調三分法遂成常規

「詞調」原指詞所依據之樂曲，主要係配合音樂之節拍，並無明確之分類標準。如令、引、近、慢，為當時通行之體製，其間之區別，乃在於音律結構之不同，而後由於創作觀念之改變，樂譜失傳，「知音」之人漸疏，多數詞作已不復可歌。施議對《詞與音樂關係研究》曰：

> 北宋人作詞，以是否入律可歌定優劣，多數
> 為了入唱；南宋人作詞，多數則把注意力轉
> 移到文字的音響上面來，作者「按調填詞於

四聲」，未必「依譜用字」。詞至南宋，實
際上已逐漸朝著與音樂相脫離的方向發展。[74]

　　詞至南宋，既與音樂漸趨分離，因之顧從敬《類編草
堂詩餘》，乃依詞調篇幅長短，首創以小令、中調、長調
三分法編排：卷一小令，自〈搗練子〉（27字）至〈小重
山〉（58字）；卷二中調，自〈一剪梅〉（59字）至〈夏
雲峰〉（91字）；卷三、卷四長調，自〈東風齊著力〉（
92字）至〈戚氏〉（212字）。顧從敬於分調時，並未確切
規定出字數的範圍，故清・沈雄《古今詞話・詞品》上卷
謂：

　　唐宋作者，止有小令曼詞。至宋中葉而有中
　　調、長調之分，字句原無定數，大致比小令
　　為舒徐，而長調比中調尤為婉轉也。今小令
　　以五十九字止，中調以六十字起，八十九字
　　止，遵舊本也。[75]

又清・毛先舒《填詞名解》卷一云：

　　凡填詞五十八字以內為小令，自五十九字始
　　至九十字止為中調，九十一字以外者俱長調
　　也，此古人定例也。[76]

沈雄《古今詞話》僅籠統提出小令、中調之字數，而

毛先舒則據顧氏所編立下界說，成為通例，但其所論，尚有缺失，難稱周延。[77]清‧萬樹《詞律‧發凡》，即曾加以駁正曰：

> 愚謂此亦就《草堂》所分而拘執之。所謂定例，有何所據。若以少一字為短，多一字為長，必無是理。如〈七娘子〉有五十八字者，有六十字者，將名之曰小令乎？抑中調乎？如〈雪獅兒〉有八十九字者，有九十二字者，將名之為中調乎？抑長調乎？故本譜但敘字數，不分小令、中、長之名。[78]

萬樹明白指出以字數多寡，劃分小令、中調、長調之矛盾處，然在詞家已無法掌握詞調音樂性之同時，此種界定，乃成為唯一可以遵循之原則。即如蕭鵬《群體的選擇——唐宋人選詞與詞選通論》一書所言：「其以小令、中調和長調三分法選詞，反映了唐宋詞樂既已失傳之後，詞家對詞體聲律的尋找和補救心理；反映了選家欲合訂譜與選詞為一體，將詞選選成既是玩味欣賞的讀本，又是填詞創作的格律準式的努力和追求。」[79]因而自顧從敬《類編草堂詩餘》之後，此三分法之概念，即一直流衍至今。

三、明代詞選大都與《草堂》密切相關

《草堂詩餘》編排之類型，主要有兩大體系：一為按

事項分類排列之「分類編次本」，另一為依詞調篇幅長短排列之「分調編次本」。自《草堂》之後，明代詞選之編排方式，多承續此兩大脈絡，如：[80]

（一）屬於「分類本」形式之詞選有：

陳鍾秀《精選名賢詞話草堂詩餘》、李謹《新刊古今名賢草堂詩餘》、胡桂芳《類編草堂詩餘》、吳從先《新刻李于麟先生批評注釋草堂詩餘雋》、徐師曾《詩餘》、程明善《嘯餘譜》、董逢元《唐詞紀》、陸雲龍《翠娛閣評選行笈必攜詞菁》、潘游龍《精選古今詩餘醉》等。

（二）屬於「分調本」形式之詞選有：

顧從敬《類選箋釋草堂詩餘》、錢允治《類編箋釋續選草堂詩餘》、錢允治《類編箋釋國朝詩餘》、長湖外史《續草堂詩餘》、田一雋《類編草堂詩餘評林》、程敏政《天機餘錦》、陳耀文《花草粹編》、吳承恩《花草新編》、卓人月、徐士俊《古今詞統》、張綖《詩餘圖譜》、茅暎《詞的》；以及本文歸於「批點本」之楊慎評點《草堂詩餘》，與沈際飛評選之《草堂四集》等，均為按調編排。

《草堂詩餘》原具應歌之性質，故詞家多採「分類本」之形式編選，以便傳唱；而後調譜亡佚，再按事物分類，似乎已無意義，因之「分調本」乃漸次增加，後來居上。趙萬里於《校輯宋金元人詞》中，舉出三例證，說明必

先有「分類本」，而後方有「分調本」，其言曰：

> 此本（按：《類編草堂詩餘》）每詞必有一
> 題，校以本集往往不合。細考之，則此本之
> 題，如春景、夏景、秋景、冬景、春恨、春
> 閨、立春、元宵之屬，皆分類本六大目之子
> 目，是分調時必據分類本，故以其子目冠於
> 詞上，其證一。古樂府及元明劇曲之佳者，
> 其撰人姓名多不能確知，宋詞亦然。故分類
> 本於詞之撰人不能詳者，輒空缺不注。黃大
> 輿《梅苑》、曾慥《樂府雅詞拾遺》亦如之
> ，而分調時不明斯例，悉以前一闋所記撰人
> 當之，於是宋世名家詞，憑空又添出贗作若
> 干首，而明以後人無摘其謬者，以訛傳訛，
> 實此書作之始。………其證二。分類本以時
> 令、天文、地理、人物等類標目，與周邦彥
> 《片玉詞》、趙長卿《惜香樂府》略同，蓋
> 所以取便歌者。至此本以小令、中調、長調
> 為次，於他書無徵，自應後於分類本，其證
> 三。[81]

　　另就明代詞選內容而言，多以《草堂詩餘》為藍本，
而加以重編、擴編、續編、縮編，茲分別敘述如下：[82]

（一）重編者——重新改編，如：

陳鍾秀《精選名賢詞話草堂詩餘》、李謹《新刊古今名賢草堂詩餘》、顧從敬《類編草堂詩餘》、田一雋《類編草堂詩餘評林》、董其昌《新鋟訂正評注便讀草堂詩餘》、胡桂芳《類編草堂詩餘》、吳從先《新刻李于麟先生批評注釋草堂詩餘雋》、鍾惺《新刊增修箋注妙選群英草堂詩餘》等。

（二）擴編者——廣蒐博采，如：

李攀龍《新刻題評名賢詞話草堂詩餘》、潘游龍《精選古今詩餘醉》、陳耀文《花草粹編》、吳承恩《花草新編》、卓人月、徐士俊《古今詞統》、程敏政《天機餘錦》、陸雲龍《翠娛閣評選行笈必攜詞菁》等。

（三）續編者——原選未及，如：

陳霆《草堂遺音》、楊慎《草堂詩餘補遺》、楊慎《詞林萬選》、楊慎《百琲明珠》、長湖外史《續草堂詩餘》、錢允治《類編箋釋續選草堂詩餘》、錢允治《類編箋釋國朝詩餘》、沈際飛《草堂詩餘別集》、沈際飛《草堂詩餘新集》、秣陵一真子《續草堂詩餘》等。

（四）縮編者——刪除蕪詞，如：

張綖《草堂詩餘別錄》等。

此外，楊慎《草堂詩餘》、沈際飛《草堂四集》，更進一步於原《草堂詩餘》之基礎上，加以批評點校，是以

明代選壇與《草堂詩餘》，實有千絲萬縷之連繫；而明代詞選則多脫胎於《草堂》，與《草堂》關係密切。

四、促使清代詞風之轉變

《草堂詩餘》籠罩有明一代，詞人多仿效模習，導至詞壇趨於鄙俚近俗，風雅蕩然。清代詞家乃欲振衰起弊，並直指《草堂》之失。清·陳廷焯《白雨齋詞話》卷八云：

> 《花間》、《草堂》、《尊前》諸選，背謬不可言矣。所寶在此，詞欲不衰得乎。[83]

又清·謝章鋌《賭棋山莊詞話續編》卷三曰：

> 自《花間》、《草堂》之集盛行，而詞之弊已極，明三百年直謂之無詞可也。我朝諸前輩起而振興之，真面目始出。[84]

清代詞人一意力挽狂瀾，扭轉頹風，期藉由選詞取代《草堂》，朱彝尊《詞綜》之出現，終改變詞壇之風氣，並進而建立宗派。汪森〈詞綜序〉說：

> 世之論詞者，惟《草堂》是規。白石、梅溪諸家，或未閱其集，輒高自矜詡。予嘗病焉，顧未有以奪之也。友人朱子錫鬯，輯有唐以來迄於元人所為詞，凡一十八卷，目曰《

詞綜》，………庶幾可一洗《草堂》之陋，
而倚聲者知所宗矣。[85]

清・郭麐於《靈芬館詞話》中，尤明確指出《詞綜》
取代《草堂》之必然趨勢：

> 《草堂詩餘》玉石雜糅，蕪陋特甚，近皆知
> 厭棄之矣。然竹垞之論未出以前，諸家頗沿
> 其習。故其《詞綜》刻成，喜而作詞曰：「
> 從今不按，舊日《草堂》句。」[86]

至此《草堂》詞風正式告退，代之而起者，乃標榜南
宋，推崇姜、張，尚醇雅、主清空之詞學風格。龍沐勛〈
選詞標準論〉一文，於清代詞家開拓之新局，有較完整之
詮釋：

> 清初詞人，未脫晚明舊習。自浙、常二派出
> ，而詞學遂號中興；風氣轉移，乃在一二選
> 本之力；選詞標準，亦遂與前代殊途。伶工
> 之詞，至是乃為士大夫所擯斥；思欲興起絕
> 學，不得不別樹標幟，先之以尊體，繼之以
> 開宗，壁壘一新，而旗鼓重振。自朱彝尊《
> 詞綜》，張惠言《詞選》，周濟《宋四家詞
> 選》，乃至近代朱彊邨先生之《宋詞三百首

》，蓋無不各出手眼，而思以扶持絕學，宏
開宗派為己任。[87]

　　是知，清代詞壇流派紛呈，詞風轉移，詞學理論蓬勃
發展，號稱中興，《草堂詩餘》固有其重大影響也。

伍、餘論

　　《草堂》一選版本縈繁，以上僅就所見之《草堂》相
關詞集加以論述，然尚有其他版本，或亡佚，或收藏於大
陸地區圖書館，甚或不明出處，至難以遂得。而為求完備
，茲參照劉少雄〈《草堂詩餘》版本論著目錄初編〉[88]所載
，將未見書目，羅列於後[89]：

一、宋刊本

　　題《草堂詩餘》，二卷，見陳振孫《直齋書錄解題》
。

二、分類編次本

（一）題《新刊古今名賢草堂詩餘》，四卷：

明嘉靖二十八年（西元1549年）李謹序劉時濟刊本。

（二）題《篆詩餘》：

明嘉靖間高唐王刊篆文本。

（三）題《類編草堂詩餘》，三卷：

明萬曆三十五年（西元1607年）黃作霖等刊，胡桂芳

重輯本（北京圖書館藏）。

三、分調編次本

（一）題《新鋟訂正評註便讀草堂詩餘》，七卷：

　　明萬曆三十年（西元1602年）喬山書舍刊，董其昌評訂，曾六德參釋本（北京圖書館藏）。

（二）題《新刻註釋草堂詩餘評林》，六卷：

　　明萬歷三十二年（西元1604年）書林刊，李廷機批評，翁正春校正本（上海圖書館藏）。

（三）題《新刻題評名賢詞草堂詩餘》，六卷：

　　明萬曆四十三年（西元1615年）書林自新齋余文杰刊，李攀龍補遺，陳繼儒校正本（北京圖書館藏）。

（四）題《草堂詩餘雋》，四卷：

　　明萬曆間師儉堂蕭少衢刊，吳從先編，袁宏道增訂，李于鱗評注本（上海圖書館藏）。

（五）題《石渠閣重訂草堂詩餘》：

　　清刊，張汝霖輯本。

【附錄一】

「辛卯本」中誤題作者之詞：

詞　　　作	所題作者姓名[90]	
	辛卯本	《全唐五代詞》、《全宋詞》[91]
魚遊春水（秦樓東風裏）	闕　　名[92]	無名氏
滿庭芳（曉色雲開）	闕　　名	秦　觀
錦纏道（燕子呢喃）	闕　　名	無名氏
玉漏遲（杏香飄禁苑）	闕　　名	韓嘉彥
浣溪沙（水漲魚天拍柳橋）	闕　　名	無名氏
浣溪沙（小院閑窗春色深）	闕　　名	李清照
如夢令（門外綠陰千頃）	闕　　名	曹　組
如夢令（鶯嘴啄花紅溜）	闕　　名	無名氏
憶王孫（萋萋芳草憶王孫）	闕　　名	李重元
柳梢青（岸草平沙）	闕　　名	仲　殊
金明池（瓊苑金池）	闕　　名	無名氏
海棠春（流鶯窗外啼聲巧）	闕　　名	無名氏
眼兒媚（楊柳絲絲弄輕柔）	闕　　名	無名氏
青玉案（一年春事都來幾）	闕　　名	無名氏
蝶戀花（海燕雙來歸畫棟）	闕　　名	歐陽修
聲聲令（簾移碎影）	闕　　名	無名氏
謁金門（愁脈脈）	闕　　名	陳　克
瑞鶴仙（臉霞紅印枕）	歐陽永叔	陸　淞
阮郎歸（南園春半踏青時）	歐陽永叔	馮延巳
浣溪沙（雨過殘紅濕未飛）	闕　　名	周邦彥
滿江紅（東武南城）	晁無咎	蘇　軾
臨江仙（綠暗汀洲三月暮）	闕　　名	無名氏

如夢令（池上春歸何處）	闕　名	秦　觀
武陵春（風住塵香花已盡）	闕　名	李清照
怨王孫（夢斷漏悄）	闕　名	無名氏
青玉案（凌波不過橫塘路）	闕　名	賀　鑄
點絳唇（紅杏飄香）	闕　名	蘇　軾
柳梢青（子規啼血）	闕　名	蔡　伸
鳳凰閣（遍園林綠暗）	闕　名	無名氏
祝英臺近（剪酴醿）	闕　名	無名氏
高陽臺（紅入桃腮）	闕　名	王　觀
燭影搖紅（香臉輕勻）	王晉進	周邦彥
畫堂春（落紅鋪徑水平池）	闕　名	秦　觀
鷓鴣天（枝上流鶯和淚聞）	闕　名	無名氏
浣溪沙（青杏園林煮酒香）	闕　名	晏　殊[93]
長相思（紅滿枝）	闕　名	無名氏
眼兒媚（樓上黃昏杏花寒）	闕　名	阮　閱
桃源憶故人（碧紗影弄東風曉）	闕　名	歐陽修
浣溪沙（手捲真珠上玉鉤）	李　景	李　璟
浣溪沙（風壓輕雲貼水飛）	闕　名	蘇　軾
浣溪沙（一曲新詞酒一盃）	闕　名	晏　殊
謁金門（鴛鴦浦）	闕　名	張元幹
謁金門（空相憶）	闕　名	韋　莊
謁金門（春雨足）	闕　名	無名氏
探春令（綠楊枝上曉鶯啼）	闕　名	無名氏
如夢令（樓外殘陽紅滿）	闕　名	秦　觀
浣溪沙（錦帳重重捲暮霞）	闕　名	秦　觀
浣溪沙（水滿池塘花滿枝）	闕　名	趙令時
菩薩蠻（南園滿地堆輕絮）	闕　名	溫庭筠
點絳唇（春雨濛濛）	闕　名	無名氏
點絳唇（鶯踏花翻）	闕　名	無名氏

小重山（樓上風和玉漏遲）	趙德仁	趙令畤
醉春風（陌上清明近）	闕　名	無名氏
聲聲慢（梅黃金重）	闕　名	無名氏
浣溪沙（日射欹紅蠟蒂香）	闕　名	周美成
小重山（花過園林清陰濃）	闕　名	沈　蔚
大聖樂（千朵奇峰）	闕　名	無名氏
滿江紅（慘結秋陰）	趙元積	趙　鼎
漁家傲（塞下秋來風景異）	闕　名	范仲淹
浣溪沙（菡萏香消翠葉殘）	李後主	李　璟
長相思（一重山）	闕　名	鄧　肅
菩薩蠻（金風萩萩驚黃葉）	闕　名	無名氏
搗練子（心耿耿）	闕　名	無名氏
點絳唇（高柳蟬嘶）	闕　名	汪　藻
慶春宮（雲接平岡）	前人（柳耆卿）	周邦彥
天香（霜瓦鴛鴦）	闕　名	王　觀
白苧（繡幕垂）	柳耆卿	紫　姑
女冠子（同雲密布）	闕　名	無名氏
望梅（小寒時節正同）	柳耆卿	無名氏
寶鼎現（夕陽西下）	闕　名	范　周
傳言玉女（一夜東風）	闕　名	晁沖之
燭影搖紅（雙闕中天）	張林甫	張　掄
喜遷鶯（梅霖初歇）	闕　名	黃　裳
齊天樂（疏疏幾點黃梅雨）	闕　名	楊無咎
賀新郎（思遠樓前路）	闕　名	甄龍友
念奴嬌（憑高眺遠）	闕　名	蘇　軾
憶秦娥（雲垂幕）	闕　名	朱　熹
滿江紅（斗帳高張）	闕　名	無名氏
秋霽（虹影侵階）	陳後主	無名氏
憶秦娥（香馥馥）	闕　名	無名氏

柳梢青（有箇人人）	闕　名	無名氏
南鄉子（曉日壓重簷）	孫夫人	無名氏
憶秦娥（花深深）	闕　名	鄭文妻
燭影搖紅（孔燕穿簾）	闕　名	無名氏
江城梅花引（娟娟霜月冷侵門）	闕　名	程　垓
虞美人（落花已作風前舞）	闕　名	葉夢得
蘇幕遮（隴雲沉）	闕　名	無名氏
畫錦堂（雨洗桃花）	闕　名	無名氏
遶佛閣（暗塵四斂）	闕　名	周邦彥
蝶戀花（春事闌珊芳草歇）	闕　名	蘇　軾
蝶戀花（鐘送黃昏雞報曉）	秦少游	王　詵
青玉案（人生南北如歧路）	闕　名	無名氏
千秋歲（塞垣秋草）	闕　名	辛棄疾
阮郎歸（歌停檀板舞停鸞）	闕　名	黃庭堅[94]
醉落魄（紅牙板歇）	闕　名	無名氏
菩薩蠻（哀箏一弄湘江曲）	闕　名	晏幾道
生查子（含羞整翠鬟）	闕　名	歐陽修
滿庭芳（紅蓼花繁）	闕　名	秦　觀
絳都春（寒陰漸曉）	闕　名	無名氏
孤鸞（天然標格）	闕　名	無名氏
金菊對芙蓉（花則一名）	闕　名	無名氏

【附錄二】

「類編續選本」中誤題作者之詞：

詞　　作	所題作者姓名[95]	
	類編續選本	《全唐五代詞》、《全宋詞》、《全金元詞》、《明詞彙刊》[96]
如夢令（誰伴明窗獨坐）	李易安	向　滈
生查子（去年元夜時）	秦少游	歐陽修
生查子（眉黛遠山長）	秦少游	張孝祥
生查子（郎如陌上塵）	無名氏	姚　寬
生查子（相思懶下床）	秦少游	向子諲
生查子（娟娟月入眉）	秦少游	向子諲
浣溪沙（漠漠輕寒上小樓）	六一居士	秦　觀
浣溪沙（晚菊花前欲翠蛾）	蘇東坡	朱敦儒
山花子（香靨凝羞一笑開）	六一居士	秦　觀
山花子（花市東風捲笑聲）	陸渭南	毛　滂
菩薩蠻（綠雲鬢上飛金雀）	李易安	牛　嶠
謁金門（花事淺）	張宗瑞	黃　昇
謁金門（花滿院）	賀方回	陳　克
憶秦娥（風蕭瑟）	黃叔暘	曾　覿
眼兒媚（蕭蕭江上荻花秋）	無名氏	張孝祥
應天長（一鉤初月臨妝鏡）	李後主	李　璟
柳梢青（學唱新腔）	蔣　達	蔣　捷
西江月（憶昔錢塘話別）	張子野	無名氏
西江月（愁黛頻成月淺）	秦少游	晏幾道
雨中花（問說海棠開盡了）	無名氏	程　垓
浪淘沙（簾外五更風）	六一居士	無名氏
浪淘沙（素約小腰身）	李易安	趙子發
瑞鷓鴣（門前楊柳綠成陰）	黃叔暘	程　垓
木蘭花（柳梢綠小梅如印）	無名氏	劉清夫

木蘭花（個人豐韻真堪羨）	蘇東坡	柳　永
木蘭花（檀槽響碎金絲撥）	蘇東坡	張　先[97]
木蘭花（一年滴盡蓮花漏）	晏小山	毛　滂
南鄉子（翠密紅繁）	無名氏	歐陽修
南鄉子（泊雁小汀洲）	韓文璞	蔣　捷
踏莎行（碧蘚迴廊）	無名氏	歐陽修
蝶戀花（小院秋光濃欲滴）	王荊公	程　垓
唐多令（雨過水明霞）	文文山	鄧　剡
青玉案（東風未放花千樹）	無名氏	辛棄疾
千秋歲（柳花飛盡）	六一居士	楊　基
洞仙歌（癡兒騃女）	毛澤民	楊無咎
意難忘（花擁鴛鴦）	蘇東坡	程　垓
水龍吟（夜來風雨匆匆）	辛幼安	程　垓
喜遷鶯（登山臨水）	趙德莊	瞿　佑
永遇樂（天末山橫）	蘇東坡	葉夢得

註：

1　龍沐勛撰：〈選詞標準論〉，《詞學季刊》第1卷第2號（1933年8月），頁5—6。

2　蕭鵬著：《群體的選擇——唐宋人選詞與詞選通論》（臺北：文津出版社，1992年11月），頁239—240。

3　清・馮金伯《詞苑萃編》卷八引徐君野（士俊）語。唐圭璋編：《詞話叢編》（臺北：新文豐出版公司，1988年2月），第2冊，頁1940。

4　宋・陳振孫撰：《直齋書錄解題》（臺北：臺灣商務印書館，1978年5月），卷21，頁599。

5　清・永瑢、紀昀等撰：《四庫全書總目提要》（臺北：臺灣商務印書館，1983年10月），卷199，頁319—320。按：慶元，南宋寧宗年號，為西元1195—1200年。

6　唐圭璋編：《詞話叢編》（臺北：新文豐出版公司，1988年2月），第3冊，頁2500。

按：姜夔，字堯章，自號白石道人；據《姜白石詞編年箋校》〈行實考〉載：「白石生卒年月，今皆難確定，僅知其生年約當宋高宗紹興二十五年（1155）左右，卒年約在宋寧宗嘉定十四年（1221）之後而已。」（臺北：臺灣中華書局，1984年10月，頁226。）吳文英，字君特，號夢窗；據鄭騫《詞選》載：「吳文英………約生於宋寧宗嘉定中（西元1208—1224年），卒於度宗咸淳末（西元1265—1274年）。」（臺北：中國文化大學出版部，1986年11月，頁157）。

7　唐圭璋編：《詞話叢編》（臺北：新文豐出版公司，1988年2月），第3冊，頁2547。

8　《詞學》第二輯（上海：華東師範大學出版社，1983年10月），頁226。按：南宋孝宗乾道淳熙年間，為西元1165—1189年。

9　〈疏簾淡月〉一調下註有：「寓桂枝香詞」，因與事類分目無涉，故不列入「調下所擬詞題」。其後詞調類此情形者，均不予列入。

10　依唐圭璋編《全宋詞》所錄，劉鎮（字叔安）〈慶春澤〉（燈火烘
　　春）調下註云：「丙子元夕。」（按：丙子，南宋寧宗嘉定九年，西
　　元1216年）；及〈水龍吟〉（弄晴臺館收煙候）調下註云：「丙戌清
　　明和章質夫韻。」（按：丙戌，南宋理宗寶慶二年，西元1226年）。
　　又潘牥（字庭堅），生於南宋寧宗嘉泰四年（1205），南宋理宗淳祐
　　六年（1246）卒，年四十三。是知此等作品，確為南宋寧宗慶元（西
　　元1195—1200年）以後所作。（臺北：宏業書局，1985年10月），頁
　　2473、2949。

11　「辛卯本」中同調異名者有：〈浪淘沙〉〈賣花聲〉、〈江神子〉〈
　　江城子〉、〈菩薩蠻〉〈重疊金〉、〈採桑子〉〈醜奴兒令〉、〈小
　　重山〉〈小沖山〉、〈燕春臺〉〈夏初臨〉、〈念奴嬌〉〈酹江月〉
　　、〈過秦樓〉〈惜餘春慢〉、〈疏簾淡月〉〈桂枝香〉、〈解連環〉
　　〈望梅〉、〈春霽〉〈秋霽〉。
　　據查《詞調辭典》（即吳藕汀《詞名索引》）載：〈金明池〉即〈夏
　　雲峰〉。（臺北：世界書局，1981年11月，頁65。）然清・萬樹《詞
　　律》卷二十〈金明池〉調下論曰：「按《詞匯》失收〈夏雲峰〉本調
　　，而以仲殊〈金明池〉詞題曰〈夏雲峰〉，大謬。若不校正，不幾令
　　學者名實相乖乎。」（臺北：臺灣中華書局，1978年1月，《四部備
　　要》本，頁3）。
　　又《詞調辭典》載：〈江城梅花引〉又名〈梅花引〉。（同上，頁39
　　。）而《詞律》卷二〈江城梅花引〉調下論曰：「此調又竟作〈梅花
　　引〉，益與五十七字之〈梅花引〉相混，故今以此附於〈江城子〉之
　　後，而〈梅花引〉仍另列云。」（同上，頁11）。
　　另清・萬樹《詞律》卷七〈木蘭花〉調下論曰：「按唐詞〈木蘭花〉
　　，………其七字八句者，名〈玉樓春〉；至宋則皆用七言，而或名之
　　曰〈玉樓春〉，或名之曰〈木蘭花〉，又或加令字，兩體遂合為一。
　　………而本譜不敢以唐之〈玉樓春〉，改名〈木蘭花〉也。」（同上

，頁7。）

且本文於後所論及之「庚戌本」，雖於卷一〈玉樓春〉調下註曰：「
一名〈木蘭花令〉。」但〈玉樓春〉與〈木蘭花令〉調下，均收錄晚
唐、五代之作，此或為宋人不查混淆，明人延用耳。故依《詞律》所
論，〈金明池〉與〈夏雲峰〉、〈江城梅花引〉與〈梅花引〉、〈玉
樓春〉與〈木蘭花令〉，不為同調異名，應各分屬不同詞調。

[12] 參吳昌綬輯：《景刊宋元本詞》（清宣統3年至民國6年，仁和吳氏雙
照樓刊本，臺北：國家圖書館藏），第17、18冊，《群英草堂詩餘》
〈跋〉。

[13] 清・王鵬運輯《四印齋所刻詞》：《草堂詩餘》（上海：上海古籍出
版社，1989年8月），頁620。

[14] 「戊戌本」、「四印齋本」項下之作者姓名，依原書題名；而《全唐
五代詞》等項下，則以原作者之姓名為主。

[15] 〈憶王孫〉調下註曰：「王按：《詞律》作李重元。」（上卷，頁29
）。

[16] 〈點絳唇〉調下註曰：「王按：別本作蘇過。」（上卷，頁44）。

[17] 〈虞美人〉調下註曰：「王按：一作葉少蘊。」（下卷，頁44）。

[18] 唐圭璋《全宋詞》於黃庭堅〈阮郎歸〉（歌停檀板舞停鸞）後註云：
「案此首《全芳備祖》後集卷二十八茶門作蘇軾詞。」（臺北：宏業
書局，1985年10月，頁402。）《全宋詞》將此詞分別收錄於蘇軾與
黃庭堅名下，而此僅以黃庭堅列名。

[19] 同註12。

[20] 王重民《中國善本書目提要》：「何良俊序是書，稱為『顧子汝所刻
』，《提要》則謂為『杭州顧從敬所刊』，但何序明云：『顧子上海
名家』，則顧子非杭人也。觀其自署曰『武陵逸史』，武陵即上海矣
。（清金山顧觀號武陵山人疑用同一故事）。」（臺北：明文書局，
1984年12月），頁682。

21 參明・何良俊撰：〈草堂詩餘序〉，宋・不著編人：《類編草堂詩餘
　　》（明嘉靖庚戌29年武陵顧從敬刊本，臺北：國家圖書館藏）。

22 王重民撰：《中國善本書目提要》（臺北：明文書局，1984年12月）
　　，頁683。

23 「庚戌本」中同調異名者有：〈燕春臺〉〈夏初臨〉、〈過秦樓〉〈
　　惜餘春慢〉、〈解連環〉〈望梅〉、〈春霽〉〈秋霽〉。

24 清・萬樹編：《詞律》（臺北：臺灣中華書局，1978年1月，《四部
　　備要》本），頁2。

25 歷來有學者主張，詞調上一、二字數之出入，應視為詞中「襯字」。
　　然據周玉魁〈詞的襯字問題〉一文所言：「詞在不斷向前發展的進程
　　中，其音樂性即歌辭的屬性在逐漸減弱，而文學性即詩體的屬性在逐
　　漸增強。大致說來，在隋唐五代詞為歌辭。兩宋是詞的屬性的轉變期
　　，北宋以歌辭為主流，南宋以詩體為主流。元明以降，詞完全成了一
　　種長短句的抒情詩體。………襯字是音樂文學中的概念，詞既離開了
　　音樂，襯字也就失去了其固有的意義和作用。」（《詞學》第十輯，
　　上海：華東師範大學出版社，1992年12月，頁143。）其說甚是，故
　　此乃將「庚戌本」中，同調而字數不同者，以「又一體」論之。

26 以上陳繼儒生平事略，參清・張廷玉等《明史》卷二百九十八、清・
　　孫岳頒等《御定佩文齋書畫譜》卷四十四、清・黃之雋等《江南通志
　　》卷一百六十八。

27 以上陳仁錫生平事略，參清・張廷玉等《明史》卷二百八十八、清
　　・黃之雋等《江南通志》卷一百六十五、清・陳鼎《東林列傳》卷
　　二十二、清・鄒漪《啟禎野乘》卷四、清・陳濟生《啟禎兩朝遺詩小
　　傳》。

28 明・顧從敬編、錢允治續補：《類選箋釋草堂詩餘》等三種合刻（明
　　萬曆甲寅42年刊本，臺北：國家圖書館藏）。

29 「類編續選本」卷上，李後主〈清平樂〉（別來春半）其後之詞缺漏

；而秦少游之兩闋詞（宮腰裊裊翠鬟鬆）、（瀟湘門外水平鋪），應屬〈阮郎歸〉調。

30 「類編續選本」中同調異名者有：〈菩薩蠻〉〈重疊金〉、〈浪淘沙〉〈賣花聲〉、〈木蘭花〉〈木蘭花令〉。另「類編續選本」中所選之〈山花子〉六闋，應屬於〈浣溪沙〉調。

31 「類編續選本」卷下，程正伯〈御街行〉（傷春時候一憑闌），據查唐圭璋編《全宋詞》，應為〈一叢花〉調。（臺北：宏業書局，1985年10月，頁1995。）

32 「類編續選本」於小令、長調中各有〈長相思〉一調，據查清聖祖敕撰《御製詞譜》（臺北：聞汝賢據殿印本縮印，1976年元月），則分屬於〈長相思令〉（卷二），與〈長相思慢〉（卷三十一），故依其名，以資區別。

33 「國朝本」中同調異名者有：〈望江南〉〈滇春好〉、〈菩薩蠻〉〈重疊金〉、〈卜算子〉〈巫山一段雲〉、〈河傳〉〈怨王孫〉、〈鷓鴣天〉〈於中好〉〈思佳客〉、〈玉樓春〉〈木蘭花〉、〈念奴嬌〉〈無俗念〉〈酹江月〉〈百字令〉〈大江東去〉。
按：〈卜算子〉與〈巫山一段雲〉，於《詞調詞典》、《詞律》及《御製詞譜》中，均未載其二者為同調異名；但「國朝本」卷一〈巫山一段雲〉調下註：「即〈卜算子〉。」（頁24），是知當時詞家，將此二調視為同調異名，故從之。

34 萬樹《詞律》卷七〈木蘭花〉調後曰：「本譜不敢以唐之〈玉樓春〉，改名〈木蘭花〉也。」（臺北：臺灣中華書局，1978年1月，《四部備要》本，頁7。）然「國朝本」中〈玉樓春〉與〈木蘭花〉調，所錄皆為明代作品；而自宋以後，即將此二調合為一，且「國朝本」卷二〈玉樓春〉調下註曰：「一名〈木蘭花〉。」（頁19）；卷三〈木蘭花〉調下亦註曰：「即〈玉樓春〉。」（頁16），故此將〈玉樓春〉與〈木蘭花〉視為同調異名。（參見註11）。

35 以上楊慎生平簡介，參清・張廷玉等《明史》卷一百九十二、清・和
　　珅等《欽定大清一統志》卷二百九十四、清・張晉生等《四川通志》
　　卷十二。（本文於第三章第二節第壹項下，對於楊慎之傳略事蹟，有
　　較詳細之論述，可參見。）

36 「閩刊本」項下之作者姓名，依原書題名；而《全唐五代詞》等項下
　　，則以原作者之姓名為主。

37 唐圭璋編：《全宋詞》（臺北：宏業書局，1985年10月），頁714。

38 同前註，頁3741。

39 陳清茂《楊慎的詞學》（國立臺灣師範大學國文研究所碩士論文，
　　1994年5月）第四章第三節，對楊慎批點《草堂詩餘》的形式及內容
　　，有詳細之論述，可參見。

40 清・宋澤元〈序〉，宋・不著編人、明・楊慎批點：《草堂詩餘》（
　　臺北：新文豐出版社， 1989年7月，《叢書集成續編》，第205冊，
　　影印《懺花盦叢書》本），頁267。

41 明・沈際飛評選：《古香岑草堂詩餘四集》（明崇禎間太末翁少麓刊
　　本，臺北：國家圖書館藏），頁4。

42 李娟娟《草堂四集及古今詞統之研究》（國立高雄師範大學國文學系
　　碩士論文，1996年6月）第三章第四節，對沈際飛評點《草堂四集》
　　之方式、內容及影響，有詳細之論述，可參見。

43 同註41，「分帙」項，頁3。

44 同前註。

45 明・沈際飛評選《古香岑草堂詩餘四集》之一：《草堂詩餘正集》，
　　同註41，卷2，頁1。

46 同註41。

47 同前註。

48 「國朝本」中同調異名者：〈望江南〉〈滇春好〉、〈菩薩蠻〉〈重
　　疊金〉、〈河傳〉〈怨王孫〉、〈鷓鴣天〉〈於中好〉〈思佳客〉、

〈玉樓春〉〈木蘭花〉、〈念奴嬌〉〈無俗念〉〈酹江月〉〈百字令〉〈大江東去〉等調，於「新集本」中僅以〈望江南〉、〈重疊金〉、〈怨王孫〉、〈鷓鴣天〉、〈木蘭花〉、〈念奴嬌〉著錄，故同調中之異名，不計入刪去「國朝本」中之詞調。又「國朝本」中〈畫堂春〉一調，於「新集本」中以〈錦堂春〉著錄，兩者屬同調異名，因而亦不計為所增或所刪之詞調。

49 明・沈際飛評選《古香岑草堂詩餘四集》之一：《草堂詩餘新集》，同註41，〈序〉，頁6。

50 同註1，頁4。

51 同註7，頁2500。

52 吳世昌撰：〈《草堂詩餘》跋——兼論宋人詞集與話本之關係〉，《中國古典文學研究論叢》第1輯（1980年9月），頁254。

53 施議對：《詞與音樂關係研究》（北京：中國社會科學出版社，1985年7月），頁101。

54 同註2，頁145。

55 舍之撰：〈歷代詞選集敘錄（二）〉，《詞學》第二輯（1983年10月），頁227。

56 趙叔雍撰：〈金荃玉屑——讀詞雜記：草堂詩餘跋〉，《同聲月刊》第1卷第11號（1941年10月），頁88。

57 同註40。

58 同註7，第1冊，頁401。

59 宋・吳曾《能改齋詞話》卷一，同註7，第1冊，頁125。

60 同註2，頁144—145。

61 清・朱彝尊輯：《詞綜》（臺北：臺灣中華書局，1970年6月，《四部備要》本），頁5。

62 同前註，頁3。

63 同註7，第4冊，頁4001。

64 同前註，第1冊，頁513。

65 同註28。

66 王偉勇〈試述「當行」、「本色」在詞壇上之應用〉一文，對「當行」、「本色」之涵義論述甚詳：「應用在詞壇上，『當行』係一綜合性評論之詞語，乃指對詞體創作之技巧、用字、遣詞等均頗擅長之『行家』、『作手』。而『本色』，原指本性、真我面目，如英雄本色即是。………以詞體而論，經唐、五代、兩宋長期之發展，已然衍生『婉約』與『豪放』兩派，則凡符合兩派規矩者，均可使用『本色』一詞。然因婉約作家或作品終多於豪放，因之『本色』多指善用比興、遣情委婉、文詞修飾等規矩；而另一部分，亦指善用白描、直抒胸臆、不假雕飾等規矩。舉凡符合此等規矩之作品，則稱『合作』。引而伸之，某一時代或作家所塑造出之特色，亦可用『本色』稱之。而善遵守某規矩者，無非在行作家，故『本色』或亦視為『當行』之同義詞。另有『當行』、『本色』一併用之者，則用指符合委婉規矩之行家或白描規矩之行家，端視個人立場而定。」（《中國文學理論與批評論文集》，臺北：新文豐出版公司，1995年10月），頁232—233。

67 明·沈際飛評選《古香岑草堂詩餘四集》之一：《草堂詩餘續集》，同註41，頁4—5。

68 同註41。

69 對於跨越「北宋」、「南宋」兩時代之詞人，以宋欽宗靖康二年（亦即南宋高宗建炎元年，西元1127年）為界，依以下原則劃分之：（其他章節所論，均依此例，不另附註。）

（1）卒年確知者，以卒年為據。

（2）生年可考，卒年不可考；或生卒年均不詳者，以唐圭璋《全宋詞》編排順序為參。

（3）詞選所輯之詞家，若有屬於唐圭璋《全宋詞》中「宋人話本小

     說中人物詞」，而撰人生卒年或事蹟皆不可考者，均將其歸入
     「南宋」；另屬《全宋詞》中「宋人依託神仙鬼怪詞」者，因
     撰人生平難以查考，姑且以時代不詳者視之。

70 此項下所錄以原作者之姓名為主。

71 同註7，第1冊，頁385。

72 同前註，第5冊，頁4631。

73 同註70。

74 同註53，頁127。

75 同註7，第1冊，頁837。

76 清・查培繼輯：《詞學全書》（臺北：廣文書局，1971年4月），頁
    29。

77 鄭騫〈再論詞調〉曰：「詞調有短有長，短的叫作令，長的叫作慢，
    通稱則為小令、長調。二者的區別並沒有固定的字數，大概七八十
    字以下即是小令，八九十字以上即是長調。而且令慢之別並不全在
    字之多少。明人在小令長調之外，加入所謂中調，並未對三者的字
    數作嚴格區分，其說也還可用。清初有人強分『五十八字以內為小
    令，五十九字至九十字為中調，九十一字以外為長調』，則是穿鑿
    附會，於古無據的說法，不足憑信。」（鄭騫著：《景午叢編》，臺
    北：臺灣中華書局，1972年1月），上編，頁95。

78 同註24，頁1。

79 同註2，頁245。

80 以下明代詞選資料，參考蕭鵬《群體的選擇——唐宋人選詞與詞選通
    論》，同註2，頁239—260。

81 趙萬里輯：《校輯宋金元人詞》（臺北：臺聯國風出版社，1972年3
    月），「引用書目」：《類編草堂詩餘》四卷，頁4—5。

82 同註80。

83 同註7，第4冊，頁3970。

84　同前註，頁3528。

85　同註61，頁1—2。

86　同註7，第2冊，頁1505。

87　同註1，頁15—16。

88　劉少雄撰：〈《草堂詩餘》版本論著目錄初編〉，《中國文哲研究通訊》第3卷第1期（1993年3月），頁51—56。

89　本文以題名為主，每本詞集以一版本為據，餘繁不載。

90　「辛卯本」項下之作者姓名，依原書題名；而《全唐五代詞》等項下，則以原作者之姓名為主。

91　張璋、黃畬編：《全唐五代詞》（臺北：文史哲出版社，1986年10月）。

唐圭璋編：《全宋詞》（臺北：宏業書局，1985年10月）。

92　「辛卯本」中，未標作者之名者，以闕名視之；後題闕名者均依此例。

93　唐圭璋《全宋詞》於歐陽修〈浣溪沙〉（青杏園林煮酒香）後註云：「案此首別又見晏殊《珠玉詞》。」（臺北：宏業書局，1985年10月，頁143。）《全宋詞》將此詞分別收錄於晏殊、歐陽修名下，而此僅以晏殊列名。

94　唐圭璋《全宋詞》於黃庭堅〈阮郎歸〉（歌停檀板舞停鸞）後註云：「案此首《全芳備祖》後集卷二十八茶門作蘇軾詞。」（臺北：宏業書局，1985年10月，頁402。）《全宋詞》將此詞分別收錄於蘇軾與黃庭堅名下，而此僅以黃庭堅列名。

95　「類編續選本」項下之作者姓名，依原書題名；而《全唐五代詞》等項下，則以原作者之姓名為主。

96　張璋、黃畬編：《全唐五代詞》（臺北：文史哲出版社，1986年10月）。

唐圭璋編：《全宋詞》（臺北：宏業書局，1985年10月）。

唐圭璋編：《全金元詞》，全二冊（臺北：洪氏出版社，1980年11月）。

趙尊嶽輯：《明詞彙刊》，全二冊（上海：上海古籍出版社，1992年7月）。

[97] 唐圭璋《全宋詞》於張先〈木蘭花〉（檀槽碎響金絲撥）一詞後註云：「案此首別又見歐陽修《近體樂府》卷二。」（臺北：宏業書局，1985年10月，頁74。）《全宋詞》將此詞分別收錄於張先與歐陽修名下，而此僅以張先列名。

第二節　《草堂詩餘》未收之選本：
《詞林萬選》與《百琲明珠》

當《草堂詩餘》風靡之際，明代詞壇彌漫一片「花草」之聲；而楊慎以其卓越之識見，編輯《詞林萬選》與《百琲明珠》，書中之內容、取材，均異於《草堂詩餘》，此為復古模擬思想桎梏下之一大突破，堪稱為解除《草堂》謎思之先驅。是以二選之選詞特色及對詞壇之影響，乃倍受詞家矚目。

壹、編者簡介

楊慎，字用修，別號升庵，先世江西廬陵（今江西省吉安縣）人，元末因避兵亂，始入蜀居之新都（今四川省新都縣）。明孝宗弘治元年（西元1488年）戊申十一月初六日，楊慎生於京師之孝順衚衕，為首相廷和之子；其自少聰慧，奮志向學，十一、二歲即能詩善文，據游居敬〈翰林修撰升庵楊公墓誌銘〉載：

> 先生生而聰明異常兒，孩童時所讀書，過目輒成誦，年未總角著詩名，與李獻吉、何仲默諸公並稱。乃祖留耕翁每奇之，於諸經古書無所不通，子史百家樂律之言，一閱輒不忘；至於奇辭隱義，人所難曉者，益究心精

　　詣焉；作為文數千百言，援筆立就，悉出經
　　入史，不蹈襲他人語。[1]

　　楊慎於幼年即展露不凡之文學才華，深受文人學者所
賞識；漸長，於武宗正德元年（西元1506年），與志趣相
投之友，同組「麗澤會」，彼此結社倡和，從事文學活動
。正德六年（西元1511年），楊慎年二十四，廷試第一，
賜狀元及第，授官翰林修撰。正德十二年（西元1517年）
，武宗微行，出宮冶遊，返而復往，楊慎上疏規諫，不納
，尋以養疾乞歸。三年後，還京復官，值世宗即位，任經
筵講官。時宦官張銳、于經得罪當誅，或言進金獲宥，楊
慎乃藉機進講《尚書・舜典》中「金作贖刑」句：「聖人
設贖刑，乃施於小過，俾民自新。若元惡大奸，無可贖之
理。」[2]以諷諫世宗。而世宗嘉靖三年（西元1524年），朝
廷發生「議大禮」事件，致楊慎一生命運與前途，遭受嚴
重之打擊。明・簡紹芳《楊文憲公年譜》載：

　　世宗………命禮臣集議興獻王稱號，………
　　大學士楊廷和、尚書毛澄等，謂宜稱孝宗為
　　皇考，改稱興獻王為皇叔，………世宗謂事
　　體重大，宜再博議。………春二月，罷大學
　　士楊廷和，………張璁、桂萼再上疏，請以
　　孝宗為皇伯考，武宗為皇兄，興獻帝為皇考

。………夏六月，修撰楊慎等三十六人疏
，言：「君子小人，正論邪說不並立，臣
等學術與張璁、桂萼不同，乞賜黜退。」有
旨諸人奪俸一月，楊慎兩月。………楊慎曰
：「國家養士一百五十年，仗節死義，正在
今日。」………於是何孟春等二百二十餘人
，俱跪伏左順門，大呼高皇帝、孝宗皇帝。
聲徹於內，上使司禮監諭退，不從，命錄為
首者，以學士熙豐、給事中張翀八人詔獄，
楊慎、王元正迺撼奉天門三日哭，群臣亦三
日哭，聲震闕，上大怒，命逮楊慎、馬理等
一百三十四人，俱下詔獄。………上怒不已
，越十日復廷杖慎等七人，慎斃而復甦，謫
戍雲南永昌衛。[3]

楊慎杖傷未癒，隨即行赴萬里，途中又歷經險難，故
羸憊特甚，終於嘉靖四年（西元1525年），抵達雲南。而
楊慎時年三十七，年華正茂，然投荒多暇，不堪牢落，遂
將滿腔抱負與政治熱情，傾注於學術研究，並縱情於詩酒
唱酬。游居敬〈翰林修撰升庵楊公墓誌銘〉載：

甲申以議禮迕上意，謫戍雲南之永昌衛，遂
安於義命，以天王聖明，悔艾自新焉。居常

誦詠古人書，曰探索三代以來，舊所覿經、
史、子、集，百氏之言，博而能約，粹而弗
泥。或發摘隱潛，或裒集菁華，長歌短篇，
鏗然中金石，摅為記、頌、序、論、銘、書
、賦、贊、雜著，無慮百千萬言，用是以治
其身。人有叩者，無貴賤，靡不應。⋯⋯⋯⋯
先生又不以問學驕人，藏智若愚，歛辯若訥
；言質而信，貌古而樸。與人相接，慷慨率
真，評論古昔，靡有倦怠。以故士大夫乘車
輿就訪者無虛日，好賢者攜酒肴往問難，門
下屢常滿，滇之人士、鄉大夫，談先生者，
無不歛容重其行誼。[4]

楊慎謫居雲南，歷三十八載，終其一生，未蒙赦還，
菁華歲月，就此磨耗。然楊慎雖已遠放，惟聖怒難消，乃
自我放縱，以掩真心，冀求能解世宗之猜忌。清・錢謙益
《列朝詩集小傳》載：

用修在滇，世廟意不能忘，每問楊慎云何，
閣臣以老病對，乃稍解。用修聞之，益自放
，嘗醉，胡粉傅面，作雙丫髻插花，諸伎擁
之游行城市，諸夷酋以精白綾作襪，遺諸伎
服之。酒間乞書，醉墨淋漓，諸酋輒購歸，

　　裝潢成卷。嘗語人曰：「老顛欲裂風景，聊

　以耗壯心，遣餘年耳！」[5]

　　顯見楊慎內心，為強顏歡笑之悲哀所鬱積，而其消極

縱慾之行，則是無奈下所為之妥協。然幸有詩友相與論學

，彼此或飲酒歌詠、暢述情懷；或遍覽湖山、流連名勝，

遂使眼界心胸為之開闊。並與稱為「楊門六學士」之：楊

士雲、李元陽、張含、王廷表、唐錡、胡廷祿等滇中名士

，相與切磋，為雲南之學術文化，留下豐碩之成果。而所

謂「詩窮而後工」，楊慎大部分之著作，亦多完成於此段

時期；舉凡詩、文、詞、曲、雜劇、詩話、詞品、方志、

文獻、名物、雜著等，流傳於世有百種之多，故《明史·

楊慎傳》稱：「明世記誦之博，著作之富，推慎為第一。

」[6]嘉靖三十七年（西元1558年）冬，楊慎暮年思鄉，自回

故里，巡撫遣四指揮逮之還；此時楊慎已風燭殘年，且邅

疾傷懷，乃於嘉靖四十年（西元1561年），病卒於戍所，

年七十有四。[7]穆宗隆慶初，贈光祿大夫；熹宗天啟中，追

諡文憲。[8]

貳、編選之版本及體例

一、《詞林萬選》

　　《詞林萬選》，凡四卷，卷前載有嘉靖癸卯奉政大

夫守楚雄府，桂林任良幹〈序〉，因而此書應於明嘉靖

二十二年（西元1543年）刻於楚雄府，為楊慎遠謫雲南時期所輯。《四庫全書總目提要》「詞林萬選」曰：「毛晉跋稱嘗慕此集，不得一見，後乃得於金沙于季鸞。疑慎原本已佚，此特後來所依托耳。」[9]現有明末虞山毛氏汲古閣《詞苑英華》刊本，臺北：國家圖書館收藏。

　　書序之後列有卷一至卷四目錄，著錄作者、詞調及闋數，而所錄詞數與卷內所收，則略有差異，總計全書實際錄詞應為234闋。此選體例，非依類編排，非按調編次，亦非就作者羅列；如：有同一作者之詞，則散見他卷；有一卷之中，而將同一作者之詞分列二目等；編錄錯亂，失之無序。又書中所錄詞調，有同調異名之情形，[10]故予整理歸併，共計收錄110調，分別為：小令（58字以內）53調，中調（59—90字）20調，長調（91字以上）37調。

　　此外，《詞林萬選》中所題作者，或署姓名，或書字號，頗不一致，甚或有題名錯誤者。茲依《全唐五代詞》、《全宋詞》、《全金元詞》及《明詞彙刊》，查考訂正（參見【附錄一】），除無名氏外，合計選錄詞家76人，包括：晚唐、五代12人，北宋16人，南宋34人，金代5人，元代8人，明代1人。全書選詞範圍，由晚唐、五代而至明代，涵括甚廣。另句中或有楊慎之註語，《四庫全書總目提要》「詞林萬選」則曰：「其中時有評註，俱極疏陋。」[11]又書末則附錄毛晉跋語，卷內間有毛氏校正作者姓氏，

及標示譜調異名，悉註於本題之下。

二、《百琲明珠》

　　《百琲明珠》，凡五卷，「是集留於新都，傳於宋婦翁陳春明令新都之明歲。」[12]卷前載萬曆癸丑臨皋杜祝進之〈刻楊升庵百琲明珠引〉，卷末則附錄趙尊嶽跋語，其中有言：「斐雲宗兄乃出視明刊此本，題嘉靖朝蜀楊慎選集，萬曆朝楚杜祝進訂補，有祝進一序。」[13]是知《百琲明珠》當刊刻於萬曆四十一年（西元1613年），最晚則應成書於嘉靖時期；與《詞林萬選》編成之時，或相去不遠，為楊慎先後編纂之詞選集，今趙尊嶽將之收錄於所輯《明詞彙刊》中。

　　全書未列目錄，編排體例一如《詞林萬選》，非依調、按類或作者排列，雜亂無序。而卷一所錄，皆為晚唐、五代詞，然卻混入〈江南弄〉、〈三洲歌〉、〈還臺樂〉、〈夜飲朝眠曲〉等六朝樂府民歌；又卷四晁叔用〈上林春〉（帽落宮花）之下半闋缺漏，此等詞仍均以一闋計，故《百琲明珠》總計錄詞159闋。此外，就其所列詞調，去其同調異名，[14]合計共錄99調，分別為：小令（58字以內）57調，中調（59—90字）15調，長調（91字以上）27調，而其中以小令收錄108闋為最多。

　　《百琲明珠》卷一，於梁武帝〈江南弄〉詞後註曰：「填詞起于唐人，然六朝已濫觴矣，特錄梁武帝一首為始

。」楊慎認為時至六朝，填詞之體已具，故《百琲明珠》
之選詞範圍，即由南北朝至明代，較《詞林萬選》涵括略
廣。而作者題名，亦如同《詞林萬選》，將詞人姓名、字
、號，隨意而錄，且有錯誤之情形，茲仍依《全唐五代詞
》、《全宋詞》、《全金元詞》及《明詞彙刊》，查考訂
正（參見【附錄二】），除無名氏外，共計選錄詞家101人
，包括：南北朝、隋代3人，唐、五代21人，北宋28人，南
宋37人，金代2人，元代6人，明代1人，及時代不詳者3人
。另於卷內間有楊慎評語，附載於詞調之後或詞末。

參、選詞原因

　　楊慎為有明一代著名之學者，亦是一位優秀之文學家
，其以深厚之學養，獨到之見解，著述立說，倍受讚譽。
而其中《詞林萬選》與《百琲明珠》之輯錄，更為當時已
漸趨衰頹之詞壇，注入新血，賦予生機。茲析其編選之因
，分以下兩點論之：

一、反對文壇復古模擬之風

　　楊慎論學主張求實，為文創作則以情性為本，是以對
明代弘治、正德至嘉靖年間，前後七子所倡導之擬古理論
，並未盲從附和，且於復古文風盛行之下，自樹一幟。楊
慎《升庵詩話》卷十二〈蓮花詩〉中，乃明白指出前後七
子所主「唯古是好」之弊：

> 張文潛〈蓮花詩〉………，杜衍〈雨中荷花
> 詩〉………，此二詩絕妙；又劉美中〈夜度
> 娘歌〉………，寇平仲〈江南曲〉………。
> 亡友何仲默嘗言：「宋人書不必收，宋人詩
> 不必觀。」余一日書此四詩訊之曰：「此何
> 人詩？」答曰：「唐詩也。」余笑曰：「此
> 乃吾子所不觀，宋人之詩也。」仲默沉吟良
> 久之，曰：「細看亦不佳。」可謂倔強矣。[15]

　　此種不問作品內容好壞，僅以時代斷定優劣，豈止於
「倔強」耳！復古一派由擬古而至於泥古，導至詩文食古
不化、空洞貧弱，無足可取。明代學者方孝孺有詩曰：「
舉世皆宗李杜詩，不知李杜更宗誰！能探風雅無窮意，始
是乾坤絕妙詞。」[16]實屬中肯之言。楊慎於《升庵集》卷六
〈答重慶太守劉嵩陽書〉中，亦進一步強調，「學古」須
能「知古」、「識古」，否則捨本逐末，使文學作品徒具
形體，則骨肉將何以存焉？其言曰：

> 竊有狂談異于俗論，謂詩歌至杜陵而暢，然
> 詩之衰颯，實自杜始；經學至朱子明，然經
> 之拘晦，實自朱始，是非杜、朱之罪也。玩
> 瓶中之牡丹，看擔上之桃李，效之者之罪也
> 。夫鸞鷟生於椎輪，龍舟起于落葉，山則原

> 于覆簀，江則原于濫觴。今也譬則乞丐，沾
> 其賸馥殘膏；猶之瞽史，誦其墜言衍說。何
> 惑乎道之日蕪，而文之日下也。[17]

楊慎有鑑於此，體悟到當時詞壇，《草堂》之風盛行，世人競相模擬，學習仿效，蔚為風氣。然對《草堂》之一味崇拜，無異於即「玩瓶中之牡丹，看擔上之桃李」，必如乞丐、瞽史之拾人殘餘，而難窺全貌。故楊慎乃編選《詞林萬選》與《百琲明珠》，試從跳脫《草堂》著手，冀能掃除模擬歪風，一新詞壇耳目。

二、欲正《草堂詩餘》選詞缺失

楊慎嘗批點《草堂詩餘》，而所著《詞品》，亦對《草堂詩餘》多加評騭，其中除對佳詞麗句予以稱美外，並直指錯誤不當之處。故以下擬就楊慎所批點之《草堂詩餘》[18]與《詞品》[19]所論，輯錄《草堂詩餘》於選詞方面之缺失：[20]

（一）非佳作而入《草堂》之選者：[21]

1. 錢思公〈玉樓春〉（城上風光鶯語亂）：「不如宋子京『為君持酒勸斜陽，且向花間留晚照』更委婉。」（《草堂詩餘》卷二，頁5。）

2. 王觀〈天香〉（霜瓦鴛鴦）：「一派俗俚之談，全不成調。」（《草堂詩餘》卷四，頁6。）

3.京仲遠〈漢宮春〉（煖律初回）：「上元前一日立春，光景狀不像。」（《草堂詩餘》卷四，頁16。）

4.無名氏〈孤鸞〉（天然標格）：「未見爽人處。」（《草堂詩餘》卷四，頁20。）

5.辛幼安〈金菊對芙蓉〉（遠水生光）：「此等情況便陋，豈堪入選。」（《草堂詩餘》卷四，頁22。）

6.無名氏〈金菊對芙蓉〉（花則一名）：「此等三家村學究話，如何入詞選。」（《草堂詩餘》卷四，頁22。）

7.韓子蒼〈念奴嬌〉（海天向晚）：「此詞亞于東坡『中秋詞』，餘詞皆未之及。」（《草堂詩餘》卷四，頁28。）

8.京仲遠〈木蘭花慢〉（算秋來景物）：「用事庸，出語俗，何以為詞入選。」（《草堂詩餘》卷四，頁33。）

9.黃山谷〈瑞鶴仙〉（環滁皆山也）：「泊然無味。」（《草堂詩餘》卷五，頁2。）

10.康伯可〈喜遷鶯〉（臘殘春早）：「此詞乃壽秦檜者，陋哉！」（《草堂詩餘》卷五，頁7。）

11.胡浩然〈送入我門來〉（茶疊安扉）：「只此二句好（按：「須知今歲今宵盡，似頓覺明年明日催。」）前後俱惡。」（《草堂詩餘》卷五，頁9。）

12.無名氏〈秋霽〉（壬戌之秋）：「此與山谷『醉翁亭詞』一格，何意味之有。」（《草堂詩餘》，卷五，頁13。）

13.「黃玉林，名昇，字叔暘，………《草堂詞》選其二，『南山未解松梢雪』（按：〈菩薩蠻〉）及『枕鐵稜稜近五更』（按：〈南鄉子〉）是也，然非其佳者。」（《詞品》卷之四，頁502。）

（二）佳詞而未入《草堂》之選者：

1.「洪覺範[22]詠梅〈點絳唇〉詞云：『流水泠泠，………一點香隨馬。』梅詞如此清俊，亦僅有者，惜未入《草堂》之選。」（《詞品》卷之二，頁463。）

2.「東坡云：『人皆言柳耆卿詞俗，如"霜風凄緊，關河冷落，殘照當樓"，唐人佳處不過如此。』按其全篇云：『對瀟瀟暮雨灑江天，………正恁凝眸。』蓋〈八聲甘州〉也。《草堂詩餘》不選此，而選其如『願奶奶蘭心蕙性』（按：〈玉女搖仙佩〉）之鄙俗，及『以文會友』（按：〈女冠子〉）、『寡信輕諾』（按：〈尾犯〉）之酸文，不知何見也。」（《詞品》卷之三，頁474。）

據以上所列，將之與《詞林萬選》、《百琲明珠》一一對照，得知楊慎評定為非佳者之作，二選皆未選入。而未入選《草堂》之佳詞，其中〈點絳唇〉（流水泠泠），收錄於《百琲明珠》卷四；另〈八聲甘州〉（對瀟瀟暮

雨灑江天）一詞，則為例外，二選均未收錄。然大體而言，《詞林萬選》與《百琲明珠》欲導正《草堂詩餘》之疏漏，其選詞動機甚明矣。

肆、選詞標準

《詞林萬選》與《百琲明珠》，就其內容言，於嘉靖時期，可謂開風氣之先，兩者互為補充，以闡發楊慎之詞學主張。茲綜合二書之選詞標準，分為下列兩點論之：

一、擇《草堂詩餘》所未收者

任良幹〈詞林萬選序〉曰：「⋯⋯⋯名曰《詞林萬選》，皆《草堂詩餘》之所未收者也。」[23]而毛晉之《詞林萬選》跋語，則駁之曰：「但據〈序〉云，皆《草堂》所未收者，蓋未必然。」[24]茲將《草堂詩餘》[25]、《詞林萬選》與《百琲明珠》三者，交相比對，其結果為：[26]

（一）《詞林萬選》所錄，亦見於《草堂詩餘》者，兩闋：（括號內為《草堂詩餘》卷數）

卷二，孫夫人〈清平樂〉（悠悠颺颺）（卷一）；卷四，李煜〈採桑子〉（轆轤金井梧桐晚）（卷一）。

（二）《百琲明珠》所錄，亦見於《草堂詩餘》者，四闋：（括號內為《草堂詩餘》卷數）

卷二，王通叟〈慶清朝慢〉（調雨為酥）（卷四）；卷三，魯逸仲〈惜餘春〉（弄月餘花）（卷五）；卷三，

何子初〈宴清都〉（細草沿階軟）（卷五）；卷四，周美成〈過秦樓〉（水浴清蟾）（卷五）。

（三）《詞林萬選》所錄，亦見於《百琲明珠》者，四闋：（括號內為《百琲明珠》卷數）

卷一，顧敻〈醉公子〉（河漢秋雲澹）（卷一）；卷四，唐莊宗〈如夢令〉（曾宴桃源深洞）（卷一）；卷四，蘇易簡〈越江吟〉（非煙非霧瑤池宴）（卷二）；卷四，朱淑真〈生查子〉（年年玉鏡臺）（卷五）。

《詞林萬選》於234闋詞中，僅有兩闋與《草堂詩餘》重出；而《百琲明珠》159闋詞中，則有四闋與《草堂詩餘》重複；此二者，全書所選，雖未必皆為《草堂詩餘》所未收者，然其重出比率甚低，此或為楊慎偶爾疏忽所致。另《詞林萬選》所錄詞調，有43調未見於《草堂詩餘》；又《百琲明珠》中，則有51調未見於《草堂詩餘》，故此二選，本諸《草堂》未收之詞為選錄原則，當無可疑也。此外，《詞林萬選》與《百琲明珠》彼此重複收錄之詞，尚有四闋，或為失之大意所致，然就整體觀之，此二選應為楊慎選詞過程中系列之作。

二、取綺練之詞，規握明珠

任良幹〈詞林萬選序〉曰：「升庵太史公家藏有唐宋五百家詞，頗為全備，暇日取其尤綺練者四卷，名曰《詞林萬選》。」[27]又杜祝進〈刻楊升庵百琲明珠引〉曰：「若

乃規明珠之在握，遊象罔以中繩，則博人通名，換名定格，君子審樂，從易識難，未必非升庵是集之雅言矣。」[28]是知選詞若能依循一定之準則，擇取雅麗精當之作，由淺入深，從而使人妙識其音，則皆為優秀之詞選。此二家之言，已約略點出選詞之要點，楊慎於《詞林萬選》、《百琲明珠》中之評註語雖不多，然從其珠璣片語中，可歸納出其選詞標準，茲列舉數例於下：

（一）《詞林萬選》

1.蔣捷〈金盞子〉（練月縈窗）：「蔣捷詞手亞于淮海，此詞無字不工。」（卷三）。

2.辛稼軒〈永遇樂〉（千古江山）：「稼軒詞中第一。」（卷三）。

（二）《百琲明珠》

1.馮延巳〈舞春風〉（嚴妝纔罷怨春風）：「此即七言律，而音節婉麗。」（卷一）。

2.顏持約〈西江月〉（草草書傳錦字）：「《花庵》云：詞簡意高，佳作也。」（卷二）。

3.史邦卿〈杏花天〉（軟波拖碧蒲芽知）：「姜堯章云：史邦卿之詞，奇秀清逸，有李長吉之韻。蓋能融情景於一家，會句意於兩得者。」（卷四）。

4.蔡伯堅〈大江東去〉（倦游老眼）：「元裕之云：金世吳彥高、蔡伯堅工于樂府，世號吳蔡體。此詞蔡集中

第一。」（卷五）。

　　5.劉秉忠〈乾荷葉〉（南高峰）：「此借腔別詠，後世之詞例也。然其曲悽惻感慨，千載之寡和也。」（卷五）。

　　《詞林萬選》、《百琲明珠》二書所選，有詞人集中第一之作，此乃為明珠之選。又所選之詞，於音節方面，要求婉麗；於詞句方面，力求簡明；至若意境，則追求高遠，此乃為尤綺練者。是知其餘詞作，於二選之中，必本此原則而錄。

伍、《詞林萬選》與《百琲明珠》之影響

　　清・沈雄《古今詞話・詞話》下卷云：「《樂府紀聞》曰：………然楊所輯《百琲明珠》、《詞林萬選》，王弇州亦謂之詞家功臣也。」[29]又明・周遜〈刻詞品序〉曰：「翁為當代詞宗，平日游藝之作，若長短句，若《填詞選格》，若《詞林萬選》，若《百琲明珠》與今《詞品》，可謂妙絕古今矣。」[30]楊慎所輯既為古今絕妙之選，且為詞家之功臣，是以《詞林萬選》與《百琲明珠》對於詞壇，實有不容小覷之影響力。

一、首開《草堂》續補之風

　　《草堂詩餘》選詞範疇，由晚唐至金代，然金代詞人僅一家，絕大部分仍以晚唐、五代及宋代之詞作為主。而

《詞林萬選》與《百琲明珠》，於內容方面，不僅擴大選詞層面，並延長時間跨度，使傳統復古觀念為之改易。茲將《詞林萬選》中，選詞在五闋以上之詞家，及《百琲明珠》中，選詞在三闋以上之詞家，表列如次（詞人以時代歸類，並按詞數之多寡排列），以析其選詞趨向：

時代	詞　人[31]	《詞林萬選》	《百琲明珠》
晚唐五代	顧　夐	6	
	韋　莊	5	
	張　泌		3
	李　煜		3
北宋	柳　永	14	
	蘇　軾	12	
	黃庭堅	10	
	張　先	8	
	晏幾道	8	
	賀　鑄	8	
	歐陽修		5
	王　詵		3
南宋	蔣　捷	10	
	張孝祥	7	
	辛棄疾	7	
	石孝友	6	
	葛長庚	6	
	張元幹	5	
	呂渭老		3
	程　垓		3

元代	王 惲 張 翥 劉秉忠	13 11	4 7
明代	貝 瓊		13

據上表統計可知，《詞林萬選》中，選詞在五闋以上
者，仍以北宋6家，計60闋為最多，然已大幅增錄南宋及元
代作品；而《百琲明珠》中，選詞在三闋以上者，則以明
代1家13闋及元代2家計11闋為夥，顯見已將選詞重心往後
延伸；且《詞林萬選》與《百琲明珠》二選中，錄詞較多
之詞家，亦甚少相同，分工完成作為《草堂詩餘》之續集
與補編之目標。

而後晚出之錢允治《類編箋釋續選草堂詩餘》[32]，總計
錄詞221闋，其中有31闋，見於《詞林萬選》；有7闋，見
於《百琲明珠》。另沈際飛《草堂別集》[33]，總計錄詞464
闋，其中見於《詞林萬選》與《百琲明珠》者，各有31闋
（唐莊宗〈如夢令〉（曾宴桃源深洞）一詞兩收）。楊慎
藉此二選，將續補《草堂》之思維理念予以傳遞，並成為
往後萬曆朝與崇禎朝，一種指標性之詞選。

二、促使豪放詞於明代漸露頭角

試就《詞林萬選》與《百琲明珠》所選分析，整體而
論，全書詞風雖仍承襲《草堂詩餘》婉約柔美之特色，然

其中尚有數闋氣勢豪放之作，如於《詞林萬選》中：有辛
棄疾〈水龍吟〉（楚天千里清秋）：「把吳鉤看了，闌干
拍遍，無人會，登臨意。」（卷二），寄寓壯志未酬之悲
憤。又〈永遇樂〉（千古江山）：「想當年，金戈鐵馬，
氣吞萬里如虎。」（卷三），抒寫豪邁慷慨之壯懷。亦有
張孝祥〈六州歌頭〉（長淮望斷）：「念腰間箭，匣中劍
，空埃蠹，竟何成！」（卷三），表達意志難伸之慨嘆。
而《百琲明珠》中：則有蔡伯堅〈大江東去〉（倦游老眼
）：「千古栗里高情，雄豪割據，戲馬空陳跡。」（卷五
）之清拔雄健。更有紇石烈〈上平南〉（薑蜂搖）：「天
兵小試，萬蹄一飲楚江乾；捷書飛上九重天，春滿長安。
」（卷五）之神氣飛揚。因此楊慎《詞品》卷之四曰：

> 近日作詞者，惟說周美成、姜堯章，而以東
> 坡為詞詩，稼軒為詞論。此說固當，蓋曲者
> 曲也，固當以委曲為體，然徒狃于風情婉變
> ，則亦易厭。回視稼軒所作，豈非萬古一清
> 風哉。[34]

　　楊慎於《詞林萬選》中，未選周邦彥、姜夔之詞；而
《百琲明珠》中，周、姜之詞亦僅各錄一闋；又於《詞品
》中，對稼軒詞讚譽有加。顯見楊慎已能欣賞豪放之作，
並未一味摒斥。其後崇禎時期，卓人月、徐士俊更藉編選

《古今詞統》，申言婉約、豪放二者，不可偏廢，應予統
合。故豪放詞能於明代受到注目，楊慎居功甚偉。

【附錄一】

《詞林萬選》中誤題作者之詞：

卷次	詞　　　作	所題作者姓名[35]	
		《詞林萬選》	《全唐五代詞》、《全宋詞》、《全金元詞》、《明詞彙刊》[36]
一	酒泉子（紫陌青門）	牛　嶠[37]	張　泌
	杏園芳（嚴粧嫩臉花明）	閻　選[38]	尹　鶚
	豆葉黃（輕羅團扇掩微羞）	張仲宗	呂渭老
	惜分釵（春將半）	張仲宗[39]	呂渭老
	鼓笛慢（拍肩笑別洪涯）	張仲宗	呂渭老
	折紅梅（喜輕澌初綻）	杜安世	吳　感
	生查子（侍女動粧奩）	韓　渥	韓　偓
二	玲瓏四犯（一架幽芳）	宋徽宗	曹　邍
	滿江紅（千種繁春）	趙得莊	趙彥端
	花犯（翠奩空）	譚在軒	黃公紹
	江月晃重山（芳草洲前道路）	陸　游	劉秉忠
	鷓鴣天（鎮日無心掃黛眉）	夏英公	無名氏[40]
	玉樓春（玉樓十二春寒惻）	杜安世	王武子
	木蘭花（箇人風韻真堪羨）	杜安世	柳　永
三	鷓鴣天（收拾眉尖眼尾情）[41]	毛　开	石孝友
	鷓鴣天（別後應憐信息疏）	毛　开	石孝友
	卜算子（見也如何暮）	毛　开	石孝友
	清平樂（醉紅宿翠）	毛　开	石孝友
	柳梢青（雲髻盤鴉）	毛　开	石孝友
	蘭陵王（燕穿幕）	李公昂	李昂英
	青玉案（年年社日停針線）	黃在軒	無名氏
四	如夢令（偶宴桃源深洞）	呂洞賓[42]	李存勗

如夢令（常記溪亭日暮）	無名氏[43]	李清照
憶王孫（颺颺風冷荻花秋）	康伯可	李重元
點絳唇（蹴罷秋千）	李易安	無名氏
浪淘沙（簾外五更風）	李易安	無名氏
生查子（年年玉鏡臺）	朱希真	朱淑真
採桑子（轆轤金井梧桐晚）	牛希濟	李　煜
玉樓春（東風捻就腰兒細）	東　坡	陸凝之
卜算子（眼是水波橫）	東　坡	王　觀
小重山（寶樹簾鉤捲月窗）	王子可	王予可

【附錄二】

《百琲明珠》中誤題作者之詞：

卷次	詞　作	所題作者姓名[44]	
		《百琲明珠》	《全唐五代詞》、《全宋詞》、《全金元詞》、《明詞彙刊》[45]
一	小秦王（十指纖纖玉筍紅）[46]	闕名[47]	張祜
	醉公子（河漢秋雲澹）	闕名	顧夐
	長命女（春日宴）	和凝	馮延巳
二	瑞鷓鴣（楚王臺上一神仙）	歐陽永叔	吳融
	清商怨（關河愁思望處滿）	晏同叔	歐陽修
	楊花落（楊花落）	李邦直	賀鑄
	十六字令（眠。月影穿窗白玉錢）[48]	周邦彥	周玉晨
三	東風第一枝（老樹渾苔）	闕名	張翥
	陌上花（關山夢裏）	闕名	張翥
	春聲碎（津館貯春寒）	劉叔安	譚宣子
	小重山（柳暗花明春事深）	章文莊	章良能
四	多麗（晚山青）	石次仲	張翥
	點絳脣（流水泠泠）	洪覺範	朱翌
五	生查子（去年元夜時）	朱淑真	歐陽修
	小重山（誰向江頭遣恨濃）	無名氏	祖可

註：

1　清‧黃宗羲編：《明文海》（臺北：臺灣商務印書館，1988年2月，
　　《景印文淵閣四庫全書》，第1458冊），卷434，頁17。

2　清‧張廷玉等奉敕撰：《明史》（臺北：臺灣商務印書館，1984年8
　　月，《景印文淵閣四庫全書》，第300冊），卷192，頁1—3。

3　明‧簡紹芳編次：《楊文憲公年譜》（臺北：新文豐出版公司，1989
　　年7月，《叢書集成續編》，第261冊），頁7—9。

4　同註1，頁17—18。

5　清‧錢謙益撰：《列朝詩集小傳》（臺北：世界書局，1985年2月）
　　，丙集，頁354。

6　同註2，頁3。

7　據穆藥〈楊慎卒年新證〉一文曰：「簡紹芳〈升庵年譜〉謂楊慎卒
　　於嘉靖三十八年七月六日，得年七十有二。明代各家傳記及清修《明
　　史》皆從此說。一九八〇年張增祺同志首倡楊慎不卒於嘉靖三十八年
　　之說，………筆者亦就此問題撰文參加討論。………現在又得到新的
　　佐證材料，可以肯定楊慎卒於嘉靖四十年。」（林慶彰、賈順先編：
　　《楊慎研究資料彙編》（上），臺北：中央研究院中國文哲研究所，
　　1992年10月，頁407。）又曰：「綜觀二〈記〉（按二〈記〉為：楊
　　慎〈重修弘聖寺記〉、吳鵬〈重修崇聖寺記〉）知李元陽重修弘聖、
　　崇聖二寺，經始於嘉靖壬寅（二十一年），歷二十年至嘉靖四十年弘
　　聖寺竣工，由楊慎作〈記〉；至嘉靖四十二年崇聖寺亦竣工，時吳鵬
　　已致仕，由李元陽致書屬其作〈記〉。則楊慎作〈記〉當在嘉靖四十
　　年，其卒亦在是年，可無疑義。」（同上，頁410—411。）所言甚是
　　，故從其所論。

8　以上楊慎之生平簡介，參明‧簡紹芳編次《楊文憲公年譜》、明‧焦
　　竑編《國朝獻徵錄》卷之二十一、明‧何喬遠輯《名山藏列傳》〈文
　　苑記〉、清‧張廷玉等撰《明史》卷一百九十二、清‧黃宗羲編《明

文海》卷四百三十四、清・錢謙益撰《列朝詩集小傳》丙集。

9　清・永瑢、紀昀等撰：《四庫全書總目提要》（臺北：臺灣商務印書
　　館，1983年10月），卷200，頁16。

10　《詞林萬選》中同調異名者有：〈採桑子〉〈醜奴兒〉、〈南歌子〉
　　〈南柯子〉、〈豆葉黃〉〈憶王孫〉、〈木蘭花令〉〈木蘭花〉〈玉
　　樓春〉、〈醉落魄〉〈一斛珠〉、〈蝶戀花〉〈鳳棲梧〉〈一籮金〉
　　、〈江神子〉〈江城子〉、〈水龍吟〉〈鼓笛慢〉、〈念奴嬌〉〈酹
　　江月〉〈百字令〉。

　　按：清・萬樹《詞律》卷七〈木蘭花〉調後曰：「本譜不敢以唐之〈
　　玉樓春〉，改名〈木蘭花〉也。」（臺北：臺灣中華書局，1978年1
　　月，《四部備要》本，頁7。）〈木蘭花〉與〈玉樓春〉二調，本不
　　相同，然據清・聖祖敕撰：《御製詞譜》卷十一曰：「自《尊前集》
　　誤刻以後，宋詞相沿，率多混填。」（臺北：閩汝賢據殿印本縮印，
　　1976年元月，頁20。）而《詞林萬選》中〈木蘭花令〉、〈木蘭花〉
　　與〈玉樓春〉等調，所錄皆為宋人作品，故乃將此三調，列為同調異
　　名。

11　同註9，頁15。

12　明・杜祝進撰：〈刻楊升庵百琲明珠引〉，趙尊嶽輯：《明詞彙刊》
　　（上海：上海古籍出版社，1992年7月），上冊，頁787。

13　趙尊嶽〈跋〉，同前註，頁807。

14　《百琲明珠》中同調異名者有：〈瑞鷓鴣〉〈舞春風〉、〈越江吟〉
　　〈瑤池宴〉、〈十二時〉〈孤雁斜月〉、　〈惜雙雙〉〈惜分飛〉、
　　〈柳梢青〉〈早春怨〉、〈折紅英〉〈釵頭鳳〉、〈四代好〉〈宴清
　　都〉、〈選冠子〉〈惜餘春慢〉〈過秦樓〉、〈念奴嬌〉〈大江東去
　　〉。

　　按：《詞調辭典》（臺北：世界書局，1981年11月，即吳藕汀《詞名
　　索引》。）中查無〈孤雁斜月〉調；然據《百琲明珠》卷四，無名氏

〈孤雁斜月〉調下註曰：「即〈憶少年〉。」（趙尊嶽輯：《明詞彙刊》，上海：上海古籍出版社，1992年7月，上冊，頁802。）〈憶少年〉又名〈十二時〉，故將〈孤雁斜月〉與〈十二時〉，列為同調異名。

[15] 明・楊慎撰：《升庵詩話》（臺北：新文豐出版公司，1985年元月，《叢書集成新編》，第79冊），卷12，頁167。

[16] 明・方孝孺撰：《遜志齋集》（臺北：臺灣商務印書館，1987年8月，《景印文淵閣四庫全書》，第1235冊），卷二十四〈絕句・談詩〉五首之一，頁68。

[17] 明・楊慎撰：《升庵集》（臺北：臺灣商務印書館，1987年8月，《景印文淵閣四庫全書》，第1270冊），卷6，頁5—6。

[18] 宋・不著編人、明・楊慎批點：《草堂詩餘》（明吳興閔映璧刊朱墨套印本，臺北：國家圖書館藏）。

[19] 唐圭璋編：《詞話叢編》（臺北：新文豐出版公司，1988年2月），第1冊，頁407—543。

[20] 若《草堂詩餘》之批語與《詞品》所論重出，僅以註《草堂詩餘》出處為主，《詞品》部分則不重複贅述。

[21] 以下所舉詞作，依原書題名，若撰人有誤，則逕予更正。

[22] 經查考唐圭璋編《全宋詞》，〈點絳唇〉（流水泠泠）一詞之作者應為朱翌。（臺北：宏業書局，1985年10月，頁1171。）

[23] 明・楊慎編：《詞林萬選》（明末虞山毛氏汲古閣刊《詞苑英華》本，臺北：國家圖書館藏）。

[24] 同前註。

[25] 同註18。

[26] 同註21。

[27] 同註23。

[28] 同註12，頁787。

29　同註19，頁802。

30　同前註，頁407。

31　此項下所列，以原作者之姓名為主。

32　明‧錢允治編：《類編箋釋續選草堂詩餘》（明萬曆甲寅42年刊本，臺北：國家圖書館藏）。

33　明‧沈際飛評選：《古香岑草堂詩餘四集》（明崇禎間太末翁少麓刊本，臺北：國家圖書館藏）。

34　同註19，頁503。

35　《詞林萬選》項下之作者姓名，依原書題名；而《全唐五代詞》等項下，則以原作者之姓名為主。

36　張璋、黃畬編：《全唐五代詞》（臺北：文史哲出版社，1986年10月）。

　　唐圭璋編：《全宋詞》（臺北：宏業書局，1985年10月）。

　　唐圭璋編：《全金元詞》，全二冊（臺北：洪氏出版社，1980年11月）。

　　趙尊嶽輯：《明詞彙刊》，全二冊（上海：上海古籍出版社，1992年7月）。

37　毛晉於《詞林萬選》卷一，「牛嶠」名下註曰：「《花間集》作張泌。」（頁2）。

38　毛晉於《詞林萬選》卷一，「閻選」名下註曰：「《花間集》作尹鶚。」（頁3）。

39　毛晉於《詞林萬選》卷一，張仲宗〈鼓笛慢〉調下註曰：「已上二調（按：〈豆葉黃〉（輕羅團扇掩微羞）、〈惜分釵〉（春將半）），舊本作呂聖求。」（頁7）。

40　唐圭璋《全宋詞》於夏竦〈鷓鴣天〉（鎮日無心掃黛眉）後註曰：「案此詞末二句，《後村先生大全集》卷一百七十五，引作無名氏詞，《詞林萬選》所引，時有不可信者，此詞殆非夏竦作。」（臺北：宏

業書局，1985年10月，頁9。）《全宋詞》將此詞，分別收錄於夏竦與無名氏之下，而此依唐氏所註，以無名氏列名。

[41] 毛晉於《詞林萬選》卷三，毛开〈鷓鴣天〉調下註曰：「此後《樵隱集》中不載。」（頁1）。

[42] 毛晉於《詞林萬選》卷四，「呂洞賓」名下註曰：「宜作唐莊宗。」（頁1）。

[43] 毛晉於《詞林萬選》卷四，「無名氏」之下註曰：「或作李易安。」（頁1）。

[44] 《百琲明珠》項下之作者姓名，依原書題名；而《全唐五代詞》等項下，則以原作者之姓名為主。

[45] 同註36。

[46] 據張璋、黃畬編《全唐五代詞》中載錄，此詞調名作〈氏州第一〉。（臺北：文史哲出版社，1986年10月，頁171。）

[47] 《百琲明珠》中，空缺未題作者之名者，原則視為前闋撰人所作，然若非前承所題者，則以闕名視之；後題闕名者，均依此例。

[48] 唐圭璋編《全金元詞》（二）「元詞」，周玉晨〈十六字令〉後註曰：「其首俱以一字句斷，今本訛眠字為明，遂作三字句斷，非也。」（臺北：洪氏出版社，1980年11月，頁860。）今依其言，改「明」為「眠」。

第三節　裒合名家之選本：《天機餘錦》

《天機餘錦》於明代諸詞選中，流傳不廣，幾湮滅不彰。趙萬里輯錄《校輯宋金元人詞》[1]及唐圭璋編輯《全宋詞》[2]時，均未見原書，僅明・陳耀文《花草粹編》[3]中註明載錄自《天機餘錦》者，計16闋。是以擬就《天機餘錦》全書，作一全面觀照，期能對明代詞壇之發展趨勢，有更完整而深入之了解。

壹、編者簡介

編者題程敏政，字克勤，號篁墩，徽州休寧（今安徽省休寧縣）人，生於明英宗正統十年（西元1445年）。為南京兵部尚書襄毅公程信之子，聰明早慧，十歲侍父官四川，巡撫羅綺以神童薦。英宗召試，悅之，詔詣翰林院讀書。明・劉孟雷《聖朝名世考》卷十曰：

> 敏政少穎異，讀書一目數行下，以奇童稱。及入翰林，益精學問，淹貫經籍，成弘間翰林，稱敏政學最博贍。[4]

憲宗成化二年（西元1466年），敏政年二十二，進士及第，授翰林編修，歷侍講學士，與修英宗、憲宗實錄。以其為名臣之子，才高負文學，常俯視儕偶，故頗為人所疾。孝宗弘治元年（西元1488年）冬，御史王嵩等以雨災

劾敏政，因勒致仕。又弘治十二年（西元1499年），與李
東陽主會試，舉人徐經、唐寅預作文與試題合，給事中華
昶謗敏政洩題鬻士，得錢無算，乃逮繫下獄。後昶雖以言
事不實，調南太僕主簿；而敏政出獄，甫四日，憤恚發癰
，遂卒，年五十五，贈禮部尚書。[5]

　　然《天機餘錦》是否確為程敏政所編選？黃文吉於〈
詞學的新發現——明抄本《天機餘錦》之成書及其價值〉
一文中，根據程敏政之傳記文獻及著作，從五方面加以論
述分析；[6]推斷《天機餘錦》不應出自程敏政之手，恐為當
時書賈、或貪圖利益之士人所編成。明・焦竑《國朝獻徵
錄》卷三十五稱敏政曰：

> 敏政為人秀眉長髯，風神清茂，善談論，性
> 復疏；于書無所不讀，作為文章，為時輩所
> 推。[7]

　　敏政以少年擅文名，又以文學蹟侍從，誠為明朝操觚
巨匠。是以市井賈人，欲借敏政之名而高其身價，實不無
可能。

貳、編選之版本及體例

　　《天機餘錦》，凡四卷，為明藍格鈔本，現藏於臺
北：國家圖書館。卷端署名「明程敏政編」，並載錄程敏
政之序，然此序經王兆鵬加以比對，認為乃從宋・曾慥《

樂府雅詞‧序》割裂而來，[8]故《天機餘錦》應非程敏政所編。而黃文吉又據《天機餘錦》之材料來源，論斷此書或完成於明世宗嘉靖二十九年（西元1550年）至明神宗萬曆十一年（西元1583年）間；[9]王兆鵬則考量明‧楊慎《詞品》之引用情況，推論《天機餘錦》成書行世應於嘉靖二十九年冬季。[10]是以就二位學者所論，《天機餘錦》之編選，最早極可能成書於嘉靖二十九年。

　　《天機餘錦》全書，每卷之前列有目錄，著錄詞調，依詞調編排，是為「分調本」詞選；然編者並未按字數多寡，或小令、中調、長調之序排列，顯然隨意而無章。析其所錄詞調，並去其重複[11]與同調異名[12]，以及更正調名錯誤者（參見【附錄一】），共計收錄213調。

　　《天機餘錦》所錄之詞，有部分缺漏不全者，如：卷二，康與之〈風入松〉（一宵風雨送春歸）、周邦彥〈法曲獻仙音〉（蟬咽涼柯）等，上半片缺漏；卷四，劉叔安〈慶春澤〉（燈火烘春）、周伯陽〈春從天上來〉（浩蕩青冥）等，下半片不全，此等之詞，仍以一闋計。另卷四〈搗練子〉（林下路）一詞，重複收錄，雖所載調名及作者均不相同，[13]然僅以一闋計之。又卷末附錄「詞註內選出」之詞7闋，及「續添」之詞4闋。故全書總計錄詞1255闋。

　　另趙萬里《校輯宋金元人詞》轉引陳耀文《花草粹編

》，載錄《天機餘錦》之詞16闋。然查考《花草粹編》「萬曆癸未本」，趙氏缺漏劉克莊〈長相思〉（煙淒淒）、（勸一盃）兩闋；此二闋列於卷一，曾覿〈長相思〉（清夜長）之後，而《花草粹編》僅於曾覿之詞，〈長相思〉調下，註明出處為《天機餘錦》，其後二闋因承前所題，是以空缺不註，故《花草粹編》中引見自《天機餘錦》者，應有18闋。又其中曾覿〈長相思〉（清夜長）及無名氏〈少年遊〉（弄晴微雨細絲絲）兩闋，於今明鈔本《天機餘錦》中未見；而王兆鵬亦考述明‧楊慎《詞品》、清‧沈雄《古今詞話‧詞辨》與清‧李調元《雨村詞話》中，所引《天機餘錦》之詞，發現明鈔本均未收錄，[14]故乃言《天機餘錦》除今之明鈔本外，或另有傳本。

　　《天機餘錦》選詞範圍，由晚唐、五代，歷宋、金、元三朝而至明代。所題作者，或署姓名，或書字號，甚或兩者皆題，體例不一；而當中作者，多有空缺未題，或屬前闋撰人之詞，或為無名氏之詞，或撰人可考卻記闋名之詞；且另有誤題作者之情形。雖唐圭璋於編輯《全宋詞》時，並未見《天機餘錦》原書，然此中部分詞作校勘精確，故此仍據《全唐五代詞》、《全宋詞》、《全宋詞補輯》、《全金元詞》及《明詞彙刊》等，參酌校正，而得部分勘誤結果（參見【附錄二】）。是知《天機餘錦》之選，除無可查考之闋名及無名氏外，總共選錄詞家197人，包

括：晚唐、五代14人，北宋45人，南宋104人，金代4人，元代19人，明代7人，及時代不詳者4人。故《天機餘錦》實為一卷帙繁雜、內容特殊之詞選集；今尚有瀋陽：遼寧教育出版社，以臺北：國家圖書館所藏明藍格鈔本為底本，而由王兆鵬、黃文吉、童向飛等學者校點整理之《天機餘錦》，附「校勘記」，可參見。

參、選詞原因

　　古今所見《天機餘錦》之版本，雖或不同，然明人於選中所呈現之詞壇取向，及其反映之詞學理念，應無甚差異。茲僅就於今可見之明鈔本，析其編選之旨，以窺嘉靖時期之選詞特色。

一、擴展《草堂詩餘》之選詞範圍

　　《草堂詩餘》盛行明代，縱橫詞壇數百年，試以「辛卯本」[15]所選之詞分析：晚唐、五代詞約佔6％，北宋詞約佔55％，南宋詞則約佔29％；而晚唐、五代詞與北宋詞，合佔全書比例達61％，此即顯示明人對於晚唐、五代及北宋之詞，乃情有獨鍾。明世宗嘉靖癸卯（22年，西元1543年），楊慎輯錄《詞林萬選》，卷前任良幹〈詞林萬選序〉曰：「………名曰《詞林萬選》，皆《草堂詩餘》之所未收者也。」[16]由此可見，詞人選家試圖於《草堂》之外，另覓芳華，嘉靖時已初露端倪。

　　然詳考《天機餘錦》所錄：晚唐、五代詞28闋，約佔全書2%；北宋詞196闋，約佔全書16%；南宋詞482闋，約佔全書38%；金代詞80闋，約佔全書6%；元代詞152闋，約佔全書12%；明代詞104闋，約佔全書8%。其中南宋詞所選比例，較之《草堂詩餘》明顯提高，且增錄金、元、明之詞，共達全書比例26%。因而據以辨析《天機餘錦》編選之因，或欲擺脫《草堂》自宋以來，應歌娛樂、說唱采擇之局限，並冀能拓展初學模習之範疇，以接續《詞林萬選》，完成《草堂詩餘》之續補工作。

二、文壇風尚之所趨

　　明憲宗成化至明穆宗隆慶年間，前後七子之復古運動，繼茶陵派之後熱烈展開，促使明初歌功頌德、粉飾太平，附麗於廟堂文化之臺閣體文學，趨於衰弱。然前七子最初力倡「文必秦漢，詩必盛唐」之主張，本欲復臻古雅，端正文風，孰知發展至後期，卻走入一味襲古，徒事模擬之狹徑。嘉靖年間，於一片復古聲中，「唐宋派」崛起於明代文壇，而明・茅坤《茅鹿門先生文集》卷十四〈八大家文鈔總序〉一文，則說明唐宋派之主要論點，其言曰：

> 世之操觚者，往往謂文章與時相高下，而唐以後且薄不足為。噫！抑不知文特以道相盛衰，時非所論也。其間工不工，則又係乎斯

人者之稟與其專一之致否何如耳。如所云，
則必太羹玄酒之尚、茅茨土簋之陳，而三代
而下，明堂玉帶、雲罍犧樽之設，皆駢枝也
已！[17]

又明・歸有光《震川集》卷二〈項思堯文集序〉曰：

蓋今世之所謂文者難言矣。未始為古人之學
，而苟得一二妄庸人為之巨子，爭附和之，
以詆排前人。韓文公云：「李杜文章在，光
燄萬丈長。不知群兒愚，那用故謗傷？蚍蜉
撼大樹，可笑不自量。」文章至於宋元諸名
家，其力足以追數千載之上而與之頡頏，而
世直以蚍蜉撼之，可悲也！無乃一二妄庸人
為之巨子以倡道之歟？[18]

顯見唐宋派強調，不須唯古是尚，更不該拘泥於時代
先後而定文章之優劣；亦不必遠及秦、漢，而應可就近取
法唐、宋；並力求創作方面，須文從字順、自然流暢，以
修正復古派詰屈聱牙、古奧難懂之弊。

此時詞壇，受文壇風尚之所趨，詞人對長久以來，一
向崇尚晚唐、五代與北宋詞之觀念，不免有所改異；故《
天機餘錦》之編者，或許即於此「秦漢」、「唐宋」兩派
思維之交相抗衡下，以不同之心態，異樣之角度，喚起詞

人對南宋及金、元、明詞之重視。

肆、選詞標準

《天機餘錦》錄詞一千餘闋，雖其編輯體例略顯散漫雜蕪，然從全書內容、選詞範圍，以及詞家作品選錄多寡之情形，加以研究探討，可歸納出其選詞之標準，茲分為以下兩點論之：

一、裒合《草堂》之選與詞人別集

《天機餘錦》書前之序，雖襲自曾慥《樂府雅詞·序》，而偽託程敏政撰；然據黃文吉所論，《天機餘錦》之內容，並非抄錄《樂府雅詞》[19]。是以研判〈天機餘錦序〉，雖經刪改成篇而至文句不通，然應非信手擷取，故意蒙混充數之作。此或因編者學養有限，而觀念、想法則與《樂府雅詞·序》相類，乃抄襲沿用，從中間接反映《天機餘錦》之編選準則：

> 余所藏名公長短句，裒合成編，或後或先，
> 非有銓次。[20]

《天機餘錦》之編者，取材於己身所收藏之詞選集及作家個人詞集，薈萃輯錄而成書。其主要擇選之對象為《類編草堂詩餘》[21]，以下即試析該書於《天機餘錦》中所佔之比例，並與明代他本詞選相較：

分項＼詞集	天機餘錦	花草粹編
全書錄詞總數	1255	3702
擇取自《類編草堂詩餘》之詞數	281[22]	392
佔全書錄詞之比例	約 22%	約 11%

　　《類編草堂詩餘》佔《天機餘錦》全書比例約22%；而於《花草粹編》中，所佔之比例則僅約為11%。黃文吉又進一步論述：《天機餘錦》收錄之詞有《類編草堂詩餘》所無，然為《增修箋註妙選群英草堂詩餘》所獨有，因此斷定《天機餘錦》收錄《類編草堂詩餘》及《增修箋註妙選群英草堂詩餘》之作品時，所依據之詞選集，應為此二書之合刻本。另《天機餘錦》又自《精選名儒草堂詩餘》中擇錄詞作129闋，換言之，《天機餘錦》之內容，有10%選錄於《精選名儒草堂詩餘》[23]。是知《天機餘錦》所取材之詞選集，以《類編草堂詩餘》之作品為夥，他如本於「花草」而編之《花草粹編》，《類編草堂詩餘》於其中所佔之比例，亦遠不及《天機餘錦》。故可斷言《天機餘錦》乃以裒合《草堂》之選，為其主要選詞標準。

　　此外，《天機餘錦》所錄詞家，有多達百闋者，亦有少至一、二闋者，差異甚大。茲羅列《天機餘錦》中錄詞

最多之前五家，並析其所佔之比例如次：

時　代	南　宋	南　宋	元　代	明　代	金　代
詞　人	張　炎	劉克莊	張　翥	瞿　佑	元好問
詞　數	129	77	83	88	72
比　例	約 10.3%	約 6.1%	約 6.6%	約 7%	約 5.7%

　　五家中以收錄張炎之詞為最多，其於《天機餘錦》中所佔之比例，亦幾與《精選名儒草堂詩餘》相當；且《天機餘錦》計錄詞1255闋，詞家197人，若就平均值言之，擇錄此五位詞人之作品數量，不可謂少，故《天機餘錦》之選詞，除詞選集外，必有取諸詞人別集者。

二、去諧謔、取雅正

　　《天機餘錦》於文壇風氣之吹拂帶動下，由數本詞選集及多家個人別集中選錄詞作，自應有其憑藉之原則。據偽託程敏政之〈天機餘錦序〉曰：

> 多是一家，難分優劣，涉諧謔則去之，名曰
> 《天機餘錦》，編為四卷。[24]

　　編者雖認為作品之優劣，難以驟下斷言，然若為戲弄

嘲謔之詞，則刪去不錄。茲將書中選詞在十五闋以上者，
表列如次（詞人以時代歸類，並按詞數之多寡排列），以
進一步探究其選詞標準：

時代	詞　人[25]	詞　數	合　計
北宋	周邦彥 蘇　軾 秦　觀 歐陽修	45 20 17 16	98
南宋	張　炎 劉克莊 劉　過 彭元遜	129 77 26 15	247
金代	元好問	72	72
元代	張　翥 張　雨	83 25	108
明代	瞿　佑	88	88

　　按上表統計可知，《天機餘錦》中選詞在十五闋以上
者，以南宋詞247闋為最多，且詞人中，又以收錄南宋張炎
之詞作129闋居冠。然將之與明代兩部大型詞選：《花草粹
編》、《古今詞統》[26]相較，就各選中錄詞最多之詞家，分
析其作品於三選中選錄之多寡，以窺選詞趨向之差異：

詞人＼詞集	天機餘錦	花草粹編	古今詞統
張　炎	129	21	0
柳　永	13	155	9
辛棄疾	9	32	140

　　編選於萬曆時期之《花草粹編》，以收錄柳永詞155闋為最多；崇禎時期之《古今詞統》，以選錄辛棄疾詞140闋為最多；而《天機餘錦》中，此二家詞則為數甚少。宋・張炎《詞源》卷下曰：

> 詞欲雅而正，志之所之，一為情所役，則失
> 其雅正之音。耆卿、伯可不必論，雖美成亦
> 有所不免。[27]

又曰：

> 辛稼軒、劉改之作豪氣詞，非雅詞也。於文
> 章餘暇，戲弄筆墨，為長短句之詩耳。[28]

　　一般而論，柳永詞失之於淺近卑俗，而稼軒詞又非本色之音。因此，《天機餘錦》不似其後之《花草粹編》，充斥通俗流行之作；亦不同於《古今詞統》，以豪放之氣驅除柔美之風；而在標榜張炎之詞，以求雅正之音。清・戈載《宋七家詞選》卷七〈玉田詞序〉曰：

> 玉田之詞，鄭所南稱其：「飄飄徵情，節節
> 弄拍」，仇山邨稱其：「意度超元，律呂協
> 洽」，是真詞家之正宗。填詞者必由此入手
> ，方為雅音。[29]

後人對張炎作品之評價，正與其《詞源》之論相符。故《天機餘錦》對張炎詞之大量選錄，於選詞之標準方面，顯然即秉持去諧謔、取雅正之主張。另外選中除南宋詞外，對金、元、明詞亦多所輯錄，尤其選詞作品在十五闋以上者，元代2人，計108闋，甚且多於北宋4人，計98闋；而此正可視為《天機餘錦》對嘉靖詞壇，崇尚晚唐五代與北宋詞之復古思想，所為改變革新之努力。

伍、《天機餘錦》之影響

《天機餘錦》於《花間》、《草堂》光芒之籠照下，並未受到明代詞壇之特別注意，雖其編選體例及選詞態度亦非嚴謹，然於詞學演進之歷程中，所產生之影響價值，亦不容抹殺。試以下列兩方面論之：

一、校勘輯佚詞學資料之貢獻

黃文吉對於《天機餘錦》校勘、輯佚方面之考辨，曾為文詳述。首就校勘而論，其列舉數例，說明書中可提供改正異文，或填補缺字之情形；[30]王兆鵬則更據以闡釋《全宋詞》與《全金元詞》之疑誤。[31]

再就輯佚方面言，黃文吉將《天機餘錦》與《全宋詞》、《全金元詞》、《明詞彙刊》等書，詳加比對，自《天機餘錦》中輯得佚詞數百闋。其中宋詞部分有：柳永二闋（一闋存疑）、仲舒二闋（一闋存疑）、李清照一闋、劉過五闋（四闋存疑）、曾揆三十四闋（二十三闋存疑）、趙文二闋、張炎四闋（皆存疑）、其他作者存疑及無名氏十四闋，計六十四闋。金元詞部分有：馮延登十六闋（十闋存疑）、周玉晨三闋、張翥十四闋（皆存疑）、莫昌六闋、王裕一闋，計四十闋。[32]明詞部分有：瞿佑一四五闋（五十七闋存疑）、晏璧十一闋、王驥六闋、桂衡四闋、王達四闋、凌雲翰一闋、劉醇一闋，計一七二闋。[33]是以《天機餘錦》收錄佚詞，共276闋。謝桃坊《中國詞學史》曰：

> 明代學者和藏書家對詞籍的搜集、傳抄、整理和刊行等工作，都作出了很大的貢獻，使這些不為統治階級所重視的許多歌詞，至今得以保存下來。[34]

故《天機餘錦》一書，提供後世珍貴豐富之詞學資料，而校勘、輯佚工作之完成，則使詞壇全貌能更完整呈現。

二、反映明代詞學發展之趨勢

　　詞學之創作，至明代而衰頹，永樂以後，士人多墨守陳說，將《花間》、《草堂》之選，奉為學詞規範。然其穠纖柔靡之風，背謬淺俗，取法不高；且當時詞壇又受多種文學思潮之衝擊影響，因之衍生出不同以往之新理念。方智範等《中國詞學批評史》曰：

> 文學之士為改變詩人創作萎靡不振的局面，也曾經不斷進行努力。⋯⋯⋯⋯明人的復古，已經抽去了唐、宋文學復古運動「以復古為革新」的靈魂，一味尊古賤今、是古非今，所重又多在詩文的格調法度，不敢越古人雷池一步，⋯⋯⋯⋯形成了一種畸形的文學創作心態。[35]

又曰：

> 明代中葉以後資本主義生產方式萌芽的出現，市民階層力量的壯大，也促使一股反對封建理學、提倡個性解放的人文主義思潮潛滋暗長，衝破了文化知識界的沉悶和黑暗。⋯⋯⋯⋯在這樣的背景下，正統雅文學領域反復古的文學流派，如唐宋派、公安派、竟陵派相繼而起，⋯⋯⋯⋯這對屬於抒情文學的詩詞創作，無疑是一種積極推動的助力。[36]

是以《天機餘錦》之選詞範圍，以南宋詞為主，而此即是對嘉靖詞壇以北宋詞為尊之復古觀念，所為之修正；並且亦為明末崇禎時期諸選：《古今詞統》、《詞菁》、《精選古今詩餘醉》等嶄新面貌之先聲。故《天機餘錦》對詞壇之影響，為一股積極之助力，整個明代詞學之發展，亦因而體現更清晰之脈絡。

【附錄一】

《天機餘錦》中調名錯誤者：

卷次	序號[37]	詞人[38]	原詞調	首　　　句	更正詞調
三	819	張叔夏	醉花邊	向人圓月轉分明	風入松
	820	張叔夏	醉花邊	一春不是不尋春	風入松
四	954	王夢應	夏初臨	淺幘分秋	錦堂春
	975	辛幼安	江西造	鬱孤臺下清江水	菩薩蠻
	1028	無名氏	採桑子	林下路	搗練子
	1041	劉改之	忔憎令	忔憎憎地	清平樂
	1243	朱淑真	減字木蘭花	黃鳥嚶嚶	點絳脣

163

【附錄二】

《天機餘錦》中誤題作者之詞：

卷次	序號	詞　作[39]	所題作者姓名[40]	
			《天機餘錦》	《全唐五代詞》、《全宋詞》、《全宋詞補輯》、《全金元詞》、《明詞彙刊》[41]
一	13	木蘭花慢（流年春夢過）	闕　名[42]	元好問
	14	木蘭花慢（渺漲江東下）	闕　名	元好問
	22	木蘭花慢（壓西湖千樹）	闕　名	張　翥
	23	木蘭花慢（記西湖送別）	闕　名	張　翥
	27	木蘭花慢（愛風流二陸）	闕　名	趙孟頫
	28	木蘭花慢（愛青山遠縣）	闕　名	趙孟頫
	41	木蘭花慢（問前朝舊事）	闕　名	瞿　佑
	48	賀新郎（乳燕飛華屋）	東　波	蘇　軾
	52	賀新郎（思遠樓前路）	闕　名	甄龍友
	54	賀新郎（吾少多奇節）	闕　名	劉克莊
	55	賀新郎（北望神仙路）	闕　名	劉克莊
	56	賀新郎（盡說番和漢）	闕　名	劉克莊
	57	賀新郎（宣引東華去）	闕　名	劉克莊
	58	賀新郎（驛騎聯翩至）	闕　名	劉克莊
	59	賀新郎（飛詔從天下）	闕　名	劉克莊
	60	賀新郎（南國秋容曉）	闕　名	劉克莊
	61	賀新郎（湛湛長空黑）	闕　名	劉克莊
	62	賀新郎（絕頂規危樹）	闕　名	劉克莊
	63	賀新郎（動地東風起）	闕　名	劉克莊
	64	賀新郎（鵲報千林喜）	闕　名	劉克莊

65	賀新郎（溪上收殘雨）	闕　名	劉克莊
66	賀新郎（曾與瑤姬約）	闕　名	劉克莊
67	賀新郎（想赴瑤池曰）	闕　名	劉克莊
68	賀新郎（淺把宮黃約）	闕　名	劉克莊
69	賀新郎（一夢揚州事）	闕　名	劉克莊
70	賀新郎（草草池亭宴）	闕　名	劉克莊
71	賀新郎（夢斷鈞天宴）	闕　名	劉克莊
72	賀新郎（風露驅炎毒）	闕　名	劉克莊
73	賀新郎（此腹元空洞）	闕　名	劉克莊
74	賀新郎（主判茅君洞）	闕　名	劉克莊
75	賀新郎（謫下神清洞）	闕　名	劉克莊
76	賀新郎（妾出於微賤）	闕　名	劉克莊
77	賀新郎（鬢雪今千縷）	闕　名	劉克莊
78	賀新郎（放逐身藍縷）	闕　名	劉克莊
79	賀新郎（國脈微如縷）	闕　名	劉克莊
80	賀新郎（萬字如針縷）	闕　名	劉克莊
81	賀新郎（身畔無絲縷）	闕　名	劉克莊
98	賀新郎（風露非人世界）	闕　名	瞿　佑
134	蝶戀花（春事闌珊芳草歇）	闕　名	蘇　軾
135	蝶戀花（鐘送黃昏雞報曉）	秦少遊	王　詵
146	蝶戀花（六曲欄干偎碧樹）	闕　名	馮延巳
177	蘇武慢（白下橋頭）	闕　名	王　達[43]
178	蘇武慢（君昔錢塘）	闕　名	王　達
179	蘇武慢（富貴門中）	闕　名	王　達
180	蘇武慢（自笑浮生）	闕　名	王　達
202	鷓鴣天（枝上流鶯和淚聞）	少　游	無名氏
203	鷓鴣天（枕簟溪堂冷欲秋）	闕　名	辛棄疾
209	鷓鴣天（欲上高樓去散愁）	闕　名	辛棄疾
210	鷓鴣天（梅妒晨粧雪如輕）	闕　名	蘇　庠
211	鷓鴣天（鎮日無心掃黛眉）	闕　名	無名氏
223	鷓鴣天（十步宮香出繡簾）	闕　名	元好問

	224	鷓鴣天（候館燈昏雨送涼）	闕　名	元好問
	225	鷓鴣天（翡翠鴛鴦不自由）	闕　名	元好問
	226	鷓鴣天（天上腰肢說館娃）	闕　名	元好問
	227	鷓鴣天（小字縷綾寫欲成）	闕　名	元好問
	228	鷓鴣天（複幕重簾錦作天）	闕　名	元好問
	229	鷓鴣天（八繭吳蠶剩欲眠）	闕　名	元好問
	230	鷓鴣天（複幕重簾十二樓）	闕　名	元好問
	231	鷓鴣天（顏色如花畫不成）	闕　名	元好問
	232	鷓鴣天（一日春光一日深）	闕　名	元好問
	233	鷓鴣天（姚宋光明到此家）	闕　名	元好問
	234	鷓鴣天（零落棲遲感興多）	闕　名	元好問
	235	鷓鴣天（拍塞車箱滿載書）	闕　名	元好問
	236	鷓鴣天（少日驪駒白玉珂）	闕　名	元好問
	237	鷓鴣天（短髮如霜久已拚）	闕　名	元好問
	238	鷓鴣天（華表歸來老令威）	闕　名	元好問
	239	鷓鴣天（只恐浮名不近情）	闕　名	元好問
	240	鷓鴣天（枕上清風午夢殘）	闕　名	元好問
	241	鷓鴣天（白白紅紅小樹花）	闕　名	元好問
	242	鷓鴣天（百轉嬌鶯出畫籠）	闕　名	元好問
	243	鷓鴣天（玉立芙蓉鏡裏看）	闕　名	元好問
	244	鷓鴣天（著意尋春苦未遲）	闕　名	元好問
	246	鷓鴣天（睡思才消賴有茶）	謝醉先	謝醉庵
二	278	滿江紅（慘結秋陰）	趙元禎	趙　鼎
	279	滿江紅（斗帳高眠）	張仲宗	無名氏
	281	滿江紅（東武南城）	晁無咎	蘇　軾
	282	滿江紅（金甲琱戈）	闕　名	劉克莊
	283	滿江紅（滿腹詩書）	闕　名	劉克莊
	284	滿江紅（落日登樓）	闕　名	劉克莊
	285	滿江紅（天壤王郎）	闕　名	劉克莊
	286	滿江紅（鶴馭來時）	闕　名	劉克莊
	287	滿江紅（怪雨盲風）	闕　名	劉克莊

288	滿江紅（往日封章）	闕　名	劉克莊
289	滿江紅（三點歸來）	闕　名	劉克莊
290	滿江紅（疇昔臚傳）	闕　名	劉克莊
291	滿江紅（卜見西山）	闕　名	劉克莊
292	滿江紅（八十加三）	闕　名	劉克莊
293	滿江紅（著破青鞋）	闕　名	劉克莊
308	滿江紅（津鼓匆匆）	闕　名	黃子行
309	滿江紅（新綠池塘）	闕　名	張半湖
316	滿江紅（一點陽和）	闕　名	無名氏
322	倦尋芳（露晞向曉）	闕　名	王　雱
332	憶舊遊（玉環扶淺醉）	彭秦翁	彭泰翁
333	憶舊遊（正落花時節）	孫尚文	劉將孫
349	歸朝歡（聲轉轆轤聞露井）	闕　名	張　先
350	歸朝歡（畫角西風轟萬鼓）	闕　名	滕　賓
353	聲聲慢（梅黃金重）	劉巨濟	無名氏
361	聲聲慢（情癡倦極）	曾　隸	趙功可
371	清平樂（深沉玉宇）	闕　名	晁端禮
387	清平樂（五湖一葉）	闕　名	張　炎
389	清平樂（留君且住）	闕　名	顏　奎
410	喜遷鶯（譙門殘月）	胡浩然	史　浩
411	喜遷鶯（臘殘春早）	闕　名	康與之
412	喜遷鶯（梅霖初歇）	闕　名	黃　裳
413	喜遷鶯（東風吹盡）	闕　名	張　翥
414	喜遷鶯（登山臨水）	瞿　佑	王特起
415	慶宮春（雲接平岡）	闕　名	周邦彥
420	祝英臺近（剪酴醾）	闕　名	無名氏
421	祝英臺近（掛輕帆）	闕　名	蘇　軾
432	白苧（繡簾垂）	柳耆卿	紫　姑
433	風入松（一宵風雨送春歸）	闕　名	康與之[44]
444	風入松（松關掩盡隱深情）	闕　名	張　炎
445	風入松（晴嵐暖翠護煙霞）	闕　名	張　炎

446	風入松（小窗綠暗占清波）	闕　名	張　炎
447	風入松（迷樓古鏡影猶寒）	闕　名	張　炎
452	應天長（管絃繡陌）	闕　名	康與之
455	金菊對芙蓉（花則一名）	闕　名	無名氏
462	女冠子（同雲密布）	周美成	無名氏
468	多麗（日初長）	歐　良	無名氏
481	永遇樂（風暖鶯嬌）	闕　名	解　昉
482	永遇樂（玉砌標鮮）	闕　名	李太古
483	永遇樂（早葉初鶯）	闕　名	危復之
486	八聲甘州（謂東坡）	闕　名	晁補之
501	玉女搖仙佩（飛瓊伴侶）	闕　名	柳　永
502	法曲獻仙音（蟬咽涼柯）[45]	闕　名	周邦彥
503	法曲獻仙音（雲隱山暉）	闕　名	張　炎
504	法曲獻仙音（梅失黃昏）	闕　名	張　炎
507	洞仙歌（雪雲散盡）	闕　名	李元膺
510	洞仙歌（征鞍帶月）	闕　名	呂直夫
519	洞仙歌（一夜晴雪）	段弘章	段宏章
528	木蘭花令（別後不知君遠近）	賀方回	歐陽修
529	木蘭花令（秋容老盡芙蓉院）	闕　名	秦　觀
534	大聖樂（千朵奇峰）	闕　名	無名氏
537	浣溪沙（錦帳重重捲暮霞）	闕　名	秦　觀
538	浣溪沙（水滿池塘花滿枝）	闕　名	趙令畤
539	浣溪沙（手捲朱簾上玉鉤）	李　景	李　璟
540	浣溪沙（風壓輕雲貼水飛）	闕　名	蘇　軾
541	浣溪沙（一曲新詞酒一盃）	闕　名	晏　殊
542	浣溪沙（青杏園林煮酒香）	闕　名	晏　殊[46]
543	浣溪沙（日射敧紅蠟蒂香）	闕　名	周邦彥
547	浣溪沙（水漲魚天拍柳橋）	闕　名	無名氏
549	浣溪沙（小院閑窗春色深）	闕　名	李清照
550	浣溪沙（菡萏香銷翠葉殘）	李後主	李　璟
552	浣溪沙（風急花飛晝掩門）	闕　名	趙令畤

	553	浣溪沙（樓角紅銷一縷霞）	闕　名	賀　鑄
	555	浣溪沙（葉底青青杏子垂）	闕　名	歐陽修
	556	浣溪沙（新婦磯頭眉黛愁）	闕　名	黃庭堅
	557	浣溪沙（籟籟衣巾落棗花）	闕　名	蘇　軾
	558	浣溪沙（玉腕冰寒滴露華）	闕　名	晏　殊
	559	浣溪沙（樓倚江邊百尺高）	闕　名	張　先
	560	浣溪沙（薄薄紗幃望似空）	闕　名	周邦彥
	561	浣溪沙（一朵夢雲驚曉鴉）	闕　名	趙令時
	563	浣溪沙（菊暗荷枯一夜霜）	闕　名	蘇　軾
	567	浣溪沙（沉屑微薰睡鴨金）	謝醉仙	謝醉庵
三	590	生查子（年年玉鏡臺）	易　安	朱淑真
	591	生查子（去年元夜時）	闕　名	歐陽修
	592	生查子（眉黛遠山長）	闕　名	張孝祥
	594	生查子（繁燈奪霽華）	闕　名	劉克莊
	597	生查子（含愁整翠鬟）	闕　名	歐陽修
	610	江城梅花引（娟娟霜月冷侵門）	闕　名	程　垓
	613	江城梅花引（年年江上探寒梅）	賀方回	王　觀
	615	宴清都（細草沿階軟）	何　籀	何　籀
	618	踏莎行（春色將闌）	闕　名	寇　準
	619	踏莎行（霧失樓臺）	闕　名	秦　觀
	620	踏莎行（臨水夭桃）	闕　名	黃庭堅
	621	踏莎行（小逕紅稀）	闕　名	晏　殊
	622	踏莎行（玉露團花）	闕　名	徐　俯
	631	桂枝香（紫薇花露）	闕　名	詹　玉
	632	桂枝香（曉天涼露）	曾　隸	趙功可
	636	如夢令（樓外殘陽紅滿）	闕　名	秦　觀
	637	如夢令（池上春歸何處）	闕　名	秦　觀
	638	如夢令（昨夜雨疏風驟）	闕　名	李清照
	639	如夢令（門外綠陰千頃）	闕　名	曹　組
	640	如夢令（鶯觜啄花紅溜）	闕　名	無名氏

明代詞選研究

641	如夢令（常記溪亭日暮）	闕　名	李清照
642	如夢令（花落鶯啼春暮）	闕　名	謝　逸
643	如夢令（遙夜沉沉如水）	闕　名	秦　觀
644	如夢令（落日霞消一縷）	闕　名	無名氏
645	如夢令（為向東坡傳語）	闕　名	蘇　軾
646	如夢令（曾宴桃源深洞）	闕　名	李存勖
648	如夢令（昨夜家人憑酒）	闕　名	姚雲文
649	如夢令（獨立荷汀煙暮）	闕　名	劉景翔
654	湘月（行行且止）	叔張夏	張　炎
657	氐州第一（楊柳樓深）	曾　隸	趙功可
659	解連環（楚天空晚）	闕　名	張　炎
665	最高樓（花信緊）	闕　名	薛昂夫
672	高陽臺（紅日桃腮）	闕　名	王　觀
673	齊天樂（疏疏幾點黃梅雨）	闕　名	楊無咎
678	齊天樂（江湖千里秋風客）	君公遠	尹公遠
680	齊天樂（片帆呼渡西山曲）	闕　名	滕　賓
699	醉落魄（紅牙板歇）	闕　名	無名氏
702	醉落魄（柳侵闌角）	闕　名	張　炎
706	長相思（吳山青）	闕　名	林　逋
707	長相思（深畫眉）	闕　名	白居易
708	長相思（汴水流）	闕　名	白居易
710	長相思（蘋滿溪）	闕　名	張　先[47]
711	長相思（一重山）	闕　名	鄧　肅
712	長相思（紅滿枝）	闕　名	無名氏
713	長相思（玉一梭）	劉改之	李　煜
720	長相思（天悠悠）	闕　名	黃　昇
721	長相思（花滿枝）	闕　名	無名氏
725	長相思（不思量）	闕　名	無名氏
726	長相思（雲垂垂）	闕　名	無名氏
727	長相思（雨如絲）	闕　名	無名氏
728	長相思（燕成雙）	闕　名	無名氏

729	長相思（蓮葉東）	闕　名	瞿　佑
732	解語花（風銷焰蠟）	闕　名	周邦彥
742	醉太平（茶邊水經）	仇仁近	顏　奎
747	減字木蘭花（天涯舊恨）	闕　名	秦　觀
748	減字木蘭花（畫橋流水）	闕　名	王安國
749	減字木蘭花（春融酒困）	闕　名	無名氏
750	減字木蘭花（垂螺近額）	闕　名	張　先
751	減字木蘭花（誰將妙筆）	闕　名	仲　殊
752	減字木蘭花（春庭月午）	闕　名	蘇　軾
753	減字木蘭花（賢哉令尹）	闕　名	蘇　軾
761	疏簾淡月（梧桐雨細）	張叔夏	張　輯
775	三臺（見梨花初帶夜月）	萬俟雅言	万俟詠
777	春霽（遲日融和）	闕　名	胡浩然
778	秋霽（虹影侵階）	陳後主	無名氏
784	疏影（寒泉濺雪）	闕　名	趙　文
790	寶鼎現（夕陽西下）	闕　名	范　周
795	畫堂春（落紅鋪徑水平池）	闕　名	秦　觀
796	畫堂春（東風吹柳日初長）	闕　名	黃庭堅[48]
799	催徵頭子（半身屏外）	闕　名	惠　洪
803	憶王孫（萋萋芳草憶王孫）	闕　名	李重元
804	憶王孫（風蒲獵獵小池塘）	闕　名	李重元
805	憶王孫（颺颺風冷荻花秋）	闕　名	李重元
806	憶王孫（同雲風掃雪初晴）	闕　名	李重元
809	霜天曉角（冰清霜潔）	闕　名	林　逋
810	蘇幕遮（隴雲沉）	闕　名	無名氏
818	新荷葉（日晚芳塘）	闕　名	趙　抃
824	更漏子（妾倚門）	闕　名	陳達叟
825	更漏子（柳絲長）	闕　名	晏幾道
826	更漏子（解語花）	闕　名	無名氏
828	更漏子（畫堂深）	闕　名	無名氏
829	更漏子（鬢慵梳）	闕　名	無名氏

	830	更漏子（粉墻低）	闕　名	無名氏
	831	醜奴兒（晚來一霎風兼雨）	闕　名	康與之
	832	醜奴兒（馮夷剪碎澄江練）	闕　名	康與之
	834	玉團兒（鉛華淡佇新粧束）	闕　名	周邦彥
	836	憶秦娥（香馥馥）	闕　名	無名氏
	837	憶秦娥（雲垂幕）	闕　名	朱　熹
	838	憶秦娥（簫聲咽）	闕　名	李　白
	840	憶秦娥（暮雲碧）	闕　名	無名氏
	841	憶秦娥（嬌滴滴）	闕　名	無名氏
	842	憶秦娥（秋寂寂）	闕　名	無名氏
	843	憶秦娥（臨高閣）	闕　名	李清照
	852	謁金門（鴛鴦浦）	闕　名	張元幹
	853	謁金門（空相憶）	闕　名	韋　莊
	854	謁金門（春雨足）	闕　名	無名氏
	856	謁金門（愁脈脈）	闕　名	陳　克
	857	謁金門（羅裳薄）	闕　名	陳　克
	858	謁金門（溪水疾）	闕　名	賀　鑄[49]
	871	謁金門（山無數）	闕　名	無名氏
	884	阮郎歸（南浦春半踏青時）	闕　名	馮延巳
	887	阮郎歸（烹茶留客駐金鞍）	李後主	黃庭堅
	888	阮郎歸（春風吹雨繞殘枝）	闕　名	無名氏
	889	阮郎歸（舊香殘粉似當初）	闕　名	晏幾道
	903	風光好（柳陰陰）	闕　名	無名氏
四	923	糖多令（雨過水明霞）	闕　名	鄧　剡
	926	糖多令（風雨客殊鄉）	闕　名	張　炎
	927	糖多令（重整舊漁蓑）	闕　名	張　炎
	928	淒涼犯（蕭疏野柳嘶塞馬）	闕　名	張　炎
	929	淒涼犯（西風暗剪荷花碎）	闕　名	張　炎
	940	天香（霜瓦鴛鴦）	王　充	王　觀
	958	傳言玉女（一夜東風）	闕　名	晁沖之

959	醉春風（陌上清明近）	闕　名	無名氏
960	絳都春（融和又報）	丁仙峴	丁仙現
961	絳都春（寒陰漸曉）	闕　名	無名氏
962	聲聲令（簾移碎影）	闕　名	章　粢[50]
964	鳳凰閣（遍園林綠暗）	葉道卿	無名氏
967	訴衷情（燒殘絳蠟淚成痕）	闕　名	王　益[51]
974	晝夜樂（秀香家住桃花徑）	闕　名	柳　永
982	步蟾宮（玉窗掣鎖香雲淡）	闕　名	蔣　捷
985	慶清朝（草淺猶沙）	闕　名	張　炎
987	搗練子（心耿耿）	闕　名	無名氏
988	搗練子（林下路）	闕　名	無名氏
990	搗練子（雲鬢亂）	闕　名	無名氏
993	菩薩蠻引（曉鶯催起）	闕　名	羅志仁
995	隔浦蓮近（夜寒晴早人起）	闕　名	彭元遜
1000	錦纏道（燕子呢喃）	叔　原	無名氏
1001	晝錦堂（雨洗桃花）	闕　名	無名氏
1005	孤鸞（天然標格）	闕　名	無名氏
1006	孤鸞（江皋空闊）	闕　名	張　翥
1009	紫萸香慢（近重陽、偏多風雨）	姚文雲	姚雲文
1027	採桑子（轆轤金井梧桐晚）	闕　名	李　煜
1028	搗練子（林下路）[52]	曾舜卿	無名氏
1029	採桑子（年年纔到花時候）	歐　良	無名氏
1032	烏夜啼（都無一點殘紅）	闕　名	無名氏
1043	武陵春（風住塵香花已盡）	闕　名	李清照
1045	怨王孫（夢斷漏悄）	闕　名	無名氏
1046	怨王孫（帝里春晚）	賀方回	李清照
1052	梅花引（曉風酸）	萬侯雅言	万俟詠
1053	定風波（舞袖歌饕簇畫堂）	闕　名	張　翥
1054	竹香子（一瑣窗兒明快）	闕　名	劉　過
1056	玉樓春（秋千院落重簾幕）	闕　名	晏幾道
1062	玉樓春（東城漸覺風光好）	涼子京	宋　祁

1065	玉樓春（桃溪不作從容住）	闕　名	周邦彥
1066	玉樓春（風解池冰蟬翅薄）	闕　名	杜安世
1068	玉樓春（可憐又誤江南景）	劉景祥	劉景翔
1069	玉樓春（長源迤邐孤襲臥）	闕　名	馮延登
1075	一剪梅（一片春愁待酒澆）	闕　名	蔣　捷
1078	一剪梅（漠漠春陰酒半酣）	歐　良	無名氏
1089	少年遊（并刀如水）	闕　名	周邦彥
1106	雨中花（百尺清泉聲陸續）	王逐客	王　觀
1109	後庭花破子（玉樹後庭前）	闕　名	元好問
1110	後庭花破子（夜夜璧月圓）	闕　名	元好問
1111	後庭花破子（清溪一夜舟）	闕　名	趙孟頫
1112	千秋歲（塞垣秋草）	闕　名	辛棄疾
1119	南柯子（十里青山遠）	闕　名	仲　殊
1121	南柯子（鳳髻金泥帶）	闕　名	歐陽修
1125	南柯子（月下秦淮海）	闕　名	李太古
1136	行香子（佛寺雲邊）	劉改之	張　鎡
1150	南鄉子（曉日壓重簷）	闕　名	無名氏
1152	南鄉子（野唱自淒涼）	闕　名	張　鎡
1153	南鄉子（秋色照波明）	闕　名	張　鎡
1155	南鄉子（一雨浣年芳）	闕　名	元好問
1156	南鄉子（少日負虛名）	闕　名	元好問
1159	南鄉子（翠幰夜遊車）	闕　名	蔣　捷
1160	南鄉子（冷淡是秋光）	闕　名	蔣　捷
1167	紅林擒近（風雪驚初霽）	萬俟雅言	周邦彥
1168	紅林擒近（高柳春纔軟）	闕　名	周邦彥
1170	望梅（小寒時節）	柳耆卿	無名氏
1192	青玉案（人生南北如歧路）	闕　名	無名氏
1193	青玉案（碧空黯淡同雲繞）	陳螢中	陳　瓘
1195	青玉案（一年春事都來幾）	闕　名	無名氏
1198	綺寮怨（忽忽東風又老）	曾　隸	趙功可
1200	眼兒媚（楊柳絲絲弄輕柔）	闕　名	無名氏

1201	眼兒媚（樓上黃昏杏花寒）	闕　名	阮　閱
1205	眼兒媚（憶從溪上得相逢）	闕　名	無名氏
1207	眼兒媚（平生幾度怨長亭）	闕　名	無名氏
1208	瑞鷓鴣（北人西去一鶯啼）	闕　名	彭元遜
1209	瑞鷓鴣（東洲游畔寄蘭苕）	闕　名	彭元遜
1220	太常引（十年流水共行雲）	闕　名	元好問
1221	太常引（五雲樓觀日華東）	闕　名	元好問
1222	太常引（官街楊柳絮飛忙）	闕　名	元好問
1223	太常引（水風吹樹晚蕭蕭）	闕　名	趙孟頫
1224	太常引（弄晴微雨細絲絲）	闕　名	趙孟頫
1230	漁家傲（紅白芙蕖千萬朵）	闕　名	張　翥
1231	漁家傲（十月小春梅蕊綻）	歐永叔	歐陽修
1236	桃源憶故人〔碧紗影弄東風曉〕	闕　名	歐陽修
1240	海棠春（流鶯窗外啼聲巧）	闕　名	無名氏
1247	念奴嬌（炎精中否）	朱淑真	黃中輔
1249	憶秦娥（風蕭瑟）	晁次膺	曾　覿
1254	行香子（短短橫牆）	張天師	無名氏
1255	行香子（閬苑瀛洲）	闕　名	無名氏
1256	行香子（水竹之居）	闕　名	明　本
1257	行香子（淨掃塵埃）	闕　名	無名氏

註：

1 趙萬里輯：《校輯宋金元人詞》（臺北：臺聯國風出版社，1972年3月）。

2 唐圭璋編：《全宋詞》（臺北：宏業書局，1985年10月）。

3 明・陳耀文編：《花草粹編》（明萬曆癸未11年刊本，臺北：國家圖書館藏）。簡稱：「萬曆癸未本」。

4 明・劉孟雷撰：《聖朝名世考》（臺北：明文書局，1991年元月），卷10，頁30。

5 以上參明・程敏政《篁墩程先生文粹》卷首〈程公畫像記〉、明・黃佐、廖道南《殿閣詞林記》卷六、明・李賢等奉敕撰《明一統志》卷十六、清・張廷玉等奉敕撰《明史》卷二百八十六、清・和珅等奉敕撰《欽定大清一統志》卷七十九。

6 黃文吉撰：〈詞學的新發現——明抄本《天機餘錦》之成書及其價值〉，《宋代文學研究叢刊》第3期（1997年9月），頁392—394。

7 明・焦竑編：《國朝獻徵錄》（臺北：明文書局，1991年元月），卷35，頁43—44。

8 王兆鵬撰：〈詞學秘籍《天機餘錦》考述〉，《文學遺產》1998年第5期，頁41—42。

9 同註6，頁394—395。

10 同註8，頁44。

11 卷四「詞註內選出」之部分詞調：〈憶秦娥〉、〈西江月〉、〈滿江紅〉；及「續添」之〈行香子〉等調重出。

12 《天機餘錦》中同調異名者有：〈木蘭花慢〉〈木蘭花〉、〈蝶戀花〉〈鳳棲梧〉、〈秦樓月〉〈憶秦娥〉、〈蘇武慢〉〈惜餘春慢〉〈過秦樓〉、〈多麗〉〈鴨頭綠〉、〈八聲甘州〉〈瀟瀟雨〉、〈桂枝香〉〈疏簾淡月〉、〈湘月〉〈念奴嬌〉、〈解連環〉〈望梅〉、〈齊天樂〉〈臺城路〉、〈醉太平〉〈四字令〉、〈暗香〉〈紅

情〉、〈春霽〉〈秋霽〉、〈疏影〉〈綠意〉〈解珮環〉、〈醜奴兒〉〈採桑子〉、〈鬥嬋娟〉〈霜葉飛〉、〈鳳凰閣〉〈數花風〉、〈菩薩蠻〉〈重疊金〉、〈南柯子〉〈南歌子〉。

按：卷二，張叔夏〈木蘭花〉：（龜峰深處隱）、（風雲開氣象）二詞，其調應同卷一〈木蘭花慢〉。又卷二〈木蘭花令〉與卷四〈玉樓春〉，皆錄有唐人作品，故依清・萬樹《詞律》所載：「本譜不敢以唐之〈玉樓春〉改名〈木蘭花〉也。」（臺北：臺灣中華書局，1978年1月，《四部備要》本，頁7。）不將此二調列為同調異名。

13　按《天機餘錦》卷四載：其一為闕名〈搗練子〉（林下路）；一為曾舜卿〈採桑子〉（林下路）。

14　同註8，頁43—44。

15　宋・何士信選編：《增修箋註妙選群英草堂詩餘》（元至正辛卯11年雙璧陳氏刊本，臺北：國家圖書館藏）。簡稱：「辛卯本」。

16　明・楊慎編：《詞林萬選》（明末虞山毛氏汲古閣刊《詞苑英華》本，臺北：國家圖書館藏）。

17　明・茅坤撰：《茅鹿門先生文集》（明萬曆間刊本，臺北：國家圖書館藏），卷之14，頁18。

18　明・歸有光撰：《震川集》（臺北：世界書局，1988年2月，《景印摛藻堂四庫全書薈要》，第421冊），卷2，頁1。

19　同註6，頁384。

20　明・程敏政撰：〈天機餘錦序〉，程敏政編：《天機餘錦》（明藍格鈔本，臺北：國家圖書館藏）。

21　宋・不著編人：《類編草堂詩餘》（明嘉靖庚戌29年武陵顧從敬刊本，臺北：國家圖書館藏）。簡稱：「庚戌本」。

22　此依黃文吉所統計之數據載錄，同註6，頁384—385。

23　同註6，頁385—387。

24　同註20。

25 此項下所錄,以原作者之姓名為主。

26 明・卓人月編、徐士俊評:《古今詞統》(明崇禎間刊本,臺北:國家圖書館藏)。

27 唐圭璋編:《詞話叢編》(臺北:新文豐出版公司,1988年2月),第1冊,頁266。

28 同前註,頁267。

29 清・戈載輯、杜文瀾校注:《宋七家詞選》(臺北:河洛圖書出版社,1978年5月),卷7,頁37。

30 同註6,頁395—397。

31 同註8,頁46—47。

32 黃文吉撰:〈《天機餘錦》見存宋金元詞輯佚〉,《宋代文學研究叢刊》第4期(1998年12月),頁233—256。

33 黃文吉撰:〈《天機餘錦》見存瞿佑等明人詞〉,《書目季刊》第32卷第1期(1998年6月),頁23—56。

34 謝桃坊著:《中國詞學史》(成都:巴蜀書社,1993年6月),頁97。

35 方智範等著:《中國詞學批評史》(北京:中國社會科學出版社,1994年7月),頁150。

36 同前註。

37 為便於檢索,乃將原書所錄之詞,逐闋依次編排序號;【附錄二】亦同。

38 此項下依原書題名,若作者題名有誤,則逕予改正。

39 以下所列詞作,若調名有誤,則逕予改正。

40 《天機餘錦》項下之作者姓名,依原書題名;而《全唐五代詞》等項下,則以原作者之姓名為主。

41 張璋、黃畬編:《全唐五代詞》(臺北:文史哲出版社,1986年10月)。

唐圭璋編：《全宋詞》（臺北：宏業書局，1985年10月）。

孔凡禮編：《全宋詞補輯》（臺北：源流文化事業公司，1982年12月）。

唐圭璋編：《全金元詞》，全二冊（臺北：洪氏出版社，1980年11月）。

趙尊嶽輯：《明詞彙刊》，全二冊（上海：上海古籍出版社，1992年7月）。

此外，並參考王兆鵬等校點：《天機餘錦》（瀋陽：遼寧教育出版社，2000年1月），所補署之作者姓名，以求完備。

42 《天機餘錦》中，空缺未題作者之名者，原則視為前闋撰人所作，然若非承前所題者，則以闕名視之；後題闕名者，均依此例。

43 《天機餘錦》中，序號177、178、179、180等詞，均空缺未題作者姓名，茲依王兆鵬〈詞學秘籍《天機餘錦》考述〉（《文學遺產》1998年第5期，頁47—53。）所論，補述作者姓名。

44 唐圭璋《全宋詞》於田中行〈風入松〉（一宵風雨送春歸）後註曰：「《陽春白雪》卷五，原題康與之撰，注：又附《田中行集》。」（臺北：宏業書局，1985年10月，頁815。）《全宋詞》將此詞，分別收錄於田中行與康與之名下，而此僅以康與之列名。

45 《天機餘錦》卷二載周邦彥〈法曲獻仙音〉，缺上半闋起首數句：「蟬咽涼柯，燕飛塵幕，漏閣籤聲時度。倦脫綸巾，困便湘竹，………。」此據唐圭璋《全宋詞》補。（臺北：宏業書局，1985年10月，頁602。）

46 唐圭璋《全宋詞》於晏殊〈浣溪沙〉（青杏園林煮酒香）後註曰：「案此首別見歐陽修《近體樂府》卷三，未知孰是。」（臺北：宏業書局，1985年10月，頁89。）《全宋詞》將此詞，分別收錄於晏殊與歐陽修名下，而此僅以晏殊列名。

47 唐圭璋《全宋詞》於張先〈相思令〉（蘋滿溪）後註曰：「案此首別

179

又見歐陽脩《近體樂府》卷一；別又誤作黃庭堅詞，見楊今本《草堂詩餘》前集卷下。」（臺北：宏業書局，1985年10月，頁65。）《全宋詞》將此詞，分別收錄於張先與歐陽修名下，而此僅以張先列名。

48 唐圭璋《全宋詞》於黃庭堅〈畫堂春〉（東風吹柳日初長）後註曰：「案此首別又作秦觀詞，見《唐宋諸賢絕妙詞選》卷四。」（臺北：宏業書局，1985年10月，頁400。）《全宋詞》將此詞，分別收錄於黃庭堅與秦觀名下，而此僅以黃庭堅列名。

49 唐圭璋《全宋詞》於晏幾道〈謁金門〉（溪聲急）後註曰：「案此首原見《花草粹編》卷三，題賀鑄作，注：『天作叔原』，蓋《天機餘錦》此首作晏叔原（幾道）詞。」（臺北：宏業書局，1985年10月，頁258。）《全宋詞》將此詞，分別收錄於晏幾道與賀鑄名下，然依王兆鵬〈詞學秘籍《天機餘錦》考述〉一文所論：「此首明嘉靖三十三年（1554）楊金刊本《草堂詩餘前集》卷上作賀鑄詞，………實則《天機餘錦》卷三原無撰人姓名，《花草粹編》誤注。《全宋詞》應從晏幾道名下剔出此詞。」（《文學遺產》1998年第5期，頁46。）故此僅以賀鑄列名。

50 唐圭璋《全宋詞》於章楶〈聲聲令〉（簾移碎影）後註曰：「案洪武本《草堂詩餘》前集卷上，此首作無名氏詞。」（臺北：宏業書局，1985年10月，頁214。）《全宋詞》將此詞，分別收錄於章楶與無名氏下，而此僅以章楶列名。

51 唐圭璋《全宋詞》於王益〈訴衷情〉（燒殘絳蠟淚成痕）後註曰：「案此首《唐宋諸賢絕妙詞選》卷四作杜安世詞，而《壽域詞》不載。《晁氏客話》以為王益作。」（臺北：宏業書局，1985年10月，頁112。）《全宋詞》將此詞，分別收錄於王益與杜安世名下，而此僅以王益列名。

52 此闋與序號988，重複收錄，且調名誤為〈採桑子〉，所題作者亦不同。

第四章　萬曆時期詞選

　　萬曆時期詞選，於詞學史上可謂最具代表特色。如：
選錄詞作達三千餘闋之《花草粹編》，為存詞輯佚之巨帙
；而兼具詞選與訂譜作用之《詩餘》與《嘯餘譜》，考訂
詞調，影響深遠。他如：《花間集補》、《唐詞紀》、《
唐宋元明酒詞》與《詞的》諸選，雖編選原因各不相同，
然輯錄範圍，大體皆以晚唐、五代及北宋為主，此或為後
七子復古思想之發酵。另《詩餘圖譜》一選，最早成書於
嘉靖丙申（15年，西元1536年），而於萬曆時期尚有增訂
刊本，是以為求譜體詞選之探究，得獲全面之觀照，乃將
之與《詩餘》、《嘯餘譜》同節併論。

第一節　補《花間》之未備：《花間集補》

　　《花間集》與《草堂詩餘》流傳於宋、金、元等朝，
至明代而大放異彩。由於明人對「花草」之重視，自嘉靖
時起，即陸續編選《草堂》之續集或補集。而《花間集》
除明・湯顯祖予以評點外，萬曆初年，溫博亦輯錄《花間
集補》；此選為《花間》之補編，遂將晚唐、五代之詞風
延續至晚明而不衰。

壹、編選之版本及體例

　　編者溫博，字允文，烏程（或作西吳，今浙江省吳興

縣）人，生卒年不詳，行誼事跡亦無可考。其輯選《花間集補》，凡上、下兩卷，現存之版本有二：一為北京圖書館藏，明萬曆八年（西元1580年）茅氏凌霞山房刻本（以下簡稱「茅刻本」）。卷端首頁載「西吳溫博編次，茅一楨訂釋」，而書前有溫博〈花間集補序〉，及明・茅一楨撰《音釋》二卷；其後則列有「花間集補敍目」，著錄作者及詞數。然敍目所列詞數與卷內所錄略有出入，如：卷上劉禹錫，敍目作11闋，卷內實收15闋，而其中〈楊柳枝〉（和風煙雨九重城）一詞與卷下薛能〈楊柳枝〉詞重複，故卷內所收劉禹錫詞應為14闋；且卷下李煜，敍目作4闋，卷內實收15闋[1]；又卷下馮延巳，敍目作2闋，卷內實收3闋。因此，合計卷內實際收錄之詞共71闋。

「茅刻本」之編選體例乃標舉詞家，而將其詞彙錄於下，若同調之詞有兩闋以上，則標註其二、其三、其四……為序。書中作者除題白樂天、李中主、李後主者外，全書以題詞人姓名為主。然其中卷下〈山花子〉兩闋：（菡萏香銷翠葉殘）與（手捲珠簾上玉鉤），應為中主李璟詞，「茅刻本」則誤題為後主李煜詞；是以詞選中收錄李璟之詞應為3闋，李煜之詞則應為13闋。故全書總共收錄詞人計14家，皆為晚唐、五代時人。

又「茅刻本」所錄之詞調以小令為主，其中卷下李煜〈望江南〉一詞為雙調，上片開頭為「多少恨」，下片開

頭為「多少淚」，然此實應別為二調。清・萬樹《詞律》
卷一，於〈憶江南〉調後曰：「李後主『多少恨』及『多
少淚』本是二首，《嘯餘》合之為一，大謬。此調作者甚
多，何乃取李詞二首牽合，以作五十四格乎？致後人疑前
後可兩用韻，豈不誤殺。」[2]且《御製詞譜》卷二，於〈憶
江南〉調下亦曰：「此皆唐詞單調，至宋詞始為雙調。」[3]
故李煜之〈望江南〉應為單調二十七字詞兩闋，並與卷內
〈憶江南〉為同調異名，因而全書總計收錄29個詞調。

　　此外，《花間集補》另一版本為：民國十八年（西元
1929年）上海商務印書館《四部叢刊》，影印明萬曆壬寅
（30年，西元1602年）玄覽齋刊巾箱本（以下簡稱「四部
叢刊本」）。卷端首頁僅題「西吳溫博編次」，而書前雖
列有敘目，然無溫博之〈花間集補序〉及茅一楨之《音釋
》。且敘目中著錄李煜詞2闋，與「茅刻本」敘目作4闋不
同；另「四部叢刊本」卷末，缺錄「茅刻本」之馮延巳〈
長相思〉（紅滿枝）一詞；而其他於編排之體例、順序等
方面，兩者則大體相同。今瀋陽：遼寧教育出版社，以「
茅刻本」為底本，以「四部叢刊本」為校本，校點整理《
花間集補》，並附「校勘記」，將兩版本之字句差異與內
容異同，詳加比對，可參見。

貳、選詞原因

　　《花間集補》為明代諸選中，輯錄詞作最少者，其卷帙簡短，選詞範圍亦狹，因而編者當有其特殊用心。自溫博所撰之〈花間集補序〉中，可窺其成書之因：

一、託意寄情，不廢小詞

　　詞之一體，由唐迄明，約八百餘年，而最早一部文人詞總集，即為《花間集》。歷來文學史上，多依歐陽炯〈序〉所形容之《花間》特色：「遞葉葉之花牋，文抽麗錦；舉纖纖之玉指，按拍香檀。」[4]而評其詞為宴飲笙歌、綺靡柔媚之作；然宋・晁謙之〈跋語〉，則有不同之見解，其曰：

> 　右《花間集》十卷，皆唐末才士長短句，情
> 真而調逸，思深而言婉，嗟乎！雖文之靡無
> 補於世，亦可謂工矣。[5]

　　晁氏舉出《花間集》中，「情真」、「思深」兩大特質，提醒後人以另種角度，重新審視花間詞風。明人溫博則有類似之體悟，其於〈花間集補序〉云：

> 　予初讀詩至小詞，嘗廢卷嘆曰：「嗟哉，靡
> 靡乎，豈風會之使然耶？即師涓所弗道者。
> 」已而，睹范希文〈蘇幕遮〉、司馬君實〈
> 西江月〉、朱晦翁〈水調歌頭〉等篇，始知

> 大儒故所不廢。何者？眾女蛾眉、芳蘭杜若
> ，騷人之意，各有所託也。[6]

　　綜觀《花間》詞集，其中或描寫酒筵歌女之酬唱，或傾訴離愁傷別之閨思，詞人已然將自身之性格、思想及生活背景，隱於其中，而以穠麗纖巧之字句，表達詞人深切之情感。故溫博於〈序〉中明言，靡靡小詞雖人所弗道，而宋之大儒卻不廢詞篇，其於詞句之中，當另有寓意。溫氏即本此理念編選《花間集補》，欲藉短篇小令以託意寄情。

二、使一代詞風得以完備呈現

　　晚唐五代時期，詞壇上可分為兩個主要之流派：一是以溫庭筠為首，前後蜀詞人為中心之「花間詞派」；另一是以李璟、李煜、馮延巳等南唐詞家為主之「南唐詞派」。顯見《花間集》所選，皆為西蜀詞壇之作品，是以溫博〈花間集補序〉乃言：

> 貞叔又屬余補其未備，以足李唐一代之制
> 。余故未知趙氏當時詮次意，乃於此往往嘆
> 遺珠舊矣。因自李翰林而下十有四人，通行
> 六十七首（按：卷內實收71闋），為二卷，
> 命曰《花間集補》。[7]

溫氏既言欲補《花間》之未備，因而南唐二主與馮延巳之詞，皆在選中。另《花間集補》中又輯錄李白之詞，而李白與溫庭筠，可謂影響後世詞風之兩大家。據清・沈祥龍《論詞隨筆》曰：

> 唐人詞，風氣初開，已分二派：太白一派，
> 傳為東坡，諸家以氣格勝，於詩近西江；飛
> 卿一派，傳為屯田，諸家以才華勝，於詩近
> 西崑。後雖迭變，總不越此二者。[8]

蓋萬曆初期，明代詞壇以「豪放」、「婉約」兩大風格類型區分詞體，而溫博亦明確知悉《花間集》之局限，故其前補李白之作，後續南唐之詞，冀由《花間集補》之編選，使晚唐五代之詞作風格得以完整呈現。

參、選詞標準

《花間集》[9]總計選詞498闋，而其補編——《花間集補》，則僅選錄71闋，兩者於數量方面相去懸殊；且《花間集補》所選，皆為《花間集》所未收者。因此試析此選之內容取向，以明其選詞標準：

一、以采輯古詞為主

《花間集補》全書收錄29個詞調，其中小令（58字以內），27調；而中調（59—90字），僅只2調。顯然溫博擇

以入選者，乃偏於小令，而於小令之中，又獨鍾古詞。茲
將書中選詞在三闋以上之詞調，表列如次（按詞數多寡排
列）：

詞　調	竹枝詞	楊柳枝	漁歌子	欸乃曲	古調笑	長相思	清平調	憶江南
詞　數	14	7	5	4	4	4	3	3

　　溫博於〈花間集補序〉言：「如〈清平調〉、〈欸乃
曲〉、〈楊柳枝〉、〈竹枝詞〉即七言絕，而實古詞，古
詞多四句也。如〈漁歌子〉、〈古調笑〉，淒切聲調，並
入古詞而采之云。」[10]據上表統計可知，溫氏所例舉之〈清
平調〉、〈欸乃曲〉、〈楊柳枝〉、〈竹枝詞〉、〈漁歌
子〉、〈古調笑〉等六調，皆為選詞在三闋以上之詞調，
其中並以〈竹枝詞〉14闋為最多；而合計此六調選錄之詞
共37闋，約佔全書比例達52％，可知《花間集補》所采輯
者，乃以七言四句之古詞為主。

二、抒發個人之心境感受

　　《花間集補》中以收錄劉禹錫詞14闋，及李煜詞13闋
為夥。而溫氏所輯劉禹錫之作品，皆為具民歌特性之〈楊
柳枝〉與〈竹枝詞〉，其中字句之敘述，已表露詞人內心
之感情，如：「南人上來歌一曲，北人莫上動鄉情」（〈

竹枝詞〉其一）、「花紅易衰似郎意，水流無限似儂愁」
（〈竹枝詞〉其二）、「長恨人心不如水，等閑平地起波
瀾」（〈竹枝詞〉其六）、「個裏愁人腸自斷，由來不是
此聲悲」（〈竹枝詞〉其七）、「懊惱人心不如石，少時
東去復西來」（〈竹枝詞〉其八）等，已道出其情、其愁
、其恨、其悲及其懊惱，呈現多樣不同之情感體會。

又《花間集補》中李煜之詞，更並陳詞人縱樂歡娛與
愁苦哀痛兩種截然不同之情緒。如〈浣溪沙〉（紅日已高
三丈透）、〈玉樓春〉（晚妝初了明肌雪）及〈一斛珠〉
（晚妝初過）等，乃為詞人沉醉於歌舞宴會之冶游享樂。
至如：〈浪淘沙〉（簾外雨潺潺）、〈望江南〉（多少恨
）及〈虞美人〉（春花秋月何時了）等，則為詞人亡國後
，滿腔悲憤、抑鬱難解之情。故綜論《花間集補》全書所
選，雖不免失之草率，亦難補《花間》之失，然編者溫博
則已著眼於詞人內在之心境感受，應值重視。

肆、《花間集補》之影響

《花間集補》因附存於《花間集》，致往往為後人所
忽視；然姑不論此選之優劣如何，其於《花間集》固有續
補之功，而其於詞壇之影響，則可從以下兩方面略述之：

一、倡復唐詞古風

明代復古思想之蔓衍，關乎詞壇之起伏變化，並使晚

唐、五代「花間」之詞地位提尊。蕭鵬《群體的選擇——唐宋人選詞與詞選通論》一書曰：「豔歌之外，《花間集》中最引人注意的是那些以南方各地之風物人情為描寫對象的風俗詞和風景詞，它們格調清新淺暢，語言活潑，饒有民歌風味而較少貴族氣息。」[11]《花間集補》即承續此風而補輯，如收錄元結〈欸乃曲〉四闋與張志和〈漁歌子〉五闋等，其內容皆平淡質樸，蘊涵民間歌謠之自然風韻。是以溫博〈花間集補序〉有言：

> 余不佞，雖不諳新聲之豔耳，假令登高吊古，食酒而酣，按拍歌唐人之調，便翩翩乎不知有人間矣，況《三百篇》哉！[12]

顯見溫博不喜豔詞，而雅好唐人之調。萬曆二十二年（西元1594年），董逢元編選《唐詞紀》，其內容即以晚唐、五代之詞為主；而崇禎二年（西元1629年），卓人月、徐士俊所編選之《古今詞統》，則與《唐詞紀》有相類之處；此二選所錄之〈竹枝〉與〈楊柳枝〉調，計百闋之多，雖經文人藻飾，然編者之用心甚明。故《花間集補》提倡唐詞古風，於後世詞壇之發展與後人詞集之編選，實有推波助瀾之作用也。

二、帶動民歌俗曲之流衍

明代文學之演進，於擬古主義之氛圍中，舊有之文體

，如：散文、詩、詞之表現，率難踰越前朝之成就；而新起之小說、戲曲及民歌等，則獲得極高之評價。吳志達《明清文學史・明代卷》曰：

> 到了封建社會後期，隨著城市經濟的發展和
> 市民階層的擴大，包括民歌在內的俗文學，
> 得到了蓬勃的發展。民間歌唱的文化傳統，
> 經過長期的積澱，在市民文化思想的觸發下
> ，更泛起了異彩。[13]

又曰：

> 宣、正至成、弘後，興起一些民間小調，主
> 要流行於中原地區，已引起大文豪的注意，
> 嘉、隆間，趨向興盛，民歌曲調繁富，百花
> 競放，流行地區更廣；萬曆年間，民歌與其
> 他文學一樣，是最繁榮的時期。我們可以說
> ，民歌是明代後期出現的具有中國特色的文
> 藝復興運動的一個組成部分。[14]

民歌內容有不平之吶喊，有歡娛之詠歌，亦有對愛情之追求，豐富多采。其繁榮時間，約當萬曆時期，而《花間集補》亦刊行於萬曆初年，可見當時文壇必充斥新舊文學之衝擊；而此種衝擊，使詞集所選雖為晚唐、五代之作

，然尤留意民歌氣息。而通俗文學於復古風中，漸次成熟發展；兩者彼此間接呼應，使明、清文學呈現蓬勃之景象。

註：

1　李煜〈望江南〉詞，上片開頭「多少恨」，下片開頭「多少淚」，應分別各列一調，而以二闋計，故卷內收錄李煜詞為15闋。

2　清・萬樹編：《詞律》（臺北：臺灣中華書局，1978年1月，《四部備要》本），卷1，頁8—9。

3　清聖祖敕撰：《御製詞譜》（臺北：聞汝賢據殿印本縮印，1976年元月），卷1，頁19。

4　後蜀・趙崇祚編：《花間集》（明正德辛巳16年吳郡陸元大覆宋刊本，臺北：國家圖書館藏）。

5　同前註。

6　明・溫博輯，陳紅彥校點：《花間集補》（瀋陽：遼寧教育出版社，1998年12月），頁91。

7　同前註。

8　唐圭璋編：《詞話叢編》（臺北：新文豐出版公司，1988年2月），第5冊，頁4049。

9　後蜀・趙崇祚編：《花間集》（明末虞山毛氏汲古閣刊《詞苑英華》本，臺北：國家圖書館藏）。

10　同註6。

11　蕭鵬著：《群體的選擇——唐宋人選詞與詞選通論》（臺北：文津出版社，1992年11月），頁82。

12　同註6。

13　吳志達編著：《明清文學史・明代卷》（武昌：武漢大學出版社，

1991年12月），頁543。

[14] 同前註，頁544—545。

第二節 粹選「花草」之存詞巨編：《花草粹編》

明代詞壇，以《花間集》和《草堂詩餘》二集為最著，後人合稱曰「花草」。其體盛行，倍受詞家青睞，增刪改訂，模擬仿效，蔚為風氣。明萬曆年間，陳耀文即本之「花草」，詮選詞集，努力多年，終成《花草粹編》；其書取材廣泛，卷帙浩繁，為有明一代重要之選。故《花草粹編》之編選體例及選詞特色等，深值探究。

壹、編者簡介

陳耀文，字晦伯，號筆山，確山縣（今河南省汝南縣西）人，生卒年不可考，其在世約於明嘉靖至萬曆（西元1522—1619年）間，年八十二卒。

耀文，生而穎異，幼稱神童，日記千言，一目數行，求知好古，無所不覽。明‧過庭訓《本朝分省人物考》卷九十三曰：

> （耀文）官有餘閒，得博極群書，自經、史
> 外，若《丘索》、《竹書》、《山海經》、
> 《元命苞》、《穆天子傳》等類，以及星歷
> 、術數、稗官、齊諧，無不畢覽。[1]

乃知耀文為學，遍讀奇文奧字，意有所屬，事有所聞，必潛心研究，絕不稍怠，遂奠定其後著書立說之基礎。

然亦有言,其性靈明,可通神鬼,《本朝分省人物考》載
:

> 時有撰造,或思不屬夜,輒夢一叟,共相擬
> 議,蓋鬼神通之也。[2]

耀文年十二即補邑庠生,嘉靖庚戌(29年,西元1550
年)登進士,授中書舍人,嘉靖三十三(西元1554年)年
五月由中書舍人選刑科給事中,因慷慨時事,數上危言,
違逆時相嚴嵩,至宦海浮沉,屢遭降貶。嘉靖三十六年(
西元1557年),謫魏縣縣丞,量移淮安推官,寧波、蘇州
同知,遷南京戶部郎中,淮安兵備副使。耀文為官,政績
卓著,勤政愛民,清廉自持,據《本朝分省人物考》所載
可知:

> 淮、揚多盜,其里中豪恣為奸利,往往稱遁
> 逃主,耀文悉擒治之,民為立德政碑,尋陞
> 陝西行太僕寺卿。耀文故倦遊,不樂邊塞,
> 遂請告歸,有指揮饋以造船餘金千兩,麾而
> 卻之。抵家杜門,日以著述為事,初不問家
> 人產,即干旄在門,猶高臥不起。[3]

此外,耀文並長於考證之學,治學謹嚴,著述甚富,
除《花草粹編》十二卷外,尚有《天中記》六十卷、《正

楊》四卷、《學林就正》四卷、《學圃蕙蘇》六卷，及《
經典稽疑》二卷等書行於世。[4]

貳、編選之版本及體例

　　《花草粹編》之版本，主要可分為「十二卷本」與「
二十四卷本」兩大類，其中詞調之著錄，卷次之編排，及
內容之完整與否，各本之間均略有差異，試比較分析於下
：

一、十二卷本

　　「十二卷本」就現存可見，藏於臺北：國家圖書館者
，有三：

（一）【明萬曆癸未（11年）刊本】

　　是本凡十二卷，十二冊，前有萬曆癸未冬日陳耀文〈
自序〉，因之成書當於萬曆十一年（西元1583年）間（以
下簡稱「萬曆癸未本」），臺北：國家圖書館藏。正文卷
端題「朗陵外方陳耀文晦伯甫纂」，並附刻宋・沈義父《
樂府指迷》一卷，每卷之前列有目錄，分為小令、中調、
長調編排，載錄詞調，是為依調編排之「分調編次本」；
而同調選詞在兩闋以上者，則於調下記錄詞數；若有異稱
，亦於調下註名。茲就目錄所載與卷內實際所選，詳細比
對，以表列之：

卷次	調別	起 迄 詞 作	目錄所載		卷內實際所選	
			調數	詞數	調數	詞數
一	小令	張安國〈蒼梧謠〉（歸，十萬人家兒樣啼）－－韋莊〈上行杯〉（白馬玉鞭金轡）	79	400	70[5]	411[6]
二	小令	毛文錫〈中興樂〉（荳蔻花繁煙豔深）－－朱秋娘〈採桑子〉（王孫去後無芳草）	29	323	24[7]	336
三	小令	李太白〈菩薩蠻〉（平林漠漠煙如織）－－嚴次山〈一落索〉（清曉鶯啼紅樹）	21	349	19[8]	370[9]
四	小令	李太白〈憶秦娥〉（簫聲咽）－－無名氏〈滴滴金〉（當初親下求言詔）	80	397	62[10]	397[11]
五	小令	晏同叔〈少年遊〉（重陽過後）－－張子野〈芳草渡〉（主人宴客玉樓西）	60	324	52[12]	319
六	小令	溫飛卿〈玉樓春〉（家臨長信往來道）－－張炎〈南樓令〉（風雨客殊鄉）	46	299	35[13]	315
七	中調	歐陽炯〈賀明朝〉（憶昔花間相見後）－－曹元寵〈祭祆神〉（你自平生）	77	319	59[14]	306[15]
八	中調	秦少游〈千秋歲〉（柳邊沙外）－－無名氏〈尉遲杯〉（去年時）	126	290	107[16]	288
九	長調	胡浩然〈東風齊著力〉（殘臘收寒）－－歐慶嗣〈慶千秋〉（點檢堯蓂）	58	236	46[17]	234[18]

十	長調	王通叟〈慶清朝〉（調雨為酥）——張叔夏〈瑤臺聚八仙〉（楚竹間桃）	85	223	73[19]	224
十一	長調	周美成〈玉燭新〉（溪源新臘後）——無名氏〈尉遲盃〉（歲云暮）	104	249	83[20]	250
十二	長調	晏叔原〈泛清波摘遍〉（催花雨小）——趙青山〈鶯啼序〉（初荷一番濯雨）	98	248	71[21]	252
合　計			863	3657	701	3702

　　陳耀文〈花草粹編自序〉曰：「其義例以世次為後先，以短長為小大，為卷一十有二，計詞三千二百八十餘首。」[22]然就「萬曆癸未本」目錄所載，則共計選錄：詞3657闋，詞調863個，而目錄所列詞數與卷內所錄不一，乃因詞調或缺漏，或屬同調異名，或同名異體，且陳耀文並將同一詞調之單調、雙調，令詞、慢詞，分列兩調，如：卷一與卷六之〈南鄉子〉，一為單調，一為雙調；卷五與卷八之〈芳草渡〉，一為小令，一為中調；卷八與卷十二之〈洞仙歌〉，一為中調，一為長調；卷四與卷十一之〈喜遷鶯〉，一為小令，一為長調；卷五、卷七、卷十二之〈望遠行〉，則分別為小令、中調、長調。是以卷內實際共收錄701個詞調，3702闋詞，包括：小令（卷一—卷六）2148闋，中調（卷七—卷八）594闋，長調（卷九—卷十二）

960闋，全編以小令為最夥，間亦附箋本事或詞話於後。

　　《花草粹編》選詞之範圍，主要涵括晚唐、五代及宋、金、元等朝，書中所列詞家，或署姓名，或書字號，前後不一；抑或有題「前人」者。而若承前所題，則多空缺不著；若採自某書，即載書名，然其中亦多有誤，今依《全唐五代詞》、《全宋詞》、《全金元詞》查考訂正（參見【附錄】），除無名氏[23]外，所選詞家，包括：晚唐、五代62人，北宋125人，南宋376人，金代22人，元代32人，時代不詳者6人。另卷四〈朝中措〉（秋夜蓮壺宮漏長），卷十一趙彥端〈喜遷鶯〉（登山臨水）兩闋，題名錯誤，應分別為明人汪心壺與瞿佑所作，又卷七〈一剪梅〉（客路輕寒笑敝貂），作者晏璧亦為明人，是以尚有明代3人，共計選錄詞家626人。

　　此外，《花草粹編》尚有同屬明萬曆癸未之刊本，為臺北：國家圖書館以前代管北平圖書館藏書，已移置故宮博物院，此本已製成顯微膠片，現臺北：國家圖書館收藏（以下簡稱「北平本」）。是書亦分為十二卷，十二冊，前有陳耀文〈花草粹編敘〉，而詞作仍依小令、中調、長調編排，每卷之前列有目錄，然於「花草粹編一卷目錄」之後，則附刻沈義父《樂府指迷》。茲將「北平本」與「萬曆癸未本」加以比對，就內容而言，其不同之處有以下幾點：[24]

1.「北平本」卷一，於牛嶠〈望江怨〉（東風急）後錄有：溫飛卿〈思帝鄉〉（花花，滿枝紅似霞）、孫光憲〈思帝鄉〉（如何，遣情情更多）、〈莫打鴨〉（莫打鴨，打鴨驚鴛鴦）、白樂天〈長相思〉（深畫眉）、（汴水流），及李後主〈長相思〉（一重山）等，此「萬曆癸未本」中未載。然「萬曆癸未本」卷一，於牛嶠〈望江怨〉（東風急）下半段缺漏，而後接之（門外落花流水）至（誰伴明窗獨坐）7闋，則與前頁〈如夢令〉重複。

2.「萬曆癸未本」卷三，選錄溫庭筠〈菩薩蠻〉十三闋，而「北平本」則缺錄第七、八、九、十、十一等5闋。另「北平本」又缺錄王昂、呂聖求、趙文鼎、嚴次山、吳君特等人〈好事近〉共5闋。

3.「北平本」卷七，於陶氏〈蘇幕遮〉（與君別）後錄有：周美成〈蘇幕遮〉（燎沉香）、小山〈好女兒〉（綠遍西池）、（酌酒殷勤），及元遺山〈促拍醜奴兒〉（朱麝掌中香）等；又於東坡〈行香子〉（清夜無塵）後錄有：東坡〈行香子〉（攜手江村）、（一葉舟輕）、（三入承明）三闋，及趙元〈行香子〉（鏡裡流年）等，「萬曆癸未本」均未收錄。

4.「萬曆癸未本」卷九，從李西美〈滿庭芳〉（一種江梅），至趙德麟〈滿庭芳〉（玉枕生涼），順序與「北平本」不同，茲經核對校勘，「北平本」顯有錯簡之情形

。又「萬曆癸未本」中,少游〈夢揚州〉(晚雲收)下半闋缺漏,而「北平本」則收錄完整,未有殘缺。

(二)【鈔本,過錄清金繩武校語及跋】

　　此本於卷首較「萬曆癸未本」多錄清光緒丙子(2年,1876年)丁朵生語,並其詩一首,以及萬曆丁亥(15年,西元1587年)李蓘〈花草粹編敘〉;卷末附載清咸豐七年(西元1857年),錢唐金繩武〈跋〉,全書過錄金繩武校語(以下簡稱「金本」),現為臺北:國家圖書館收藏。金繩武,字述之,號韻仙,清浙江錢塘(今杭州市)人,生卒年不詳,咸豐元年舉人,有《泡影詞》一卷,與其室汪淑娟《曇花集》合刊,名《評花仙館詞》,又輯《十家詞匯》十卷。[25]然就「金本」內容與「萬曆癸未本」相較,「萬曆癸未本」多有缺漏:

　　「金本」卷一,於牛嶠〈望江怨〉(東風急)後錄有:溫飛卿〈思帝鄉〉(花花,滿枝紅似霞)、孫光憲〈思帝鄉〉(如何,遣情情更多)、〈莫打鴨〉(莫打鴨,打鴨驚鴛鴦)、白樂天〈長相思〉(深畫眉)、(汴水流),及李後主〈長相思〉(一重山)等。

　　「金本」卷三,於蒲江〈謁金門〉(風不定)後錄有:韓無咎〈謁金門〉(春尚淺)下半闋、盧祖皋〈謁金門〉(蘭棹舉)、(閒院宇)、石孝友〈謁金門〉(風又雨)、康與之〈謁金門〉(春又晚),及蒲江〈謁金門〉(

寒半退）上半闋等。

　　「金本」卷五，於卷末錄有：朱敦儒〈鷓鴣天〉（檢盡歷頭冬又殘）、蘇庠〈鷓鴣天〉（楓落河梁野水秋）、高觀國〈思佳客〉（入手西風意已秋）、賀鑄〈翦朝霞〉（雲弄輕陰穀雨乾）、蒲江〈醉梅花〉（傳得西林一派清）上半闋等。

　　「金本」卷七，於陶氏〈蘇幕遮〉（與君別）後錄有：周美成〈蘇幕遮〉（燎沉香）、小山〈好女兒〉（綠遍西池）、（酌酒殷勤），及元遺山〈促拍醜奴兒〉（朱麝掌中香）等。又於東坡〈行香子〉（清夜無塵）後錄有：東坡〈行香子〉（攜手江村）、（一葉舟輕）、（三入承明）三闋，及趙元〈行香子〉（鏡裡流年）等。又於段成己〈行香子〉（自嘆勞生）後錄有：劉叔安〈行香子〉（露葉煙條）下半闋、晁無咎〈行香子〉（前歲栽桃）、琴精〈千金意〉（音音音）、章燊〈聲聲令〉（簾移碎影）上半闋等。又於元遺山〈三奠子〉（悵韶華流轉）後錄有：劉秉忠〈三奠子〉（念行藏有命）、高憲〈三奠子〉（上楚山高處）、歐陽脩〈青玉案〉（一年春事都來幾）、陳瓘〈青玉案〉（碧空黯淡同雲繞）等。

　　「金本」卷八，於康伯可〈風入松〉（一宵風雨送春歸）後錄有：康伯可〈風入松〉（碧苔滿地襯殘紅）、蔣捷〈風入松〉（東風舊日小桃枝）、高觀國〈風入松〉（

卷簾日日恨春陰）、（粉嬌曾隔翠簾看）等。

「金本」卷九，於《清湖三塔記》〈水調歌頭〉（屏間金孔雀）後錄有：劉行簡〈水調歌頭〉（千古嚴陵瀨）下半闋、吳毅甫〈水調歌頭〉（才惜季方去）等。又董穎〈薄媚〉錄有：入破第一、第二虛催、第六歇拍、第七煞袞、排遍第八等。又於無名氏〈玉梅香慢〉（寒色猶高）後錄有：周邦彥〈掃花遊〉（曉陰翳日）、楊無咎〈掃花遊〉（乳鶯囀午）、楊無咎〈白雪〉（簷收雨腳）等。又於朱雍〈塞孤〉（雪江明）後錄有：少遊〈夢揚州〉（晚雲收）下半闋、晏璧〈芭蕉雨〉（角聲高吹夢斷）、彭元遜〈玉女迎春慢〉（淺入新年）、王晉卿〈燭影搖紅〉（香臉輕勻）等。

「金本」卷十，於卷末錄有：張輯〈淮甸春〉（短鬢懷古）、段成己〈大江東去〉（暮年懷抱）、薩都剌〈酹江月〉（短衣瘦馬）等。

以上均為「金本」著錄，而「萬曆癸未本」未錄之詞。此外，「金本」於卷一末錄有：李元膺〈茶瓶兒〉（去年相逢深院宇）、馮延巳〈芳草渡〉（梧桐落）、張先〈芳草渡〉（雙門曉鎖響朱扉）、（主人宴客玉樓西）等，此四闋與卷五，頁63重複。綜言之，「金本」所錄之詞多於「萬曆癸未本」，且部分詞作亦較完整。

（三）【民國二十二年國學圖書館影印明萬曆刊及金氏評

花仙館活字本】

　　此本於卷首載有清・丁丙《善本書室藏書志》著錄《花草粹編》之文，全書僅卷一、卷二有閱者校語，而卷一首頁之眉批，為「金本」金繩武〈跋語〉，卷末則附刻癸酉（民國22年）夏五鎮江柳詒徵〈跋〉，今有1933年陶風樓影印袖珍本（以下簡稱「國學本」）。按柳氏〈跋〉云：「丁松生氏初得金本，嗣得張月霄藏明刊本，既載之《善本書屋藏書志》，又題詩於明本前，深惜金本之罹劫。………葢山書庫席丁氏之藏，兼有兩本，不敢秘惜，先以明本付景印，其闕佚者，則據金本補之，俾成完璧云。」[26]是以「國學本」所錄與「金本」大體無異，僅部分內容略有出入：

　　1.卷三：僧仲殊〈訴衷情〉（楚江南岸小青樓）、（鍾山影裏看樓臺）、（清波門外擁輕衣）、（長橋春水拍堤沙）、（湧金門外小瀛洲）等，此五闋，「金本」載於唐子西〈訴衷情〉（平生不會斂眉頭）之後；而「國學本」則錄於蒲江詞〈菩薩蠻〉（翠樓十二闌干曲）之後，顯是錯簡。

　　2.「國學本」將「金本」卷五錄於卷末之：朱敦儒、蘇庠、高觀國、賀鑄、蒲江等人詞，共5闋，載於馬莊父〈鷓鴣天〉（睡鴨徘徊煙縷長）之後，並續接李元膺〈茶瓶兒〉一闋，馮延巳〈芳草渡〉一闋，與張子野〈芳草渡〉

兩闋;而將「金本」卷一末,與此李元膺、馮延巳、張子
野等詞重複之情形,予以修正。

　　3.「金本」卷十於卷末所錄:張輯、段成己、薩都剌
之詞,「國學本」未載。

二、二十四卷本

　　「二十四卷本」現存可見者,為清乾隆間寫文淵閣四
庫全書本,國立故宮博物院藏,後經臺灣商務印書館景印
,列入第1490冊(以下簡稱「四庫本」)。是本於卷前有
〈花草粹編提要〉,及陳良弼〈花草粹編原序〉。陳良弼
,生平不詳,然據《提要》所載:「卷首乃有延祐四年(
西元1317年)陳良弼〈序〉,刊刻拙惡,僅具字形,而其
文則仍耀文之語,蓋坊賈得其舊板,別刊一序弁其首,以
偽為元板耳。」[27]可知此〈花草粹編原序〉,應為陳耀文自
敘,非陳良弼所撰也。此本並未附刻宋·沈義父《樂府指
迷》,因是書已另載於《景印文淵閣四庫全書》第1488冊
,《山中白雲詞》下,故不重出。「四庫本」卷內署「明
陳耀文輯」,凡二十四卷,大抵據十二卷本,以每卷之半
,分為兩卷;然亦有例外,如:「四庫本」卷五、卷六,
本應等同「十二卷本」之卷三,但「四庫本」卷六所錄之
溫庭筠〈河瀆神〉(孤廟對寒潮),至無名氏〈滴滴金〉
(當初親下求言詔),共102闋,於「十二卷本」中,載於
卷四,是以「四庫本」卷八末闋,則僅止於溫庭筠〈河瀆

神〉（河上望叢祠）詞。「四庫本」每卷之前無目錄，然仍按小令、中調、長調，依調編排；全書卷一至卷十二為小令，卷十三至卷十六為中調，卷十七至卷二十四為長調；試將「四庫本」與「萬曆癸未本」相較，就其所錄，有以下不同之處：

（一）「四庫本」著錄，而「萬曆癸未本」未錄之詞：

「四庫本」卷一，於牛嶠〈望江怨〉（東風急）後錄有：溫飛卿〈思帝鄉〉（花花，滿枝紅似霞）、孫光憲〈思帝鄉〉（如何，遣情情更多）、〈莫打鴨〉（莫打鴨，打鴨驚鴛鴦）、白樂天〈長相思〉（深畫眉）、（汴水流）、及李後主〈長相思〉（一重山）等。

「四庫本」卷六，於蒲江〈謁金門〉（風不定）後錄有：韓無咎〈謁金門〉（春尚淺）下半闋、盧祖皋〈謁金門〉（蘭棹舉）、（閒院宇）、石孝友〈謁金門〉（風又雨）、康與之〈謁金門〉（春又晚），及蒲江〈謁金門〉（寒半退）上半闋等。

「四庫本」卷十四，於陶氏〈蘇幕遮〉（與君別）後錄有：周美成〈蘇幕遮〉（燎沉香）、小山〈好女兒〉（綠遍西池）、（酌酒殷勤），及元遺山〈促拍醜奴兒〉（朱鬐掌中香）等。又於段成己〈行香子〉（自嘆勞生）後錄有：劉叔安〈行香子〉（露葉煙條）下半闋、晁無咎〈行香子〉（前歲栽桃）、琴精〈千金意〉（音音音）、章

粢〈聲聲令〉（簾移碎影）上半闋等。

　　「四庫本」卷十八，於《清湖三塔記》〈水調歌頭〉（屏間金孔雀）後錄有：劉行簡〈水調歌頭〉（千古嚴陵瀨）下半闋、吳毅甫〈水調歌頭〉（才惜季方去）等。又董穎〈薄媚〉錄有：入破第一、第二虛催、第六歇拍、第七煞袞、排遍第八等。

（二）「萬曆癸未本」著錄，而「四庫本」未錄之詞：

　　「萬曆癸未本」卷一，於牛嶠〈望江怨〉（東風急）下半段處缺漏，而後接（門外落花流水）至（誰伴明窗獨坐）7闋，則與前頁〈如夢令〉重複。

　　「萬曆癸未本」卷二，於謝無逸〈採桑子〉（楚山削玉雲中碧）後錄有：朱希真〈採桑子〉（扁舟去作江南客）、無名氏〈採桑子〉（晚來一翼風兼雨）、康伯可〈採桑子〉（馮夷剪破澄溪練）、曾純甫〈採桑子〉（清明池館晴還雨）、向伯恭〈採桑子〉（人如濯濯春楊柳）等。

　　「萬曆癸未本」卷三，於杜壽域〈菩薩蠻〉（錦機織了相思字）後錄有：程正伯〈菩薩蠻〉（殘寒帶暝和煙下）、劉叔擬〈菩薩蠻〉（吹簫人去行雲杳）、（東風去了秦樓畔）、趙蕃〈菩薩蠻〉（雞聲茅店炊殘月）、高賓王〈菩薩蠻〉（春風吹綠湖邊草）等。又於唐子西〈訴衷情〉（平生不會斂眉頭）後錄有：僧仲殊〈訴衷情〉（楚江南岸小青樓）、（鍾山影裏看樓臺）、（清波門外擁輕衣

）、（長橋春水拍堤沙）、（湧金門外小瀛洲）等。

「萬曆癸未本」卷四，於《梅苑》〈朝中措〉（山城水隈小橋傍）後錄有：趙介之〈朝中措〉（疏疏簾幙映娉婷）下半闋、侯彥周〈朝中措〉（依微春綠到江干）、曾覿〈朝中措〉（雕車南陌碾香塵）、張元幹〈朝中措〉（花陰如坐木蘭船）、李晦庵〈朝中措〉（薰風庭院燕雙飛），及韓元吉〈朝中措〉（清霜著柳夜來寒）上半闋等。

「萬曆癸未本」卷五，於曾舜卿〈南柯子〉（桐葉涼生夜）後錄有：呂聖求〈傾盃令〉（楓葉飄紅）、（隔座藏鉤）、楊無咎〈鋸解令〉（送人歸後酒醒時）、辛幼安〈尋芳草〉（有得許多淚）、張子野〈慶同天〉（海宇稱慶）等。又於周晉仙〈浪淘沙〉（還了酒家錢）後錄有：趙子發〈浪淘沙〉（約素小腰身）、侯彥周〈浪淘沙〉（曉日掠輕雲）、趙介之〈浪淘沙〉（搖曳萬絲風）、黃叔暘〈浪淘沙〉（鶯蝶太匆匆）、洪覺範〈浪淘沙〉（城裏久偷閑）等。

另「萬曆癸未本」卷四，於曾覿〈柳梢青〉（小宴清秋）後，錄有劉鎮〈柳梢青〉（乾鵲收聲），此闋重出，已見「萬曆癸未本」，頁49；而「四庫本」於曾覿〈柳梢青〉後，所錄則為張元幹〈柳梢青〉（海山浮碧）。由以上所述，可知「四庫本」所錄詞數，顯然少於「萬曆癸未本」。

參、選詞原因

《花草粹編》所選錄之詞作、詞調，以及詞人，就數量言，明代詞選中，無有能出其右者，其成書因由，或可從陳耀文〈自序〉中窺知，茲分為以下兩方面論述：

一、依據《花草新編》改編

《花草新編》為明‧吳承恩所編，吳承恩，字汝忠，號射陽山人，淮安府山陽縣（今江蘇省淮安縣）人，約生於明孝宗弘治十三年（西元1500年）。其少時家貧，年四十三始補歲貢生，明世宗嘉靖三十二年（西元1553年），任長興（今浙江省長興縣）縣丞，未幾即解職。承恩，性敏多慧，博極群書，幼好奇聞，尤喜野言稗史，撰《西遊記》一書，另有《射陽先生存稿》。約卒於明神宗萬曆十年（西元1582年），年八十有三。然承恩遺稿頗多散佚，《花草新編》今不易得見，據《吳承恩詩文集》附錄〈吳承恩著述考〉[28]知，上海圖書館曾購入寫本《花草新編》三至五卷，文中並詳細論述與陳耀文《花草粹編》之關係：

> 按〈自序〉（陳耀文〈花草粹編序〉）
> 末署「萬曆癸未冬日」，是萬曆十一年（
> 一五八三）。………〈序〉又說他編輯《粹
> 編》，「漁獵剪耘，殆逾二紀」，從萬曆

　　十一年，上推二十四年，為嘉靖三十八年，
　　正是他作淮安推官的時候。承恩在這時候已
　　和陳耀文相識，而且他已有《花草新編》的
　　稿本，或者已和耀文計劃編輯這部書，均極
　　顯明。[29]

　　嘉靖三十八年（西元1559年），吳承恩約60歲，與陳
耀文往來，概於此時前後。然從吳承恩〈花草新編序〉與
陳耀文〈花草粹編序〉中，可歸納出兩點相同之理念：

（一）選詞眾矣，唐則稱《花間集》，宋則《草堂詩餘》
　　　。詩盛於唐，衰於晚葉。至夫詞調，獨妙絕無倫。
　　　是編也，緒《花間》、《草堂》而起，故以《花草
　　　》命編。

（二）復益以諸人之本集，諸家之選本，記錄之所附載，
　　　翰墨之所遺留，會通銓擇，錄而藏之。

　　此外，陳耀文於〈自序〉中並明言：

　　嗣以飄泊東南，納交素友淮陰吳生承恩，姑
　　蘇吳生岫，皆耽樂藝文，藏書甚富，余每得
　　之假閱，輒隨筆位序之，久之遂成六卷。移
　　疾歸來，游息竹素，綜綴正業之餘。[30]

　　陳耀文與友論學，閱覽藏書，乃隨筆錄之，將吳承恩
《花草新編》改刻為《花草粹編》，而此或為陳耀文編選

《花草粹編》原因之一。[31]

二、銓萃《花》、《草》以備一代典章

　　《花間集》與《草堂詩餘》，係少數能盛行於明代之詞集，此與當時明代之學術風氣、社會環境、人文心態，密切相關；世俗對「花草」之崇拜心理，深切影響明代詞壇之趨向，同時亦為促使清代詞風改變之重要關鍵。陳耀文〈花草粹編序〉云：

> 然世之《草堂》盛行而《花間》不顯，故知
> 宣情易感，含思難諧者矣。[32]

　　是知陳耀文編選《花草粹編》之前，《草堂》已較受關注，以致忽略《花間》；耀文以為其因在於：《草堂》宣情抒懷，易於感人；而《花間》含蓄隱微，故難以諧暢。其後明代詞風衰頹不振，詞評家遂亦歸罪於世人對《草堂》一味之模擬、仿效，蔣兆蘭《詞說》云：

> 至如樂府之名，本諸管絃。長短句之名，因
> 其句法，並無關得失。獨至詩餘一名，以《
> 草堂詩餘》為最著，而誤人為最深。[33]

　　故明代詞人，試圖以「復古」之宗旨，上溯唐、五代早期之詞體，力矯明詞之弊。而《花間集》十卷，後蜀・趙崇祚編，所選皆唐、五代小令歌詞，為最古之總集，其

「甄選之旨，蓋擇其詞之尤雅者」[34]，是以地位日尊，倍受重視。明・毛晉〈花間集跋〉云：

> 近來填詞家，輒效顰柳屯田作閨幃褻嫚之語
> ，無論筆墨勸淫，應墮犁舌地獄，于紙窗竹
> 屋間，令人掩鼻而過，不慚惶無地邪？……
> …亟梓斯集，以為倚聲填詞之祖。[35]

明代詞壇已傾向復古，致欲以《花間》代《草堂》；然陳耀文編選《花草粹編》，於《花間集》[36]498闋詞中，選入313闋，約佔《花間》全書63％；又自《草堂詩餘》「庚戌本」[37]443闋詞中，選入392闋，約佔《草堂》全書88％；是知《花草粹編》由《草堂》中所擇選之比例，較《花間》為高。故陳耀文於編選之初，並無藉「倡《花間》、復古道」，而取代《草堂》之意；且就實際言，任何詞集欲摒棄《草堂》，代之而起，獨佔明代詞壇之地位，亦絕無可能。因之，耀文強調其「嘗欲銓萃二集」，以《花間》之唐音，兼及《草堂》之宋調；而編選《花草粹編》主要之目的，即在於「備一代典章」。李蓘〈花草粹編敍〉言：

> 朗陵陳晦伯，博雅操詞，好古興嘆，乃取
> 平生搜羅，合于《花間》、《草堂》二集為
> 十二卷，曰《花草粹編》，使夫好古之士得

其書而學焉，則庶乎窺昔人之梱域，拾遺佚
于千百，而為雅道之一助也。[38]

此段敘說，乃陳耀文編選《花草粹編》之最佳詮釋。

肆、選詞標準

《花草粹編》銓萃《花間》、《草堂》，並未將此二
集所選一概收錄，而分別約佔《花草粹編》全書8％及11％
左右；換言之《花草粹編》全書僅約19％選自《花間》與
《草堂》。是以其中見錄於《花草粹編》之詞作，必經陳
耀文之過濾汰選，從全書3702闋詞中，或可歸納出耀文之
選詞標準：

一、以通俗名作入選

明代社會冀復古音，因之編輯詞選與創作詞集，莫不
以小令為主，《花草粹編》詞作計三千餘闋，其中小令即
多達2148闋，已佔全書半數以上。然就詞人言，《花草粹
編》選錄最多者為柳永詞155闋，包括：小令31闋，中調48
闋，長調76闋；而柳永《樂章集》[39]，共計錄詞206闋，包
括：小令50闋、中調55闋、長調101闋；《花草粹編》大量
收錄柳永中、長調之作，此由鄭文焯《大鶴山人詞話》附
錄〈鄭大鶴先生論詞手簡〉一文，可推見其理念：

屯田則宋專家，其高渾處不減清真，長調尤

能以沈雄之魄，清勁之氣，寫奇麗之情，作
揮綽之聲，猶唐之詩家，有盛晚之別。[40]

又清‧宋翔鳳《樂府餘論》云：

柳詞曲折委婉，而中具渾淪之氣。雖多俚語
，而高處足冠群流，倚聲家當尸而祝之。[41]

　　柳永對詞壇之貢獻與影響，其一即大量填製長調，發展慢詞；柳永固有淺俚近俗之作，為後人詬病，然所填長調，鋪敘委婉，情景兼融，為詞中較具價值者。

　　此外，《花間集》[42]中收錄溫庭筠詞66闋，《花草粹編》選錄51闋；馮延巳《陽春集》[43]126闋，《花草粹編》選錄83闋；秦觀《淮海居士長短句》[44]113闋，《花草粹編》選錄70闋；又周邦彥《片玉詞》[45]204闋，《花草粹編》選錄104闋。以上諸家，入選《花草粹編》之比例，均達50％以上；視其風格，大體而言，皆為深美閎約，和婉精工之名詞佳作，因之流傳較廣。是以從《花草粹編》選錄詞家、詞作之多寡情形，可知其所錄以通俗名作、佳詞美篇為主。然柳永〈玉女搖仙佩〉（飛瓊伴侶）、胡浩然〈東風齊著力〉（殘臘收寒）及〈送入我門來〉（茶壘安扉）等鄙俗之作，亦入選其中，此或為世俗流行，耀文為順應時俗風氣而選入。

二、以「備調」入選

　　《花草粹編》實錄計702個詞調，其中若干調僅見於《花草粹編》，而無別詞可校，如：〈北邙月〉、〈晴偏好〉、〈春曉曲〉、〈縷縷金〉、〈謫仙怨〉、〈惜春郎〉、〈清平調〉、〈金錯刀〉、〈金蓮遶鳳樓〉、〈清江曲〉、〈陽臺夢〉、〈荷葉鋪水面〉、〈鳳凰閣〉、〈應景樂〉、〈爪茉莉〉、〈五福降中天〉、〈雪明鳷鵲夜〉、〈飛龍宴〉、〈福壽千春〉、〈期夜月〉、〈勝州令〉等。《四庫全書總目提要》「花草粹編」載：

> 其詞本不佳，而所填實為孤調，如〈縷縷金〉之類，則注曰「備題」。[46]

　　《花草粹編》除選錄富有文采之好詞外，不常見之孤調，雖非佳作，亦以「備調」之原則選錄。

三、以「備人」入選

　　《花草粹編》之詞家，共計626人，其中僅1闋詞入選者，有361人，已逾半數，故耀文於〈自序〉中曰：

> 麗則兼收，不無有乖於大雅；文房取玩，略闕前輩之典刑。[47]

　　《花草粹編》於「佳詞」、「孤調」，兼收並顧，甚或為備載詞人而選錄，其結果，難免失之蕪雜；然若能使前人遺產得以傳世，則其選詞之功，亦不可沒矣。

四、以蒐佚入選

《花草粹編》中載有：蘇小娘、連靜女、朱秋娘、張生、鄭雲娘等人之詞作，唐圭璋編《全宋詞》[48]，將其歸類為「宋人話本小說人物詞」；又另錄：呂洞賓、蔡真人、懶堂女子、玉英、紫姑、隨車娘子、琴精、珍娘等人之詞篇，《全宋詞》則將其歸類為「宋人依託神仙鬼怪詞」。耀文於「小說人物」及「神仙鬼怪」之詞，仍不錯失，顯見蒐求佚作，「以備一代典章」，亦為其選詞之考量。況周頤《蕙風詞話》卷三載：

> 董詞（按：董解元〈哨遍〉）僅見《花草粹編》，它書概未之載。《粹編》之所以可貴，以其多載昔賢不經見之作也。[49]

《花草粹編》所收之詞，或未見於其他詞選，甚而詞人別集亦未見載，如：馮延巳〈金錯刀〉（雙玉斗），《陽春集》不載；柳永〈鳳凰閣〉（匆匆相見）、〈爪茉莉〉（每到秋來），《樂章集》不載，而此等散佚之作，均為陳耀文選錄之對象。

伍、《花草粹編》之影響

《花草粹編》係一部與眾不同之詞選，具有特殊之價值，對於後代詞人創作觀之建立，及對詞壇之貢獻，實不容忽視，主要可就兩方面言之：

一、存輯佚籍，為後世詞學研究提供助益

《花草粹編》所輯繁富，上溯唐、五代，下訖宋、金、元、明等朝，越五百年，時間跨度大，為求完備，故多方蒐羅，採摭廣泛。陳匪石《聲執》卷下云：

> 《花草粹編》，明陳耀文纂。………取材以
> 《花間》、《草堂》為主，益以《樂府雅詞
> 》、《花庵詞選》、《梅苑》、《古今詞話
> 》、《天機餘錦》、《翰墨大全》及名家詞
> 集；旁採說部詞話，間附本事，雖無甚抉擇
> ，然今已絕版之書，藉以存者不少。[50]

《花草粹編》保存許多詞學之相關資料，就書中所著錄者，即有百種之多。如宋‧沈義父《樂府指迷》，流傳絕少，向無單行本，因附刻於《花草粹編》卷首，方使宋人論詞之作，得以行世。其他則如：《清湖三塔記》、《稿齋贅筆》、《雲娘傳》及《約隱紀談》等佚集，今雖難以得見，然皆有賴《花草粹編》之採擇轉錄，乃知有是書矣。且《花草粹編》所收，有原題者，必依原題而錄，不妄加改動，故陳匪石《聲執》卷下又云：

> 依原書迻錄，缺名者不補。名字亦先後參差
> ，並無校改。所據舊籍，可以推見，校勘輯
> 佚，資以取材，故頗為前人所稱。[51]

　　詞集舊刊，經耀文徵引載錄，部分原貌得以重現，為後人研究詞學，編選詞集，提供真確翔實之紀錄。此外，《花草粹編》更將許多關於詞人事跡、作品本事、校勘考證，以及記述詞壇遺事等寶貴資料，附於詞後；不僅有助於讀者了解詞作內涵，啟發思想，亦為清代編輯大型詞選，奠下根基。

二、明末清初詞壇，仍未跳脫「花草」之局限

　　《花草粹編》所選，就整體而言，南宋詞人及其作品，雖多於晚唐、五代，甚或北宋，然若仔細分析其全書取向，不難發現《花草粹編》之選詞重心，與編選者之主觀意志。試將選詞在五十闋以上之詞家，表列如次（詞人以時代歸類，並按詞數之多寡排列）：

時　代	詞　人[52]	詞　數	合　計
晚五 唐代	馮延巳	82	133
	溫庭筠	51	
北	柳　永	155	757
	周邦彥	104	
	晏幾道	102	
	張　先	76	
	秦　觀	70	
	晏　殊	69	
	歐陽修	65	
	蘇　軾	61	
宋	黃庭堅	55	
南 宋	程　垓	62	112
	史達祖	50	

　　《花草粹編》中，選詞在五十闋以上者：北宋9家，計757闋；晚唐、五代及南宋則各2家，而晚唐、五代詞並多於南宋詞。相較於《花草粹編》全書所錄：晚唐、五代61家，514闋（其中僅選錄1闋者，計28人）；北宋125家，1223闋（其中僅選錄1闋者，計67人）；南宋376家，1584闋（其中僅選錄1闋者，計228人）。顯見晚唐、五代與北宋，雖家數少，但個人所屬作品多；南宋則家數多，而個人所屬作品少，且南宋詞人中，僅選錄1闋者，佔相當高之比例；從中或可推知，《花草粹編》對於晚唐、五代與北宋之作品，以詞佳入選為標準；而對於南宋之作品，則以

備題入選之性質居多。故《花草粹編》選詞之總體，仍傾向以晚唐、五代及北宋詞為基準；然另一方面，其選錄範圍廣，擴大選詞之眼界，亦不容輕忽視之。

陳耀文於〈花草粹編自序〉中明言：「然世之《草堂》盛行，而《花間》不顯。」[53]是以耀文為彰顯《花間》，選錄為數不少之晚唐、五代詞，影響所及，至明末清初之雲間詞派，仍深染「花間」習氣，一意宗法晚唐、五代。沈億年《支機集‧凡例》云：

> 詞雖小道，亦風人餘事。吾黨持論，頗極謹
> 嚴。五季猶有唐風，入宋便開元曲。故專意
> 小令，冀復古音，屏去宋調，庶防流失。[54]

因之，明末清初詞壇，籠罩於「花草」體製狹小、風格卑弱之氛圍中，尚無法跳脫「花草」之束縛。然文人詞家則藉由《花草粹編》，開始接觸較多之南宋作品，並對南宋詞之格調、特色，有進一步之體認，進而促使清代詞風出現轉變之契機。

【附錄】

《花草粹編》中誤題作者之詞：

卷次	詞　作	所題作者姓名[55]	
		萬曆癸未本	《全唐五代詞》、《全宋詞》、《全金元詞》[56]
一	一片子（柳色青山映）[57]	闕　名	無名氏
	搗練子（心耿耿）	秦少游	無名氏
	章臺柳（楊柳枝）	闕　名	柳　氏
	楊柳枝（軟碧搖煙似送人）	歐陽炯	和　凝
	憶王孫（萋萋芳草憶王孫）	李重光	李重元
	憶王孫（風蒲獵獵小池塘）	李重光	李重元
	憶王孫（颼颼風冷荻花秋）	李重光	李重元
	憶王孫（同雲風掃雪初晴）	李重光	李重元
	憶王孫（春風樓上柳腰肢）	莫少虛	陸　游
	後庭花破子（玉樹後庭前）	闕　名	李　煜
	如夢令（曾宴桃源仙洞）	古今詞話	李存勗
	如夢令（鶯嘴啄花紅溜）	黃魯直	無名氏
	如夢令（落日霞消一縷）	陳去非	無名氏
	長相思（雲一緺）	闕　名	李　煜
	長相思（清夜長）	天機餘錦	曾　覿
	長相思（煙淒淒）	天機餘錦	劉克莊
	長相思（勸一盃）	天機餘錦	劉克莊
	長相思（花滿枝）	闕　名	無名氏
	長相思（面蒼然）	闕　名	陸　游
	長相思（去年秋）	闕　名	無名氏
	風光好（柳陰陰）	天機餘錦	歐　良
	相見歡（無言獨上西樓）	孟　昶	李　煜
	相見歡（樓前流水悠悠）	蔡仲道	蔡　伸
	調笑（相望，楚江上）	李漢老	毛　滂

詞牌		
楊柳枝（膩粉瓊粧透碧紗）	牛　嶠	張　泌
楊柳枝（淅淅西風生暮寒）	趙君峰	趙子發
生查子（含愁整翠鈿）	張子野	歐陽修
生查子（年年玉鏡臺）	朱敦儒	朱淑真
生查子（郎如陌上塵）	闕　名	姚　寬
賀聖朝影（雪滿長安酒價高）	闕　名	無名氏
莫思歸（花滿名園酒滿觴）	闕　名	無名氏
點絳唇（秋氣微涼）	王和甫	王安國
點絳唇（蹴罷秋千）	闕　名	無名氏
點絳唇（紅杏飄香）	賀方回	蘇　軾
點絳唇（春雨濛濛）	何　籒	無名氏
點絳唇（鶯踏花翻）	何　籒	無名氏
點絳唇（煙洗風梳）	孫尚之	孫　愭
點絳唇（燕子依依）	闕　名	無名氏
落梅風（宮煙如水濕芳晨）	闕　名	無名氏
愁倚欄（冰肌玉骨精神）	闕　名	無名氏
浣溪沙（樓上燈深欲閉門）	闕　名	晏幾道
浣溪沙（玉腕冰寒滴露華）	蘇子瞻	晏　殊
浣溪沙（水漲魚天拍柳橋）	闕　名	無名氏
浣溪沙（白玉樓中白雪歌）	吳大年	無名氏
浣溪沙（璧月光中玉漏清）	闕　名	向子諲
浣溪沙（軟翠冠兒簇海棠）	闕　名	闕　名
浣溪沙（一種秋風兩處涼）	相山詞	張元幹
浣溪沙（倦客東歸得自由）	楊彥齡	無名氏
浣溪沙（北固江頭浪拍空）	闕　名	無名氏
浣溪沙（卸下金釵一樣嬌）	闕　名	韓　偓
卜算子（見也如何暮）	毛　栞	石孝友
卜算子（曾約再來時）	康仲伯	無名氏
卜算子（煙髻綰層巔）	闕　名	無名氏
卜算子（潮生浦口雲）	闕　名	康與之
卜算子（滿二望三時）	范靖江	鄒應龍

二

減蘭十梅	梅　苑	李子正
減字木蘭花（山陰道士）	米　芾	仲　殊
減字木蘭花（薔薇葉暗）	吳大年	無名氏
減字木蘭花（春融酒困）	闕　名	無名氏
減字木蘭花（誰知瑩徹）	雅　詞	向子諲
減字木蘭花（朝雲橫度）	李令女	蔣氏女
採桑子（花中獨占春風早）	闕　名	晏幾道
採桑子（晚來一霎風兼雨）	康伯可	無名氏
三　菩薩蠻（金風蔌蔌驚黃葉）	闕　名	無名氏
菩薩蠻（五雲深處蓬山杳）	張子野	李之儀
菩薩蠻（青梅又是花時節）	闕　名	李之儀
菩薩蠻（酒濃花豔秋波清）	石孝女	石孝友
菩薩蠻（絲絲楊柳鶯聲近）	梅　扶	樓　扶
菩薩蠻（昔年曾伴花前醉）	闕　名	無名氏
謁金門（鴛鴦浦）	秦處度	張元幹
謁金門（春寂寂）	張宗瑞	陳　克
謁金門（花事淺）	前人（張宗瑞）	黃　昇
謁金門（江上路）	程觀過	無名氏
謁金門（春漠漠）	程正伯	王千秋
謁金門（西風竹）	陳汝羲	陳東甫
清平樂（陰晴未定）	柳耆卿	賀　鑄
清平樂（小山叢桂）	劉原甫	劉　敞
清平樂（醉紅宿翠）	毛　栞	石孝友
清平樂（畫堂晨起）	雅　詞	李　白
四　憶秦娥（香馥馥）	周美成	無名氏
憶秦娥（雙溪月）	闕　名	蘇　軾
憶秦娥（湘江碧）	范至能	范成大
憶秦娥（暮雲碧）	闕　名	無名氏
憶秦娥（嬌滴滴）	闕　名	無名氏
憶秦娥（臨高閣）	闕　名	李清照
憶秦娥（雲垂幕）	詩　餘	朱　熹

更漏子（金剪刀）	闕　名	馮延巳
更漏子（秋水平）	闕　名	馮延巳
更漏子（風帶寒）	闕　名	馮延巳
更漏子（鴈孤飛）	闕　名	馮延巳
更漏子（夜初長）	闕　名	馮延巳
喜遷鶯（花不盡）	闕　名	晏　殊[58]
阮郎歸（南園春半踏青時）	闕　名	馮延巳
阮郎歸（角聲吹斷隴梅枝）	闕　名	馮延巳
阮郎歸（山池芳草綠初勻）	蔣元龍	無名氏
阮郎歸（長楊風軟弄腰肢）	蘆川詞	王之道
畫堂春（落紅鋪徑水平池）	徐師川	秦　觀
海棠春（流鶯窗外啼聲巧）	秦少游	無名氏
謫仙怨（晴山礙目橫天）	劉　斧	康　駢
武陵春（人道有情還有夢）	趙秋官妻	連靜女
高溪梅令（好花不與殢香人）	李端叔	姜　夔
眼兒媚（樓上黃昏杏花寒）	左與言	阮　閱
眼兒媚（楊柳絲絲弄金柔）	王元澤	無名氏
眼兒媚（蕭蕭江上荻花秋）	賀方回	張孝祥
朝中措（秋夜蓮壺宮漏長）	闕　名	汪心壺
朝中措（花陰如坐木蘭船）	相　山	張元幹
桃源憶故人（碧紗影弄東風曉）	詩　餘	歐陽修
柳梢青（有箇人人）	周美成	無名氏
柳梢青（子規啼血）	賀方回	蔡　伸
柳梢青（岸草平沙）	秦少游	仲　殊
柳梢青（玉骨冰肌）	朱淑真	楊無咎
柳梢青（茅舍疏籬）	闕　名	楊無咎
柳梢青（月墜霜飛）	闕　名	楊無咎
柳梢青（依稀曉星明滅）	闕　名	無名氏
胡搗練（夜來江上見寒梅）	闕　名	晏　殊
與團圓（鮫綃霧縠）	闕　名	無名氏
與團圓（輕攢碎玉玲瓏竹）	闕　名	無名氏

	極相思（拂牆花影颺紅）	闕　名	呂渭老
	相思引（笑盈盈）	闕　名	無名氏
	慶金枝（新春入舊年）	闕　名	無名氏
	西江月（世事一場大夢）	聚蘭集	蘇　軾
	西江月（愁黛顰成月淺）	秦少游	晏幾道
	太常引（故人別我出陽關）	劉燕歌	劉燕哥
	滴滴金（梅花漏泄春消息）	周美成	晏　殊
五	瑤池燕（飛花成陣）	侯鯖錄	蘇　軾[59]
	玉團兒（鉛華淡紵新粧束）	闕　名	周邦彥
	探春令（綠楊枝上）	晏叔原	無名氏
	探春令（簾旌微動）	闕　名	趙　佶
	醉花陰（粉輕一捻和香聚）	闕　名	無名氏
	望漢月（黃菊一叢臨砌）	李和文	李遵勗
	南柯子（夕露霑芳草）	闕　名	無名氏
	南柯子（樓迥迷雲日）	闕　名	無名氏
	恨歡遲（淡薄情懷）	張尚書	張　燾
	浪淘沙（簾外五更風）	闕　名	無名氏
	戀繡衾（長夜偏冷添被兒）	陸放翁	辛棄疾
	杏花天（病來自是於春懶）	闕　名	辛棄疾
	杏花天（軟波拖碧蒲芽短）	稼　軒	史達祖
	怨王孫（夢斷漏悄愁濃）	李易安	無名氏
	望江南（江南柳）	錢氏私志	歐陽修
	江月晃重山（芳草洲前道路）	陸　游	劉秉忠
	玉樓人（去年尋處曾持酒）	闕　名	無名氏
	憶人人（密傳春信）	闕　名	無名氏
	憶人人（前村滿雪）	闕　名	無名氏
	河傳（秋光滿目）	薛昭蘊	徐昌圖
	河傳（雙方對植）	闕　名	闕　名
	鷓鴣天（寶轂雕輪狹路逢）	闕　名	闕　名
	鷓鴣天（枝上流鶯和淚聞）	秦少游	無名氏
	鷓鴣天（宜笑宜顰掌上身）	陳瑩中	徐　俯

	鷓鴣天（別後應憐信息疏）	毛　栞	石孝友
	鷓鴣天（行盡春山春事空）	闕　名	嚴　仁
	鷓鴣天（鎮日無心掃黛眉）	闕　名	無名氏
	鷓鴣天（燭影搖紅玉漏遲）	朱子厚	無名氏
六	玉樓春（烏啼鵲噪昏喬木）	郭　生	蘇　軾
	玉樓春（柳梢綠小梅如印）	無名氏	劉清夫
	清江曲（屬玉雙飛水滿塘）	蘇養直	古體詩
	瑞鷓鴣（楚王臺上一神仙）	永　叔	吳　融
	瑞鷓鴣（盡出花鈿散寶津）	陳彭年	陽郇伯
	鵲橋仙（涼飆破暑）	滕魯卿	葛勝仲
	南鄉子（曉日壓重簾）	孫夫人	無名氏
	惜雙雙（冒雪披風開數點）	闕　名	無名氏
	惜雙雙（庾嶺香前親寫得）	闕　名	仲　殊[60]
	二色宮桃（鏤玉香苞酥點萼）	闕　名	無名氏
	折丹桂（初秋兩兩留莫莢）	招　山	無名氏
	翻香冷（金鑪猶煖麝煤殘）	闕　名	蘇　軾
	玉壺冰（西園摘處香和露）	張老小說	周紫芝
	遍地花（元是竹林舊伴侶）	闕　名	無名氏
	一斛珠（傷春懷抱）	歐陽叔用	晁端禮
	家山好（掛冠歸去舊煙蘿）	公　述	劉　述
	醉落魄（紅牙板歇）	黃魯直	無名氏
	醉落魄（醉醒醒醉）	山　谷	王仲甫[61]
	倚西樓（禁破初傳時下打）	韋彥溫	無名氏
	掃地舞（酥點萼）	闕　名	無名氏
	小重山（春到長門春草青）	闕　名	薛昭蘊
	小重山（秋到長門秋草黃）	闕　名	薛昭蘊
	踏莎行（碧蘚迴廊）	無名氏	歐陽修
	踏莎行（蘋葉煙深）	趙令畤	姚　寬
	踏莎行（江闊天低）	趙君舉	陳　璧
七	臨江仙（綠暗汀洲三月暮）	晁無咎	無名氏
	荷花媚（霞苞露荷碧）	闕　名	蘇　軾

225

鞓紅（粉香尤嫩）	闕　名	無名氏
尋梅（幽香淺淺濕未透）	沈會宗	無名氏
繫裙腰（山兒矗矗水兒清）	劉叔儗	劉仙倫
蝶戀花（籬落繁枝千萬片）	杜壽域	馮延巳
蝶戀花（鐘送黃昏雞報曉）	秦少游	王　詵
魚水同歡（棣蕚樓前佳氣藹）	哀長吉	無名氏
慶靈椿（瑞溪庭）	黃右曹	無名氏
撥棹子（煙姿媚）	尹　鶚	無名氏
漁家傲（日月無根天不老）	王　采	王　寀
漁家傲（樓外天寒山欲暮）	苕　溪	張元幹
漁家傲（為愛蓮房都一柄）	穎上陶生	歐陽修
漁家傲（近日門前溪水漲）	闕　名	歐陽修
蘇幕遮（隴雲沈）	周美成	無名氏
蘇幕遮（儘思量）	王通叟	杜安世
香山會（向神前發願）	闕　名	無名氏
醉春風（陌上清明近）	趙德仁	無名氏
侍香金童（寶臺蒙繡）	闕　名	無名氏
行香子（滿洞苔錢）	闕　名	葛長庚
行香子（佛寺雲邊）	劉改之	張　矗
聲聲令（簾移碎影）	愈克成	章　窢[62]
錦纏道（燕子呢喃）	宋子京	無名氏
品令（零落殘紅）	李易安	曾　紆
品令（急雨驚秋曉）	闕　名	無名氏
如意令（炎暑尚餘八日）	東　軒	無名氏
如意令（久羨龐眉鶴髮）	梅　亭	無名氏
感皇恩（野馬踏紅塵）	王通叟	趙　企
感皇恩（乞得夢中身）	苕溪漁隱	胡舜陟
青玉案（人生南北如歧路）	吳彥高	無名氏
青玉案（征鞍不見邯鄲路）	李易安	無名氏
鳳凰閣（遍園林綠暗）	葉道卿	無名氏
撒金錢（頻瞻禮）	袁　陶	袁　綯

	殢人嬌（玉瘦香濃）	李易安	無名氏
	祭祆神（你自平生）	闕　名	闕　名
八	千秋歲（半身屏外）	洪思禹	惠　洪
	千秋歲（金風玉宇）	闕　名	王之道
	千秋歲（數聲鶗鴂）	永　叔	張　先
	歸田樂引（水繞溪橋淥）	闕　名	無名氏
	望梅花（寒梅堪羨）	闕　名	無名氏
	傳言玉女（眉黛輕分）	雅　詞	袁　綯
	枕屏兒（江國春來）	闕　名	無名氏
	春草碧（幾番風雨西城陌）	完顏瑜	完顏璹
	剔銀燈（古來五子伊誰有）	袁長吉	無名氏
	風入松（一春長費買花錢）	于國寶	俞國寶
	風入松（東風巷陌暮寒驕）	前人（于國寶）	張　翥
	祝英臺近（倚危欄）	太學生	褚　生
	相思會（人無百年人）	闕　名	曹　組
	御街行（藤筠巧織花紋細）	高　觀	高觀國
	紅林檎近（風雪驚初霽）	万俟雅言	周邦彥
	泛蘭舟（霜月亭亭時節）	闕　名	無名氏
	最高樓（花信緊）	司馬昂	司馬昂父
	踏歌（帶雪）	闕　名	無名氏
	千秋歲引（詞賦偉人）	闕　名	無名氏
	黃鶴引（生逢垂拱）	泊宅編	方　資
	踏青遊（識箇人人）	闕　名	無名氏
	洞仙歌（溶溶洩洩）	盧申之	無名氏
	促拍滿路花（秋風吹渭水）	舊　詞	呂　巖
	遠朝歸（新律纔交）	闕　名	無名氏
	尉遲杯（去年時）	雅　詞	晁補之
九	金盞倒垂蓮（依約疏林）	闕　名	無名氏
	淒涼犯（蕭疏野柳嘶塞馬）	闕　名	張　炎
	淒涼犯（西風暗剪荷花碎）	闕　名	張　炎
	紅情（無邊香色）	闕　名	張　炎

滿江紅（無名無利）	杜　衍	張　昇
滿江紅（慘結秋陰）	趙元積	趙　鼎
滿江紅（斗帳高眠）	張安國	無名氏
滿江紅（潑火初收）	毛　栞	毛　开
滿江紅（紅玉階前）	吳毅甫	吳　潛
滿江紅（為憶當時）	林政大	林正大
雪明鳲鵲夜（望五雲多處春深）	道　君	万俟詠
玉漏遲（杏香消散盡）	宋子京	韓嘉彥
滿庭芳（南苑吹花）	景叔原	晏幾道
滿庭芳（一種江梅）	李西美	無名氏
滿庭芳（跛子年來）	闕　名	劉山老
滿庭芳（五斗相逢）	闕　名	無名氏
滿庭芳（雅燕飛觴）	米元章	秦　觀
滿庭芳（風急霜濃）	古今詞話	劉　燾
滿庭芳（漠漠春陰）	吳毅甫	吳　潛
水調歌頭（江山自雄麗）	韓子蒼	張孝祥
玉梅香慢（寒色猶高）	闕　名	無名氏
燭影搖紅（雙闕中天）	張材甫	張　掄
燭影搖紅（乳燕穿簾）	孫夫人	無名氏
早梅香（北帝收威）	闕　名	無名氏
漢宮春（玉減香銷）	闕　名	無名氏
醉蓬萊（正花深繡閣）	篁　粟	劉子寰
聲聲慢（梅黃金重）	劉巨濟	無名氏
聲聲慢（挨晴捵暖）	吳毅甫	吳　潛
慶千秋（點檢堯蓂）	歐慶嗣	無名氏
水晶簾（誰道秋期遠）	東　軒	無名氏
福壽千春（柳暗三眠）	梅　坡	無名氏
孤鸞（天然標格）	朱希真	無名氏
奪錦標（老氣盤空）	應滕賓	滕　賓
金菊對芙蓉（花則一名）	東　坡	無名氏
三部樂（小窟穹廬）	陳同父	陳　亮

十

228

	詞牌		
	垂楊（銀屏夢覺）	陳允衡	陳允平
	蠟梅香（愛日初長）	喻明仲	無名氏
	高陽臺（紅入桃腮）	僧皎如晦	王　觀
	萬年歡（雅出群芳）	王和父	王安禮
	解語花（行歌趁月）	闕　名	張　炎
	杏花天（婺星呈瑞）	梅　坡	無名氏
	絳都春（寒陰漸曉）	朱淑真	無名氏
	念奴嬌（雅懷素態）	雅　詞	趙　佶
	念奴嬌（炎精中否）	苕溪漁隱	黃中輔
	念奴嬌（鮑魚腥斷）	闕　名	黎廷瑞
	念奴嬌（曉來窗外）	吳毅甫	吳　潛
	念奴嬌（沒巴沒鼻）	文及翁	陳　郁
	念奴嬌（燕臺暮集）	劉　正	劉一止
	念奴嬌（水天空闊）	文天祥	鄧　剡
	念奴嬌（半堤花雨）	太學生	褚　生
	念奴嬌（漢江北瀉）	闕　名	葛長庚
	桂枝香（天高氣蕭）	陳同父	陳　亮
	滿朝歡（一點箕星）	梅　亭	無名氏
十	千秋歲（記當初歸我）	毛東堂	無名氏
一	豐年瑞（紫皇高宴仙臺）	曾　覿	吳　琚
	梅香慢（高閣寒輕）	闕　名	無名氏
	馬家春慢（珠箔風輕）	闕　名	無名氏
	瑞雲濃慢（蔗漿酪粉）	陳同父	陳　亮
	慶春宮（斜日明霞）	陳允平	張　樞
	憶舊遊（記愁橫淺黛）	闕　名	周邦彥
	晝錦堂（雨洗桃花）	周美成	無名氏
	齊天樂（疏疏幾點黃梅雨）	周邦彥	楊無咎
	喜遷鶯（譙樓殘月）	吳浩然	史　浩[63]
	喜遷鶯（梅霖初歇）	闕　名	黃　裳
	喜遷鶯（登山臨水）	趙彥端	瞿　佑
	綺羅香（浦月窺檐）	張　榘	張　磐

十二	真珠髻（重重山外）	闕　名	無名氏
	望梅（小寒時節）	柳耆卿	無名氏
	望梅（畫欄人寂）	王聖與	無名氏
	折紅梅（睹南翔征鴈）	吳　感	無名氏
	飛雪滿群山（冰結金壺）	蔡仲道	蔡　伸
	五綵結同心（珠簾垂戶）	闕　名	無名氏
	綠意（碧圓自潔）	闕　名	張　炎
	解珮環（江空不渡）	彭元異	彭元遜
	冒馬索（曉窗明）	闕　名	無名氏
	八寶粧（門掩黃昏）	闕　名	劉　燾
	大聖樂（千朵奇峰）	康伯可	無名氏
	霜葉飛（故宮秋晚餘芳盡）	闕　名	無名氏
	女冠子（電旂飛舞）	康與之	蔣　捷
	女冠子（同雲密布）	周美成	無名氏
	壽星明（玉露迎寒）	梅　亭	無名氏
	洞庭春色（絳蕚欺寒）	闕　名	無名氏
	沁園春（飲馬咸池）	洪　遵	洪咨夔
	將進酒（城下路）	高仲常	賀　鑄
	賀新郎（思遠樓前路）	劉潛夫	甄龍友
	賀新郎（笑口開能幾）	吳毅甫	吳　潛
	風瀑竹（閣住杏花雨）	牟存齋	牟子才
	瑤臺月（嚴風凜冽）	闕　名	無名氏
	迷仙引（春陰霽）	古今詩話	闕　詠
	金明池（瓊苑金池）	秦　觀	無名氏
	春雪間早梅（梅將雪共春）	闕　名	無名氏
	翠羽吟（紺露歌）	闕　名	蔣　捷
	白苧（繡簾垂）	柳耆卿	紫　姑
	大酺（正綠陰濃）	劉後村	趙以夫

註：

1　明・過庭訓撰：《本朝分省人物考》（明天啟間原刊本，臺北：國家
　　圖書館藏），卷93，頁18。

2　同前註。

3　同前註。

4　以上陳耀文生平簡介，參明・過庭訓撰《本朝分省人物考》卷
　　九十三、明・蕭彥等撰《掖垣人鑑》卷十四、清・孫奇逢撰《中州人
　　物考》卷八、清・孫灝等編纂《河南通志》卷六十五、李景堂纂《碓
　　山縣志》卷十八。

5　卷一中屬同調異名，卻又另列一調者，計有：〈蒼梧謠〉〈十六字
　　令〉、〈南歌子〉〈十愛詞〉、〈三臺令〉〈開元樂〉、〈添聲楊柳
　　枝〉〈太平時〉、〈甘州曲〉〈甘州子〉、〈醉太平〉〈四字令〉。
　　此外，目錄中〈南歌子〉、〈楊柳枝〉與〈搗練子〉，列有兩調；且
　　〈思帝鄉〉一調卷內缺漏，而目錄又缺錄〈六么令〉、〈四時樂〉，
　　然〈四時樂〉為詩而非詞，故卷一實錄70調。

6　大曲〈九張機〉有二體：一為11闋，另一為9闋，茲以20闋計。卷
　　一，頁又31，牛嶠〈望江怨〉（東風急）下半段缺漏，仍以1闋計；
　　然頁32，（門外落花流水）至（誰伴明窗獨坐）7闋，與頁22，〈如
　　夢令〉重複，因而不予計入，故卷內詞作應為411闋。

7　卷二中屬同調異名，卻又另列一調者，計有：〈春光好〉〈愁倚
　　欄〉、〈清商怨〉〈關河令〉、〈平湖樂〉〈小桃紅〉、〈後庭花〉
　　〈玉樹後庭花〉。此外，〈歸國遙〉一調，已收錄於卷一，故卷二實
　　錄24調。

8　卷三中屬同調異名，卻又另列一調者，計有：〈繡帶子〉〈好女
　　兒〉。此外，〈謁金門〉與卷二〈楊花落〉，亦為同調異名，故卷三
　　實錄19調。

9　「萬曆癸未本」卷三，頁48，韓無咎〈謁金門〉（春尚淺）僅存上半

闋：而頁49，蒲江〈謁金門〉（寒半退）則僅存下半闋「暗解鴛鴦羅帶⋯⋯⋯」，均各以1闋計，故卷內詞作應為370闋。

[10] 卷四中屬同調異名，卻又另列一調者，計有：〈喜遷鶯〉〈早梅芳近〉〈燕歸來〉、〈聖無憂〉〈烏夜啼〉、〈胡搗練〉〈望仙樓〉〈桃源憶故人〉、〈鏡中人〉〈相思引〉、〈柳梢青〉〈早春怨〉、〈月中行〉〈月宮春〉、〈桂華明〉〈四和香〉〈四犯令〉、〈賀聖朝〉〈轉調賀聖朝〉、〈惜分飛〉〈惜雙雙〉、〈太常引〉〈太清引〉。此外，〈洛陽春〉與卷三〈一落索〉，〈漁歌子〉與卷一〈漁父〉等，亦為同調異名；又〈醉花間〉、〈上行杯〉已收錄於卷一，且卷內無〈錦堂春〉調，故卷四實錄62調。

[11] 「萬曆癸未本」卷四，頁51，劉鎮〈柳梢青〉（乾鵲收聲）此闋重出，見頁49，故不計入。

[12] 卷五中屬同調異名，卻又另列一調者，計有：〈河傳〉〈慶同天〉〈月照梨花〉〈憶王孫〉、〈端正好〉〈於中好〉、〈杏花天〉〈杏花風〉、〈恨歡遲〉〈恨來遲〉。此外，〈南柯子〉與卷一〈南歌子〉，亦為同調異名；且目錄中〈茶瓶兒〉列有兩調，故卷五實錄52調。

[13] 卷六中屬同調異名，卻又另列一調者，計有：〈玉樓春〉〈惜春容〉〈西湖曲〉、〈折丹桂〉〈步蟾宮〉、〈瑞鷓鴣〉〈舞春風〉、〈玉壺冰〉〈虞美人〉、〈一斛珠〉〈怨春風〉〈醉落魄〉、〈踏莎行〉〈轉調踏莎行〉。此外，〈送將歸〉與卷五〈雨中花〉，〈鵲橋仙〉與卷五〈憶人人〉，〈明月棹孤舟〉與卷五〈夜行船〉等，亦為同調異名；且〈南鄉子〉已收錄於卷一，〈惜雙雙〉、〈慶金枝〉已收錄於卷四；又目錄中缺錄〈荷葉鋪水面〉、〈倚西樓〉、〈南樓令〉等三調，故卷六實錄35調。

按：清‧萬樹《詞律》卷七〈木蘭花〉調下論曰：「按唐詞〈木蘭花〉⋯⋯⋯，其七字八句者名〈玉樓春〉，至宋則皆用七言，而或

名之曰〈玉樓春〉，或名之曰〈木蘭花〉，又或加令字，兩體遂合為一。………而本譜不敢以唐之〈玉樓春〉改名〈木蘭花〉也。」（臺北：臺灣中華書局，1978年1月，《四部備要》本，頁7。）《花草粹編》所錄〈玉樓春〉、〈木蘭花〉，皆有唐人作品，且「萬曆癸未本」將其分為二調著錄，故依《詞律》及「萬曆癸未本」目錄所載，不將此〈木蘭花〉與〈玉樓春〉列為同調異名。

又清聖祖敕撰《御製詞譜》於卷九〈雨中花〉令調下註曰：「按〈雨中花〉調與〈夜行船〉調，最易相混，宋人集中，每多誤刻。今照《花草粹編》所編，以兩結句五字者為〈雨中花〉，兩結句六字、七字者為〈夜行船〉。」（臺北：聞汝賢據殿印本縮印，1976年元月，頁13。）故此據《御製詞譜》所論，不將〈雨中花〉與〈夜行船〉列為同調異名。

14　卷七中屬同調異名，卻又另列一調者，計有：〈蝶戀花〉〈魚水同歡〉、〈攤破南鄉子〉〈慶靈椿〉〈促拍醜奴兒〉、〈謝池春〉〈賣花聲〉〈風中柳〉、〈小桃紅〉〈紅娘子〉。此外，〈憶江南〉與卷一〈夢江南〉，〈唐多令〉與卷六〈南樓令〉，〈如意令〉與卷一〈如夢令〉，以及〈雨中花令〉於目錄中列有兩調，並與卷五〈雨中花〉、卷六〈送將歸〉等，亦皆為同調異名；且〈望遠行〉已收錄於卷五，〈品令〉已收錄於卷四，〈感皇恩〉已收錄於卷六；又〈好女兒〉、〈甘州遍〉、〈戛金釵〉、〈千金意〉等調，卷內缺漏，故卷七實錄59調。

15　「萬曆癸未本」卷七，頁48，劉叔安〈行香子〉（露葉煙條）僅存上半闋；而頁49，俞克成〈聲聲令〉，僅存下半闋「樓底輕陰………」，均各以1闋計，而其中缺漏2闋。又頁40，缺漏4闋；頁55，最末一行則有誤，應為賀鑄〈青玉案〉（凌波不過橫塘路）詞，故卷內詞作應為306闋。

16　卷八中屬同調異名，卻又另列一調者，計有：〈番槍子〉〈春草

碧〉、〈千年調〉〈相思會〉、〈御街行〉〈孤鴈兒〉、〈金人捧
露盤〉〈上平西〉〈上平南〉、〈千秋歲引〉〈千秋萬歲〉、〈滿路
花〉〈歸去難〉〈促拍滿路花〉〈滿園花〉〈一枝花〉、〈洞仙歌〉
〈羽仙歌〉、〈雪獅兒〉〈獅兒詞〉、〈探芳信〉〈西湖春〉。此
外，〈連理枝〉與卷七〈小桃紅〉，亦為同調異名；且〈河滿子〉已
收錄於卷一，〈望遠行〉、〈芳草渡〉已收錄於卷五，〈鵲橋仙〉、
〈瑞鷓鴣〉已收錄於卷六，故卷八實錄107調。

17 卷九中屬同調異名，卻又另列一調者，計有：〈紅情〉〈暗香〉、
〈滿庭芳〉〈瀟湘夜雨〉、〈醉蓬萊〉〈雪月交光〉。此外，〈卓牌
兒〉與卷六〈卓牌子慢〉，〈錦園春〉、〈月城春〉、〈轆轤金井〉
與卷八〈四犯剪梅花〉等，亦為同調異名；且〈賀聖朝〉、〈應天
長〉已收錄於卷四；又目錄中缺錄〈薄媚〉一調，而卷內未收〈掃花
遊〉、〈白雪〉、〈芭蕉雨〉、〈玉女迎春慢〉等調，故卷九實錄46
調。

18 「萬曆癸未本」卷九，頁47，劉行簡〈水調歌頭〉（千古嚴陵瀨），
與頁51，秦少游〈夢揚州〉（晚雲收），皆僅存上半闋；而頁51，元
好問〈小聖樂〉「乳燕雛鶯弄語………」，則缺漏不全，然仍各以1
闋計。另頁48，大曲〈薄媚〉一體，亦有殘缺，茲以6闋計，故卷內
詞作應為234闋。

19 卷十中屬同調異名，卻又另列一調者，計有：〈燕春臺〉〈夏初
臨〉、〈十月桃〉〈十月梅〉、〈芳草〉〈鳳簫吟〉、〈高陽臺〉
〈慶春澤（慢）〉、〈念奴嬌〉〈慶長春〉〈杏花天〉〈壺中天〉
〈無俗念〉〈湘月〉、〈鴈過粧樓〉〈瑤臺聚八仙〉。此外，〈碧芙
蓉〉與卷九〈尾犯〉，〈應天長慢〉與卷四〈應天長〉等，亦為同調
異名，故卷十實錄73調。

20 卷十一中屬同調異名，卻又另列一調者，計有：〈水龍吟〉〈莊椿
歲〉〈豐年瑞〉〈小樓連苑〉〈鼓笛慢〉〈龍吟曲〉、〈桂枝香〉

〈疏簾淡月〉、〈瑞鶴仙〉〈一捻紅〉、〈瀟湘靜〉〈湘江靜〉、〈月中仙〉〈月中桂〉、〈春霽〉〈秋霽〉、〈憶瑤姬〉〈別瑤姬慢〉、〈解連環〉〈杏梁燕〉、〈柳色黃〉〈石州慢〉、〈臺城路〉〈齊天樂〉、〈喜遷鶯〉〈烘春桃李〉。此外，〈千秋歲〉與卷十〈念奴嬌〉，〈宴清都〉與卷十〈四代好〉，〈柳色黃〉與卷十〈石州引〉，〈臺城路〉與卷十〈五福降中天慢〉等，亦為同調異名；且〈喜遷鶯〉已收錄於卷四，〈尉遲盃〉已收錄於卷八；又目錄中〈南浦〉列有兩調，而將〈眉嫵〉與〈百宜嬌〉視為同調異名；然據萬樹《詞律》卷十八，呂渭老〈百宜嬌〉〈陳月垂簾〉調後註曰：「按〈眉嫵〉亦作〈百宜嬌〉，實與此調全異，不同混也。」（臺北：臺灣中華書局，1978年1月，《四部備要》本，頁16。）是以〈百宜嬌〉應另列一調，故卷十一實錄83調。

[21] 卷十二中屬同調異名，卻又另列一調者，計有：〈疏影〉〈綠意〉〈解珮環〉、〈八寶粧〉〈八犯玉交枝〉、〈霜葉飛〉〈鬥嬋娟〉、〈過秦樓〉〈選冠子〉〈惜餘春慢〉、〈沁園春〉〈壽星明〉〈洞庭春色〉、〈賀新郎〉〈乳燕飛〉〈金縷歌〉、〈摸魚兒〉〈邁陂塘〉、〈綠頭鴨〉〈多麗〉、〈傾盃樂〉〈傾盃〉〈古傾盃〉。此外，〈望梅〉與卷十一〈解連環〉，〈集賢賓〉與卷七〈接賢賓〉等，亦為同調異名；且〈風流子〉、〈女冠子〉、〈拋球樂〉，已收錄於卷一，〈望遠行〉已收錄於卷五，〈洞仙歌〉、〈十二時〉，已收錄於卷八，〈丹鳳吟〉已收錄於卷十，〈憶瑤姬〉、〈傾盃樂〉，已收錄於卷十一；又〈輪臺子〉及〈哨遍〉，目錄中列有兩調，故卷十二實錄71調。

按：〈金明池〉與〈夏雲峰〉不為同調異名，據清・萬樹《詞律》卷二十〈金明池〉調下論曰：「按《詞匯》失收〈夏雲峰〉本調，而以仲殊〈金明池〉詞題曰〈夏雲峰〉，大謬。若不校正，不幾令學者名實相乖乎。」（臺北：臺灣中華書局，1978年1月，《四部備要》

本，頁3）。

22 明·陳耀文編：《花草粹編》（明萬曆癸未11年刊本，臺北：國家圖書館藏）。

23 作者題名僅註明書籍出處者，以無名氏視之，若可確知撰人，則另予歸類。

24 以下所舉詞作，若作者題名有誤，則逕予改正，後文所舉詞作亦同。

25 陳果青主編：《詞學詞典》（貴陽：貴州人民出版社，1990年6月），頁579。

26 明·陳耀文編：《花草粹編》（民國22年國學圖書館影印明萬曆刊及金氏評花仙館活字本，臺北：國家圖書館藏）。

27 清·永瑢、紀昀等撰：《四庫全書總目提要》（臺北：臺灣商務印書館，1983年10月），卷199，頁321。

28 明·吳承恩著：《吳承恩詩文集》（臺北：河洛圖書出版社，1975年9月），頁234—237。以下論述內容亦多參酌此篇，因《花草新編》今藏於上海圖書館，未能得見，故若斷言《花草粹編》依據《花草新編》改編，尚乏明確證據，然為求完備，仍將此說間接相關資料羅列於此，希冀日後得獲確論，再予補充。

29 明·吳承恩著：《吳承恩詩文集》（臺北：河洛圖書出版社，1975年9月），頁236。

30 同註22。

31 趙萬里《校輯宋金元人詞》「引用書目：花草粹編」曰：「有〈花草新編自序〉，序文與此書略同，蓋成書在耀文後，故署曰「新稿」，或據此謂耀文即襲吳書為之，實非篤論。」（臺北：臺聯國風出版社，1972年3月，頁5。）趙萬里所言，並未進一步加以申論，然〈吳承恩著述考〉一文，對此問題辨之甚詳；且吳承恩約卒於萬曆十年，《花草粹編》則成書於萬曆十一年，若言《花草新編》成書在耀文後，斷無此理。

32 同註22。

33 唐圭璋編：《詞話叢編》（臺北：新文豐出版公司，1988年2月），
第5冊，頁4631。

34 同前註，頁4953。

35 後蜀・趙崇祚編：《花間集》（明末虞山毛氏汲古閣刊《詞苑英華》
本，臺北：國家圖書館藏）。

36 同前註。

37 宋・不著編人：《類編草堂詩餘》（明嘉靖庚戌29年武陵顧從敬刊
本，臺北：國家圖書館藏）。簡稱「庚戌本」。

38 明・陳耀文編：《花草粹編》（鈔本，過錄清金繩武校語及跋，臺
北：國家圖書館藏）。

39 宋・柳永撰：《樂章集》，谷玉等校點：《詞林集珍》（上海：上海
古籍出版社，1988年12月）。

40 同註33，頁4329。

41 同前註，第3冊，頁2499。

42 同註35。

43 南唐・馮延巳撰：《陽春集》，同註39。

44 宋・秦觀撰：《淮海居士長短句》，同註39。

45 宋・周邦彥撰：《片玉詞》，同註39。

46 同註27。

47 同註22。

48 唐圭璋編：《全宋詞》（臺北：宏業書局，1985年10月）。

49 同註33，頁4460。

50 同前註，頁4962。

51 同前註。

52 此項下所錄以原作者姓名為主。

53 同註22。

54 趙尊嶽輯：《明詞彙刊》（上海：上海古籍出版社，1992年7月），
上冊，頁556。

55 「萬曆癸未本」項下之作者姓名，依原書題名；而《全唐五代詞》等
項下，則以原作者之姓名為主。

56 張璋、黃畬編：《全唐五代詞》（臺北：文史哲出版社，1986年10
月）。
唐圭璋編：《全宋詞》（臺北：宏業書局，1985年10月）。
唐圭璋編：《全金元詞》，全二冊（臺北：洪氏出版社，1980年11
月）。

57 「萬曆癸未本」中，未標作者之名者，原則視為前闋撰人所作；而若
非承前所題者，則以闋名視之；後題闋名者均依此例。

58 唐圭璋《全宋詞》於晏殊〈喜遷鶯〉（花不盡）後註曰：「案此首
別見杜安世（杜壽域）詞。」（臺北：宏業書局，1985年10月，頁
94。）《全宋詞》將此詞，分別收錄於晏殊與杜安世名下，而此僅以
晏殊列名。

59 唐圭璋《全宋詞》於廖正一〈瑤池宴令〉（飛花成陣）後註曰：「案
據《侯鯖錄》卷三，此首乃蘇軾作，未知孰是。」（臺北：宏業書
局，1985年10月，頁453。）《全宋詞》將此詞分別收錄於廖正一及
蘇軾名下，而此僅以蘇軾列名。

60 〈惜雙雙〉（庾嶺香前親寫得）一詞，唐圭璋《全宋詞》分別收錄於
仲殊與寶月名下，而此僅以仲殊列名。（臺北：宏業書局，1985年10
月，頁551、991。）

61 唐圭璋《全宋詞》於王仲甫〈醉落魄〉（醉醒醒醉）後註曰：「案此
首見黃庭堅〈醉落魄〉詞序，黃云：『或傳是東坡語，非也，疑是王
仲父作。』此首亦見《東坡詞》卷下。」「又案宋另有王仲甫，字明
之，王珪之姪，曾官主簿。又有王介字仲甫，與王安石同時。黃庭堅
所云王仲父，未知為誰。此詞姑附於此。」（臺北：宏業書局，1985

年10月），頁271。

62　唐圭璋《全宋詞》於章楶〈聲聲令〉（簾移碎影）後註曰：「案洪
　　武本《草堂詩餘》前集卷上，此首作無名氏詞；《類編草堂詩餘》
　　卷二，又誤作俞克成詞。」（臺北：宏業書局，1985年10月，頁
　　214。）又於無名氏〈聲聲令〉（簾移碎影）後註曰：「………別又
　　作章楶詞，見楊金本《草堂詩餘》後集卷上。」（同上，頁3738。）
　　然此僅以章楶列名。

63　唐圭璋《全宋詞》於史浩〈喜遷鶯〉（譙門殘月）後註曰：「案此首
　　別作胡浩然詞，見《草堂詩餘‧後集》卷上。」（臺北：宏業書局，
　　1985年10月，頁1266。）而此僅以史浩列名。

第三節　兼具選詞與訂譜作用之譜體詞選：
《詩餘圖譜》、《詩餘》、《嘯餘譜》

詞於早期具有娛賓遣興之應歌功能，屬音樂性之文學，並有專職機關，負責審定樂律。《宋史・樂志》卷一百二十九載：「（徽宗政和）六年，………〈大晟〉雅樂，頃歲已命儒臣著樂書，獨宴樂未有紀述。其令大晟府編集八十四調並圖譜，令劉昺撰以為《宴樂新書》。」[1]然時至元、明，調譜散佚，宮調淪亡，詞已不復可歌；而文人創作，僅能依舊曲之平仄聲韻，按譜填詞。是以張綖、徐師曾及程明善等人，乃將詞調予以區分句讀，校正平仄，並註明協韻，著為圖譜，誠足作為詞家之指南；而就張、徐、程諸人編撰之《詩餘圖譜》、《詩餘》與《嘯餘譜》，分析此中所選之詞作，亦能反映當時明代詞壇之發展狀況。

壹、編者簡介

一、張綖

《詩餘圖譜》編撰者張綖，字世文（一作世昌），其先陝之合水人，高祖仕元，後率所部來歸，擇地高郵（今江蘇省高郵縣）而居，迄綖已五世。張綖生於明憲宗成化丁未（23年，西元1487年），七歲讀書通大義，即能口占

為詩，時出奇句；而年僅十三，遭逢父喪，哀毀如成人；年十五，遊郡庠，謁鄉賢祠。武宗正德癸酉（8年，西元1513年），鄉薦中舉，然八上春官，不第；世宗嘉靖乙未（14年，西元1535年），謁詮曹得武昌通判，專督郡賦。

張綖為政，體恤下情，以仁撫民，明‧顧璘〈南湖墓誌銘〉有言：「歲終行縣令，有繫民催逋者，君愀然曰：『公賦固急，窮民凍餒，囹圄中可念也，亟使放歸，責以春和完辦。』十邑之民感惠。」[2]後遷知光州，歲凶民饑，張綖呈請朝廷，得穀數萬賑災，全活者甚眾。是以獲民愛戴，政聲日隆，然謗亦踵之，武昌上官誣其怠事遊詠，遂罷官還鄉，百姓相顧涕泣不已。

張綖歸後，讀書武安湖上，自號「南湖居士」，又增構草堂數間，其中藏書數千卷，手自標點，晝夜誦讀，目因之生翳，然猶令人誦讀而默聽之。其晚年生活灑然淡泊，於世宗嘉靖癸卯（22年，西元1543年）卒，享年五十有七。張綖學詞曲於王西樓，尤工於長短句，操筆立就，合於格調，清‧錢謙益《列朝詩集小傳》謂其：「刻意填詞，每填一篇，必求合某宮某調，某調第幾聲，其聲出入第幾犯。抗墜圓美，必求合作。」[3]所著《詩餘圖譜》、《草堂詩餘別錄》、《杜詩釋》、《杜詩本義》、《南湖集》等，皆刊行於世。[4]

二、徐師曾

　　《詩餘》編撰者徐師曾，字伯魯，號魯庵，吳江（今江蘇省吳江縣）人，約生於明武宗正德丙子（11年，西元1516年）。[5]七歲讀書，十二歲即能詩歌屬古文詞，世宗嘉靖丙午（25年，西元1546年）領鄉薦，次年上春官，連捷，然以雙親年邁，稱疾而歸。六年後，至嘉靖癸丑（32年，西元1553年），始應制廷對，賜進士出身，選為翰林院庶吉士，授兵科給事中，歷轉左給事中。是時皇上年高，而宰輔嚴嵩用事陰斷，把持言路，師曾不願效儕輩因循苟且，狼藉闕下，遂連疏乞休，穆宗隆慶辛未（5年，西元1571年），始奉旨致仕。其返鄉歸里，闢書舍於南湖之上，聚書萬卷，吟誦若諸生。神宗萬曆二年（西元1574年），再起為禮科左給事中，力辭不就，約卒於神宗萬曆庚辰（8年，西元1580年），年六十有四。

　　師曾治學，自《易》旁及諸經，以至洪範、皇極、數法、陰陽、歷律、醫卜、篆籀等，諸家之言，皆能通其說。平生所著，有：《周易演易》、《禮記集註》、《正蒙章句》、《世統紀年》、《湖上集》等；又其纂輯修註之作，則有：《文體明辯》、《詠物詩編》、《臨川文粹》、《大明文鈔》、《宦學見聞》、《六科士籍》、《吳江縣志》、《小學史斷》、《經略全書》等，共數百餘卷行於世。[6]

三、程明善

　　《嘯餘譜》編撰者程明善，字若水，號玉川，歙縣人（今安徽省歙縣），生卒年不詳，為明熹宗天啟中監生。明・馬鳴霆〈題嘯餘譜序〉曰：「程君盱衡千載，俯仰一世，大而音樂之微，細及詞曲之渺，無不殫精研究，分門部居，各極其至，真夔龍之功臣，而師曠之良友哉！」[7]是知程明善雅意好古，精研詞曲音律，所著《嘯餘譜》，總載詞曲體式，頗受詞壇重視，其餘事蹟無考。

貳、編選之版本及體例

一、《詩餘圖譜》

　　依刊刻時代及體例內容之不同，《詩餘圖譜》主要之版本有三：

（一）明嘉靖丙申（15年）刊本（以下簡稱「嘉靖本」）

　　是本凡三卷，卷內首頁題「高郵張綖世文」，其卷端則載嘉靖丙申夏六月蔣芝〈詩餘圖譜序〉，及嘉靖丙申夏四月張綖〈自序〉，因之此書應完成於明嘉靖十五年（西元1536年）；其後並錄有「凡例」與「按語」，現為臺北：國家圖書館收藏。然就「凡例」所述，可明全書之編選體例，試擇要言之：

　　1.詞格多是雙調，前後相同者，惟列前段圖說，後段可以類推，則云同前，省文也。

　　2.詞中字當平者，用白圈（○）；當仄者，用黑圈（

243

●）；平而可仄者，白圈半黑其下（◓）；仄而可平者，黑圈半白其下（◒）。

3.圖後錄一古名詞以為式，間有參差不同者，惟取其調之純者為正；其不同者，亦錄其詞於後，以備參考。

書中體例，圖列於前，詞繫於後，而詞調之下或註異名，並標明前段、後段、句數、韻數及字數；張綖此選，已初步建立完整之詞譜雛形。而《詩餘圖譜》於卷前，又列有目錄：卷一為小令（36字至57字），卷二為中調（60字至89字），卷三為長調（92字至120字）；其按小令、中調、長調編排，著錄詞調，是為「分調本」詞選。然卷內於小令：〈生查子〉、〈菩薩蠻〉、〈卜算子〉、〈洛陽春〉及〈玉聯環〉等五調之後，分別將與其相近之詞調：〈醉花間〉、〈醉公子〉、〈巫山一段雲〉、〈一絡索〉及〈玉樹後庭花〉等，予以併列，而此等相近之調，未見於目錄，若列入計算，則卷內實際收錄，除同調異名者外，[8]共有150調，分別為：小令66調，中調48調，長調36調。

調後所繫之詞，各體由一闋至七闋不等，總計錄詞219闋。[9]而作者題名以書其字、號為主，然有同一人而稱呼不同者，如：有題「葉夢得」與「葉少蘊」者；或有稱「晏同叔」與「晏元獻」者；其中並有題名錯誤之情形，且有多闋詞僅署「詩餘」，而未詳何人所作；亦有題「前人」或空缺不題者。今據《全唐五代詞》、《全宋詞》及《全

244

金元詞》查考訂正（參見【附錄一】），除無名氏外，合計選錄詞家73人，包括：晚唐、五代17人，北宋23人，南宋31人，以及元代2人，其選詞範圍以晚唐、五代、兩宋及元人作品為主。此外，所錄之詞大部分皆有「詞題」，且間附考述詞調之註語。

（二）明崇禎乙亥（8年）虞山毛氏汲古閣刊《詞苑英華》本（以下簡稱「崇禎本」）

　　是本凡三卷，卷內首頁題「高郵南湖張綖編輯，濟南霽宇王象乾發刊、康宇王象晉重梓，姑蘇子九毛鳳苞訂正」。其卷端另載有王象晉書於崇禎乙亥（8年，西元1635年）小春月之〈重刻詩餘圖譜序〉，〈序〉中有言：「萬曆甲午乙未間，予兄霽宇刻之上谷署中，見者爭相玩賞，竟攜之而去。今書簏所存，日見寥寥。遲以歲月，計當無剩本已。海虞毛子晉，博雅好古，見予讎較此編，遂請歸而付之剞人，使四十年前几案間物，頓還舊觀，亦一段快心事也。」因之此書最初應刊刻於萬曆二十二、三年間（西元1594—1595年），現為臺北：國家圖書館收藏。

　　其編排體例一仍「嘉靖本」，唯書中所舉詞作，凡兩闋以上者，均予刪之，僅存一闋為例，計有154闋。然其中部分詞調之平仄譜式，與「嘉靖本」略有差異；且〈太常引〉、〈雨中花〉、〈傳言玉女〉、〈風入松〉、〈金人捧露盤〉、〈燭影搖紅〉、〈木蘭花慢〉、〈喜遷鶯〉、

〈永遇樂〉等九調所繫之詞，未見於「嘉靖本」。此外，其所題作者，多署詞人之姓名，唯少數書其字號；並將「嘉靖本」中題為「詩餘」者，予以補題作者，然題名多誤，總計選錄詞家53人；又該本無「凡例」及「按語」，亦無詞題及考述詞調之註語。

（三）增訂本

萬曆二十九年（西元1601年），游元涇加以增訂，附有〈凡例〉及「按語」，為《增正詩餘圖譜》三卷，藏於北京圖書館。

此外，尚有明‧萬惟檀撰《詩餘圖譜》二卷，[10]乃根據張綖《詩餘圖譜》所列之詞調及譜式，而填之以詞，求與律合，為取法張綖者也。

二、《嘯餘譜》

《嘯餘譜》，凡十卷，書前載有萬曆己未仲夏程明善〈自序〉，是知此書應完成於明神宗萬曆四十七年（西元1619年）；其後有明‧馬鳴霆〈題嘯餘譜序〉及〈嘯餘譜凡例〉，並錄有「點定姓氏」、「參閱諸友姓氏」與「嘯餘譜總目」等項。按《四庫全書總目提要》「嘯餘譜」述其內容曰：「首列《嘯旨》、《聲音度數》、《律呂》、《樂府原題》一卷；次《詩餘譜》三卷，《致語》附焉；次《北曲譜》一卷，《中原音韻》及《務頭》一卷；次《南曲譜》三卷，《中州音韻》及《切韻》一卷。」[11]全書涵

括詩、詞、曲、韻，包容甚廣，現有明萬曆己未（47年，西元1619年）刊本（簡稱「己未本」），臺北：國家圖書館藏。另有清康熙壬寅（元年，西元1662年）刊本，為清・張漢重訂，首錄張漢〈自序〉，然無馬鳴霆〈序〉，而其餘內容均與「己未本」相類，亦藏於臺北：國家圖書館。此外，趙尊嶽所輯《明詞彙刊》，僅載錄其中《詩餘譜》部分；[12]而《四庫全書存目叢書》則據北京師範大學圖書館藏明萬曆刻本，輯錄《嘯餘譜》十一卷。[13]

　　《嘯餘譜》卷二至卷四之《詩餘譜》，為繼張綖之《詩餘圖譜》而後作，卷首下題「古歙程明善纂輯」。全書析為二十五卷，詩餘一至詩餘二十，按詞調字面之義，分為：歌行題、令字題、慢字題、近字題、犯字令、遍字題、兒字題、子字題、天文題、地理題、時令題、人物題、人事題、宮室題、器用題、花木題、珍寶題、聲色題、數目題、通用題等；詩餘二十一至二十五，則以調名之字數，分為：二字題、三字題、四字題、五字題、七字題等，可視為「分類本」詞選。《詩餘譜》依此羅列目錄，著錄詞調及作者，調下註明單、雙調及小令、中調、長調之別；卷內則去《詩餘圖譜》之黑白圈，直接擇選詞作為式，而僅於字句間，將可平可仄之字、每句字數與韻腳位置，加以標記；然同一調下，或字數、或用韻不同，則另立一體，是以有第一體、第二體、第三體等區別，試析譜中所

收詞調，除同調異名者外，[14]總計錄有305調。又《嘯餘譜
》中所選詞作，詩餘一〈千秋歲引〉與詩餘十九〈千秋歲
〉第三體，所舉之範例同為王安石（別館寒砧）詞，但譜
式不同；而詩餘十一〈燕臺春〉與詩餘十四〈燕春臺〉，
所舉範例同為張先（麗日千門）詞，譜式亦略有差異。然
此等作品，僅各以一闋計，故全書合計選錄詞作579闋。

　　《詩餘譜》中所題作者，以書其姓名為主，間或有署
其字號者，亦或僅著其姓者，然均載明作者所屬之時代。
其中據《全唐五代詞》載，李璟為五代時人，《詩餘譜》
則將之列為宋人；而據《全金元詞》載，元好問、吳彥高
為金代人，《詩餘譜》則將之列為元人與宋人；又據《全
宋詞》載，鄧光薦應為南宋人，《詩餘譜》則將之列為元
人。此等差池，或有待商榷，姑以《全唐五代詞》、《全
宋詞》及《全金元詞》所載為據，並以之查考詞作，將題
名錯誤者，予以訂正（參見【附錄二】）。故《詩餘譜》
所錄詞家，除無名氏外，合計共有129人，包括：晚唐、五
代27人，北宋39人，南宋59人，金代2人，元代1人，時代
不詳者1人。是知《詩餘譜》之選詞範圍，涵蓋晚唐、五代
，以及宋、金、元，較《詩餘圖譜》所選略廣。

三、《詩餘》

　　《詩餘》，凡二十五卷，卷端下題「明吳江徐師曾伯
魯纂」，並載有徐師曾〈序〉，首列卷一至二十之目錄，

而後再續載卷二十一至二十五之目錄，著錄詞調及作者姓名；全書似分為二，然實合而為一，清・福申於卷二十一至二十五目錄後，作〈記〉曰：「予錄《詩餘》至第二十題，似有倦意，………而又翻然悔曰，………爰補錄之以附於後，以云連則已斷，以云斷則仍連，連而不連，斷而不斷，竊有意於初續集之名焉，固不必以別成一帙為嫌也。」[15]此〈記〉作於道光戊戌初秋，乃知是書應刊刻於清宣宗道光十八年（西元1838年）；而徐師曾卒於明神宗萬曆八年（西元1580年），因之《詩餘》最遲當成書於萬曆初年。現有清道光間福申鈔本（以下簡稱「道光本」），臺北：國家圖書館藏。

　　《詩餘》體例，為免混淆，乃改易《詩餘圖譜》之黑白圈，而直以平仄文字為譜，並於其後擇選詞作為例。然《詩餘》中所列之詞調、詞作，以及編排之順序，皆與《嘯餘譜》中之《詩餘譜》相同，明・沈際飛〈古香岑草堂詩餘四集發凡・定譜〉曰：「維揚張世文，作《詩餘圖譜》七卷（按：應為三卷），每調前具圖，後系辭，………吳江徐伯曾，以圈別黑白易淆，而直書平仄，標題則乖。………古歙程明善，因之刻《嘯餘譜》。」[16]就成書時間言，徐師曾之《詩餘》應該為先，程明善遂以之輯為《嘯餘譜》。

　　今徐師曾編《文體明辯・附錄》卷之三至卷之十一，

載錄《詩餘》二十五卷，其中之分類項目、編排順序、選調、選詞等內容體例，皆同「道光本」，唯無清・福申所作之〈記〉。據王重民《中國善本書提要》「文體明辯」項載：「師曾序其書在萬曆元年三月，時《御覽》尚未印成，其始印是書，不知確在何年，約之應在萬曆元、二年以後。因用同一套活字，而《御覽》為大書，印《御覽》時恐不能兼印是書，故是書之印訖，似應在萬曆三、四年矣。」[17]而《文體明辯》目前可得見，以刊刻於明萬曆八年（西元1580年），吳江董氏壽檜堂刊本為最早，藏於臺北：國防研究院圖書館；尚有明萬曆辛卯（19年，西元1591年）吳江刊本，為臺北：國家圖書館收藏；以及《四庫全書存目叢書》，據北京圖書館藏明萬曆建陽游榕銅活字印本影印，收錄於集部第312冊。

　　另於明崇禎庚辰（13年，西元1640年），由徐師曾纂，明・沈芬、沈騏箋《詩體明辯》一書，當中第十七卷至第二十六卷，輯入《詩餘》部分；然其內容體例與「道光本」稍有差異：亦即將目錄分列於各卷之前，而缺錄〈秋霽〉一調；調後所繫之詞，僅列一闋，計錄詞475闋；又卷前徐氏之〈序〉，亦較簡略。此外，「道光本」於卷末附錄「論詩餘」二則，此刻則將之與「論詩」諸條，彙列於書前。是本今藏於臺北：國家圖書館，或為沈氏刪節原書而成。

徐師曾《詩餘》一書，於明代之時，即或因雜錄於文體、詩體之中，易為人忽略，遂使專主審音按律之《嘯餘譜》，雖較其晚出，而得通行於明代，並較受矚目。

參、選詞原因

《詩餘圖譜》、《詩餘》與《嘯餘譜》三者，於明代詞壇，為具特殊審音定律作用之譜體詞選。草創之初，不免有所缺失，然其創新之舉，深值肯定。故擬就下列兩點分析探討，以窺張、徐、程等三人，編選詞譜之動機。

一、循聲定譜

一般而言，詞肇興之初，多為應歌而作，入律合樂，依拍而歌，為倚聲填詞之基本形式。北宋以來，文人競相唱和，並自製新腔，擴大歌詞體製，於宴饗娛樂之外，兼用以言情、述志。南渡之後，舊譜零落，曲調格律遭受破壞，詞與音樂遂漸趨分離。致使後人填詞，僅能按前人作品之某字某句而填，然同調之詞甚眾，將以何為憑？因而制訂「詞譜」，俾有所依循，乃成必然之勢。徐師曾〈詩餘序〉曰：

> 然詩餘謂之填詞，則調有定格，字有定數，
> 韻有定聲，至於句之長短，雖可損益，然亦
> 不當率意而為之。譬之醫家，加減古方，不
> 過因其方而稍更之，一或太過，則本方之意

失矣，此《太和正音》及今圖譜之所為作也
。[18]

又馬鳴霆〈題嘯餘譜序〉曰：

> 故審聲者，就心聲之描寫以諗氣候，然此際
> 微矣、渺矣，非探天地之元，豈易辨此？新
> 安程若水雅意好古，樹幟吟壇，彙古來韻致
> 若干卷，而總顏其編曰《嘯餘》。[19]

當詞樂失傳之際，音律之譜亦不復見，歌唱之法，成
為絕響，令填詞之人無所適從；而張、徐、程等三人，深
感作詞時所面臨之窘境，並體會出唯自唐宋諸人詞作中，
析其平仄、句法與押韻之格律體式，予以總結歸納，制為
準則，方不致舛誤謬亂，徒費心思。宋・張炎《詞源》卷
下「音譜」曰：「詞以協音為先，音者何？譜是也。」[20]朱
崇才《詞話學》一書亦有言：「填詞的『科學』方法，應
是按『律』填詞。詞律的最高形式，應是『詞譜』。」[21]故
循其聲以定譜，即應為《詩餘圖譜》、《詩餘》、《嘯餘
譜》成書之主要原因。

二、確保詞之獨特性

王熙元於〈詞學導讀〉一文曰：「詞………從廣義說
：它是詩，也是曲；從狹義說，它既不是詩，也不是曲，

而有它自己的特徵與體製。」[22]換言之，詞若喪失其特徵及
獨有之體製，不僅與詩、曲，甚且與其他文體，將無以別
之。因此王象晉〈重刻詩餘圖譜序〉乃言：

> 詩亡，而後有樂府；樂府亡，而後有詩餘。
> 詩餘者，樂府之派別，而後世歌曲之開先也
> 。………詩餘一脈，肇自趙宋，列為規格，
> 填以藻詞，一時文人才士，交相矜尚，……
> …豈不膾炙一時，流耀來裔哉！[23]

又徐師曾〈詩餘序〉曰：

> 近時何良俊以謂：「詩亡而後有樂府，樂府
> 闋而後有詩餘，詩餘廢而後有歌曲。」真知
> 言哉！要之樂府、詩餘，同被管絃，特樂府
> 以皦逕揚屬為工，詩餘以婉麗流暢為美，此
> 其不同耳。[24]

　　詞繼樂府而後出，與詩、曲有別，其體製有令、引、
近、慢之分，每闋詞皆立詞牌，而不同之詞牌，即有不同
之格律；再就字數分段、四聲平仄及押韻方法等格式變化
，又可分為若干體。此等規律，本可隨音樂節拍自然體現
，而詞之所以為詞，音理律調為其本質上之重要因素。然
當詞面臨樂曲淪亡，不復可歌之時，其將焉存？施議對《

詞與音樂關係研究》一書曰：「無論在詞樂盛行之時，或者是在詞樂失傳之後，講究聲律，注重詞的形式美與音樂美，才能確保詞在文學史上獨立存在的地位。詞史上，總結詞的這一聲音規則的專門著作是『詞譜』。」[25]是以《詩餘圖譜》、《詩餘》、《嘯餘譜》之作，將唐宋舊詞，裒合一編，「列為規格」，以確保詞之獨特性，如此，詞於文壇之地位，不僅能膾炙一時，尤能流耀於來裔。

肆、選詞標準

《詩餘圖譜》雖與《詩餘》、《嘯餘譜》，於編排方式、格律圖譜及詞調多寡等方面有所不同，然就其內容查考，三詞譜對於選詞定體之標準，有共同秉持之原則，試從以下兩方面論之：

一、按律制譜，多以北宋詞為式

無論是《詩餘圖譜》中，以黑白圈為譜；或《詩餘》中，以文字直書平仄為譜；抑或《嘯餘譜》中，僅於字句間添註為譜，莫不依前人詞作之格律而訂定之。茲將《詩餘圖譜》「嘉靖本」選詞在五闋以上之詞家，及《嘯餘譜》選詞在十闋以上之詞家，表列如次（詞人以時代歸類，而按《嘯餘譜》中詞數之多寡排列），以析其選詞趨向：

時代	詞　　人[26]	《詩餘圖譜》	《嘯餘譜》
晚唐五代	孫光憲		22
	毛文錫	7	21
	韋　莊	7	18
	顧　夐		18
	溫庭筠		14
	和　凝		11
	李　煜	5	
北宋	周邦彥	7	41
	柳　永	13	28
	秦　觀	12	20
	蘇　軾	9	17
	張　先	16	14
	歐陽修	7	13
	晏　殊	11	10
	晏幾道	6	
	黃庭堅	5	
南宋	陸　游	7	
	辛棄疾	5	40
	康與之		10

　　據上表統計可知，《詩餘圖譜》「嘉靖本」中選詞在五闋以上者，以北宋9家，計86闋為夥；而《嘯餘譜》中選詞在十闋以上者，亦以北宋7家，計143闋為最多。顯見《詩餘圖譜》、《嘯餘譜》等，是以北宋詞人作品，為主要之詞調規範。然《嘯餘譜》所選，周邦彥詞多達41闋；而柳永詞於《詩餘圖譜》與《嘯餘譜》中，所佔之比率亦甚

高；且王象晉〈重刻詩餘圖譜序〉，又特別列舉周、柳二人言之：

> 宋崇寧間，命周美成等討論古音，比律切調
> ，於時有十二律、六十家、八十四調，而柳
> 屯田遂增至二百餘調。[27]

柳永於北宋詞壇「變舊聲，作新聲」[28]，創制大量之慢詞；周邦彥熟知音律，主持大晟府，並增演慢、曲、近、引，及「三犯」、「四犯」之曲。致新聲競起，眾調皆備，詞樂發展，盛極一時，周、柳二人，可謂貢獻卓著，因而諸譜所錄，以此二人之詞為多，自有道理。南渡之後，南北曲興，音樂文藝重心轉移，詞調創作取徑日窄，唯賴辛棄疾、姜夔、史達祖、吳文英、張炎等人，擇韻辨聲，自度曲調。故《詩餘圖譜》「嘉靖本」與《嘯餘譜》所選，於南宋詞人中以辛棄疾詞為多。然詞人姜夔，深知樂律，諸譜卻一闋未選，究其原因，或為其自度之曲，音韻過嚴，曲高難和；[29]或為張氏等人，未嘗見姜夔詞集，[30]而致闕如。此外，沈際飛於〈古香岑草堂詩餘四集發凡・定譜〉提及：

> 吳江徐伯曾，………《花間》諸詞未有定體
> ，而派入體中，其見地在世文下矣。[31]

　　沈氏之說未必盡然，晚唐、五代文人填詞，風氣日盛，詞調體製已漸趨成熟。吳梅《詞學通論》曰：「唐人以詩為樂，七言律絕，皆付樂章，至玄肅之間，詞體始定。………或謂詞破五、七言絕句為之，………蓋開元全盛之時，即詞學權輿之日。………及飛卿出而詞格始成。」[32] 王易《詞曲史》亦謂：「大抵中唐以前，詞調猶簡，韻律猶寬；下逮晚唐，益趨工巧。」[33] 據析《詩餘圖譜》「嘉靖本」中選詞在五闋以上之晚唐、五代詞有3家，計19闋；而《嘯餘譜》中選詞在十闋以上之晚唐、五代詞則有6家，計104闋，顯已大幅增錄晚唐、五代之詞以為範式。中唐之後，詞體既定，「《花間》詞雖語句參差，亦各有所據。豈無規格而亂填者？何云不可派入體中耶！」[34] 故徐氏見地並未在張綖之下，反就張綖缺漏不足之處，予以改正補充。

二、同調不同律，則另立一體

　　《詩餘圖譜》、《詩餘》及《嘯餘譜》中所列之詞調，除部分將名稱雖異而實同者，列為別調外；同一調中，若格律韻部不相同者，亦另立一體以別之。如：張綖《詩餘圖譜》於卷一〈生查子〉調下註曰：「與〈醉花間〉相近。」其後則舉毛文錫〈醉花間〉（休相問）為例。然據清聖祖敕撰《御製詞譜》卷四〈醉花間〉調後論曰：

　　　《嘯餘譜》注：〈生查子〉調與〈醉花間〉

調相近。不知〈生查子〉正體,前後段皆五
字句起,間有用六字者,變格耳。〈醉花間
〉正體,則前必六字,後必五字也。[35]

　　是知《詩餘圖譜》中所謂相近之調,應為同調之異體
,他如:〈菩薩蠻〉調與〈醉公子〉相近,〈玉聯環〉調
與〈玉樹後庭花〉相近等,皆同此例。另《嘯餘譜》則將
同調中不同格律之異體,分為:第一體、第二體、第三體
………著錄,以明確區別,不使淆亂。沈際飛曾批評徐氏
《詩餘》分體之不當云:「且一調分為數體,體緣何殊?
」[36]而萬樹《詞律・發凡》則駁之曰:

同是一調,字有多少則調有短長,即為分體
,若不分何以為譜。[37]

　　詞譜之價值在於能辨析眾體之差異,而後總結歸類以
為定式。然此同調異體之現象,於《類編草堂詩餘》[38]中,
已初露端倪;該書按調編排,將同一詞調,依字數之多寡
先後彙列。歷來有學者強調,同調作品中,難免有一、二
字之差別,故主張詞有「襯字」之說。而此種於正格以外
所增加之字,究竟是否存於詞中,學者爭議頗多,各持己
見。周玉魁〈詞的襯字問題〉一文,則從音樂角度及詞學
發展兩方面論之:

縱觀詞的發展歷史可以看出：詞在不斷向前
發展的進程中，其音樂性即歌辭的屬性在逐
漸減弱，而文學性即詩體的屬性在逐漸增強
。大致說來，在隋唐五代為歌辭。兩宋是詞
的屬性的轉變期，北宋以歌辭為主流，南宋
以詩體為主流。元明以降，詞完全成了一種
長短句的抒情詩體。………襯字是音樂文學
中的概念。詞既離開了音樂，襯字也就失去
了其固有的意義和作用。[39]

當樂律尚存之際，詞中偶加一、二襯字，並無礙詞之
配樂歌唱；然經時代變遷，曲亡樂喪，襯字由虛轉實，致
詞體改易，而後世詞譜唯有於同調之中，另立別體，方可
使詞調格律眾體皆備而承傳不墜。

伍、譜體詞選之影響

清・鄒祇謨《遠志齋詞衷》謂：「張光州南湖《詩餘
圖譜》，於詞學失傳之日，創為譜系，有蓽路藍縷之功。
」[40]又清・田同之《西圃詞說》曰：「宋元人所撰詞譜，流
傳者少，自國初至康熙十年前，填詞家多沿明人，遵守《
嘯餘譜》一書。」[41]是知《詩餘圖譜》、《詩餘》、《嘯餘
譜》等，為積極開啟詞風，拓展詞體之譜體詞選，其對詞
壇之貢獻及詞學發展之影響，實不容漠視。

一、首以婉約、豪放兩派概括詞風

自詞體初興，發展至明，已數百餘年，詞人競出，數量繁多，作品風格亦萬態紛呈，各具特色。《四庫全書總目提要》「東坡詞」中言：

> 詞自晚唐、五代以來，以清切婉麗為宗，至柳永而一變，如詩家之有白居易；至軾而又一變，如詩家之有韓愈，遂開南宋辛棄疾等一派，尋源溯流，不能不謂之別格。[42]

《四庫全書總目提要》於論述詞作演進之同時，亦明白指陳詞風改易之關鍵。然縱觀詞學整體之發展過程，能確切將詞體風格予以分派，並提出「婉約」、「豪放」二體者，應始自明代張綖；其《詩餘圖譜‧凡例》後所附按語云：

> 按詞體大略有二：一體婉約，一體豪放。婉約者欲其辭情醞藉，豪放者欲其氣象恢弘。蓋亦存乎其人，如秦少游之作，多是婉約；蘇子瞻之作，多是豪放。大抵詞體之婉約為正，故東坡稱少游「今之詞手」；後山評東坡詞「雖極天下之工，要非本色」。[43]

又徐師曾〈詩餘序〉，亦有類似之主張：

> 至論其詞，則有婉約者，有豪放者。婉約者
> ，欲其辭情醞藉；豪放者，欲其氣象恢弘。
> 蓋雖各因其質，而詞貴感人，要當以婉約為
> 正。否則，雖極精工，終乖本色。[44]

　　張綖將詞情醞藉者，稱為「婉約」；而將氣象恢弘者
，稱為「豪放」。其後論詞諸家，即多以「婉約」、「豪
放」，辨析詞風。如清・田同之《西圃詞說》：「填詞亦
各見其性情，性情豪放者，強作婉約語，畢竟豪氣未除。
性情婉約者，強作豪放語，不覺婉態自露。」[45]清・沈祥龍
《論詞隨筆》：「詞有婉約，有豪放，二者不可偏廢，在
施之各當耳。房中之奏，出以豪放，則情致絕少纏綿；塞
下之曲，行以婉約，則氣象何能恢拓。蘇、辛與秦、柳，
貴集其長也。」[46]此外，張綖又強調詞體以「婉約」為正，
為本色；詞壇因而就詞作之形式技巧及內容風格之特色立
論，激起「正體」與「變體」，「本色」與「非本色」之
爭議。而《詩餘圖譜》「今所錄為式者，必是婉約，庶得
詞體，又有惟取音節中調，不暇擇其詞之工者，覽者詳之
。」[47]張綖所選之詞，雖未盡工巧，然偏於婉約之作甚明。
至崇禎時期，卓人月、徐士俊編選《古今詞統》，乃將婉
約、豪放兩家予以統合，不使分道，以糾明代纖麗婉媚，
偏於一隅之詞風。故張綖之論，使明、清兩代之詞學理論
，呈現熱烈討論之盛況。

二、奠定律譜發展之基礎

圖譜之學，為治詞者所宗，而《詩餘圖譜》、《詩餘》與《嘯餘譜》發為先聲，唯於分調定體方面，猶未盡周全，如：《詩餘圖譜》卷一〈玉樓春〉調下註曰：「一名〈木蘭花〉。」及《嘯餘譜》詩餘二〈木蘭花令〉調下亦註曰：「一名〈玉樓春〉。」此將〈玉樓春〉與〈木蘭花〉二調混用；[48]又《詩餘圖譜》「嘉靖本」卷二，誤將万俟雅言〈梅花引〉（曉風酸）詞繫於〈江城梅花引〉調後。[49]有鑑於此，後出之《詞律》及詞話，乃直指其失，茲歸納為以下數點：

（一）《嘯餘譜》分類為題，意欲別於《草堂》諸刻，然題字參差，有難取義者，強為分列，多至乖違。如〈踏莎行〉、〈御街行〉、〈望遠行〉，此行步之行，豈可入歌行之內？而〈長相思〉尤為不倫。〈醉公子〉、〈七娘子〉等是人物，豈可與他子字為類？〈通用題〉與三字題有何分別？〈惜分飛〉、〈紗窗恨〉，又不入人事思憶之數；〈天香〉入聲色，不入二字題；〈白苧〉入二字，不入聲色題；〈柳梢青〉入三字，而〈小桃紅〉又入聲色，〈玉連環〉不入珍寶。若此甚多，分列俱不確當，故列調自應從舊，以字少居前，字多居後，既有囊歸，亦便檢閱。（清·萬樹《詞律·發凡》[50]）

（二）舊譜之最無義理者，是第一體、第二體等，排

次既不論作者之先後，又不拘字數之多寡，強作雁行，若不可踰越者，而所分之體，乖謬殊甚，尤不足取。因向來詞無善譜，俱以之為高曾典型，學者每作一調，即自注其下云第幾體，夫某調則某調矣，何必表其為第幾。自唐及五代十國、宋、金、元，時遠人多，誰為之考其等第，而確不可移乎？更有繼《嘯餘》而作者，逸其全刻，撮其注語，尤為糊突。若近日圖譜，如〈歸自謠〉，止有第二，而無第一；〈山花子〉、〈鶴沖天〉，有一無二；〈賀聖朝〉，有一、三無二；………此俱遵《嘯餘》，而忘其為無理者也。（清・萬樹《詞律・發凡》[51]）

（三）近日圖譜，踵張世文之法，平用白圈，仄用黑圈，可通者則變其下半。一望茫茫，引人入暗，且有讎校不精處，應白而黑，應黑而白者，信譜者，守之尤易迷惑。（清・萬樹《詞律・發凡》[52]）

（四）南湖《譜》平仄差核，而用黑白及半黑半白圈，以分別之，不無魚豕之訛。且載調太略，如〈粉蝶兒〉與〈惜奴嬌〉，本係兩體，但字數稍同，及起句相似，遂誤為一體，恐亦未安。至《嘯餘譜》則舛誤益甚，如〈念奴嬌〉之與〈無俗念〉、〈百字謠〉、〈大江乘〉，〈賀新郎〉之與〈金縷曲〉，〈金人捧露盤〉之與〈上西平〉，本一體也，而分載數體。〈燕春臺〉之即〈燕臺春〉，〈大江乘〉之即〈大江東〉，〈秋霽〉之即〈春霽〉，〈

263

棘影〉之即〈疏影〉，本無異名也，而誤仍訛字。或列數
體，或逸本名。甚至錯亂句讀，增減字數，而強綴標目，
妄分韻腳。又如〈千年調〉、〈六州歌頭〉、〈陽關引〉
、〈帝臺春〉之類，句數率皆淆亂。成譜如是，學者奉為
金科玉律，何以迄無駁正者耶？（清‧鄒祇謨《遠志齋詞
衷》[53]）

　　（五）《柳塘詞話》曰：徐師曾魯庵著《詞體明辯》
一書，悉從程明善《嘯餘譜》，舛訛特甚。如南湖《圖譜
》，僅分黑白。魯庵《明辯》亦別平仄，但襯字未曾分析
，句法未曾拈出。小令之隔韻換韻，中調之暗藏別韻，長
調之有不用韻，亦未分明。較字數多寡，或以襯字為實字
；分令慢短長，或以別名為一調。甚則上二字三字，可以
聯下句；下五字七字，可以作對句。過變竟無聯絡，結束
更無照應，成譜豈可以如是！（清‧沈雄《古今詞話‧詞
話》下卷[54]）

　　（六）李後主「多少恨」及「多少淚」，本是二首，
《嘯餘》合之為一，大謬。此調作者甚多，何乃取李詞二
首牽合，以作五十四字格，致後人疑前後可用兩韻耶？（
清‧馮金伯《詞苑萃編》卷之二十[55]）

　　蓋能發現說明張、徐、程等三人，編輯詞譜乖違之處
，即能正日後訂譜之謬，避免重蹈錯誤。張綖之《詩餘圖
譜》，為目前得見最早之譜體詞選，後有明‧謝天瑞為《

補遺》六卷，徐師曾去圖著譜以繼之，程明善則輯《嘯餘譜》，通行於世。而《詩餘圖譜》所錄150調中，除〈阮郎歸〉、〈桃源憶故人〉兩調，為《嘯餘譜》未收者外，其餘均見於《嘯餘譜》中，而《嘯餘譜》並新增157個詞調；又《詩餘圖譜》「嘉靖本」所選219闋詞，其中有165闋，亦為《嘯餘譜》所收錄，顯見《嘯餘譜》是以《詩餘圖譜》為基礎而予以擴編。至清代，復有賴以邠《填詞圖譜》，亦依《詩餘圖譜》及《嘯餘譜》之體式為本，蒐羅詞調；萬樹《詞律》，則剔抉訛謬，較其前諸譜尤為精審；徐本立纂輯《詞律拾遺》，為補《詞律》未收之調及未備之體。而後《欽定詞譜》乃集其大成，「詳次調體，剖析異同，中分句讀，旁列平仄，一字一韻，務正傳訛」[56]。故諸家詞譜，先後編選，彼此借鑑，時有發明，並改正缺漏，相互參訂；因而《詩餘圖譜》、《詩餘》與《嘯餘譜》，可謂影響甚鉅，其於詞體發展上，為格律調譜之訂定，建立鞏固之根基。

【附錄一】

《詩餘圖譜》「嘉靖本」中誤題作者之詞：

卷次	詞 作	所 題 作 者 姓 名[57]	
		《詩餘圖譜》	《全唐五代詞》、《全宋詞》、《全金元詞》[58]
一	長相思（一重山）	闕 名[59]	鄧 肅
	生查子（含羞整翠鬟）	張子野	歐陽修
	浣溪沙（紅日已高三丈透）	闕 名	李 煜
	阮郎歸（南園春半踏青時）	歐陽修	馮延巳
	憶秦娥（花深深）	孫夫人	鄭文妻
	海棠春（流鶯窗外啼聲巧）	詩 餘	無名氏
	眼兒媚（樓上黃昏杏花寒）	詩 餘[60]	阮 閱
	柳梢青（岸草平沙）	詩 餘[61]	仲 殊
	柳梢青（子規啼血）	詩 餘	蔡 伸
	應天長（綠槐陰裏黃鶯語）	歐陽修	韋 莊
	漁歌子（楚山青）	李 珣	李 珣
	探春令（綠楊枝上曉鶯啼）	詩 餘	無名氏
	鷓鴣天（枝上流鶯和淚聞）	詩 餘	無名氏
	南鄉子（煙漠漠）	李 珣	李 珣
二	臨江仙（東野亡來無麗句）	晏同叔	晏幾道
	一剪梅（荳蔻梢頭春色闌）	虞道園	王嬌娘
	蘇幕遮（隴雲沉）	詩 餘	無名氏
	瑞鷓鴣（楚王臺上一神仙）	歐陽永叔	吳 融
	錦纏道（燕子呢喃）	詩 餘	無名氏
	千秋歲（數聲鶗鴂）	歐陽永叔	張 先
	傳言玉女（一夜東風）	詩 餘	晁沖之

	紅林檎近（高柳春纔軟）	詩　餘	周邦彦
	江城梅花引（娟娟霜月冷侵門）	詩　餘	程　垓
	江城梅花引（曉風酸）	萬俟雅言	万俟詠
	魚遊春水（秦樓東風裏）	詩　餘	無名氏
三	玉漏遲（杏香飄禁苑）	詩　餘	韓嘉彦
	燭影搖紅（雙闕中天）	張林甫	張　掄
	聲聲慢（梅黃金重）	詩　餘	無名氏
	高陽臺（紅入桃腮）	詩　餘	王　觀
	水龍吟（摩訶池上追遊路）	詩　餘	陸　游
	瑞鶴仙（臉霞紅印枕）	歐陽永叔	陸　淞
	齊天樂（疏疏幾點黃梅雨）	詩　餘	楊無咎
	喜遷鶯（譙門殘月）	胡浩然	史　浩
	金明池（瓊苑金池）	詩　餘	無名氏

267

【附錄二】

《嘯餘譜》中誤題作者之詞：

卷次[62]	詞　作	所題作者姓名[63]	
		《嘯餘譜》	《全唐五代詞》、《全宋詞》、《全金元詞》[64]
一	歸自謠（何處笛）	宋歐陽脩	馮延巳
	百字謠（太真姑女）	哀	無名氏
	青門引（乍暖還乍冷）	宋張　光[65]	張　先
	婆羅門引（落花時節）	宋辛棄病	辛棄疾
	江城梅花引（娟娟霜月冷侵門）	宋康與之	程　垓
	齊天樂（疏疏幾點黃梅雨）	撰人闕	楊無咎
	永遇樂（風暖鶯嬌）	空　缺[66]	解　昉
	大聖樂（千朵奇峰）	宋康與之	無名氏
二	如夢令（門外綠陰千頃）	宋秦　觀	曹　組
	如夢令（池上春歸何處）	宋周邦彥	秦　觀
	相思兒令（昨日探春消息）	宋晏　珠[67]	晏　殊
	三字令（春欲盡）[68]	唐牛希濟	歐陽炯
	探春令（綠楊枝上曉鶯啼）	宋晏幾道	無名氏
	聲聲令（簾移碎影）	宋俞克成	章　楶[69]
三	聲聲慢（梅黃金重）	宋劉巨濟	無名氏
	慶清朝慢（調雨為酥）	宋王　冠	王　觀
	惜餘春慢（弄月餘花）	宋魯仲逸	孔　夷
四	好事近（葉暗乳鴉啼）	宋蔣[70]	蔣元龍
五	尾犯（夜雨滴空階）	空　缺[71]	柳　永
八	搗練子（心耿耿）	宋秦　觀	無名氏
	生查子（煙雨晚晴天）	唐魏承班	魏承班
	女冠子（火雲初布）	宋康與之	柳　永

	女冠子（同雲密布）	宋周邦彥	無名氏
	山花子（菡萏香消翠葉殘）	南唐李後主	李　璟
	山花子（手捲真珠上玉鉤）	宋李　景	李　璟
	漁歌子（柳如眉）	唐魏承班	魏承班
	南鄉子（曉日壓重簷）	宋孫夫人	無名氏
	卜算子（春透水波明）	宋秦　觀	秦　湛
九	鷓鴣天（枝上流鶯和淚聞）	宋秦　觀	無名氏
十	浣溪沙（小院閑窗春色深）	宋歐陽脩	李清照
十一	畫堂春（落紅鋪徑水平池）	宋徐　俯	秦　觀
	海棠春（流鶯窗外啼聲巧）	宋秦　觀	無名氏
十二	臨江仙（綠暗汀洲三月暮）	宋晁補之	無名氏
	臨江仙（東野亡來無麗句）	宋晏　殊	晏幾道
	瑞鶴仙（臉霞紅印枕）	宋歐陽脩	陸　淞
	菩薩蠻（哀箏一弄湘江曲）	宋張　先	晏幾道
十三	憶王孫（萋萋芳草憶王孫）	宋秦　觀	李重元
	憶王孫（同雲風掃雪初晴）	宋歐陽脩	李重元
	憶秦娥（雲垂幕）	宋張孝祥	朱　熹
	憶秦娥（香馥馥）	宋周邦彥	無名氏
	憶秦娥（花深深）	宋孫夫人	鄭文妻
	望梅（小寒時節）	宋柳　永	無名氏
	醉太平（情高意真）	劉潛夫	劉　過
	醉桃源（南園春半踏青時）	宋歐陽脩	馮延巳
	醉落魄（紅牙板歇）	宋黃庭堅	無名氏
	醉春風（陌上清明近）	宋趙德仁	無名氏
十四	高陽臺（紅入桃腮）	僧皎然	王　觀
	鳳凰閣（遍園林綠暗）	宋葉清臣	無名氏
十六	木蘭花（小芙蓉）	唐魏承班	魏承班
	雨中花（百尺清泉聲陸續）	宋王[72]	王　觀
	蝶戀花（鐘送黃昏雞報曉）	宋秦　觀	王　詵
	新荷葉（雨過回塘）	宋僧	趙　抃
十七	一籮金（武陵春色濃如酒）	朱	李石才

269

十八	天香（雪瓦鴛鴦）	宋王　充	王　觀
	桂枝香（梧桐雨細）	宋張宗端	張　輯
	虞美人影（碧紗影弄東風曉）	宋秦　觀	歐陽修
	小桃紅（曉入紗窗靜）	劉	劉　過
	滿江紅（慘結秋陰）	宋趙元積	趙　鼎
十九	千秋歲（數聲鶗鴂）	宋歐陽脩	張　先
二十	念奴嬌（別離情緒）	宋婦朱希真	朱敦儒
二十一	孤鸞（天然標格）	宋朱敦儒	無名氏
	秋霽（虹影侵階）	陳後主	無名氏
	白苧（繡簾垂）	宋柳　永	紫　姑
二十二中	點絳脣（鶯踏花翻）	宋何　籀	無名氏
	喜遷鶯（梅霖初歇）	撰人闕	黃　裳
	眼兒媚（楊柳絲絲弄輕柔）	宋王元澤	無名氏
	眼兒媚（樓上黃昏杏花寒）	宋秦　觀	阮　閱
	柳梢青（按草平沙）	宋秦　觀	仲　殊
	柳梢青（子規啼血）	宋賀　鑄	蔡　伸
	應天長（雙眉淡薄藏心事）	空　缺[73]	牛　嶠
	怨王孫（夢斷漏悄）	宋婦李清照	無名氏
	芳草渡（梧桐落）	宋歐陽修	馮延巳
	瑞鷓鴣（楚王臺上一神仙）	宋歐陽修	吳　融
	感皇恩（多病酒樽疏）	宋毛　旁[74]	毛　滂
	蘇幕遮（隴雲沉）	宋周邦彥	無名氏
	錦纏道（燕子呢喃）	宋宋　祁	無名氏
二十二下	玉漏遲（杏花飄禁苑）	宋宋　祁	韓嘉彥
	大江乘（東風四載）	阮	阮槃溪
	莊椿歲（綸巾少駐家山）	方	方味道
	晝錦堂（雨洗桃花）	宋周邦彥	無名氏
	金明池（瓊苑金池）	宋秦　觀	無名氏
	寶鼎現（夕陽西下）	宋康與之	范　周
	傳言玉女（一夜東風）	宋胡浩然	晁沖之
二十四	春從天上來（海角飄零）	宋吳彥章	吳　激

註：

1　元・脫脫等撰：《宋史》（臺北：鼎文書局，1983年11月），卷129，頁3019。

2　明・張綖撰：《張南湖先生詩集》四卷，附〈墓誌銘〉一卷（明嘉靖辛亥30年高郵張氏家刊本，臺北：國家圖書館藏），頁2—3。

3　清・錢謙益撰：《列朝詩集小傳》（臺北：世界書局，1985年2月），丙集，頁348。

4　以上張綖之生平簡介，參明・顧璘撰〈南湖墓誌銘〉，同註2、清・朱彝尊編《明詩綜》卷四十二、清・黃之雋等編纂《江南通志》卷一百四十四、清・黃虞稷撰《千頃堂書目》卷二十二、清・錢謙益撰《列朝詩集小傳》丙集。

5　據明・王世懋〈徐魯庵先生墓表〉曰：「嘉靖庚午先生年二十四矣，郡守馬公以儒士首選上御史試，⋯⋯丙午領鄉薦，丁未上春官，⋯⋯癸丑成進士，⋯⋯享年僅六十有四。」（清・黃宗羲編：《明文海》，臺北：臺灣商務印書館，1988年2月，《景印文淵閣四庫全書》，第1458冊，卷437，頁15—17。）然查考世宗嘉靖期間，並無庚午年，且對照徐氏應試中舉之時，及其享年推斷，「庚午」當為「庚子」之誤，故其生年約於明武宗正德丙子（11年，西元1516年）。

6　以上徐師曾之生平簡介，參明・王世貞撰《弇州續稿》卷一百五十、明・蕭彥等撰《掖垣人鑑》卷十四、清・黃宗羲編《明文海》卷四百三十七、清・和珅等奉敕撰《清定大清一統志》卷五十六、清・黃之雋等編纂《江南通志》卷一百六十三。

7　明・程明善撰：《嘯餘譜》（明萬曆己未47年刊本，臺北：國家圖書館藏）。

8　《詩餘圖譜》中同調異名者有：〈洛陽春〉〈玉聯環〉〈一絡索〉、〈醉落魄〉〈一斛珠〉、〈小桃紅〉〈連理枝〉。

9 「嘉靖本」卷二，陸務觀〈驀山溪〉（元戎十乘）僅錄上半闋，且詞後註曰：「誤錄」；然此詞仍以一闋計之。

10 趙尊嶽輯：《明詞彙刊》（上海：上海古籍出版社，1992年7月），上冊，頁886—933。

11 清・永瑢、紀昀等撰：《四庫全書總目提要》（臺北：臺灣商務印書館，1983年10月），卷200，頁25。

12 同註10，下冊，頁1264—1369。

13 明・程明善撰：《嘯餘譜》，《四庫全書存目叢書》（臺南：莊嚴文化事業公司，1997年6月），集部，第425冊，頁294—840。

14 《嘯餘譜》中同調異名者有：〈念奴嬌〉〈百字謠〉〈大江乘〉〈無俗念〉、〈漁歌子〉〈漁父〉、〈水龍吟〉〈鼓笛慢〉〈莊椿歲〉、〈賀新郎〉〈金縷曲〉、〈惜餘春慢〉〈過秦樓〉、〈喜遷鶯〉〈鶴沖天〉、〈洛陽春〉〈玉聯環〉、〈錦堂春〉〈聖無憂〉、〈謝池春〉〈風中柳〉、〈燕臺春〉〈燕春臺〉〈夏初臨〉、〈相見歡〉〈烏夜啼〉、〈憶江南〉〈望江南〉〈夢江南（口）〉、〈望梅〉〈解連環〉、〈蝶戀花〉〈一籮金〉、〈滿路花〉〈滿園花〉〈一枝花〉、〈連理枝〉〈小桃紅〉、〈河傳〉〈怨王孫〉〈春霽〉〈秋霽〉、〈卜算子〉〈巫山一段雲〉、〈上西平〉〈金人捧露盤〉、〈高陽臺〉〈慶春澤（慢）〉）。

按：〈憶江南〉調，卷內（詩餘十三）載錄為〈夢江口〉，卷首目錄則作〈夢江南〉，而〈夢江口〉與〈夢江南〉為同調異名。

又清聖祖敕撰《御製詞譜》於卷九〈雨中花令〉調下註曰：「按〈雨中花〉調與〈夜行船〉調，最易相混，宋人集中，每多誤刻。今照《花草粹編》所編，以兩結句五字者為〈雨中花〉，兩結句六字、七字者為〈夜行船〉。」（臺北：聞汝賢據殿印本縮印，1976年元月，頁13。）故此依《御製詞譜》所論，不將〈雨中花〉與〈夜行船〉列為同調異名。

272

15 明・徐師曾撰：《詩餘》（清道光間福申鈔本，臺北：國家圖書館藏）。

16 明・沈際飛評選：《古香岑草堂詩餘四集》（明崇禎間太末翁少麓刊本，臺北：國家圖書館藏），頁5。

17 王重民撰：《中國善本書提要》（臺北：明文書局，1984年12月），集部：總集類，頁445。

18 同註15。

19 同註7。

20 唐圭璋編：《詞話叢編》（臺北：新文豐出版公司，1988年2月），第1冊，頁255。

21 朱崇才著：《詞話學》（臺北：文津出版社，1995年1月），頁487。

22 周何、田博元主編：《國學導讀叢編》（臺北：康橋出版事業公司，1983年10月），下冊，頁913。

23 明・張綖編：《詩餘圖譜》（明崇禎乙亥8年虞山毛氏汲古閣刊《詞苑英華》本，臺北：國家圖書館藏）。

24 同註15。

25 施議對著：《詞與音樂關係研究》（北京：中國社會科學出版社，1985年7月），頁293。

26 此項下所列，以原作者之姓名為主。

27 同註23。

28 宋・李清照撰：〈詞論〉，宋・胡仔編：《苕溪漁隱叢話》（臺北：長安出版社，1978年12月），後集，卷33，頁254。

29 吳熊和《唐宋詞通論》一書曰：「姜夔之後，作自度曲者以吳文英居多，………而且，這些自度曲的樂律一般較嚴，不易推開，只能感嘆『曲高和寡』了。」（杭州：浙江古籍出版社，1989年3月），頁150。

30 曹濟平〈略論張綖及其《詩餘圖譜》〉一文曰：「但宋人詞集經過宋

亡元末的戰爭動亂，散失很多，………例如，宋錢希武刻的《白石道
人歌曲》六卷本，就不可能見到。………從這裏透露出一個信息，張
綖在《詩餘圖譜》中所選詞作範圍不廣，詞人收錄不多，比如姜夔詞
一首未選，這就是受到時代條件的限制。」（《汕頭大學學報》1988
年第1、2期），頁88。

31 同註16。

32 吳梅著：《詞學通論》（臺北：盤庚出版社，1978年），頁1。

33 王易撰：《詞曲詞》（臺北：廣文書局，1988年8月），頁62。

34 清・萬樹撰：《詞律》（臺北：臺灣中華書局，1978年1月，《四部
    備要》本），〈發凡〉，頁2。

35 清聖祖敕撰：《御製詞譜》（臺北：閩汝賢據殿印本縮印，1976年元
    月），卷4，頁11。

36 明・沈際飛撰：〈古香岑草堂詩餘四集發凡・定譜〉，同註16。

37 同註34。

38 宋・不著編人：《類編草堂詩餘》（明嘉靖庚戌29年武陵顧從敬刊
    本，臺北：國家圖書館藏）。

39 《詞學》第十輯（上海：華東師範大學出版社，1992年12月），頁
    143。

40 同註20，頁658。

41 同前註，第2冊，頁1473。

42 同註11，卷198，頁8。

43 明・張綖編：《詩餘圖譜》（明嘉靖丙申15年刊本，臺北：國家圖書
    館藏）。

44 同註15。

45 同註20，第2冊，頁1455。

46 同前註，第5冊，頁4049。

47 同註43。

48　清‧萬樹《詞律》卷七〈木蘭花〉調下論曰：「按唐詞〈木蘭花〉………，其七字八句者名〈玉樓春〉，至宋則皆用七言，而或名之曰〈玉樓春〉，或名之曰〈木蘭花〉，又或加令字，兩體遂合為一。………而本譜不敢以唐之〈玉樓春〉改名〈木蘭花〉也。」（臺北：臺灣中華書局，1978年1月，《四部備要》本），頁7。

49　清‧萬樹《詞律》卷二，於康與之〈江城梅花引〉（娟娟雙月冷侵門）詞後註曰：「此調又竟作〈梅花引〉，益與五十七字之〈梅花引〉相混。」（臺北：臺灣中華書局，1978年1月，《四部備要》本），頁12。

50　同註34，頁1。

51　同前註，頁1—2。

52　同前註，頁9。

53　同註20，第1冊，頁643。

54　同前註，頁806。

55　同前註，第3冊，頁2177。

56　清‧陳邦彥：〈御製詞譜序〉，同註35。

57　《詩餘圖譜》項下之作者姓名，依原書題名；而《全唐五代詞》等項下，則以原作者之姓名為主。

58　張璋、黃畬編：《全唐五代詞》（臺北：文史哲出版社，1986年10月）。

　　唐圭璋編：《全宋詞》（臺北：宏業書局，1985年10月）。

　　唐圭璋編：《全金元詞》，全二冊（臺北：洪氏出版社，1980年11月）。

59　「嘉靖本」中未標作者姓名者，原則視為前闋撰人所作；而若非承前所題者，則以闕名視之；後題闕名者，均依此例。

60　「詩餘」之下有小字註：「阮閎休」。

61　「詩餘」之下有小字註：「秦少游」。

62 此為《嘯餘譜》中《詩餘譜》之卷次。

63 《嘯餘譜》項下之作者姓名，依原書題名；而《全唐五代詞》等項下，則以原作者之姓名為主。

64 同註58。

65 此闋卷首目錄署名「宋張先」。

66 此闋卷內空缺未題作者姓名，然於卷首目錄則署名「宋解方叔」。

67 此闋卷首目錄署名「宋晏殊」。

68 此闋〈三字令〉首句僅「春盡」二字，然據張璋、黃畬《全唐五代詞》，作「春欲盡」。

69 唐圭璋《全宋詞》於章楶〈聲聲令〉（簾移碎影）後註曰：「案洪武本《草堂詩餘》前集卷上，此首作無名氏詞；《類編草堂詩餘》卷二，又誤作俞克成詞。」（臺北：宏業書局，1985年10月，頁214。）又於無名氏〈聲聲令〉（簾移碎影）後註曰：「⋯⋯⋯別又作章楶詞，見楊金本《草堂詩餘》後集卷上。」（同上，頁3738。）然此僅以章楶列名。

70 此闋卷首目錄署名「宋蔣子雲」。

71 此闋卷內空缺未題作者姓名，然於卷首目錄則署名「宋柳永」。

72 此闋卷首目錄署名「宋王逐客」。

73 此闋卷內空缺未題作者姓名，然於卷首目錄則署名「唐牛嶠」。

74 此闋卷首目錄署名「宋毛滂」。

第四節　唐五代詞之彙萃：《唐詞紀》

盛行於明代詞壇之兩大詞選：《草堂詩餘》及《花草粹編》，就整體而言，全書所錄，以北宋時期為主要範圍。而董逢元《唐詞紀》，則於《草堂詩餘》與《花草粹編》發展之基礎上，另開不同選詞層面，大量選錄唐、五代之詞，使明代選壇呈現多樣風貌。

壹、編者簡介

董逢元，字善長，號芝田生，明代常州（今江蘇省武進縣）人，生卒年不詳，約於明神宗萬曆前後在世。董逢元除編選《唐詞紀》外，另輯《詞原》二卷，並自撰〈詞原引〉曰：「予固不敢目古樂府為詞也，而詞則實樂府之流變也。」[1]故選錄隋、唐、五代之樂府作品，計244闋，其餘事蹟無考。

貳、編選之版本及體例

《唐詞紀》，凡十六卷，《四庫全書存目叢書》據北京：首都圖書館藏鈔本影印，今收錄於集部第422冊，卷後附《四庫全書總目・唐詞紀提要》，而依《提要》載：是編完成於萬曆甲午（22年，西元1594年）；又據蕭鵬《群體的選擇——唐宋人選詞與詞選通論》曰：「是書見於《四庫全書存目》著錄，有知聖道齋抄本，董逢元萬曆甲午

（1594）序。」[2]然於《四庫全書存目叢書》中，並未見此序。綜覽全書，於卷九、卷十二、卷十四有缺葉之情形，故卷內實際收錄之詞為922闋。[3]書前列有「唐詞卷目」，按十六卷分為十六類，每項下著錄詞數，部分項下則再分子目，全書依類編排，載錄詞作，是為「分類編次本」，詳列如下：

卷 次	事　類	子　　目		合　計
		分　項	詞　數[4]	
一	景　色	時　序 水　波 虫　鳥 花　木	26 14 6 100	146
二	吊　古	仙　祠 故　國	24 28	52
三	感　慨		38	38
四	宮　掖	稱　慶 宮　遊 宮　燕 宮　曉 宮　晚 宮　姝 宮　怨	4 14 1 2 3 7 12	43

		眺　賞	4	
		游　行	6	
		遊　遇	6	
		舟　游	7	
		採　蓮	17	
		游　女	8	
五	行　樂	游　歸	3	143
		追　游	3	
		宴　飲	32	
		醉　歸	10	
		排　調	10	
		會　合	35	
		追　會	2	
六	別　離		40	40
七	征　旅	征　行	7	
		舟　征	16	36
		覊　旅	13	
八	邊　戍		12	12
九	佳　麗		48	48
十	悲　愁		60	60
十一	憶　念		81	81
十二	怨　思		166	166
十三	女　冠		15	15

十四	漁 父		18	18
十五	仙 逸		17	17
十六	登 第		8	8

全選以「怨思」、「景色」、「行樂」三類之詞最多，均達百闋以上。

《唐詞紀》於卷前又羅列詞人，於「唐詞人」篇目中，除無名氏外，共96家，並於詞人名下附計詞數。按卷內所載，詞作以題作者之姓名為主，若為前闋撰人所作，則多空缺不題，然據《全唐五代詞》、《全宋詞》及《全金元詞》查考訂正，其中有題名或姓名筆畫錯誤者，亦有撰人姓氏可考而題為無名氏者（參見【附錄】），致與「唐詞人」所列，稍有出入。故除無名氏外，卷內實際收錄詞人計101家，包括：唐代56人，五代33人；[5]另有隋代1人，南宋5人，元代1人，以及時代不詳者5人。其中崔塗、盛小叢、周德華、李存勖、張曙、耿玉真、李清照、蔣捷、煬帝等人，不見於「唐詞人」篇目；而「唐詞人」中載：「崔國輔計一首」，卷內亦未見之；且並將南宋人黃載萬、慕容嵒卿妻與元人劉燕哥，誤為唐五代人。另詞人名下所著錄之詞數，亦與卷中實錄多有差池。

此外，《唐詞紀》又載錄《詞名微》一卷，詳考卷內

所錄詞調，共120調。調下或註同調異名，或述詞調起源，或區分本體、詞體、詩體、別體、側體、附體等，著錄詞數。然《詞名微》所列〈漁父引〉一調，卷中未錄；且〈采桑子〉與〈醜奴兒令〉，〈臨江仙〉與〈謝新恩〉，應為同調異名，《詞名微》則將之各別註記。是以就卷內所錄統計，去其同調異名，[6]應實錄118調；而依清・毛先舒《填詞名解》之「詞調三分法」[7]所論，則分別為：小令115調，中調6調，長調2調。另調下所計詞數，與實際所收亦有不符。

參、選詞原因

《唐詞紀》之選詞範圍，上起隋代，歷唐、五代，後至南宋與元代，時間跨度雖長，然其中隋代、南宋及元代之作品，所收極少，整部詞選，實以唐、五代詞為選錄重心，此於明代諸詞選中誠為少見。故擬從《唐詞紀》之內容體製，加以研究探討，析其編選原由，為以下兩點：

一、冀復古道，集《花間》、《尊前》之大成

《花間集》十卷，[8]後蜀・趙崇祚編；宋・陳振孫《直齋書錄解題》卷二十一「歌詞類」曰：「《花間集》………此近世倚聲填詞之祖也。」[9]而《尊前集》二卷，[10]宋初人編輯；《四庫全書總目提要》「尊前集」載：「且就詞論詞，原不失為《花間》之驂乘。」[11]兩書所錄，皆唐、五

代時之令曲歌詞，歷來詞論家對「花間詞風」之評價，論點不一；然後世詞人則不乏將之奉為圭臬者，可謂影響深遠。清‧王昶《明詞綜‧序》曰：

> 及永樂以後，南宋諸名家詞，皆不顯於世。
> 惟《花間》、《草堂》諸集盛行。[12]

是知獨《花間》、《草堂》二集歷宋至明仍盛行不衰；而明代文學思潮傾向復古，主張「文必秦漢，詩必盛唐」，極力推崇傳統，師從古法，則為不爭之事實。清‧朱彝尊於〈柯寓匏振雅堂詞序〉即云：

> 宋、元詩人無不兼工樂章者，明之初亦然，
> 自李獻吉論詩，謂唐以後書可勿讀，唐以後
> 事可勿使，學者篤信其說，見宋人詩集輒屏
> 置不觀。詩既屏置，詞亦在所勿道。[13]

至若楊慎《詞品》所論，則直接體現明人論詞之觀點：

> 大率六朝人詩，風華情致，若作長短句，即
> 是詞也。宋人長短句雖盛，而其下者，有曲
> 詩、曲論之弊，終非詞之本色。予論填詞必
> 泝六朝，亦昔人窮探黃河源之意也。[14]

故於明代「擬古主義」及「復古運動」推波助瀾下，

詞人視《花間》為最精、最古之作，為詞家之法物。然因
《草堂》之風彌漫，遂遮掩《花間》光芒，雖有陳耀文之
《花草粹編》兼及二選，猶未能凸顯《花間》之分量，是
以董逢元編選《唐詞紀》，自《花間集》498闋詞中，輯錄
488闋，入選比例高達98％；又自《尊前集》289闋詞中，
輯錄123闋，入選比例亦佔43％，可謂集《花間》、《尊前
》之大成，而藉以倡復唐五代之詞風。

二、考述詞調，追摹詞作之聲情

　　唐、五代詞，多為應歌而作，專供宴席侑酒之用，歌
詞內容，往往按調名原義填就。清・田同之《西圃詞說》
曰：

> 花間體製，調即是題，如〈女冠子〉則詠
> 女道士，〈河瀆神〉則為送迎神曲，〈虞美
> 人〉則詠虞姬是也。宋人詞集，大約無題。
> 自《花庵》、《草堂》，增入閨情、閨思、
> 四時景等，深為可憎。[15]

　　是以當時伶人歌女，依調即可合樂，使詞與曲相和。
然並非所有詞作均緣題而歌，[16]有但因聲而賦，不顧宮調聲
情者；亦有改定他題，而另創新意者，致調名與詞乃漸行
漸遠。宋・沈括《夢溪筆談》卷五〈樂律〉曰：

> 今聲、詞相從，唯里巷間歌謠，及〈陽關〉
> 、〈搗練〉之類，稍類舊俗。然唐人填曲，
> 多詠其曲名，所以哀樂與聲，尚相諧會。今
> 人則不復知有聲矣！哀聲而歌樂詞，樂聲而
> 歌怨詞，故語雖切而不能感動人情，由聲與
> 意不相諧故也。[17]

　　時至明代，詞樂失傳，文人對於詞作聲情之表達，已無所依憑，且音譜散佚，昔日倚聲而歌之景況，更不復尋。明・王世貞《藝苑卮言》曰：「詞興而樂府亡矣，曲興而詞亡矣，非樂府與詞之亡，其調亡也。」[18]因而董逢元之《唐詞紀》，乃將選錄之詞，按類編排，每類之下，並將相同詞調之作，排列一起；又附《詞名微》於卷前，考述詞調源流。雖其分類頗受訾議，《四庫全書總目提要》「唐詞紀」即曰：「又或以詞語而分，或以詞名而分，忽此忽彼，茫無定律，尤為治絲而棼。」[19]然姑不論此選之分類是否不當，是否割裂無緒，僅就其詞作之分類與詞調之溯源中，亦不難見出其欲按類索源，追摹詞樂原始聲情之意圖。

肆、選詞標準

　　《唐詞紀》以《花間集》及《尊前集》為主要之選錄基礎，全書九百餘闋詞中，50%以上出自二集；顯見此二

集對《唐詞紀》選詞去取之標準，有極大之影響。試以下列兩方面論之：

一、以五代之詞，清切婉麗為宗

《唐詞紀》，以唐、五代詞為主要選詞範圍，而詳析所選，其中唐代詞人雖多於五代詞人，然五代之詞卻較唐詞為多。茲將書中選詞在二十闋以上者，表列如次（詞人以時代歸類，並按詞數之多寡排列）：

時　代	詞　人[20]	詞　數	合　計
唐代	溫庭筠	66	155
	劉禹錫	40	
	白居易	28	
	司空圖	21	
五代	馮延巳	98	473
	孫光憲	61	
	顧　敻	52	
	韋　莊	48	
	李　珣	40	
	李　煜	38	
	牛　嶠	32	
	毛文錫	31	
	毛熙震	28	
	張　泌	25	
	歐陽炯	20	

《唐詞紀》全書，除無名氏及時代不詳者外，總共選

錄：唐代詞295闋，五代詞596闋，另有隋代詞8闋，南宋詞
5闋，及元代詞1闋。而據上表統計，可知《唐詞紀》中，
選詞在二十闋以上者：唐代4家，計155闋；五代11家，計
473闋，是以全書所選，以五代詞居多。雖《四庫全書總目
提要》「唐詞紀」有言：「是編………以唐詞為名，而五
季十國之作，居十之七。蓋時代既近，末派相沿，往往皆
唐之舊人，不能截分畛域。」[21]然若將唐代詞與五代詞區而
別之，則可窺知詞學演進之跡：唐代之時，詞體初興，文
人多將詞附於詩末，而後詞體漸趨發展，五代時，已有文
人專力於詞，故詞作數量乃多於唐代。

又《唐詞紀》所選錄之詞家，以馮延巳98闋詞為最多
，然《花間集》中並未收錄馮詞，而《尊前集》收錄馮詞
10闋，其中僅有4闋為《唐詞紀》選錄；換言之，於馮延巳
《陽春集》[22]126闋詞中，《唐詞紀》即選錄98闋，入選比
例達78％。此外，《花間集》中收錄溫庭筠詞66闋，《唐
詞紀》則予以全部選錄。辨其二者風格，則各具特色，自
成一家；蔡嵩雲《柯亭詞論》曰：

> 正中詞，纏綿悱惻，在五代，別具一種風格
> 。穠豔如飛卿，清麗如端己，超脫如後主，
> 均與之不同家數。其詞最難學，出之太易，
> 則近率滑；過于鍛鍊，又傷自然，總難恰到
> 好處。[23]

又清・周濟《介存齋論詞雜著》載：

> 臯文曰：「飛卿之詞，深美閎約。」信然。
> 飛卿醞釀最深，故其言不怒不懾，備剛柔之
> 氣。鍼縷之密，南宋人始露痕跡。《花間》
> 極有渾厚氣象，如飛卿則神理超越，不復可
> 以跡象求矣。然細繹之，正字字有脈絡。[24]

綜上所述，《唐詞紀》之選詞趨向，除溫、馮二家外，孫光憲、顧敻、韋莊等諸人之作，亦為數頗多。因而可推知，全書所選必以精巧綺麗，蘊藉深婉之詞為宗，雖有花間風致，然仍不受束縛，另創高處。

二、以四時行樂，抒發感情為主

《唐詞紀》選詞，依類編排，承續《草堂詩餘》「辛卯本」[25]之編選體例，是以自其所列之分類項目及詞數之多寡，或可探究其選詞之準則。茲將《唐詞紀》與《草堂詩餘》「辛卯本」相較，就事類分項方面，加以比對分析：

《草堂詩餘》「辛卯本」					《唐詞紀》				
卷次	事類	目錄所列子目	詞數	合計	卷次	事類	子目	詞數	合計
前卷集上	春景類	初春 早春 芳春 賞春 春思 春恨 春閨 送春	129	224	一	景色	時序 水波 虫鳥 花木	26 14 6 100	146
前集（卷下）	夏景類	初夏 避暑 夏夜 首夏 夏宴 適興 村景 殘夏	28						
	秋景類	初秋 感舊 旅思 秋情 秋別 秋夜 晚秋 秋怨	33						
	冬景類	小令 冬雪 雪景 小春 暮冬	15						
後卷集下	花禽類	花卉 禽鳥 荷花 桂花	19						
後卷集上	地理類	金陵 赤壁 西湖 錢塘亭	10	10	二	吊古	仙祠 故國	24 28	52

後集（卷下）	人事類	宮詞　風情 旅況　警悟	41	41	三	感慨		38	484
					四	宮掖	稱慶	4	
							宮遊	14	
							宮燕	1	
							宮曉	2	
							宮晚	3	
							宮姝	7	
							宮怨	12	
					六	別離		40	
					七	征旅	征行	7	
							舟征	16	
							覊旅	13	
					八	邊戍		12	
					十	悲愁		60	
					十一	憶念		81	
					十二	怨思		166	
					十六	登第		8	
後卷集下	人物類	隱逸　漁父 佳人　妓女	15	15	九	佳麗		48	98
					十三	女冠		15	
					十四	漁父		18	
					十五	仙逸		17	

　　經由上述比較可知，《唐詞紀》中「景色」一項，相類於《草堂詩餘》「辛卯本」之「春景類」、「夏景類」、「秋景類」、「冬景類」及「花禽類」；而「吊古」一項，相類於「地理類」；又《唐詞紀》之「感慨」、「宮掖」、「別離」、「征旅」、「邊戍」、「悲愁」、「懷念」、「怨思」與「登第」等九項，相類於《草堂詩餘》

「辛卯本」之「人事類」；另「佳麗」、「女冠」、「漁父」、「仙逸」四項，則相類於「人物類」。其中《唐詞紀》以「感慨」等九項，選詞最多，計484闋，約佔全書52％，其次以「景色」一項為要，收錄詞作146闋；而《草堂詩餘》「辛卯本」所選，亦以春、夏、秋、冬四景，「花禽類」與「人事類」為夥。然二選之不同為：《草堂詩餘》「辛卯本」之「節序類」、「天文類」及「飲饌器用」等類之詞，《唐詞紀》未錄；而《唐詞紀》另立「行樂」一項，選詞143闋，此類則為《草堂詩餘》「辛卯本」所未見。故不論「分類本」詞選，於分類編排上是否無誤，若僅就其分類主題考量，編選者之選詞用心當可知之。顯然《唐詞紀》所選，是以四季賞景、宴享娛樂之歌入手，進而以抒發離情別緒及內心感懷之作為主。

伍、《唐詞紀》之影響

《唐詞紀》於明代及清代詞壇，均未受太多關注，亦無舉足輕重之地位。然文學之發展，是由眾多因素彼此相互牽動，互為因果；故《唐詞紀》對詞體之演進與詞風之改易，自有其潛在之影響：

一、區分詞體，為後世詞律、詞譜所依循

《唐詞紀》卷前之《詞名微》，於若干詞調下，區分出不同體製；故雖為同調，然字數、句數則有所差異。茲

表列詳述如下：

詞調[26]	本體		詞體		詩體		別體		側體		附體	
	句數	字數	句數	字數	句數	字數	句數	字數	句數	字數	句數	字數
何滿子	6 6 12	36 37 74			4 4	20 28						
南歌子	5 5 10	23 26 52			4	20						
望江南	5 10	27 54			4	20						
浪淘沙	4	28					10	54				
浣溪沙	6	42							8	48		
三臺詞	4	24			4 4	20 28						
春光好	9	41					10	47				
采蓮子	4	28									4	28[27]
楊柳枝	4	28					8	40				
烏夜啼[28]	8	47			4	20						
離別難			19	87	4	28						
長相思			8	36	4	20						
長命女	7	39			4	20						
一斛珠			10	57	4	28						
漁歌子	5	27					12	50				
步虛詞			8	56	4	28						

　　由上表可知，《唐詞紀》顯然受當時譜體詞選之影響，其中所列之「本體」應等同於「詞體」，又「詞體」乃相對於「詩體」而言；「詩體」之形式，又多為五言或七言四句。此外，「別體」與「側體」，或為原調之雙調、攤破等體製；而〈何滿子〉、〈南歌子〉、〈望江南〉於「本體」中句數或字數不同者，應即為詞律、詞譜中所謂之「又一體」。

　　明代之詞選：《類編草堂詩餘》[29]，其按字數多寡羅列詞調，從中雖已可見出「同調異體」之情形，然除張綖《詩餘圖譜》、徐師曾《詩餘》及程明善《嘯餘譜》外，於明萬曆時期能辨別詞體差異，確立不同體製之詞選，則應屬《唐詞紀》。而另一方面《唐詞紀》於區分詞體，雖不免有錯誤之處，如：誤將所選之〈烏夜啼〉與〈相見歡〉視為同調異名；然亦有值得稱許之處，如：將〈木蘭花〉與〈玉樓春〉分列兩調，[30]矯正宋人觀念上之混淆。諸如此類，皆可作為後世詞律、詞譜編輯時之參考依據。

二、宣揚五代詞風，使明詞風格益趨卑弱

　　歷來論詞者，多謂詞至明代而衰，對於明詞創作方面之表現，亦多所批評，評價不高。明・王世貞《藝苑巵言》云：

　　　我明以詞名家者，劉誠意伯溫，穠纖有致，

去宋尚隔一塵。楊狀元用修，好入六朝麗事
，近似而遠。夏文愍公謹最號雄爽，比之辛
稼軒，覺少精思。[31]

又明‧陳霆《渚山堂詞話》卷三云：

予嘗妄謂我朝文人才士，鮮工南詞。間有作
者，病其賦情遣思、殊乏圓妙。甚則音律失
諧，又甚則語句塵俗。求所謂清楚流麗，綺
靡醞藉，不多見也。[32]

是知即使明代劉基、楊慎、夏言等名家之作，亦遠遜
於宋人。而明人復以為詠作詞篇須達於「圓妙」，進而追
求「清楚流麗，綺靡醞藉」之風；且為避免「音律失諧」
、「語句塵俗」之弊，乃上溯晚唐、五代，以矯明詞缺失
。故明中葉以前藉詞選之編輯，有《草堂詩餘》、《花草
粹編》推廣五代及北宋之詞風於前；明中葉以後，董逢元
之《唐詞紀》，更全力倡導五代詞風，取《花間》、《尊
前》之作品，繼之於後。然況周頤《蕙風詞話》卷三載：

《花間》至不易學。其蔽也，襲其貌似，其
中空空如也；所謂麒麟楦也。或取前人句中
意境，而紆折變化之，而雕琢、句勒等弊出
焉。以尖為新，以纖為豔，詞之風格日靡，

293

真意盡漓。[33]

又謝桃坊《中國詞學史》曰：

> 明人詞體觀念的基本定勢，是出於對南宋和
> 元初詞壇的雅正與清泚的審美理想和審美趣
> 味的反動，趨向於淺俗與香弱。五代時穠豔
> 的《花間集》與南宋流行的淺近香豔的《草
> 堂詩餘》，成了明人作詞時學習和仿效的範
> 本。[34]

故一代詞風之盛行，受時代環境與社會觀念之影響甚
深，明代詞壇於復古思想及反雅正主張之交雜下，導致五
代詞風彌漫，弊病叢生，明詞風格遂被桎梏於輕靡卑弱之
格局中，而欲振乏力。

【附錄】

《唐詞紀》中誤題作者之詞：

卷次	詞　作	所題作者姓名[36]	
		《唐詞紀》[35]	《全唐五代詞》、《全宋詞》、《全金元詞》[37]
一	浣溪沙（花榭香紅煙景迷）	毛文錫	毛熙震
	浣溪沙（春暮黃鶯下砌前）	毛文錫	毛熙震
	楊柳枝（已作綠絲籠曉日）	斐夷宜	裴夷直
	楊柳枝（三條陌上拂金羈）	勝邁	滕邁
	楊柳枝（枝鬥纖腰葉鬥眉）	薛能	韓琮
三	楊柳枝（和風煙雨九重城）	劉禹錫	薛能
	夢江南（行吟洞庭句）	張祐	張祜
	羅嗊曲（昨日勝今日）	劉採春	劉采春
四	喜遷鶯（曉月墜）	和凝	馮延巳
	楊柳枝（枝枝交影鎖長門）	王貞白	段成式
	楊柳枝（水殿年年占早芳）	王貞白	段成式
	楊柳枝（嫩葉初齊不耐寒）	王貞白	段成式
五	河傳（曲檻）	馮延巳	顧敻
	河傳（秋光滿目）	薛昭蘊	徐昌圖
	采蓮子（涔陽女兒花滿頭）	戎煜	戎昱
	采蓮子（玉淑花爭發）	戎煜	戎昱
	如夢令（常記溪亭日暮）	呂嵓	李清照
	後庭花破子（玉樹後庭前）	溫庭筠	李煜
六	楊柳枝（朝朝車馬如蓬轉）	無名氏	崔塗
七	羅嗊曲（昨夜北風寒）	劉採春	劉采春
八	三臺詞（雁門關上雁初飛）	無名氏	盛小叢
九	甘州曲（畫羅裙）	蜀主行	王衍

十	相見懽（無言獨上西樓）	蜀後主	李　煜
十一	楊柳枝（清江一曲柳千條）	劉禹錫	周德華
	楊柳枝（思量大是惡姻緣）	裴　誠	裴　誠
	南鄉子（泊雁小汀洲）	韓文璞	蔣　捷
	楊柳枝（偶宴桃源深洞）	呂　嵒	李存勗
十二	浣溪沙（枕障熏爐隔繡幃）	張　泌	張　曙
	菩薩蠻（玉京人去秋蕭索）	盧　絳	耿玉真
	羅嗊曲（不喜秦淮水）	劉採春	劉采春
	羅嗊曲（借問東園柳）	劉採春	劉采春
	羅嗊曲（莫作商人婦）	劉採春	劉采春
	羅嗊曲（那年離別日）	劉採春	劉采春
十四	浪淘沙（還了酒家錢）	韓文璞	周文璞

註：

[1] 明・芝田生編：《詞原》（舊鈔本，臺北：國家圖書館藏）。

[2] 蕭鵬著：《群體的選擇——唐宋人選詞與詞選通論》（臺北：文津出版社，1992年11月），頁251。

[3] 《唐詞紀》卷七，頁6，劉禹錫〈竹枝詞〉（白帝城頭春草生）與頁7，無名氏〈後庭宴〉（千里故鄉）、無名氏〈長命女〉（雲送關西雨）、劉禹錫〈竹枝詞〉（楚水巴山江雨多）等，此四闋重複收錄；又卷十二，顧夐〈酒泉子〉（羅帶縷金）、馮延巳〈醉花間〉（獨立階前星又月）等，此二闋僅存上半闋，仍以一闋計，故《唐詞紀》實際收錄詞作922闋。

[4] 卷目所載詞數若與卷內收錄不符，則依卷內實際詞數著錄。

[5] 唐與五代之詞人，依張璋、黃畬所編《全唐五代詞》（臺北：文史哲出版社，1986年10月）劃分之；而其中屬「仙鬼詞」者，若撰人生平難以查考，姑以時代不詳者視之。

[6] 《唐詞紀》中同調異名者有：〈阮郎歸〉〈醉桃源〉、〈望江南〉〈憶江南〉〈夢江南〉〈望江梅〉、〈古調笑〉〈三臺令〉〈轉應詞〉〈調嘯詞〉、〈采桑子〉〈醜奴兒令〉、〈蝶戀花〉〈鵲踏枝〉、〈長命女〉〈薄命女〉、〈漁歌子〉〈漁父〉、〈菩薩蠻〉〈子夜歌〉、〈歸國遙〉〈歸自謠〉、〈臨江仙〉〈謝新恩〉、〈拋球樂〉〈莫思歸〉。

[7] 清・毛先舒《填詞名解》卷一載：「凡填詞五十八字以內為小令，自五十九字始至九十字止為中調，九十一字以外者俱長調也，此古人定例也。」（清・查培繼輯：《詞學全書》，臺北：廣文書局，1971年4月），頁29。

[8] 後蜀・趙崇祚編：《花間集》（明末虞山毛氏汲古閣刊《詞苑英華》本，臺北：國家圖書館藏）。後文論及之《花間集》，均依此版本，不另附註。

9　宋・陳振孫撰：《直齋書錄解題》（臺北：臺灣商務印書館，1978年5月），卷21，頁581。

10　宋初人編輯：《尊前集》（明末虞山毛氏汲古閣刊《詞苑英華》本，臺北：國家圖書館藏）。後文論及之《尊前集》，均依此版本，不另附註。

11　清・永瑢、紀昀等撰：《四庫全書總目提要》（臺北：臺灣商務印書館，1983年10月），卷199，頁20。

12　清・王昶纂：《明詞綜》（臺北：臺灣中華書局，1970年6月）。

13　清・朱彝尊撰：《曝書亭集》（臺北：世界書局，1964年2月），卷40，頁489。

14　唐圭璋編：《詞話叢編》（臺北：新文豐出版公司，1988年2月），第1冊，頁424。

15　同前註，第2冊，頁1457。

16　施議對《詞與音樂關係研究》言：「任二北先生曾作辨正，指出敦煌曲中有題之篇，占三分之一，初期唐詞未必皆詠調名本意。可知，所謂『唐詞多緣題』，與實際不盡符。………晚唐五代諸家傳本，調名之下，雖未附著作意，但其作意，真正與本題之意相符的，也並不太多。」（北京：中國社會科學出版社，1989年4月），頁219。

17　宋・沈括撰：《夢溪筆談》（臺北：臺灣商務印書館，1968年9月），頁31。

18　同註14，第1冊，頁385。

19　同註11，卷200，頁339。

20　此項下所錄，以原作者之姓名為主。

21　同註19。

22　南唐・馮延巳撰：《陽春集》，谷玉等校點：《詞林集珍》（上海：上海古籍出版社，1988年12月）。

23　同註14，第5冊，頁4910。

24 同前註,第2冊,頁1631。

25 宋・何士信選編:《增修箋註妙選群英草堂詩餘》(元至正辛卯11
年雙璧陳氏刊本,臺北:國家圖書館藏)。以下簡稱:《草堂詩餘》
「辛卯本」。

26 若有同調異名之情形,則併為一調統計。

27 《唐詞紀》卷五,賀知章〈采蓮子〉調下註曰:「以下八首本曰〈采
蓮曲〉。」(頁7);故董逢元將此八首,視為〈采蓮子〉之附體。

28 《唐詞紀》選錄〈烏夜啼〉三闋:卷三,李煜〈烏夜啼〉(昨夜風
兼雨),47字;李煜〈烏夜啼〉(林花謝了春紅),36字;及卷十,
聶夷中〈烏夜啼〉(眾鳥各歸枝),20字。據徐迅、徐高祇《白
香詞譜淺釋》〈相見歡〉「詞牌考原」曰:「宋人以〈相見歡〉作
〈烏夜啼〉。但須注意:〈錦堂春〉亦名〈烏夜啼〉,與此不同;
而雙調四十七字平韻,別名〈聖無憂〉的〈烏夜啼〉,也不是〈相
見歡〉。」(南昌:江西人民出版社,1995年1月,頁14。)故李煜
〈烏夜啼〉(林花謝了春紅),36字,又名〈相見歡〉;然李煜〈烏
夜啼〉(昨夜風兼雨), 47字,則非〈相見歡〉。《唐詞紀》誤將
〈烏夜啼〉與〈相見歡〉視為同調異名,應區分之。

29 宋・不著編人:《類編草堂詩餘》(明嘉靖庚戌29年武陵顧從敬刊
本,臺北:國家圖書館藏)。

30 清・萬樹《詞律》卷七,〈木蘭花〉調下論曰:「按唐詞〈木蘭花〉
………,其七字八句者名〈玉樓春〉,至宋則皆用七言,而或名之
曰〈玉樓春〉,或名之曰〈木蘭花〉,又或加令字,兩體遂合為一。
………而本譜不敢以唐之〈玉樓春〉改名〈木蘭花〉也。」(臺北:
臺灣中華書局,1978年1月,《四部備要》本),頁7。

31 同註14,頁393。

32 同前註,頁378—379。

33 同前註,第5冊,頁4423。

[34] 謝桃坊著：《中國詞學史》（成都：巴蜀書社，1993年6月），頁83。

[35] 《唐詞紀》中，空缺未題作者之名者，原則視為前闋撰人所作。

[36] 《唐詞紀》項下之作者姓名，依原書題名；而《全唐五代詞》等項下，則以原作者之姓名為主。

[37] 張璋、黃畬編：《全唐五代詞》（臺北：文史哲出版社，1986年10月）。

唐圭璋編：《全宋詞》（臺北：宏業書局，1985年10月）。

唐圭璋編：《全金元詞》，全二冊（臺北：洪氏出版社，1980年11月）。

第五節　飲酒歌詞之唱本：《唐宋元明酒詞》

　　《唐宋元明酒詞》於明代詞選中，為一特殊之專題性詞選；中國人對於「酒」之愛好，一向有獨特之情感，是以編者周履靖，輯選歷代宴飲歌詠之詞篇，從中或可反映當時紛雜之社會背景，進而窺知明代文人飲酒之風氣。

壹、編者簡介

　　周履靖，字逸之，號梅墟，秀水（今浙江省嘉興縣）人，生卒年不詳；中歲喪偶，繼娶桑氏之女月姝（名貞白，號月窗），嫻靜聰慧，能詩善詠。履靖為萬曆中布衣，去經生之業，隱居不仕；然性喜讀書，嘗散貲購書，披帙滿架，專力於古文詩詞。明‧李日華《梅墟先生別錄》卷上云：「先生詩從陶謝門入，而波及盛唐諸子，故清絕古簡處，往往似浩然。」[1]蓋其性淡泊，而編籬引流，築舍鴛湖之濱，種梅百餘株，讀書其中，人呼為「梅顛道人」。明‧鄭琰《梅墟先生別錄》卷下言：「逸之………性恬淡無所適，一切聲華玩好不入其心，唯喜樹梅，故以『梅墟』為號；人以其溺於梅，若有大贅不可藥石者，故稱之為『梅顛』云。」[2]又因其游海上，獲大螺以為冠，遂自稱「螺冠子」。

　　履靖藝精多能，通醫術，雜之以符籙咒魘之術，性喜詩，擅繪畫，書摹晉人，工篆隸、章草、行楷，並雅好金

石。明・張獻翼於〈五柳賡歌序〉贊曰：「徵士以字學著稱於時，尤工繪事，既善山水，兼精人物，圖花卉則管下生枝，寫羽毛則屏間飛去，至題詠復閒婉可玩。」[3]其著述甚富，殆數十種，刻有《梅顛稿》，並刊行《夷門廣牘》，凡一百零六種，一百五十九卷；而與文休承、王元美相友善。[4]

貳、編選之版本及體例

《唐宋元明酒詞》，凡上、下兩卷，卷前列有目錄，載錄詞題及作者，而詞題之下則註以調名。卷內首頁題「嘉禾周履靖逸之甫和韻，雲間陳繼儒仲醇甫校正，金陵荆山書堂梓行」。現有明萬曆間金陵荆山書林刊本，為《夷門廣牘》「觴詠」類，臺北：國家圖書館藏。據《四庫全書總目提要》卷一百三十四「夷門廣牘」曰：「是編廣集歷代以來小種之書，並及其所自著，蓋亦陳繼儒秘笈之類。夷門者，自寓隱居之意也。」[5]全書分為「藝苑」、「博雅」、「尊生」、「書法」、「畫藪」、「食品」、「娛志」、「雜占」、「禽獸」、「草木」、「招隱」、「閒適」、「觴詠」等類；而《夷門廣牘》中亦錄有萬曆丁酉周履靖〈敘〉，是知《唐宋元明酒詞》最遲當成書於明神宗萬曆二十五年（西元1597年）。

《唐宋元明酒詞》凡選詞一闋，編者周履靖即唱和一

闋於後，唯於卷上，毛澤民〈感皇恩〉（多病酒樽疏）後，[6]和詞二闋，而卷末另單獨附錄周履靖所作之詞九闋；故合計全書：選詞62闋，周履靖和作72闋，共錄詞134闋。然其編排體例，不按事類，不依詞調字數多寡，亦不以詞人時代之先後排列，隨意散漫，甚為無序。

又《唐宋元明酒詞》所錄詞調，除同調異名者外，[7]總計收錄43調，分別為：小令（58字以內）18調，中調（59—90字）13調，長調（91字以上）12調。而書中所列詞家，或署名，或書字、號，若同調中前後數闋之作者為同一人，則僅於第一闋著錄作者姓名，其後則多空缺不題；然間有題名或姓名筆畫錯誤者，茲據《全唐五代詞》、《全宋詞》、《全金元詞》及《明詞彙刊》等，查考訂正（參見【附錄】）；是知卷內實際收錄詞人計31家，包括：晚唐、五代8人，北宋9人，南宋7人，金代2人，元代2人，以及明代3人。全書選詞範圍即如同書名，涵括唐、宋、元、明等朝，並及於五代及金人作品，可謂廣矣。

參、選詞原因

周履靖除編選《唐宋元明酒詞》外，另有諸多與酒相關之著作，如：《青蓮觴詠》，為對李白飲酒詩篇之唱和；而《香山酒頌》，乃為應和白居易之詠酒詩；又《狂夫酒語》，則為周履靖藉酒詠歌，及與詩人唱和之作；顯見

周氏之於酒，有一份難捨之特殊情懷。故擬從以下兩方面，探討周履靖選錄《唐宋元明酒詞》之動機：

一、恣情縱酒

楊國楨、陳支平於《明史新編・前言》論道：「嘉靖、萬曆年間，明朝政治衰象顯現，帝王腐化，首輔柄政與宦官專權交錯更疊，朝臣中朋黨樹立；賦役紊亂，財政匱乏，邊疆、海疆頻頻告急。」[8]是以政局敗壞，社會動盪；而萬曆朝，又發生梃擊、紅丸、移宮三大案件，[9]造成朝廷吏治更形紛擾，黨派間展開激烈之爭競，此種亂象使士人深感絕望。周明初《明士人心態及文學個案》一書言：

> 萬曆帝長期怠政，皇帝放棄了職責，官員長
> 期得不到正常升遷，使官員們求取功名的希
> 望成為泡影，由失望而無望，對大一統政權
> 的凝聚力也就隨之消失了。而這時期，明代
> 的哲學思想又有了新的發展和突破，………
> 人們的思想從一元走向多元，自我意識覺醒
> 了，思想也變動不居。同時，社會風尚中的
> 各種奢靡、浮誇之風更加趨於熾烈。[10]

因此，士大夫傳統守舊之心態產生變化，大多以縱情詩酒之消極態度，躲避政治無情之迫害與打擊。周履靖於和李白〈將進酒〉樂府詩中，即道出這般看透世情，放浪

詩酒之佯狂情態：「………人世功名亦何用，且傚淵明歸去來；撫景看花成獨樂，興至狂歌飲百杯。………衣錦佩玉豈云貴，終日醺然勝常醒；富貴榮華誠蝶夢，勤苦一生博虛名。………不羨豪雄惟愛酌，………沉醉能消萬斛愁。」[11]不難想見，周履靖隱居梅林，效淵明寄酒為跡，以及編選《唐宋元明酒詞》之主要因由，乃根源於文人心態之轉移與性情之解放，使能暢訴幽懷，發洩心靈之憤悶，而隱匿於詩酒之吟詠中。

二、應酬唱和

　　謝國楨《明清之際黨社運動考》曰：「在明代末年，政治和社會裏，有一種現象；一般士大夫階級活躍的運動，就是黨；一般讀書青年人活躍的運動，就是社。『黨』和『社』，名詞雖然不同，但都是人民自覺的現象。」[12]是知黨社於明代社會之結集聚會，乃十分熱絡頻繁；依其主要之性質言，除議論國事，具政治目的之黨社外；另一則為優游林泉，寄情詩酒，純粹以飲酒交友為樂之社團。《杭州府志》卷一百七十三載：

> 吾杭士大夫之里居者，十數為群，選勝為樂，詠景賦志，優游自如。在正統時有耆德會，有會文社；天順時有恩榮會，有朋壽會；宏（弘）治時有歸田樂會。人物皆一時之選

，鄉里至今為美談。[13]

又據饒龍隼《明代隆慶、萬曆間文學思想轉變研究》
一書載：

> 萬曆26年前後，在北京城西崇國寺葡萄林裡
> ，有一個著名的文人集會，叫葡萄社，集會
> 的一項重要內容，就是飲酒。[14]

是以不管文人，或因詩酒結成盟社，或藉詩酒唱和互
娛；亦無論為酣歌狂醉，或乃以酒銷愁；「醇酒」、「詠
歌」，皆為文人心靈及情感之重要依託與憑藉。周履靖《
夷門廣牘》〈跋〉曰：「余性嗜詠，而從吳門羅陽劉先生
門下士，恆命題聯句，盡日通宵，甚為相得。」[15]又周履靖
和趙秉文〈青杏兒〉（風雨替花愁）一詞：「何用把心愁
。塵世事，縈擾無休。見機莫把時光負，呼朋邀友，偷閒
尋友，及蚤回頭。　　浮白罄金甌，不須春日曲江遊。若
令此日無些事，滿斟亦可，淺斟亦可，何必傷秋。」（卷
上）；此為詞人邀朋飲酒，而藉吟詠以忘憂之心情寫照。
故周履靖去經生之業，不慕功名，隱居不仕，雖未參與社
團組織，然受時風之影響，其「日與賓客倡和為樂」[16]、「
晚年屢賓鄉飲」[17]之生活情景，皆明白顯示《唐宋元明酒詞
》之編輯，乃為訴諸友朋相與倡和之詠酒詞篇。

肆、選詞標準

　　《唐宋元明酒詞》中所標示之詞題，有「飲興」、「贈酒妓」、「春宴」等項，亦有「感悟」、「警世」等類；是知此選以「酒」為專題，而編者則欲藉「酒詞」表述心境，因而事項種類多有不同。試就全書內容討論分析，《唐宋元明酒詞》選詞之標準，應有以下二端：

一、以晚唐、五代之飲酒歌詠為主調

　　《唐宋元明酒詞》就其所選歷朝62闋詞中，北宋詞人雖多於晚唐、五代之詞人，然晚唐、五代之詞則較北宋詞為多。茲將書中選詞在兩闋以上者，表列如次（詞人以時代歸類，並按詞數之多寡排列），以明其選詞趨向：

時代	詞　人[18]	詞　數	合　計
晚唐五代	李　珣	12	19
	孫光憲	3	
	韋　莊	2	
	歐陽炯	2	
北宋	周邦彥	3	5
	歐陽修	2	
南宋	辛棄疾	3	7
	朱敦儒	2	
	陳與義	2	
元代	周　權	3	3
明代	王世貞	8	8

據上表統計可知，《唐宋元明酒詞》中選詞在兩闋以上者，以晚唐、五代4家，計19闋為最多，而北宋、南宋與明代之選錄詞數，則相去無幾。然查考《唐宋元明酒詞》全書所選之晚唐、五代詞，總計有8家，計23闋，約佔全書比例達37％；其餘北宋詞為9家，計12闋，約佔全書比例19％；南宋詞為7家，計11闋，約佔全書比例18％；明代詞則為3家，計10闋，約佔全書比例16％。由各代之詞於書中所佔之比例高低，可知《唐宋元明酒詞》乃以晚唐、五代之詠酒詞為主調。另擇選北宋詞在兩闋以上者，雖僅有2人，然全書中所錄詞人則以北宋9家為最多。

二、於詠酒詞篇中蘊涵隱逸閒情

《唐宋元明酒詞》中雖不乏浸淫於酒筵歌席之縱樂酣唱，然主要縈繞於書中之格調，則為詞人擺脫爭競、淡泊處世之閒散氣息。《唐宋元明酒詞》以選錄五代詞人李珣之作品為最，《花間集》[19]錄其詞37闋，《尊前集》[20]則收錄18闋，而《唐宋元明酒詞》中即有12闋之多，顯見編者周履靖對李珣詞之偏好，如書中所選：

〈定風波〉上半闋：「志在煙霞慕隱淪，功成歸看五湖春。一葉舟中吟復醉，雲水，此時方認自由身。」（卷上）

〈漁歌子〉下半闋：「水為鄉，蓬作舍，魚羹稻飯常飱也。酒盈杯，書滿架，名利不將心挂。」（卷上）

〈南鄉子〉：「雲帶雨，浪迎風。釣翁迴棹碧灣中，春酒香熟鱸魚美，誰同醉，纜卻扁舟蓬底睡。」（卷上）

李珣為花間詞人，除輕豔綺靡之風格外，另有描寫隱逸情趣之作，唱為別調，而受矚目。況周頤《餐櫻廡詞話》曰：「李秀才詞，清疏之筆，下開北宋人體格。五代人詞，大都奇豔如古蕃錦，惟李德潤詞，有以清勝者。」[21]此外，詞選中不同時代之詞人，亦有藉酒高歌，體現隱居江海，清心自適之曠達情操者。如：

周美成〈滿庭芳〉下半闋：「………且莫思身外，長近樽前。憔悴江南倦客，不堪聽、急管繁絃。歌筵畔，先安枕簟，容我醉時眠。」（卷下）

朱希真〈西江月〉上半闋：「日日深杯酒滿，朝朝小圃花開。自歌自舞自開懷，且喜無拘無礙。」（卷下）

趙秉文〈青杏兒〉下半闋：「乘興兩三甌，揀溪山好處追遊。但教有酒身無事，有花也好，無花也好，選甚春秋。」（卷上）

周權〈沁園春〉下半闋：「催人苒苒年光，問役役、浮生著甚忙。自東籬人去，總成陳跡，龍山欲散，幾度斜陽。人物彫零，乾坤空闊，世事浮沉醉夢場。登高處，倚西風長嘯，任我疏狂。」（卷下）

王世貞〈賀新郎〉上半闋：「………況更索居無一事，鎮日琴書而已。待醉也、如何得醉。多謝白衣能遠致，

309

把葛巾、忙卻科頭倚。胸磊塊，故應洗。」（卷下）

《唐宋元明酒詞》所選若此，而周履靖自身之和作，更充滿消極浪漫之隱逸色彩；故其擇選詞作之標準，在於宴飲歡會中寓寄隱逸之閒情，使詞人得以藉詩酒吐露人生之感悟，而將滿腔之熱情化入酒腸，細細品味。

伍、《唐宋元明酒詞》之影響

《唐宋元明酒詞》雖未受詞壇之重視，然其無形中，帶動清代文人相與切磋之唱和文化，亦促使清代彙錄專題詞集之風氣，清代詞壇因而生機盎然，熱鬧蓬勃。試就以下兩方面論之：

一、文人社集酬唱活動之盛行

文人之社集活動，至明代最為繁盛。謝國楨《明清之際黨社運動考》云：「結社這一件事，在明末已成風氣，文有文社，詩有詩社，⋯⋯大江南北，結社的風氣，猶如春潮怒上，應運勃興。那時候不但讀書人們要立社，就是士女們也要結起詩酒文社，提倡風雅，從事吟詠。」[22]然文人才士於宴飲、遊樂之來往中，亦促使唱和詩詞之繁榮發展。而《唐宋元明酒詞》所選之詞，及周氏本身唱和之作，則已間接透露當時詩酒酬唱之活動情形。鞏本棟〈論唱和詩詞的淵源、發展及特點〉一文曰：「唱和詩詞的起源，雖可追溯到很久以前，但真正以詩歌形式唱和的作品

，則是東晉才出現的，至唐逐漸走向繁榮，宋代達到鼎盛，元明清唱和之勢依舊不衰。」[23]是以據嚴迪昌《清詞史》所言：清初有三次影響最大之唱和活動。[24]茲分述如下：

一為杭州之「江村唱和」。《清詞史》曰：「『江村倡和詞』是康熙四年（按：西元1665年）的事，地點在杭州，故又稱為『湖上倡和詞』。互為酬和的是曹爾堪、宋琬、王士祿三人，後來南北詞人應聲而和者數以十計，借題發揮，以抒胸臆，蔚為盛事，對詞風的影響甚大。」[25]

一為揚州之「紅橋唱和」。清・孫金礪〈紅橋雅集記〉云：「丙午（按：康熙五年，西元1666年）冬孟，尋游維揚。夔州李公研齋、萊陽宋公荔裳、檇李曹公顧庵、新城王公西樵、黃岡王公雪洲在焉，遠近名流，後先至茲。………于中旬之七日，讌集群公于紅橋。………夫富貴何常，忽如郵傳，惟茲性情之所發，歷久長存，誦詩讀書，尚有千載，豈曰當吾世而掉頭過之，此則諸君子之志也。則知百世而下，其視吾黨今日之集，亦猶吾黨之視昔人也。」[26]

另一為京師之「秋水軒唱和」。清・汪懋麟《百尺梧桐閣文集》卷二〈秋水軒詩集序〉曰：「退谷先生有軒三楹，在都城西南隅。下臨城濠，疏柳行列；開軒而眺，西山鬱蒼直入窗戶，其下清流瀠洄，可鑑眉髮。入其中者，怳在江湖曠朗之境，而忘其為京師塵土之鄉也，先生爰以

『秋水』名其軒。周子雪客假館於斯，一時名公賢士無日不來，相與飲酒嘯詠為樂。」[27]其時為康熙十年（西元1671年）。

　　清代文人之酬唱聚會，活動頻仍，可謂盛況空前；縱使其集會結社之目的各有不同，然文學風氣藉以推廣，詞學創作賴以復興，則是不爭之事實。

二、編輯性質特殊之詞選

　　《唐宋元明酒詞》為繼宋‧黃大輿《梅苑》，專輯「詠梅」之作後，而以「詠酒」為主之專題性詞選，是知此類專題詞選，《梅苑》已開其先端；然至清代亦有以某一類別為主，而具特殊性質之詞選。試舉例於下：

　　一、專題詞選──以選錄某一內容為主題。如：《宦游詞選》，一卷，清‧陸進、俞士彪輯；《古今別腸詞選》，四卷，清‧趙式編。

　　二、女性詞選──以彙集女性詞人之作品為主。如：《林下詞選》，十四卷，清‧周銘編選；《眾香詞》，六集，清‧徐樹敏、錢岳編選；《閨秀詞鈔》，徐乃昌編選，四十四卷。

　　三、唱和詞選──將詞人集體酬唱之作予以彙錄。如：《廣陵倡和詞》，七卷，清‧王士祿、曹爾堪等撰；《千秋歲倡和詞》，一卷，清‧王晫輯；《秋水軒倡和詞》，二十六卷，清‧曹爾堪等撰。

　　類此詞選甚多，不勝枚舉。而清代詞選集，無論種類或數量，均凌駕前朝，不僅提供後世豐富之詞籍資料，更啟發學者多元性之研究層面，貢獻甚鉅。

【附錄】

《唐宋元明酒詞》中誤題作者之詞：

卷次	詞　作	所 題 作 者 姓 名[28]	
		《唐宋元明酒詞》	《全唐五代詞》、《全宋詞》、《全金元詞》、《明詞彙刊》[29]
上	鳳棲梧（一剪情波嬌欲滴）	劉雲間	劉天迪
	青杏兒（風雨替花愁）	趙閒閒	趙秉文
	小梅花（城下路）	高仲常	賀　鑄
下	法駕導引（東風起）	韓夫人	陳與義
	法駕導引（簾漠漠）	韓夫人[30]	陳與義
	賀新郎（睡覺啼鶯曉）	辛棄疾	劉　過

註：

[1] 明・李日華、鄭琰著：《梅墟先生別錄》（臺北：新文豐出版公司，1989年7月，《叢書集成新編》，第103冊），頁183。

[2] 同前註，頁185。

[3] 明・周履靖撰：《五柳賡歌》（明萬曆間嘉禾周氏刊本，臺北：國家圖書館藏）。

[4] 以上周履靖生平簡介，參明・李日華、鄭琰著《梅墟先生別錄》、清・沈季友編《檇李詩繫》卷十五、清・沈翼機等編纂《浙江通志》卷一百七十九、清・孫岳頒等奉敕撰《御定佩文齋書畫譜》卷四十四。

[5] 清・永瑢、紀昀等撰：《四庫全書總目提要》（臺北：臺灣商務印書館，1983年10月），卷134，頁12。

[6] 以下本文所舉詞例，若作者題名有誤，則逕予更正，不另附註。

[7] 《唐宋元明酒詞》中同調異名者有：〈鳳棲梧〉〈蝶戀花〉、〈醉江月〉〈百字謠〉。

[8] 楊國楨、陳支平著：《明史新編》（香港：中國圖書刊行社，1994年4月），頁2。

[9] 梃擊案：神宗萬曆四十三年（西元1615年）五月，男子張差持棗棍撞入慈慶宮，打傷守門內官，至前殿簷下被擒。經審訊知為鄭貴妃與太監龐保、劉成之謀，欲加害太子；事發，貴妃危懼，乞情於太子，遂僅誅龐、劉二人，草結此案。

紅丸案：神宗萬曆四十八年（西元1620年）八月，光宗踐祚；不數日，即染病臥榻，內臣崔文昇下通利藥，反致病情加重；後鴻臚寺丞李可灼進紅丸，自云仙丹，上服之乃崩；群臣欲治崔、李等人弒君之罪，而引發門戶之爭。

移宮案：光宗崩逝，李選侍護持皇長子居乾清宮，然乾清宮唯皇上御天居之，而皇后配天得共居之。今李選侍既非嫡母，又非生母，外託保護皇長子之名，而陰圖專擅之實；故尚書周嘉謨等乃合疏，力請選

侍移宮，其不得已，乃移居喊鸞宮。

以上三案詳情，可參清・谷應泰《明史紀事本末》（臺北：三民書局，1985年9月），卷68，頁748—771。

[10] 周明初著：《晚明士人心態及文學個案》（北京：東方出版社，1997年8月），頁57。

[11] 唐・李白著、明・周履靖和：《青蓮觴詠》（臺北：新文豐出版公司，1989年7月，《叢書集成新編》，第56冊），卷上，頁617。

[12] 謝國楨著：《明清之際黨社運動考》（臺北：臺灣商務印書館，1967年1月），頁1。

[13] 清・龔嘉儁修、李榕纂：《杭州府志》（臺北：成文出版社，1974年12月），卷173，頁3。

[14] 饒龍隼著：《明代隆慶、萬曆間文學思想轉變研究》（重慶：西南師範大學出版社，1995年6月），頁48。

[15] 明・周履靖編：《夷門廣牘》（臺北：藝文印書館，1968年，《百部叢書集成》）。

[16] 明・劉鳳撰：〈螺冠子傳〉，同前註。

[17] 同前註。

[18] 此項下所列，以原作者之姓名為主。

[19] 後蜀・趙崇祚編：《花間集》（明末虞山毛氏汲古閣刊《詞苑英華》本，臺北：國家圖書館藏）。

[20] 宋初人編輯：《尊前集》（明末虞山毛氏汲古閣刊《詞苑英華》本，臺北：國家圖書館藏）。

[21] 轉引自史雙元編著：《唐五代詞紀事會評》（合肥：黃山書社，1995年12月），頁844。

[22] 同註12，頁10。

[23] 鞏本棟撰：〈論唱和詩詞的淵源、發展及特點〉，《中國詩學》第1輯（1991年12月），頁74。

24 嚴迪昌著：《清詞史》（南京：江蘇古籍出版社，1999年8月），頁128。

25 同前註，頁51。

26 清・宋琬、曹爾堪等撰：《紅橋倡和》第一集（清康熙刻本，臺北：中央研究院歷史語言研究所傅斯年圖書館藏）。

27 清・汪懋麟撰：《百尺梧桐閣文集》（臺北：文海出版社，1999年10月），卷2，頁39。

28 《唐宋元明酒詞》項下之作者姓名，依原書題名；而《全唐五代詞》等項下，則以原作者之姓名為主。

29 張璋、黃畬編：《金唐五代詞》（臺北：文史哲出版社，1986年10月）。

唐圭璋編：《全宋詞》（臺北：宏業書局，1985年10月）

唐圭璋編：《全金元詞》，全二冊（臺北：洪氏出版社，1980年11月）。

趙尊嶽輯：《明詞彙刊》，全二冊（上海：上海古籍出版社，1992年7月）。

30 此闋卷內空缺未題作者姓名，然此處依前闋撰人題名著錄。

第六節 俗豔詞作之選評：《詞的》

明萬曆末至天啟初間，公安派性靈之說，已漸趨鄙俚庸俗，雖竟陵繼起，欲正歪風，然文壇上，浪漫主義之思潮，仍餘波盪漾。而《詞的》一選，即為彙集歷代俚俗輕豔之詞，致明代詞壇於一片「花草」聲中，更難見起色。

壹、編者簡介

茅暎，字遠士，西吳（今浙江省吳興縣）人，其生卒之年與行誼事蹟，無可查考；然其所編纂之《詞的》四卷，朱之蕃將之輯入《詞壇合璧》中。

朱之蕃，字元介（一作元升），號蘭嵎，荏平（今山東省荏平縣）人，南京錦衣衛籍，約生於明世宗嘉靖三十九年（西元1560年）。[1]明神宗萬曆乙未（23年，西元1595年），賜進士第一，授翰林院修撰，官終吏部右侍郎，贈禮部尚書，而卒年不詳。清・錢謙益《列朝詩集小傳》曰：「元价（介）為史官，出使朝鮮，盡卻其贈賄，鮮人來乞書，以貂參為贄，囊裝顧反厚，盡斥以買法書、名畫、古器，收藏遂甲於白下。」[2]顯見其為人不巧取豪奪，以清廉自持。之蕃工於書畫，善畫山水花卉；並撰有《使朝鮮稿》、《紀勝詩》、《南還雜著》等諸集行世，著作頗豐。而其所撰之《金陵圖詠》，為明天啟癸亥（3年，西元1623年）金陵朱氏刊本；又為明・夏樹芳之《奇

姓通》題序，署「天啟甲子歲中秋日，金陵友弟朱之蕃
書」。是知之蕃於明熹宗天啟甲子（4年，西元1624年）
間，年約六十有四左右，仍然在世。[3]

貳、編選之版本及體例

　　《詞的》，凡四卷，卷內首頁題「茅暎遠士評選」，
於卷端載有茅暎〈詞的序〉及「凡例」數條；每卷之前列
有目錄，著錄調名及闋數，其中卷一、卷二為小令，卷三
為中調，卷四為長調，是為依調編排之「分調本」詞選，
總計收錄詞作392闋。明・朱之蕃將《詞的》與《草堂詩
餘》（明・楊慎批點，文仲閩校訂）、《四家宮詞》（明
・楊慎批點，朱萬選校訂）、《花間集》（後蜀・趙崇祚
集，明・湯顯祖評）等，共四種十五卷，合輯成《詞壇合
璧》，現有明金閶世裕堂刊本，藏於臺北：中央研究院歷
史語言研究所傅斯年圖書館。然因《詞的》之編選年代，
並未記載，而《詞壇合璧》之成書時期，亦不確知；[4]故
僅按朱之蕃年歲推算，朱氏於天啟間已六十餘歲，《詞壇
合璧》成書若晚至崇禎時期，可能性較低；且楊慎、湯顯
祖所評點之書，分別完成於嘉靖與萬曆間，而與其合刊之
《詞的》，最遲至萬曆間亦應成書，方能為朱之蕃輯入。
是以且將《詞的》一書，列為萬曆晚期詞選。

　　《詞的》全書所錄詞調，除同調異名者外，[5]尚有同

名異體之情形,如:卷一,張伯遠〈小桃紅〉(一汀煙柳索春饒),計42字;而卷三,劉龍洲〈小桃紅〉(晚入紗窗靜),計70字;此二者不僅字數多寡有別,甚至斷句、用韻等方面亦不相同,且清聖祖敕撰《御製詞譜》亦將其分列兩調,因之二者實不可混同。另卷一〈南鄉子〉為單調,卷二〈南鄉子〉為雙調;與卷一〈女冠子〉為小令,卷四〈女冠子〉為長調等,《詞的》皆將之分屬二調;然清・萬樹《詞律》及清聖祖敕撰之《御製詞譜》中,〈南鄉子〉與〈女冠子〉兩調,即分別包含單、雙調及小令、長調兩體,而此乃依《詞律》及《御製詞譜》所錄,將之歸為一調。是以《詞的》卷內實際收錄之詞調,合計為145調。

　　《詞的・凡例》載:「諸家爵里姓氏,向多著聞;間有淪逸,徒挹芳聲,不敢混注;故概書名,以存古道。」[6]然《詞的》卷內作者之題名並不一致,有署其姓名者,如:韋莊、李清照、劉基等;亦有書其字、號者,如:万俟雅言、王秋潤、張于湖等;而若為前闋撰人所著,則僅題「前人」,且其中亦有誤題作者之情形,茲依《全唐五代詞》、《全宋詞》、《全金元詞》及《明詞彙刊》,查考訂正(參見【附錄】);除無名氏外,總計選錄詞家145人,包括:晚唐、五代26人,北宋30人,南宋67人,元代5人,明代13人,及時代不詳者4人。全書選詞範圍由晚唐、

五代迄於明代，唯獨缺金人作品；而同一詞調所選之詞，原則依詞人所屬時代之先後排列，然其中或有參錯，茅暎則申言「以合調為序，非有異同」[7]。此外，卷中詞作或有「詞題」，且書眉處錄有編者評語，可供參考。

參、選詞原因

　　萬曆時期，先後編輯完成詞史上之存詞巨帙——《花草粹編》，及具訂譜作用之譜體詞選，誠為明代詞學發展之重要關鍵；而《詞的》一書，亦編選於此時，然視其詞壇地位，實難與之相提並論。唯既已成書，或可反映晚明詞壇之一隅，故為求完備，乃擬自兩方面探討其選詞原因：

一、應物斯感，表述情懷

　　人之所以為人，在於有情；而人因生而有情，是以對萬事萬物，莫不有感；由感而發，則形之於文。故「情」、「感」乃為維繫文學生命力之主要脈動，若缺乏情感，無動於衷，則心如枯槁，與行屍何異。明人茅暎深曉是理，乃於〈詞的序〉曰：

　　　　竊以芳性深情，恆藉文犀以見；幽懷遠念，
　　　　每因翠羽以明。故桑中之喜，起詠於風人；
　　　　陌上之情，肇思於前哲。陳宮月冷而韻協〈
　　　　庭花〉，琉璃研匣生香；隋苑春濃而曲成〈

清夜〉，翡翠筆床增彩。清文滿篋，無非訴
恨之辭；新製連篇，時有緣情之作。………
及夫錦浪紅翻，珠林綠綴；臨池漱露，憑牖
邀風；伴炎宵以孤坐，送永日而無聊。或託
言於短韻，石韞玉而山輝；或寄意於新腔，
水沉珠而川媚。[8]

蓋自然萬物，浪濤、綠林、露珠、窗風，無不可觸動
情懷；而緣情歌詠，韻協曲成，以抒發愛恨好惡之深情，
如此情文相生，則幽懷乃見。所謂：「情以景幽，單情則
露；景以情妍，獨景則滯。」[9]且茅暎評汪彥章〈小重山〉
（月下潮生紅蓼汀）一詞言：「景與情會，無限深懷。」
（卷三）；評歐陽炯〈賀明朝〉（憶昔花間初識面）則
云：「寒鴉日影，千古相思。」（卷三）；又評晏殊〈踏
莎行〉（小徑紅稀）曰：「楊花撲面，即見春思困人。」
（卷三）。[10]顯見茅暎編選《詞的》之旨，乃希冀將此萬年
不變、亙古常新之情思，藉永恆之詞篇予以承傳，使之不
朽，並得以寫愁書恨，暢述感懷。

二、因應當時社會潮流

從詞學發展史言，宋詞由金歷元至明而中衰，然就
明代詞壇之演進過程論，明詞則歷經晦暗掙扎，不斷努
力，而冀能重現風華。萬曆時期，詞家創作湧現，而詞集

選本，亦為數不少；此種漸趨復興之現象，深受時代環境之遞變，與文學思潮移轉之影響。周偉民於《明清詩歌史論》中，對晚明時代之特徵，有確切之闡述：

> 在晚明的文學解放思潮中，腐敗與新生處於劇烈的搏鬥狀態，社會經濟生活的動盪，生活方式的變遷，………形成了晚明文學的浪漫主義運動，反對傳統道德，要求個性的自由解放。[11]

是以「解放」，應是晚明文學改革新變之樞機，文人亟欲追求精神自由，揚棄傳統老舊思想之牽制，故而放誕不羈，形成一股狂飆風潮。此時明代文壇，除詩、詞體裁外，相繼有《金瓶梅》之世情小說，與大膽言情之民歌創作，以及直率通俗之散曲新聲，流行於文壇。因此，晚明詞集之編選，環伺於浪漫思潮中，並遭多種文體之衝擊，為應社會之需，茅暎所選，自偏向於輕靡俗豔之作。

肆、選詞標準

《詞的》所選，以小令79調，計243闋為最多；其次則為中調35調，計93闋；以及長調38調，計56闋。由此可見《詞的》全書內容，應多為宴飲抒情之短歌，間有敘述鋪陳之詠嘆；且當時譜體詞選盛行，張綖審音定律之餘，並力主以婉約之詞為本色，《詞的》難免受其影響，因而其

擇選詞作之標準，可歸納為以下三點：

一、幽俊香豔，意存正調

　　茅暎於《詞的・凡例》首條明言：「幽俊香豔，為詞家當行，而莊重典麗者次之；故古今名公，悉多鉅作，不敢攔入。匪曰偏狗，意存正調。」[12]顯然茅暎是以「幽俊香豔」之詞，為當行正調，茲將《詞的》中選詞在五闋以上之詞家，表列如次（詞人以時代歸類，並按詞數之多寡排列），以證其選詞趨向：

時代	詞　人[13]	詞　數	合　計
晚唐五代	韋　莊	10	59
	李　煜	9	
	歐陽炯	9	
	溫庭筠	7	
	李　珣	7	
	牛　嶠	6	
	顧　敻	6	
	毛熙震	5	
北宋	周邦彥	13	64
	歐陽修	11	
	秦　觀	11	
	張　先	7	
	晏幾道	7	
	柳　永	5	
	晏　殊	5	
	蘇　軾	5	

南宋	李清照	10	30
	辛棄疾	10	
	趙令畤	5	
	蔣　捷	5	
明代	楊　基	12	31
	馬　洪	7	
	吳鼎芳	7	
	王世貞	5	

　　據上表統計可知，《詞的》中選詞在五闋以上之詞家，以北宋8家，計64闋；及晚唐、五代8家，計59闋為夥。是知《詞的》之選詞重心，乃以偏於精豔綺靡之晚唐五代風格，與婉約秀麗之北宋格調為主；且茅暎評張先〈減字木蘭花〉（垂螺近額）一詞曰：「纖豔。」（卷二）；評李元膺〈洞仙歌〉（廉纖細雨）為：「落語香豔。」（卷三）；以及評李後主〈玉樓春〉（晚粧初了明肌雪）云：「風流帝子。」（卷二）；又評李珣〈臨江仙〉（簾捲池心小閣虛）曰：「幽恨如訴。」（卷三）；此等皆為穠麗婉媚之作，其次方及於莊重典麗之詞。然若不符其「幽俊香豔」之選詞原則，雖為名公鉅作，均不予入選，例如：李煜〈破陣子〉（四十年來家國）、柳永〈雨霖鈴〉（寒蟬淒切）、蘇軾〈念奴嬌〉（大江東去），以及辛棄疾〈永遇樂〉（千古江山）等膾炙名作，皆不在選中。茅暎並強調，以此為標準之選詞目的為「意

存正調」，而非執意偏狗也。

二、詞協黃鍾，以定正的

　　《詞的‧凡例》第二條云：「詞協黃鍾，倘隻字失律，便乖元韻；故先小令，次中調，次長調，俱輪宮合度，字字相符，以定正的。」[14]顯見茅暎另一選詞要求為，字句韻律能相符合度，蓋以此為正則。《詞的》全書所選，以周邦彥詞13闋居冠，周邦彥於北宋嘗提舉大晟府，其妙解聲律，最為知音；另《詞的》所錄之南宋詞中，則以李清照、辛棄疾二家為多；李清照於創作上，尤注重歌詞音律之合樂性，而辛棄疾詞多豪放慷慨之音，不拘泥於字聲、宮調；王偉勇《南宋詞研究》一書曰：「稼軒詞以命意為尚，未錙銖計較其格律；而其所重格律，蓋以符合自然為可貴。」[15]是以《詞的》中所輯：〈菩薩蠻〉（鬱孤臺下清江水）、〈醉春風〉（更休說）、〈摸魚兒〉（更能消）等，皆為棄疾音律諧婉之作。另茅暎評白居易〈花非花〉（花非花）一詞曰：「此樂天自譜體也，語甚趣。」（卷一）；評蔣捷〈柳梢青〉（學唱新腔）為：「險韻能安，更多致語。」（卷二）；又評王詵〈蝶戀花〉（鐘送黃昏雞報曉）云：「結句押字，遂為詞家指南。」（卷三）；此等為律協韻合之作，故茅暎選詞之用心在於「以定正的」，使詞體不致因樂曲淪亡而失諧，宮呂詞調亦不致乖違散漫。

三、循「花草」之風，拓展選域

　　《詞的》於萬曆晚期，受明人對「花草」崇拜之影響，全書自《花間集》[16]中，輯選68闋；而自《類編草堂詩餘》[17]中，選錄148闋，二者約佔全書比例達55%，故全書選詞以晚唐、五代與北宋詞為主，然其擇選詞作之範圍，並未以此為限。總計《詞的》一書，除無名氏詞28闋，及時代不詳之詞6闋外，共收錄晚唐、五代詞83闋，北宋詞99闋，南宋詞109闋，元代詞7闋，明代詞48闋。相較《花間集》、《草堂詩餘》及同期編選之《唐詞紀》，《詞的》增錄南宋、元代與明代之詞，顯已拓展選詞範疇，是以朱之蕃〈詞壇合璧序〉謂：「《詞的》蒐羅彌廣。」[18]

　　《詞的》所錄雖已超越五代與北宋之格局，唯其中有半數以上之詞，輯自《花間》與《草堂》，因而其選詞原則，仍不脫「花草」之風。如：茅暎選評南渡詞人李清照〈一剪梅〉（紅藕香殘玉簟秋）曰：「香弱脆溜，自是正宗。」（卷三）；評南宋尹梅津〈唐多令〉（蘋末轉清商）云：「舊歡新恨，婉孌多姿。」（卷三）；以及評明代詞人劉基〈蘇幕遮〉（雨瀟瀟）一詞為：「穠纖有致。」（卷三）；又評明人徐小淑〈漁家傲〉（板疃小隱清溪曲）曰：「真切精工。」（卷三）。是知《詞的》選詞之標準，以遵循「花草」之風格特色為準繩，而《詞的》拓展選域之舉，乃建立於世人獨鍾「花草」之基礎上。

伍、《詞的》之影響

《詞的》之選，就其縱向言，起於晚唐、五代而迄於明，範圍廣闊；然就其橫面言，則內容偏於浮豔冶麗，取材狹隘。全書空疏雜蕪，僅為迎合世風而編，是以流傳不廣。姑不論《詞的》是否受到詞壇重視，然或已影響明、清兩代詞學之發展。

一、影響後出詞選多輯明詞

綜觀《詞的》整體內容，雖未能打破「花草」迷思，然其選錄本朝之詞，約佔全書比例12%，已可見出茅暎欲從復古思潮解放所為之努力，及對明人詩餘創作之激勵。朱之蕃〈詞壇合璧序〉有言：

> 聲詩之作，根柢性情，緣染時代；渥古而厭
> 薄目前，溺今而倦追往昔，胥失之矣。[19]

朱氏之言，至為肯綮，詩詞之作，不論為厚古薄今，或溺今厭古，均為失當。《詞的》所選，晚唐、五代詞約佔全書比例21%，北宋詞則約佔全書比例25%，是知其於尊古原則下，尚能兼及當世之詞。萬曆以前詞選，除為《草堂詩餘》之續集或補集外，鮮少類此情形者；而後崇禎時期，因時代改易，復古之風移轉，至選詞趨向與前期有所不同，詞選本身擇選明詞之數量已顯然較多。如：卓人月編、徐士俊評《古今詞統》所錄明詞，約佔全書比

例24％；而陸雲龍選評《詞菁》所錄明詞，約佔全書比例
31％；又潘游龍編《精選古今詩餘醉》所錄明詞，則約佔
全書比例28％。是知以上諸選所錄明詞比例，均多於《詞
的》，而《詞的》為萬曆至崇禎間之過渡詞選，其將本朝
詞作編輯於前，引發後代詞人及編選者，對一味貴古賤今
之風潮加以反思，並得以重新檢視明詞之缺陋，此種觀念
之體現，或可謂受《詞的》之影響也。

二、激發清代詞論力矯明詞之弊

　　茅暎〈詞的序〉曰：「蓋旨本淫靡，寧虧大雅；意非
訓詁，何事莊嚴。」[20]其承續「花草」之風，並強調「幽
俊香豔」為詞家當行；而有明一代詞風卑下，詞體趨於衰
頹，《詞的》之編選，難辭其咎。清代詞人標舉詞派，乃
針對明詞冶豔淺俗之弊，予以痛斥。清・陳維崧《陳迦陵
文集》卷二〈詞選序〉曰：

　　　今之不屑為詞者，固亡論；其學為詞者，又
　　　復極意《花間》，學步《蘭畹》，矜香弱為
　　　當家，以清真為本色。………勝國詞流，即
　　　伯溫、用修、元美、徵仲諸家，未離斯弊，
　　　餘可識矣。[21]

　　嚴迪昌《陽羨詞派研究》一書謂：「『香弱』是乏真
意、深意的浮豔，『清真』在這裏是指無真情濃情和乏生

氣的空桷。」[22]其說明白指陳，明詞「未離斯弊」而此「弊」之所在。清代詞學復興，流派眾多，其詞學理念各有特點，唯對矯正明詞側豔浮靡之失，則有相同之主張，據朱崇才《詞話學》曰：

> 清代是理論上倡雅正黜淫俗最力的時代。明末清初的陳子龍，雖仍然大寫豔詞，在理論上也不反對豔麗，但畢竟提出了「元音」、「高渾」的標準，與明代詞話的整體傾向已大不相同。陽羨派提倡不拘一格，「為經為史」；浙西派倡「醇雅」；常州派更有「風雅」、「比興」、「寄託」、「柔厚」、「沉鬱」、「重拙大」等等口號，其理論核心，都是提倡雅正，提倡風騷傳統，反對淫俗、鄙陋、粗譴。[23]

《詞的》之選，對明代積弊不振之詞風，無疑為雪上加霜。趙尊嶽嘗論《詞的》一書，云：「此輯為選家論詞之總集，多唐宋名作，間亦取明楊慎、楊基、吳鼎芳等三數首；而無名氏、鬼仙、箕仙諸作，亦復甄采；明人蕪取之弊，無足責也。………全書率加圈點，且著眉批，多膚泛之語。明人論詞，每如評詩文制藝，以浪博選家之名，斯集有焉。」[24]是以當明詞走入死胡同之際，唯賴清代詞人

之反省自覺，方能絕處逢生，振衰起弊，使詞之一體，能
於中國文學史上再創高峰。

【附錄】

《詞的》中誤題作者之詞：

卷次	詞　　作	所題作者姓名[25]	
		《詞的》	《全唐五代詞》、《全宋詞》、《全金元詞》、《明詞彙刊》[26]
一	十六字令（眠。月影穿窗白玉錢）[27]	周邦彥	周玉晨
	搗練子（心耿耿）	秦　觀	無名氏
	法駕導引（東風起）	烏衣女子	陳與義
	憶王孫（萋萋芳草憶王孫）	秦　觀	李重元
	如夢令（鶯嘴啄花紅溜）	秦　觀	無名氏
	如夢令（池上春歸何處）	周邦彥	秦　觀
	江城子（浣花溪上見卿卿）	歐陽炯	張　泌
	訴衷情（長因蕙草記羅裙）	張伯遠	晏幾道
	生查子（含羞整翠鬟）	張　先	歐陽修
	生查子（去年元夜時）	李易安	歐陽修
	生查子（郎如陌上塵）	無名氏	姚　寬
	柳枝（膩粉瓊粧透碧紗）	牛　嶠	張　泌
	點絳唇（紅杏飄香）	賀　鑄	蘇　軾
	點絳唇（春雨濛濛）	何　籀	無名氏
	點絳唇（蹴罷鞦韆）	周邦彥	無名氏
	浣溪沙（蘭沐初休曲檻前）	溫庭筠	孫光憲
	浣溪沙（一曲新詞酒一杯）	李　景	晏　殊
	浣溪沙（鶯外紅綃一縷霞）	周邦彥	賀　鑄
	浣溪沙（雨過殘紅濕未飛）	前人（歐陽修）	周邦彥

	浣溪沙（香靨凝羞一笑開）	前人（歐陽修）	秦　觀
	浣溪沙（青杏園林煮酒香）	秦　觀	晏　殊[28]
	菩薩蠻（南園滿地堆輕絮）	何　籀	溫庭筠
	菩薩蠻（哀箏一弄湘江曲）	張　先	晏幾道
	菩薩蠻（玉京人去秋蕭索）	無名氏	耿玉真[29]
二	卜算子（見也如何暮）	毛　栞	石孝友
	謁金門（愁脈脈）	俞克成	陳　克
	謁金門（花滿院）	謝　逸	陳　克
	謁金門（鴛鴦浦）	秦處度	張元幹
	謁金門（風漸陡）	楊　慎	王世貞
	清平樂（醉紅宿翠）	詹　玉	石孝友
	憶秦娥（暮雲碧）	賀　鑄	無名氏
	憶秦娥（花深深）	孫夫人	鄭文妻
	阮郎歸（春風吹雨遶殘枝）	秦　觀	無名氏
	山花子（菡萏香消翠葉殘）	李後主	李　璟
	畫堂春（落紅鋪徑水平池）	徐　俯	秦　觀
	海棠春（流鶯窗外啼聲巧）	秦　觀	無名氏
	眼兒媚（楊柳絲絲弄輕柔）	王　雱	無名氏
	眼兒媚（樓上黃昏杏花寒）	秦　觀	阮　閱
	眼兒媚（蕭蕭江上荻花秋）	無名氏	張孝祥
	桃源憶故人（碧紗影弄東風曉）	秦　觀	歐陽修
	柳梢青（岸草平沙）	秦　觀	仲　殊
	柳梢青（雲鬢盤鴉）	毛　栞	石孝友
	柳梢青（學唱新腔）	蔣　達	蔣　捷
	柳梢青（有箇人人）	周邦彥	無名氏
	探春令（綠楊枝上曉鶯啼）	晏叔原	無名氏
	望遠行（春日遲遲思寂寥）	毛熙震	李　珣
	怨王孫（夢斷漏悄）	李清照	無名氏
	鷓鴣天（枝上流鶯和淚聞）	秦　觀	無名氏
	玉樓春（拂水雙飛來去燕）	和　凝	顧　夐

	玉樓春（湖邊柳外樓高處）	顧　清	歐陽修
	玉樓春（紅樓十二闌干側）	前人（晏幾道）	王武子
	南鄉子（曉日壓重簷）	孫夫人	無名氏
	南鄉子（泊鴈小汀洲）	陸　游	蔣　捷
	鵲橋仙（碧梧初老）	舒　芬	嚴　蕊
三	臨江仙（綠暗汀洲三月暮）	晁無咎	無名氏
	滴滴金（武陵春色濃如酒）[30]	朱希真	李石才
	踏莎行（小徑紅稀）	晏幾道	晏　殊
	踏莎行（碧蘚迴廊）	無名氏	歐陽修
	蝶戀花（鐘送黃昏雞報曉）	秦　觀	王　詵
	蝶戀花（妾本錢塘江上住）	司馬仲才	司馬槱
	蝶戀花（海燕雙來歸畫棟）	俞克成	歐陽修
	蝶戀花（日暮楊花飛亂雪）	楊　基	劉天迪
	蘇幕遮（隴雲沉）	周邦彥	無名氏
	漁家傲（老去諸餘情味淺）	危　禎	危　積
	醉春風（陌上清明近）	趙德仁	無名氏
	千秋歲（世間好事）	賀　鑄	黃庭堅
	傳言玉女（一夜東風）	無名氏	晁沖之
	風入松（一春常費買花錢）	于國寶	俞國寶
	滿路花（簾烘淚雨乾）	朱敦儒	周邦彥
	驀山溪（青梅如豆）	張東甫	張　震
	江城梅花引（娟娟霜月冷侵門）	康與之	程　垓
	洞仙歌（癡兒騃女）	毛澤民	楊無咎
四	滿江紅（斗帳高眠）	張安國	無名咎
	倦尋芳（獸環半掩）	蘇伯固	潘　汾
	燭影搖紅（香臉輕勻）	王晉卿	周邦彥
	燭影搖紅（乳燕穿簾）	孫夫人	無名氏
	晝錦堂（雨洗桃花）	周邦彥	無名氏
	瑞鶴仙（臉霞紅印枕）	歐陽修	陸　淞

註：

1. 明・顧祖訓《狀元圖考》卷三「狀元朱之蕃」載：「萬曆二十三年乙未，廷試湯賓尹等三百人，擢朱之蕃第一。………乙未屬金之年也，時年三十五。」（臺北：明文書局，1991年元月，頁38—39。）故據此推斷，從萬曆二十三年，上溯三十五年，則朱之蕃應生於明世宗嘉靖三十九年（西元1560年）。

2. 清・錢謙益撰：《列朝詩集小傳》（臺北：世界書局，1985年2月），丁集上，頁468。

3. 以上朱之蕃生平簡介，參明・顧祖訓編《狀元圖考》卷三、清・錢謙益撰《列朝詩集小傳》丁集上、清・張豫章等奉敕編《御選宋金元明四朝詩》〈御選明詩・姓名爵里〉卷五、清・孫岳頒等奉敕撰《御定佩文齋書畫譜》卷五十八、清・黃虞稷《千頃堂書目》卷二十五。

4. 馬興榮等主編《中國詞學大辭典》「詞的」條載：「有萬曆四十八年（1620）《詞壇合璧》本，朱墨套印。」（杭州：浙江教育出版社，1996年10月，頁276。）然編者並未詳述此論以何為據？故僅聊備一說。

5. 《詞的》中同調異名者有：〈南歌子〉〈南柯子〉、〈江城子〉〈江神子〉、〈洛陽春〉〈一落索〉、〈一斛珠〉〈醉落魄〉、〈蝶戀花〉〈鵲踏枝〉。

6. 明・茅暎評選：《詞的》，明・朱之蕃訂：《詞壇合璧》（明金閶世裕堂刊本，中央研究院歷史語言研究所傅斯年圖書館藏），第7—8冊。

7. 《詞的・凡例》，同前註。

8. 同註6。

9. 清・沈雄撰：《古今詞話・詞品》下卷，唐圭璋編：《詞話叢編》（臺北：新文豐出版公司，1988年2月），第1冊，頁849。

10. 本文所舉詞例，若作者題名有誤，則逕予更正。

11. 周偉民著：《明清詩歌史論》（長春：吉林教育出版社，1995年12

月），頁250。

12 同註6。

13 此項下所錄，以原作者之姓名為主。

14 同註6。

15 王偉勇著：《南宋詞研究》（臺北：文史哲出版社，1987年9月），頁327。

16 後蜀‧趙崇祚編：《花間集》（明末虞山毛氏汲古閣刊《詞苑英華》本，臺北：國家圖書館藏）。

17 宋‧不著編人：《類編草堂詩餘》（明嘉靖庚戌29年武陵顧從敬刊本，臺北：國家圖書館藏）。

18 明‧朱之蕃訂：《詞壇合璧》（明金閶世裕堂刊本，臺北：中央研究院歷史語言研究所傅斯年圖書館藏）。

19 同前註。

20 同註6。

21 清‧陳維崧撰：《陳迦陵文集》（臺北：臺灣商務印書館，1979年11月，《四部叢刊正編》，第82冊），卷2，頁14。

22 嚴迪昌著：《陽羨詞派研究》（濟南：齊魯書社，1993年2月），頁101。

23 朱崇才著：《詞話學》（臺北：文津出版社，1995年1月），頁351。

24 趙尊嶽撰：〈詞集提要〉——《詞的》四卷，《詞學季刊》創刊號（1933年4月），頁91。

25 《詞的》項下之作者姓名，依原書題名；而《全唐五代詞》等項下，則以原作者之姓名為主。

26 張璋、黃畬編：《全唐五代詞》（臺北：文史哲出版社，1986年10月）。

唐圭璋編：《全宋詞》（臺北：宏業書局，1985年10月）。

唐圭璋編：《全金元詞》，全二冊（臺北：洪氏出版社，1980年11

月）。

趙尊嶽輯：《明詞彙刊》，全二冊（上海：上海古籍出版社，1992年7月）。

27 唐圭璋編《全金元詞》（二）「元詞」，周玉晨〈十六字令〉後註曰：「其首俱以一字句斷，今本訛眠字為明，遂作三字句斷，非也。」（臺北：洪氏出版社，1980年11月，頁860。）今依其言，改「明」為「眠」。

28 唐圭璋《全宋詞》於晏殊〈浣溪沙〉（青杏園林煮酒香）後註曰：「案此首別見歐陽修《近體樂府》卷三，未知孰是。」（臺北：宏業書局，1985年10月，頁89。）《全宋詞》將此詞，分別收錄於晏殊與歐陽修名下，而此僅以晏殊列名。

29 王兆鵬〈《古今詞統》誤收誤題隋唐五代詞考辨〉曰：「此詞為盧絳夢耿玉真所歌，二人素不相識，自非耿玉真所作。是否為盧絳作，亦難斷定，或為他人所依託。可從《詞的》署無名氏。」（澳門：中華詞學國際研討會論文，2000年7月，頁7。）今依《全唐五代詞》所收，為耿玉真作，然錄此說備考。

30 此詞前後段共六十字，據查唐圭璋《全宋詞》（臺北：宏業書局，1985年10月，頁3572。）及清聖祖敕撰《御製詞譜》（臺北：閻汝賢據殿印本縮印，1976年元月，卷13，頁13—14。）其調名應為〈一籮金〉。

明代詞選研究

第五章　崇禎時期詞選

　　崇禎時期詞選，《古今詞統》與《精選古今詩餘醉》
二集，卷帙浩繁，所選之詞皆達千首以上，而其選詞之趨
向，已由晚唐、五代及北宋，轉易以南宋與明代為重心；
另《詞菁》一集，則為竟陵派之代表詞選。是乃導至明末
詞壇複雜變化、流派紛呈，然此或為帶動明末詞學積極發
展之新指標。

第一節　推動南宋之詞風：《古今詞統》

　　明代中期以前之詞選，大體而言，擇取範圍都以晚
唐、五代及宋詞為主，尤以北宋為盛；然時至晚明，詞
壇風氣漸趨改易，南宋及明代作品受到重視，選家去取
之標準亦自不同。而由卓人月與徐士俊所編選之《古今詞
統》，即選錄頗多南宋及明代之詞作，為明末重要之大型
詞選，故擬就其編選體例、選詞原因及選詞標準等方面，
加以探究。

壹、編者簡介

　　卓人月，字珂月，號蕊淵，仁和（今浙江省杭州市）
人，生卒年不明；而鄧長風據《蕊淵集》[1]考證，卓氏生
於明神宗萬曆三十四年（西元1606年），卒於明思宗崇禎
九年（西元1636年），年僅31歲；[2]因其論述甚詳，姑從

之。人月於科場，屢遭挫折，並不順遂，終其一生僅為貢生，好友徐士俊言其：「六戰文場毛羽摧，曾無一個解憐才。」[3]然人月本質，才情橫溢，崇禎初作〈千字文〉、〈大人頌〉，穩帖奇肆，錯綜成章，甚有理致，詩亦不為格律所拘。[4]著有《蟾臺》、《蕊淵》等集，與《花舫緣》雜劇並傳於世；另有《卓子創調》、《卓珂月遺集》及傳奇《新西廂》等，皆已散佚。而明‧譚貞默於〈序珂月遺吟〉一文中，對其文采則讚賞有加：

> 蓮句示我遺吟一編，讀之見風騷跌宕之中，忠孝節志，耿耿具現，是豈凡夫小儒所能掉管哉！樂府不減錦囊，古風逼于黃皮，至若和尖叉雪韻十章，坡老且拱手退舍，即極博自命，誰復出之自然。嗟呼！可謂才也已矣。[5]

夫才高而志難伸，委實教人不平，然人月一生之不幸，不止於此，其母因病癇，長久臥床，其父遠徙在外，難以依恃，自幼即承受巨大之家庭壓力。婚後又遭逢喪子之痛，情何以堪！幸有妻賢良，足可慰藉。據《浙江通志》卷二百三載：

> 人月死，氏悲憤不欲生，既而曰：「卓氏多才，吾兒雖幼，傳經具在，吾敢隳先人之遺

業乎？」卒教子大寅，立名於世。[6]

此外，徐士俊於〈卓珂月遺集序〉一文言，人所不及珂月者有三，其一為：

> 古之才人，或受人毀，或受人妒，或蕪沒
> 而人不知，即藏諸名山，雲流波漲，安能待
> 彼五百年後，茫茫之日月；而珂月則有倪鴻
> 寶、黃海岸、薛諧孟諸先生為之賞鑑，骨雖
> 朽而享以千金，眾香國中，子墨俱馥，集之
> 雖遺實存者。[7]

人月一生雖短促，然結交諸多志同道合之好友，吟詩、填詞，參與文社活動，使其文學生命豐富而充實，並與徐士俊成為相知相惜之莫逆至交。

徐士俊，原名翽，字野君，一字三有，號紫珍道人，亦浙江仁和人。生於明神宗萬曆三十年（西元1602年），年近八十，蒼髯丹脣，顏面鮮澤如嬰兒，世傳其曾遇異人，授以導引之法。[8]而士俊讀書，認真好學，並與人友善，據清·王士禎《感舊集》卷二載：

> 今世說徐野君，少奇敏，于書無所不讀；發
> 為文，跌宕自喜，好為樂府詩歌古文詞。與
> 人交如坐春風，有問字者，傾心教之；有一

> 長可錄，不惜齒牙獎成，故所至逢迎恐後，
> 爭禮為上賓。日有程課，雖老勿替，讀書無
> 論多少，必自首至末，以覽竟為卒。[9]

士俊亦知音律，撰雜劇至六十餘種，琴弈書畫之藝皆通曉，多才多能，並時與人月詩文唱和，如：〈同卓珂月相於閣夜坐〉[10]、〈送卓珂月之金陵〉[11]、〈謁金門〉「山居次珂月韻」[12]、〈畫堂春〉「與珂月對酌」[13]，及〈答卓珂月〉[14]等，均收錄於《雁樓集》；另著有《春波影》、《洛冰絲》等雜劇。

徐士俊與卓人月，結交於明熹宗天啟乙丑（5年，西元1625年），徐士俊曾自言：「惟余知珂月最深」[15]，而兩人情誼，由徐士俊〈祭卓珂月文〉中，可以見出：

> 與兄定交，乙丑之年；文情璧合，道誼珠
> 聯；日坐矻矻，夜誦厭厭；弟慚才短，兄曾
> 勿嫌；青燈照映，風雨無怨；有義共析，有
> 詩互箋；《徐卓晤歌》，交情在焉。[16]

《徐卓晤歌》為士俊、人月創作之成果，彼此相互切磋，惺惺相惜；而《古今詞統》之編選，則為兩人重要之合作，頗受詞壇矚目。兩人從相識至人月亡故，雖僅短短十二年，然以文會友，心靈相交，為文壇留下不朽之詩篇。

貳、編選之版本及體例

　　《古今詞統》，凡十六卷，附《徐卓晤歌》一卷，其主要之版本有二：

　　一為明末刊豹變齋印本，書前首頁題為「草堂詩餘」，右上方署「陳眉公先生彙選」，左下方則載：「一集隋唐詩話，一集後五代詩話，一集宋金元詩餘，一集皇明詩餘，豹變齋發行」。而據卷端陳繼儒〈詩餘序〉曰：「予友卓珂月，生平持說，多與予合，己巳秋，過雲間，手一編示予，題曰《詩餘廣選》。予取而讀之，則自隋、唐、宋、元，以迄於我明，妙詞無不畢具。」[17]是知《古今詞統》，初刻行世之時，名為《詩餘廣選》；而陳繼儒於崇禎己巳（2年，西元1629年）秋得見，因之，本書最遲即當刊刻於此年（以下簡稱「己巳本」）。卷內署名為「陳繼儒眉公評選，卓人月珂月匯選，徐士俊野君參評」；各卷之卷首則題作「草堂詩餘卷某」，現藏於臺北：國家圖書館。

　　另一為明崇禎間刊本，卷內署名「杭州卓人月珂月彙選，徐士俊野君參評」；其中卷首孟稱舜〈古今詞統序〉之字句、內容，一如陳繼儒〈序〉，唯將陳〈序〉中，卓珂月己巳秋過「雲間」，改為過「會稽」；將書名《詩餘廣選》，改題曰《古今詞統》；其後又增錄徐士俊之〈古今詞統序〉，此序作於崇禎癸酉（6年，西元1633年），是知孟氏當於此時，將《詩餘廣選》易名為《古今詞統》

而重新刊刻（以下簡稱「癸酉本」）。其餘各卷所選之詞調、詞作、評語及卷首附錄，均與原書「己巳本」相同未加改動，此本現亦藏於臺北：國家圖書館。

《古今詞統》「癸酉本」於徐士俊之序文後，又分「舊序」、「雜說」二類，收錄諸多論詞篇章，如：

「舊序」類——何良俊〈草堂詩餘序〉、黃河清〈續草堂詩餘序〉、陳仁錫〈續詩餘序〉、楊慎〈詞品序〉、王世貞〈詞評序〉、錢允治〈國朝詩餘序〉、沈際飛〈詩餘四集序〉，及沈際飛〈詩餘別集序〉等八篇。

「雜說」類——張玉田《樂府指迷》[18]、楊萬里〈作詞五要〉[19]、王世貞〈論詩餘〉、張綖〈論詩餘〉、徐師曾〈論詩餘〉，及沈際飛〈詩餘發凡〉等六篇。

另有「氏籍」一類，載錄隋、唐、後唐、後晉、南唐、前蜀、後蜀、宋、金、元及明等時代之詞人，而於詞人名下，則以小字附註字、號、籍貫或官職。所列詞人，以卷中收錄者為主；然其中少數詞人之所屬時代，卻混淆錯置，如：劉靜修、王秋澗、杜善夫等人，應屬元代詞人，卻誤為宋人；又詹玉應屬南宋詞家，卻誤為元人，類此情形，當仔細辨證。

此外，「目次」一項，為全書總目，每卷之下列有調名，並著錄詞數，按字數多寡編排；若調名相同而字數不同者，則於調下註明：第一體、第二體、第三體………，

分列於各卷，由16字至234字，共十六卷，是為「分調編次本」。茲就《古今詞統》卷內實際所收，總計選詞2037闋，詞調296個，表列於下：

卷　次	字　　數	調　數[20]	詞　　數
卷　一	16—28	16	83
卷　二	28	2	262
卷　三	30—40	25	148
卷　四	41—44	13	169
卷　五	44—46	11	155
卷　六	46—51	32[21]	140
卷　七	52—56	16[22]	146
卷　八	56—57	11	138
卷　九	58—60	10[23]	139
卷　十	60—72	25[24]	136[25]
卷十一	73—92	41[26]	93[27]
卷十二	93—97	19	109
卷十三	98—101	26	87
卷十四	102—105	24	79[28]
卷十五	106—116	11	79[29]
卷十六	116—234	14	74
合　計		296	2037

據以上統計可知，卷內實錄與目次所載略有差異，且卷內詞調下，雖註有同調之異名，然仍有疏漏之處。此外

345

，亦有本事或詞話，附錄於詞後，並間有徐士俊之評語。

　　《古今詞統》選詞範圍，由隋、唐、五代、宋、金、元及明，涵括至廣，詞人眾多，書中詞作以題作者之姓名為主，雖偶有例外，但較之《草堂詩餘》與《花草粹編》，顯已改善，不致參差雜亂；且無題「前人」者，亦少有「闕名」之情形，然仍不免有題名錯誤者，茲依《全唐五代詞》、《全宋詞》、《全金元詞》及《明詞彙刊》，查考訂正（參見【附錄】），除無名氏外，合計選錄詞家486人，包括：隋、唐、五代53人，北宋51人，南宋162人，金代21人，元代88人，明代105人，時代不詳者6人，若與前期選詞相較，南宋以後作品之擇選比例，明顯大幅提升。又書後附刻《徐卓晤歌》一卷，卷內題「杭州徐士俊野君，卓人月蕊淵填詞」，凡70調，136 闋，有眉批語，間附箋釋或本事於詞後，卷中婉約、豪放風格兼具，然大抵多綺麗幽香、情致深切之作。

參、選詞原因

　　《古今詞統》選錄對象，時間之跨度大，數量亦夥，其內容趨向並已有所更易，是以可從書前兩篇序文，窺見《古今詞統》編選原由，以明其成書之因，茲就以下兩方面論之：

一、統合婉約與豪放兩家，不使分道

　　宋人論詞，雖有以「紅牙」、「鐵板」[30]比喻不同之詞風，然並未明確劃分派別，而至明代張綖，方提出「婉約」、「豪放」二家，以概括詞作風格，其言曰：

　　詞體大略有二：一婉約，一豪放，蓋詞情蘊藉，氣象恢弘之謂耳。[31]

　　明‧徐師曾《詩餘‧序》，亦有類似主張，[32]而後「婉約」、「豪放」，遂成論述詞風之兩大基本類型。然於詞學發展過程中，「婉約」、「豪放」因形式技巧及內容風格之差異，衍生「本色」與「非本色」之分，「正體」與「變體」之別，兩派詞人互有消長，學者亦各有偏執。明代文壇復古之風盛行，詞壇乃力倡「柔情曼聲」之婉約作品，以此為詞之本色，詞之正體，而影響明詞創作觀點，導致詞風趨於婉麗柔靡；有鑑於此，徐士俊於《古今詞統》序中，欲挽舊說，乃提出較為持平之論，其言曰：

　　詞盛于宋，亦不止于宋，故稱古今焉。古今之為詞者，無慮數百家，或以巧語致勝，或以麗字取妍；或望斷江南，或夢回難塞；或床下而偷詠纖手新橙之句，或池上而重翻冰肌玉骨之聲；以至春風弔柳七之魂，夜月哭長沙之伎，諸如此類，人人自以為名高黃絹，響落紅牙。而猶有議之者，謂銅將軍

> 鐵綽板,與十七、八女郎,相去殊絕,無乃
> 統之者無其人,遂使倒流三峽,竟分道而馳
> 耶?余與珂月起而任之曰,是不然,吾欲分
> 風,風不可分;吾欲劈流,流不可劈,非詩
> 非曲,自然風流,統而名之以詞。[33]

　　徐、卓二人認為,詞之風格,如清風,如水流,欲分不可,欲劈不能,故應順從自然風流,由古及今,不限於宋,統而合之,強分不得也。且就詞家個人言,作品風格往往兼有婉約與豪放等特色,不拘一格,所謂:「幽、奇」、「淡、豔」、「斂、放」、「穠、纖」種種畢具,而「不使子瞻受詞詩之號,稼軒居詞論之名」[34],若斷然區分,則失之偏頗,誠屬不當。又明・孟稱舜〈古今詞統序〉曰:

> 蓋詞與詩曲,體格雖異,而同本於作者之
> 情。古來才人豪客、淑姝名媛,悲者喜者,
> 怨者慕者,懷者想者,寄興不一。或言之
> 而低徊焉、宛戀焉,或言之而纏綿焉、悽愴
> 焉,又或言之而嘲笑焉、憤悵焉、淋漓痛快
> 焉。作者極情盡態,而聽者洞心聳耳,如是
> 者皆為當行,皆為本色,寧必姝姝媛媛,學
> 兒女子語而後為詞哉?故幽思曲想,張、柳

之詞工矣，然其失則俗而膩也，古者妖童冶
婦之所遺也。傷時弔古，蘇、辛之詞工矣，
然其失則莽而俚也，古者征夫放士之所託
也。兩家各有其美，亦各有其病，然達其情
而不以詞掩，則皆填詞者之所宗，不可以優
劣言也。[35]

　　作者情性不同，感悟不同，訴諸於詞，自有不同之風
格，實無須崇婉約抑豪放，亦無須尊豪放而斥婉約；詞之
可貴，即在於能極情盡態，抒發性靈，故徐、卓二人乃欲
藉《古今詞統》之編選，闡明婉約、豪放兩者不可偏廢，
雖各有攸宜，唯施之當即是也。

二、蒐羅遺文、逸事，以集大成

　　《古今詞統》由隋至明，錄詞二千餘闋，並於「舊
序」、「雜說」二項，蒐集詞學論文數十篇，詞後又附載
筆記、詞話，記述詞壇遺文逸事，然其編選之因為何？徐
士俊於〈古今詞統序〉曰：

　　吾二人漁獵群書，衷其妙好，自謂薄有苦
心，其間前後次序，一以字之多寡為上下，
自十六字至于二百三十字有奇。………又必
詳其逸事、識其遺文，遠徵天上之仙音，下
暨荒城之鬼語，類載而並賞之，雖非古今之

盟主，亦不媿詞苑之功臣矣。[36]

綜觀全書，詳細蒐羅，資料豐富，箋釋圈點，內容充實；至如詞人依託神仙鬼怪之作，為求完備，亦兼收並採。清‧鄒祇謨《遠志齋詞衷》曰：

> 卓珂月、徐野君《詞統》一書，搜奇葺僻，可謂詞苑功臣。[37]

又清‧王士禎《花草蒙拾》曰：

> 卓珂月自負逸才，《詞統》一書，蒐采鑒別，大有廓清之力。[38]

是以「搜奇葺僻」、「蒐采鑒別」，可謂為卓、徐二人之編選動機，其裒集群書，苦心經營，乃冀能集其大成，貢獻詞壇。

肆、選詞標準

《古今詞統》為明代少數大型詞選之一，雖與《花草粹編》同為《草堂詩餘》之擴編，然視其內容，自有其選錄特色，及選詞之標準，試以下列三點論之：

一、以《草堂四集》為選錄基礎，而不受其局限

《古今詞統》於「舊序」類載：何良俊〈草堂詩餘序〉，原收錄於《草堂詩餘正集》；而陳仁錫〈續詩餘

序〉，原收錄於《類選箋釋草堂詩餘》，然此本內容與
《草堂詩餘正集》大體相同；黃河清〈續草堂詩餘序〉，
原收錄於《草堂詩餘續集》；沈際飛〈詩餘別集序〉，原
收錄於《草堂詩餘別集》；錢允治〈國朝詩餘序〉，原收
錄於《草堂詩餘新集》；又沈際飛〈詩餘四集序〉，原收
錄於《古香岑草堂詩餘四集》（以下簡稱「草堂四集」）
卷前。而《古今詞統》於「雜說」類載：沈際飛〈古香岑
草堂詩餘四集發凡〉之「詮異」、「比同」、「疏名」、
「研韻」等四項。另卓、徐二人並評陳仁錫〈續詩餘序〉
曰：「此序無一語及詞，而詞中之妙境畢具，讀者會心於
此，作詞自然靈動。」[39]顯見《古今詞統》乃沿襲《草堂四
集》之編選理念，由正集而續集，由續集而別集，接替完
成《草堂詩餘》之續補，以求完備。

　　然《古今詞統》選錄2037闋詞，其中亦見錄於《草堂
四集》[40]者，凡639闋，分別為：《草堂詩餘正集》193闋、
《草堂詩餘續集》80闋、《草堂詩餘別集》245闋、《草堂
詩餘新集》121闋，佔《古今詞統》全書約31％；是以《古
今詞統》並未局限於《草堂四集》之範疇，其乃另立選詞
之標準。如於徐士俊〈古今詞統序〉中，則明白指出詞家
五要：一曰擇腔、二曰應律、三曰按譜、四曰詳韻、五曰
新意；[41]且於「雜說」類評之曰：「人謂覽五要而詞無難
事矣，吾正於此見其難。」[42]夫因能知其難，故始知其為

351

佳者。同時並強調,詞須務求雅正,不可為物所役,其言曰:「詞曲香麗,既下於詩矣,若再佻薄,則流於曲,故不可也。」[43]卓、徐於《草堂四集》之基礎上,已掌握明確之選詞依據,則誠如蕭鵬《群體的選擇——唐宋人選詞與詞選通論》一書所言:「沈際飛所為,是將《草堂詩餘》系列化;………而卓、徐所為,則是將系列《草堂詩餘》一體化。」[44]

二、以摹寫情態,令人魂動魄化者為上

《古今詞統》於詞作之去取,除形式方面「五要」之講求外,於內容情意方面之表達,則更為重視。孟稱舜〈古今詞統序〉曰:

> 予友卓珂月,生平持說,多與予合。己巳秋,過會稽,手一編示予,題曰《古今詞統》,予取而讀之,則自隋、唐、宋、元,以迄於我明,妙詞無不畢具,其意大概謂詞無定格,要以摹寫情態,令人一展卷而魂動魄化者為上,他雖素膾炙人口者弗錄也。珂月所作詩餘甚多,興會所到,無不曲盡兩家之美,故能出其手眼以與作者之情合。使徒取艷於《花間》,把餘香於《蘭畹》,則得詞之郛矣,而未盡其致也,選者之情隱,而

作者之情亦掩也，則是刻其可以已也夫？[45]

　　蓋欲彰顯選者之意與作者之情，必須曲盡「兩家」之美，不偏愛於婉約之詞，亦不貶斥豪放之作，而兩者尤重「摹寫情態」。清・彭孫遹《詞藻》卷四曰：

> 古無無性情之詩詞，亦無舍性情之外，別有
> 可為詩詞者。………凡詞無非言情，即輕豔
> 悲壯，各成其是，總不離吾之性情所在耳。[46]

　　是以詞貴「情、性」，有深厚之情，方不致失於淺露；有真率之性，庶不致失於庸俗，而展卷之際，即能令人魂動魄化。徐士俊於《古今詞統》「舊序」類評曰：「蘇以詩為詞，辛以論為詞，正見詞中世界不小，昔人奈何譏之。」[47]因之，凡為極情盡態、詞工情摯之作，卓、徐二人皆兼容並包，不為流俗之見所惑；如：悲涼跌蕩之李白〈憶秦娥〉（簫聲咽）、感慨雄壯之蘇軾〈念奴嬌〉（大江東去），及雄深雅捷之辛棄疾〈沁園春〉（疊嶂西馳）等詞，均在選中；反之，若不符此選詞要件者，縱為膾炙人口之作，亦弗錄矣。

三、以「竹枝」、「柳枝」舊屬詩餘而入選

　　《古今詞統》卷二，選錄〈竹枝〉219闋，〈柳枝〉43闋，相較於其他詞調，實佔有相當之數量；而較之於明代

其他詞選，除董逢元《唐詞紀》外，[48]均未有類似之情形。
然因其格式，為七言四句，故〈竹枝〉與〈柳枝〉，究為
詩體或詞體？歷來學者多所爭議。徐士俊〈古今詞統序〉
曰：

> 先是余有三樣箋之輯，一〈子夜〉、一〈竹
> 枝〉、一迴文，而珂月又以〈竹枝〉舊屬
> 詩餘，遂拔其尤而去，迴文則如〈菩薩蠻〉
> 數闋，復稍稍攔入焉，摔碎菱花，作蕊珠
> 宮瘦影，豈不令徐郎懊恨？珂月曰：「無
> 恨也，使子僅知三樣箋之為美，而不知此書
> 之尤美，亦何異世人，但知《花間》、《草
> 堂》、《蘭畹》之為三珠樹，而不知《詞
> 統》之集大成也哉？」[49]

卓氏以〈竹枝〉舊屬詩餘而選入，清·宋翔鳳《樂府
餘論》亦曰：「謂之詩餘者，以詞起於唐人絕句。」[50]指出
詞由唐詩之絕句演化而來。〈竹枝〉，為唐樂府名，起於
巴蜀，故以蜀詞居多，後各地之人仿效其體，因而《古今
詞統》書中錄有：江南竹枝、西湖竹枝、蘇臺竹枝、秦淮
竹枝、鏡湖竹枝、鴛湖竹枝、滇海竹枝、漁家竹枝、仙家
竹枝等，諸多不同特色之作，其中並多元、明詞人作品，
於此，〈竹枝〉已由初期原始之民歌型態，過渡至文人創

作之多樣風格。清‧馬桐芳《憨齋詩話》之二載：

〈竹枝詞〉乃兒童折竹而歌，全屬方言俚
語，漁洋所謂詠風土也。瑣細詼諧皆可入，
大抵以風趣為主，尤宜質而不俚。若太加文
藻，則非本色矣。或竟作像絕句，抑何無分
別耶？古之工此體者，唐則有劉夢得，元則
有楊廉夫，均宜取法。[51]

〈竹枝〉於歌詠作法上，自有別於絕句之特性，如徐
士俊評明‧田藝蘅〈竹枝詞〉（阿娘拘束好心癡）、（姊
妹猜疑不肯容）、（若個郎來討竹秧）、（月黑霜寒妾自
栽）等四闋：都詠竹枝，是為正格。又評明‧高岱之〈竹
枝詞〉（孤帆何日下揚州）：不淫不怨，為風雅之遺。此
即所言：質而不俚，〈竹枝〉本色也。而〈柳枝〉，一
名〈楊柳枝〉、〈折楊柳〉，有單調28字，四句；亦有雙
調，40、44字。清‧王漁洋《帶經堂詩話》卷二十九〈外
紀門一‧答問類〉載：「歷友云：………〈柳枝詞〉始於
白香山〈楊柳枝〉一曲，蓋本六朝之〈折楊柳〉歌辭也。
其聲情之儇利輕雋，與〈竹枝〉大同小異，與七絕微分，
亦歌謠之一體也。」[52]是以《古今詞統》將〈竹枝〉、〈柳
枝〉選入，可謂別有風致，而卓、徐二人選詞之原則，乃
在於擴大範圍，諸體皆備，以集其大成，不使《花間》、

《草堂》、《蘭畹》專美於前也。

伍、《古今詞統》之影響

《古今詞統》將多種《草堂詩餘》選本,匯為一編,而又別開生面,另闢新貌,其由明末過渡至清代詞壇,對於詞人創作風格與詞學風氣之發展,具有關鍵性之影響,試析言之:

一、改易歷來選詞之趨向

《草堂詩餘》、《花草粹編》等明代重要之詞選,其選詞趨向,均以唐、五代及北宋為重心,縱橫詞壇百餘年,而至卓、徐二人編選《古今詞統》,方始改易,茲將書中選詞在二十闋以上者,表列如次(詞人以時代歸類,並按詞數之多寡排列):

時代	詞　人[53]	詞　數	合　計
隋五 唐代	孫光憲	24	47
	溫庭筠	23	
北 宋	蘇　軾	48	224
	周邦彥	44	
	黃庭堅	38	
	秦　觀	34	
	毛　滂	33	
	晏幾道	27	
南 宋	辛棄疾	140	437
	蔣　捷	50	
	吳文英	49	
	劉克莊	46	
	陸　游	45	
	高觀國	34	
	史達祖	29	
	程　垓	24	
	方千里	20	
明 代	楊　慎	57	163
	王世貞	35	
	劉　基	28	
	楊　基	22	
	吳鼎芳	21	

　　《古今詞統》中，選詞在二十闋以上者：隋、唐、五代2家，計47闋；北宋6家，計224闋；南宋9家，計437闋；明代5家，計163闋。其中又以南宋辛棄疾140闋最多，

可知全書選詞重心以南宋詞為主，而此選除南宋詞外，對
於金、元、明之詞，亦大幅選入，顯然已從歷來選家對晚
唐、五代及北宋崇拜之陰影下，脫穎而出；並以辛棄疾、
劉克莊、陸游等詞人之豪放氣概，驅散當時瀰漫於詞壇之
纖弱氣息。

二、改變清初浙中之詞風

　　明末清初詞壇於「花草」選風之籠罩下，雲間一派推
尊唐、五代、北宋之旨，而其後之支脈流派，承受現實變
異之衝擊，已逐漸跨越雲間所標舉之界限。清‧陸進、俞
士彪編輯之《西陵詞選》，收錄徐士俊詞11闋；又徐士俊
於《雁樓集》卷十三〈滿江紅〉（墨共煙濃）題序曰：「
宋荔裳觀察、王西樵考功、曹顧庵學士，一時同在西湖倡
和二十四章，屬余評定，即次原韻贈三先生。」[54]宋琬、王
士祿、曹爾堪等三人，為雲間餘脈之柳洲詞派代表，顯見
徐士俊與西泠、柳洲諸家相互往來，結社唱和，共推浙中
詞風。據嚴迪昌《清詞史》曰：

> 「江村倡和詞」是康熙四年的事，地點在杭
> 州，故又稱為「湖上倡和詞」。互為酬和的
> 是曹爾堪、宋琬、王士祿三人，後來南北詞
> 人應聲而和者數以十計，借題發揮，以抒胸
> 臆，蔚為盛事，對詞風的影響甚大。[55]

　　明末清初，時值國難家亡，政治生態、社會環境丕變，是以當時詞人，若西泠十子、柳洲詞人、廣陵詞人以及毗陵詞人等，雖本雲間所宗，然實已展現不同之詞學視野。《清詞史》又云：

> 曹爾堪、宋琬、王士祿三人以相同的遭際而相聚會在西子湖畔，並非是一種偶然巧遇。這是順康之交漢族士大夫在新朝廷上動輒得咎，所處境況極險譎的必然性表現。所以，「江村」唱酬是當時具相當普遍性的遷謫之客的感受的一次大抒發，有著時代印記，絕非出於閑情逸致。[56]

　　故促使清初詞學風氣之更替變化，詞人間之相互感嘆倡和，甚且如《古今詞統》流傳詞壇，藉詞選作品開啟南宋宗風等，諸多推波助瀾之功，皆不可沒，其影響力當可想見。

三、改良詞作編選之體例

　　《古今詞統》編選體例屬「分調編次本」，乃以字數多寡為序編排詞調，此法始於顧從敬《類編草堂詩餘》，並首創小令、中調、長調之「三分法」，然歷來學者對其字數範圍之界定，說法不一，致多所缺失，清・萬樹並曾予以駁正。[57]是以《古今詞統》乃將傳統三分法加以改進，

單從字數長短安排詞調先後，不拘執於小令、中調、長調之名，強作區分，此種方式較為合理且少爭議，遂取代三分法，而為諸家所沿用。如清‧蔣景祁《瑤華集‧刻瑤華集述》載：

> 小令、中、長調，古無其名，強分枝節，宜
> 為朱日講（竹垞）所斥也。但字數多少，必
> 加編次，而長短以序，庶便觀覽。[58]

他如：清‧沈辰垣《御定歷代詩餘》、萬樹《詞律》及清聖祖敕撰《御製詞譜》等，均採此例，故此為《古今詞統》影響詞壇之具體貢獻。

【附錄】

《古今詞統》中誤題作者之詞：

卷次	詞　　　作	所題作者姓名[59]	
		《古今詞統》	《全唐五代詞》、《全宋詞》、《全金元詞》、《明詞彙刊》[60]
一	十六字令（眠。月影穿窗白玉錢）[61]	周邦彥	周玉晨
	阿那曲（西樓月落雞聲急）	張仲宗	朱敦儒
三	江南春（花惜惜）	陳元綸	陳元倫
	法駕導引（朝元路）	韓夫人	陳與義
	法駕導引（東風起）	韓夫人	陳與義
	法駕導引（簾漠漠）	韓夫人	陳與義
	憶王孫（輕羅團扇掩微差）	張仲宗	呂渭老
	如夢令（鶯嘴啄花紅溜）	秦　觀	無名氏
	如夢令（誰伴明窗獨坐）	李清照[62]	向　滈
	風流子（樓倚長衢欲暮）	孫光祖	孫光憲
	風流子（金絡玉銜嘶馬）	孫光祖	孫光憲
	長相思（深畫眉）	吳二娘	白居易[63]
	烏夜啼（無言獨上西樓）	孟　昶[64]	李　煜
	調笑令（何處）	李　邴[65]	毛　滂
	昭君怨（昨日樵村漁浦）	韓　駒	完顏亮
	生查子（去年元夜時）	朱淑真	歐陽修
	生查子（眉黛遠山長）	秦　觀	張孝祥
	生查子（金蓮照夜紅）	楊　炎	楊炎正
	酒泉子（楚女不歸）	牛　嶠	溫庭筠[66]
四	點絳唇（鶯踏花翻）	何　籀	無名氏

	點絳唇（高柳蟬嘶）	蘇 過	汪 藻
	點絳唇（流水泠泠）	僧德洪	朱 翌
	女冠子（含嬌含笑）	牛 嶠	溫庭筠
	浣溪沙（雨過殘紅濕未飛）	歐陽修[67]	周邦彥
	浣溪沙（腳上鞋兒四寸羅）	黃庭堅	秦 觀
	浣溪沙（花市東風捲笑聲）	陸 游	毛 滂
	浣溪沙（樓上晴天碧四垂）	李清照[68]	周邦彥
	歸國遙（香玉）	牛 嶠	溫庭筠
	歸國遙（雙臉）	牛 嶠	溫庭筠
	清商怨（關河愁思望處滿）	晏 殊	歐陽修
五	減字木蘭花（憑誰好筆）	闕 名	劉 涇[69]
	減字木蘭花（江南二月）	闕 名	仲 殊[70]
	菩薩蠻（南園滿地堆輕絮）	何 籀[71]	溫庭筠
	菩薩蠻（金風萩萩驚黃葉）	秦 觀	無名氏
	菩薩蠻（哀箏一弄湘江曲）	陳師道	晏幾道
	菩薩蠻（綠雲鬢上飛金雀）	李清照[72]	牛 嶠
	謁金門（鴛鴦浦）	秦 湛	張元幹
	清平樂（深沉院宇）	劉 涇	晁端禮
	清平樂（醉紅宿翠）	詹 玉	石孝友
	憶秦娥（暮雲碧）	秦 觀	無名氏
六	阮郎歸（春風吹雨遶殘枝）	秦 觀	無名氏
	眼兒媚（楊柳絲絲弄輕柔）	王 雱	無名氏
	眼兒媚（樓上黃昏杏花寒）	阮 閱	阮 閱
	眼兒媚（蕭蕭江上荻花秋）	無名氏	張孝祥
	錦堂春（樓上縈簾弱絮）	歐陽修	趙令時
	武陵春（人道有情還有夢）	趙秋官妻	連靜女
	柳梢青（岸草平沙）	秦 觀	仲 殊
	柳梢青（雲鬢盤鴉）	毛 栞	石孝友
	應天長（雙眉澹薄藏心事）	溫庭筠	牛 嶠

	應天長（一鉤新月臨妝鏡）	李後主	李　璟
	西江月（愁黛顰成月淺）	晏　殊	晏幾道
	瑤池燕（飛花成陣）	無名氏	蘇　軾[73]
七	南歌子（柳浪搖晴沼）	洪　荼	洪　瑹
	怨王孫（夢斷漏悄）	李清照	無名氏
	浪淘沙（簾外五更風）	歐陽修	無名氏
	戀繡衾（橘花風信滿園春）	李大古	李太古
	望遠行（碧砌花光照眼明）	李後主	李　璟
	鷓鴣天（枕上流鶯和淚聞）	秦　觀	無名氏
	瑞鷓鴣（楚王臺上一神仙）	歐陽修	吳　融
八	南鄉子（曉日壓重簷）	孫夫人	無名氏
	一斛珠（醉醒醒醉）	無名氏	王仲甫[74]
	梅花引（城下路）	高　憲	賀　鑄
	梅花引（六國擾）	高　憲	賀　鑄
九	踏莎行（芳草平沙）	張仲宗	張　羲
	踏莎行（碧蘚迴廊）	無名氏	歐陽修
	唐多令（雨過水明霞）	文天祥	鄧　剡
	蝶戀花（海燕雙來歸畫棟）	俞克成	歐陽修
	蝶戀花（小院秋光濃欲滴）	王安石[75]	程　垓
	蝶戀花（碧草啼煙春日暮）	吳鼎芳	孟稱舜
十	蘇幕遮（隴雲沉）	周邦彥	無名氏
	醉春風（陌上清明近）	趙德仁	無名氏
	行香子（佛寺雲編）	劉　過	張　羲
	青玉案（一年春事都來幾）	歐陽修	無名氏
	江城子（畫堂高會酒闌珊）	馮延登[76]	黃庭堅
	千秋歲（柳花飛盡）	歐陽修	楊　基
	千秋歲（世間好事）	賀　鑄	黃庭堅
十一	傳言玉女（一夜東風）	胡浩然	晁沖之
	風入松（一春常費買花錢）	于國寶	俞國寶

363

	祝英臺近（惜多才）	江西女子	戴復古妻
	踏青游（識箇人人）	蘇　軾	無名氏
	滿路花（簾烘淚雨乾）	朱希真	周邦彥
	江城梅花引（娟娟霜月冷侵門）	康與之	程　垓
	玉人歌（風西起）	楊　炎	楊炎正
十二	滿江紅（浪蕊浮花）	辛棄疾	無名氏
	滿江紅（東武南城）	晁補之	蘇　軾
	滿江紅（斗帳高眠）	張孝祥	無名氏
	水調歌頭（買得一航月）	楊　炎	楊炎正
	水調歌頭（把酒對斜日）	楊　炎	楊炎正
	水調歌頭（寒眼亂空闊）	楊　炎	楊炎正
	水調歌頭（危樓雲雨上）	無名氏	李　泳
	燭影搖紅（乳燕穿簾）	孫夫人	無名氏
	帝臺春（芳草碧色）	南唐元宗[77]	李　甲
十三	東風第一枝（老樹渾苔）	呂聖求	張　羲
	念奴嬌（炎精中否）	無名氏	黃中輔
	念奴嬌（鮑魚腥斷）	無名氏	黎廷瑞
	曲遊春（千樹玲瓏艸）	王竹澗	趙功可
十四	齊天樂（夜來疏雨鳴金井）	王月小	王月山
	瑞鶴仙（臉霞紅印枕）	歐陽修	陸　淞
	喜遷鶯（汀洲蘋蒲）	無名氏[78]	王　懌
	喜遷鶯（游絲纖弱）	史達祖[79]	蔣　捷
	花心動（風裏楊花）	謝　逸	無名氏[80]
	永遇樂（歌雪徘徊）	洪　茶	洪　璨
	西河（天下事）	王　彧	王　埜
十五	風流子（三郎年少客）	無名氏	僕散汝弼
	沁園春（問訊竹湖）	蔣　捷	劉　過
	沁園春（春至傷春）	汪柳塘	汪　莘
十	金明池（瓊苑金池）	秦　觀	無名氏

六	蘭陵王（明月陌）	丁奇遇	丁先遇
	多麗（鳳凰簫）	柳　永[81]	張　翥
	多麗（晩山青）	石孝友	張　翥

註：

[1] 明・卓人月撰：《蕊淵集》（明崇禎丁丑10年刊本，臺北：國家圖書館藏）。

[2] 鄧長風撰：〈卓人月：一位文學奇才的生平及其與《小青傳》之關係〉，《明清戲曲家考略》（上海：上海古籍出版社，1994年12月），頁228—229。

[3] 明・徐士俊撰：《雁樓集》（清順治間刊本，臺北：國家圖書館藏），卷十二：〈哭卓珂月〉六首其三，頁23。

[4] 以上參清・楊秉初輯《兩浙輶軒錄補遺》卷一，及清・龔嘉儁修、李榕纂《杭州府志》卷一百四十四。

[5] 同註1。

[6] 清・嵇曾筠等監修、沈翼機等編纂：《浙江通志》（臺北：臺灣商務印書館，1985年2月，《景印文淵閣四庫全書》，第524冊），卷203，頁482。

[7] 同註3，卷15，頁21。

[8] 以上參清・楊鍾羲輯《雪橋詩話三集》卷一，及清・王士禎編《感舊集》卷二。

[9] 清・王士禎編：《感舊集》（上海：有正書局影印本，1919年12月），卷2，頁35。

[10] 同註3，卷6，頁5。

[11] 同前註，卷7，頁13。

[12] 同前註，卷13，頁27。

[13] 同前註，頁28。

[14] 同前註，卷20，頁2。

[15] 明・徐士俊撰：〈卓珂月遺集序〉，同註3，卷15，頁22。

[16] 同註3，卷24，頁1。

[17] 明・卓人月編、徐士俊評：《草堂詩餘》（或題為《詩餘廣選》）

（明末刊豹變齋印本，臺北：國家圖書館藏）。

18　此篇內容應是節錄：宋・張炎《詞源》卷下。

19　〈作詞五要〉，作者應為宋・楊纘。

20　詞調有第一體、第二體、第三體………者，僅以一調計算。

21　〈眉峰碧〉與卷四〈卜算子〉，〈玉連環〉與卷五〈洛陽春〉，為同
　　調異名，故卷六實錄32調。

　　按：清聖祖敕撰《御製詞譜》卷六，趙令時〈烏夜啼〉（樓上縈簾
　　弱絮）後註曰：「宋人俱填〈錦堂春〉體，其實始於南唐李煜，本名
　　〈烏夜啼〉也，《詞律》反以〈烏夜啼〉為別名者誤；惟〈相見歡〉
　　一詞，乃別名〈烏夜啼〉，與此無涉。」（臺北：聞汝賢據殿印本縮
　　印，　1976年元月，頁21。）故卷六〈錦堂春〉與卷三〈烏夜啼〉，
　　不為同調異名。

22　〈月照梨花〉、〈怨王孫〉與〈河傳〉，為同調異名，故卷七實錄16
　　調。

　　按：清聖祖敕撰《御製詞譜》卷九，〈思越人〉調下註曰：「調見
　　《花間集》，按孫光憲詞『館娃宮外春深』，又『魂消目斷西子』；
　　張泌詞『越波堤下長橋』，俱詠西子事，故名〈思越人〉，與〈鷓
　　鴣天〉詞別名〈思越人〉者不同。」（臺北：聞汝賢據殿印本縮印，
　　1976年元月，頁4。）故卷七〈鷓鴣天〉與卷六〈思越人〉，不為同
　　調異名。

　　又清・萬樹《詞律》卷三，潘閬〈酒泉子〉（長憶西湖湖水上）後
　　註曰：「按釋文瑩《湘山野錄》云：『長憶二首是潘閬自度曲，因
　　憶西湖諸勝，故名〈憶餘杭〉，與〈酒泉子〉不同。』所論與《詞
　　譜》、《詞統》均合，應另為一調。」（臺北：臺灣中華書局，1978
　　年1月，《四部備要》本，頁5。）故卷七〈憶餘杭〉與卷三〈酒泉
　　子〉，不為同調異名。

23　〈惜分釵〉與卷七〈摘紅英〉，為同調異名，故卷九實錄10調。

24 〈釵頭鳳〉與卷七〈摘紅英〉及卷九〈惜分釵〉，〈風中柳〉與〈賣花聲〉，〈灼灼花〉與〈小桃紅〉，為同調異名，故卷十實錄25調。

25 卷十目錄載：「〈蘇幕遮〉四首」，然卷內實錄5闋，故卷十所收詞作，應為136闋。

26 〈滿路花〉、〈滿園花〉與〈一枝花〉，為同調異名，故卷十一實錄41調。

按：〈玉人歌〉與〈探芳信〉二調，清・萬樹於《詞律》卷十三，張炎〈探芳信〉（坐清晝）後註曰：「按楊炎（正）有〈玉人歌〉一調，與此調通篇皆同，只「甚探芳」句，少一「甚」字，實係一調而異名者。」（臺北：臺灣中華書局，1978年1月，《四部備要》本，頁9。）然《御製詞譜》則將之分列兩調，而《古今詞統》亦不相混，故乃依《御製詞譜》與《古今詞統》所錄，不將〈玉人歌〉與〈探芳信〉視為同調異名。

27 卷十一目錄載：「〈驀山溪〉十二首」，然卷內實錄11闋，故卷十一所收詞作，應為93闋。

28 卷十四目錄載：「〈水龍吟〉二十五首」，然卷內實錄26闋，故卷十四所收詞作，應為79闋。

29 卷十五目錄載：「〈望海潮〉四首」，然卷內實錄3闋，故卷十五所收詞作，應為79闋。

30 宋・俞文豹《吹劍錄全編・吹劍續錄》載：「東坡在玉堂，有幕士善謳，因問：『我詞比柳詞何如？』對曰：『柳郎中詞，只好十七、八女孩兒，執紅牙拍板，唱"楊柳外、曉風殘月"；學士詞，須關西大漢，執鐵板，唱"大江東去"。』公為之絕倒。」（北京：中華書局，1959年8月），頁38。

31 唐圭璋編：《詞話叢編》（臺北：新文豐出版公司，1988年2月），第1冊，頁596。

32 明・徐師曾《詩餘・序》曰：「至論其詞，則有婉約者，有豪放者。

婉約者，欲其辭情醞藉；豪放者，欲其氣象恢弘。」（清道光間福申鈔本，臺北：國家圖書館藏）。

33 明・卓人月編、徐士俊評：《古今詞統》（明崇禎間刊本，臺北：國家圖書館藏）。

34 明・徐士俊撰：〈古今詞統序〉，同前註。

35 同註33。

36 同前註。

37 同註31，頁655。

38 同前註，頁685。

39 《古今詞統》：「舊序」類，同註33，頁5。

40 明・沈際飛評選：《古香岑草堂詩餘四集》（明崇禎間太末翁少麓刊本，臺北：國家圖書館藏）。

41 同註33。

42 同前註，頁6。

43 同前註，頁5—6。

44 蕭鵬著：《群體的選擇——唐宋人選詞與詞選通論》（臺北：文津出版社，1992年11月），頁258。

45 同註33。

46 清・彭孫遹著：《詞藻》（臺北：廣文書局，1970年1月），頁5。

47 同註33，頁10。

48 明・董逢元《唐詞紀》計選錄：〈竹枝〉25闋及〈楊柳枝〉134闋。（臺南：莊嚴文化事業公司景印，1997年6月，《四庫全書存目叢書》，集部，第422冊。）

49 同註33。

50 同註31，第3冊，頁2500。

51 羅聯添《唐代詩文六家年譜》附錄之資料。（臺北：學海出版社，1986年。）

[52] 清・王漁洋著：《帶經堂詩話》（臺北：清流出版社，1976年10月），卷29，頁4。

[53] 此項下所錄以原作者之姓名為主。

[54] 同註3，卷13，頁47。

[55] 嚴迪昌著：《清詞史》（南京：江蘇古籍出版社，1999年8月），頁51。

[56] 同前註，頁53。

[57] 清・萬樹《詞律・發凡》曰：「愚謂此亦就《草堂》所分而拘執之。所謂定例，有何所據？若以少一字為短，多一字為長，必無是理。如〈七娘子〉有五十八字者，有六十字者，將名之曰小令乎？抑中調乎？如〈雪獅兒〉有八十九字者，有九十二字者，將名之為中調乎？抑長調乎？故本譜但敘字數，不分小令、中、長之名。」（臺北：臺灣中華書局，1978年1月，《四部備要》本），頁1。

[58] 清・蔣景祁編：《瑤華集》（北京：中華書局，1982年11月），頁3。

[59] 《古今詞統》項下之作者姓名，依原書題名；而《全唐五代詞》等項下，則以原作者之姓名為主。

[60] 張璋、黃畬編：《全唐五代詞》（臺北：文史哲出版社，1986年10月）。

唐圭璋編：《全宋詞》（臺北：宏業書局，1985年10月）。

唐圭璋編：《全金元詞》，全二冊（臺北：洪氏出版社，1980年11月）。

趙尊嶽輯：《明詞彙刊》，全二冊（上海：上海古籍出版社，1992年7月）。

[61] 唐圭璋編《全金元詞》（二）「元詞」，周玉晨〈十六字令〉後註曰：「其首俱以一字句斷，今本訛眠字為明，遂作三字句斷，非也。」（臺北：洪氏出版社，1980年11月，頁860。）今依其言，改

「明」為「眠」。

62 《古今詞統》卷三註：「一刻向豐之。」（頁9）。

63 張璋、黃畲編《全唐五代詞》卷一，白居易〈長相思〉（深畫眉）「箋評」曰：「按此首又傳為吳二娘作。」（臺北：文史哲出版社，1986年10月，頁136。）今依《全唐五代詞》，將其歸於白居易作。

64 《古今詞統》卷三註：「一刻李後主。」（頁22）。

65 《古今詞統》卷三註：「一刻毛滂。」（頁26）。

66 張璋、黃畲編《全唐五代詞》卷二，溫庭筠〈酒泉子〉（楚女不歸）「箋評」曰：「按此首又傳為馮延巳作，見《陽春集》。」（臺北：文史哲出版社，1986年10月），頁214—215。

67 《古今詞統》卷四註：「一刻周美成。」（頁17）。

68 同前註，頁25。

69 唐圭璋《全宋詞》於蘇軾〈減字木蘭花〉（憑誰妙筆）後註曰：「案《苕溪漁隱叢話·後集》卷三十七，另引《復齋漫錄》云：『上半闋乃劉涇所作』，並以《古今詞話》為非。」（臺北：宏業書局，1985年10月，頁332。）而《全宋詞》又於劉涇〈減字木蘭花〉（憑誰妙筆）後註曰：「案《苕溪漁隱叢話·後集》卷三十七，又引《古今詞話》，以上半首為蘇軾作。胡仔云：『當以《復齋》為正。』」（同上，頁371—372。）故此僅以劉涇列名。

70 唐圭璋《全宋詞》於仲殊〈減字木蘭花〉（江南三月）後註曰：「《苕溪漁隱叢話·後集》卷三十七引《復齋漫錄》，上疊仲殊作，下疊陳襲善續。」又曰：「案《詞品》卷四，以上疊為劉涇作，下疊仲殊作，非。」（臺北：宏業書局，1985年10月，頁545。）故此僅以仲殊列名。

71 《古今詞統》卷五註：「一刻溫庭筠。」（頁14）。

72 《古今詞統》卷五註：「一刻牛嶠。」（頁17）。

73 唐圭璋《全宋詞》於廖正一〈瑤池宴令〉（飛花成陣）一詞後註云：

「案據《侯鯖錄》卷三，此首乃蘇軾作，未知孰是。」（臺北：宏業書局，1985年10月，頁453。）《全宋詞》將此詞分別收錄於廖正一及蘇軾名下，而此僅以蘇軾列名。

74 唐圭璋《全宋詞》於王仲甫〈醉落魄〉（醉醒醒醉）後註曰：「案此首見黃庭堅〈醉落魄〉詞序，黃云：『或傳是東坡語，非也，疑是王仲父作。』此首亦見《東坡詞》卷下。」「又案宋另有王仲甫，字明之，王珪之姪，曾官主簿。又有王介字仲甫，與王安石同時。黃庭堅所云王仲父，未知為誰，此詞姑附於此。」（臺北：宏業書局，1985年10月），頁271。

75 《古今詞統》卷九註：「一刻程垓。」（頁36）。

76 《古今詞統》卷十註：「一刻黃山谷。」（頁46）。

77 《古今詞統》卷十二註：「一刻李景元。」（頁44）。

78 《古今詞統》卷十四註：「一刻王秋澗。」（頁26）。

79 《古今詞統》卷十四註：「一刻蔣捷。」（頁27）。

80 唐圭璋《全宋詞》於謝逸「存目詞」：〈花心動〉（風裏楊花）下註曰：「明人傳奇《覓蓮記》中詞，非謝逸作。」（臺北：宏業書局，1985年10月，頁652。）故將此闋歸為「無名氏」作。

81 《古今詞統》卷十六註：「一刻張燾。」（頁31）。

第二節　輯選詞篇之菁華：《詞菁》

崇禎時期，明代文壇，公安勢微，竟陵代之而起，導至社會環境波動，文化心態遭受衝擊；而晚明詞人亦一反傳統之復古思潮，改崇「異調新聲」，選詞之重心，亦逐漸轉移至南宋及明代。然《詞菁》之編選，正逢此新舊觀念交相作用之時，是以其「不主故常，不避生新」[1]，為晚明之詞選，另闢蹊徑，獨樹一幟。

壹、編者簡介

陸雲龍，字雨侯，號孤憤生，浙江錢塘（今浙江省杭州市）人，杭州文士，生卒年不詳，約明思宗崇禎初前後在世，事蹟無考。著有小說《遼海丹忠錄》八卷四十回，另選輯《翠娛閣評選行笈必攜》十種，計有：《詩最》二卷、《文奇》四卷、《文韻》四卷、《書雋》二卷、《四六儷》二卷、《小札簡》二卷、《清語部》一卷、《紀游》一卷、《格言》一卷和《詞菁》二卷；[2]此外，亦編選《十六名家小品》三十二卷。明・丁允和於〈十六名家小品序〉中，稱道陸雲龍：「器沉識穆，胸囊萬古。」[3]又明・何偉然〈皇明十六家小品序〉曰：「惟予社伯陸雨侯，吾國間氣，靈文哲匠，………真能識取天下之文。」[4]顯見陸雲龍識高氣灝，獨存慧眼，具蒐求之能，備采擷之思，洵為難得之人才。

貳、編選之版本及體例

　　《詞菁》二卷，卷端上題「翠娛閣評選行笈必攜詞菁」，下題署名「錢塘陸雲龍雨侯父評選，陸人龍君翼父較定」；卷首載辛未仲夏翠娛閣主人〈敘〉，而此篇乃為陸雲龍之自敘；是以《詞菁》一書，當刊刻於明思宗崇禎四年（西元1631年），現藏於上海：復旦大學圖書館及北京：中國科學院圖書館。

　　《詞菁》卷前列有目錄，按類編排，著錄詞調及作者，是為「分類編次本」。然目錄所列與卷內實際收錄，多有出入，如：卷一錄有文徵明〈滿江紅〉（漠漠輕寒），目錄未載；而目錄列有蔣勝欲〈春雲怨〉、李白〈清平樂〉、丘瓊臺〈重疊金〉及〈雙雙燕〉等詞，則卷內未收。另目錄中作者之題名與卷中所載，亦有前後不一之情形，如：卷二〈小重山〉（一閉昭陽春又春），卷內題韋莊作，目錄則誤題為薛昭蘊作。此外，其於排列順序上又有不同之處，如：目錄中先列「雜詠」，後接「題詠」；先列「動物」，後接「植物」；卷內實錄則先後互置。

　　《詞菁》之分類，共分為21項，而於篇內詞調之下，或再擬子目，茲表列詳述如次：

卷次	事類	調 下 所 擬 子 目	詞 數
一	天 文	詠雪　姚江阻雨　雨晴　新月　春雨　秋風 詠月　詠雨　春晴　秋晴　賦冰	17
	節 序	春景　春暮　春半　初春　晚春　春夜　曉景 清明　立春　上巳　初夏　夏景　夏夜露坐 端午　秋夜　秋日　秋意　秋晚　秋景　七夕 中秋　重陽　九日　冬　冬景	62
	形 勝	天池　江西造口　巫峽　天台　東陽道中 過徐州　武昌　七里瀨　錢塘懷古　赤壁懷古 金陵　西湖　瓢泉　春水	15
	人 物	佳人　所歡　畫眉　美人纖趾　詠妓 握扇美人圖　舞妓　美人書字　採蓮女　美人 美人捧茶　美人指甲　美人足　美人眉 美人目　妓女　漁父	21
	宴 集	月夜賞荷　歡會　秋賞　飲酒	4
	遊 望	晚步　野眺　郊行　春遊　越城晚眺 登道場山望何山　野望　秋望　踏青 西湖秋泛	10
	行 役	曉行　客行	2
	稱 壽	字壽　為韓南潤壽	2
二	離 別	別情　送別　離思　離別　愁別　別意　詠別 春別	13
	宮 詞		2
	閨 詞	春閨　閨情　題情　春　春情　秋閨　閨怨 湖上有感	49
	懷 思	寫情　離思　秋思　秋懷　旅思　寫懷　感舊 羈懷　秋情　春情　春思	25
	愁 恨	春恨　春愁　春怨　詠愁　愁思	7
	寄 贈	得遠信　舟中代柬　寄張女紅橋	3

二	題 詠	題畫　題宋高宗賜岳武穆手敕		4
	雜 詠	惜春　送春　中秋待月不至　春夜不寐　病起		6
	居 室	山驛　葉叔安溪南草堂　幽居　登保叔湖光閣 顧氏隱居　鄒氏隱居　村居　吳延陵郊居小齋 過采石磯題蛾眉序 七月晦雨晴登虎丘五臺致爽閣作		10
	植 物	詠草　梨花夜月　詠柳　楊花　詠菊　遊絲 題古松贈壽　落花　荷花		11
	動 物	蘆雁　孤鴻　杜鵑		4
	器 具	漁舟　詠鏡		2
	迴 文			2

　　全書所選以「節序」、「閨詞」、「懷思」三類為最
多；然其中「春情」一目，既屬「閨詞」類，又見於「懷
思」類，顯見編者之分類，略有疏漏之處。

　　《詞菁》選詞之範圍，涵括晚唐、五代、宋、金、元
及明，共計錄詞270闋；[5]而作者之題名，以字、號為主，
然或有「闕名」，或有誤題，茲依《全唐五代詞》、《全
宋詞》、《全金元詞》及《明詞彙刊》，查考訂正（參見
【附錄一】），除無名氏外，總計選錄詞家129人，包括：
晚唐、五代7人，北宋28人，南宋51人，金代2人，元代2
人，明代38人，時代不詳者1人。而所錄詞調，去其同調
異名，[6]及更正調名錯誤者（參見【附錄二】），合計錄有
110調，分別為：小令（58字以內）41調，中調（59—90
字）29調，長調（91字以上）40調。而書中另有眉批語，

簡短明白；句中則間有附註，或釋字詞，或記故實。

參、選詞原因

　　據羅立剛〈竟陵派的又一重要選本——陸雲龍選輯《翠娛閣評選行笈必攜》簡介〉言：「錢塘陸雲龍主持選評的《翠娛閣評選行笈必攜》，………可謂是反映鍾、譚二人文學主張的又一重要選本。」[7]「鍾、譚」指鍾惺、譚元春，此二人為竟陵派之創導者；而《詞菁》則為《翠娛閣評選行笈必攜》之一種，亦即為明末竟陵派之一部重要詞選，苟能析其編選動機，或可體現萬曆末至崇禎初之詞壇現象。茲從兩方面析論之：

一、矯正時人之創作觀

　　復古運動，為有明一代文學發展變遷之主要軌跡，雖有前後七子之極力鼓吹，然亦出現唐宋派與公安派之反制力量。萬曆二十六、七年間（西元1598、1599年），公安派之文學活動，達到高潮。袁宏道〈敘小修詩〉曰：

> 蓋詩文至近代而卑極矣！文則必欲準于秦
> 漢，詩則必欲準于盛唐，剿襲模擬，影響步
> 趨，見人有一語不相肖者，則共指以為野狐
> 外道。曾不知文準秦漢矣，秦漢人曷嘗字字
> 學六經歟？詩準盛唐矣，盛唐人曷嘗字字學
> 漢魏歟？秦漢而學六經，豈復有秦漢之文？

> 盛唐而學漢魏，豈復有盛唐之詩？唯夫代有
> 升降，而法不相沿，各極其變，各窮其趣，
> 所以可貴，原不可以優劣論也。[8]

公安派強調「獨抒性靈」，標榜「不拘格套」，並以
為詩文之可貴，乃在於「極其變」、「窮其趣」；然一味
追求解放之結果，弊端叢生，致使詩文流於淺率，氣格卑
俗。《詞菁》陸雲龍〈敘〉曰：

> 特其中有欲求新而得誤，似為吳歈作祖，予
> 不敢不嚴剔之，誠以險中有菁，俳不可為菁
> 耳。[9]

「求新」、「求變」，固為詩文創作之生命力，然
若墜入惡道，便不足取。因此繼公安而起之竟陵派，其
詩文主張，一方面承續公安派之「性靈說」，反對句模
字擬；另一方面則又強調，須求古人之真精神，以矯時俗
鄙俚輕率之弊。而明代萬曆時期之詞選，《花草粹編》與
《唐詞紀》，所選之詞，以唐、五代及北宋為主；然至崇
禎初年，《古今詞統》之選，則全力推動南宋詞風。故而
後《詞菁》之編選，乃試圖於「崇古」及「新變」之間，
尋求一平衡中心，冀能為詞壇注入新血，扭轉偏狹之創作
觀。

二、擇取菁華，另開新貌

　　宋人編選之《草堂詩餘》，為明代詞壇之標的，而明
人選詞，莫不以其為主體；諸如由《草堂詩餘》衍生而出
之續集或補集，及根據《草堂詩餘》而加以擴增或刪減之
詞選集等，林林總總，多不勝舉。《詞菁》陸雲龍〈敘〉
有言：

> 其後名賢輩出，人巧欲盡，悉為奇險之句，
> 幽窈之字，實緣徑窮路絕，不得不另開一堂
> 奧。試取《花間》、《草堂》並咀之，《草
> 堂》自更新綺者。[10]

　　崇禎初有沈際飛評選《古香岑草堂詩餘四集》[11]（以下
簡稱「草堂四集」），與卓人月彙選《古今詞統》，分別
將《草堂詩餘》予以系列化、一體化；然詞之發展變遷，
至明已遭逢「徑窮路絕」之境。明・俞彥《爰園詞話》曰：

> 周東遷以後，世競新聲，三百之音節始廢。
> 至漢而樂府出，樂府不能行之民間，而雜
> 歌出。六朝至唐，樂府又不勝詰曲，而近體
> 出。五代至宋，詩又不勝方版，而詩餘出。
> 唐之詩，宋之詞，甫脫穎，已遍傳歌工之
> 口。元世猶然，至今則絕響矣。即詩餘中，
> 有可采入南劇者，亦僅引子。中調以上，通
> 不知何物，此詞之所以亡也。[12]

是以，為沿續詞體，避免詞亡，不得不另開堂奧。《詞菁》乃分別自《草堂詩餘正集》輯錄121闋，《草堂詩餘續集》輯錄38闋，《草堂詩餘別集》輯錄26闋，《草堂詩餘新集》輯錄83闋；而全書270闋詞，除卷一，無名氏〈踏莎行〉（香罷宵薰）及卷二，無名氏〈踏莎行〉（玉臂寬環）兩闋外，其中268闋均選錄自《草堂四集》。換言之，即從《草堂四集》一千六百餘闋詞中，擇選出兩百餘闋，不僅擴大原《草堂詩餘》之選詞範圍，亦縮減《草堂四集》與《古今詞統》卷帙龐雜之累，且接續完成《草堂詩餘》之續、補任務，並能統合菁華，開明代詞選之新貌。

肆、選詞標準

《詞菁》，為詞中之菁華綺麗者，而此書輯選之標準，與竟陵派所秉持之詩文主張，及晚明時期特殊之文化背景，密切相關。茲就以下兩方面言之：

一、擬古鑄今，融合諸長

《詞菁》之選，以輯錄自《草堂詩餘正集》者最多，其次為《草堂詩餘新集》，然就全書內容分析，可知其擇選詞作之趨向與特色。試將選詞在五闋以上之詞家，表列如次（詞人以時代歸類，並按詞數之多寡排列）：

時代	詞　人[13]	詞　數	合　計
北 宋	周邦彥 秦　觀 蘇　軾	12 11 9	32
南 宋	辛棄疾 李清照 程　垓	9 5 5	19
明 代	劉　基 王世貞 文徵明 楊　慎	13 10 6 5	34

　　綜觀《詞菁》全書，除無名氏及時代不詳者外，總計
收錄：晚唐、五代詞11闋，北宋詞74闋，南宋詞79闋，金
代詞3闋，元代詞3闋，明代詞83闋；而據上表統計可知，
《詞菁》中選詞在五闋以上者：北宋3家，計32闋；南宋
3家，計19闋；明代4家，計34闋。是以北宋、南宋及明
代之詞，於《詞菁》中所佔之比例，可謂平分秋色，選家
既未推尊北宋，亦不獨厚南宋，且兼取當世之詞。北宋詞
人中，以收周邦彥之作為多，清真詞富豔精工，能審定古
音、古調，為詞家正宗；而南宋詞人中，以錄辛棄疾之作
為夥，稼軒詞慷慨縱橫，氣魄雄大，為倚聲家之變調；此
二者代表傳統與革新之兩大潮流，《詞菁》均予以肯定。
至於明代詞人中，則以選劉基之作為最多，《詞菁》陸雲

龍〈敘〉評曰：

> 至我明郁離，具王佐才，廁身帷幄，宜同稼
> 軒，時露英雄本色。乃似柔其骨，麗其聲，
> 藻其思，務見菁華之色，則所尚可知已。[14]

　　《詞菁》所選，為「菁華之色」，醞英雄之氣，而能兼具柔美；故「熔鑄古今，發揮諸家之長」，乃其選詞之準則。

二、情真意摯，求厚尚趣

　　《詞菁》之分類項目，較《唐詞紀》多5項，其所收詞作少，而區分之事類則更為細密；然於《草堂詩餘》「辛卯本」[15]分類之基礎上言，雖各家詞選，另立門徑，唯仍不失前後相承之遞變關係。故擬就《詞菁》與《草堂詩餘》「辛卯本」之事類分項，加以比較分析，從中或可推知《詞菁》選詞之原則：

《草堂詩餘》「辛卯本」				《詞菁》			
卷次	事類	詞數	合計	卷次	事類	詞數	合計
後上	天文類	21	21	一	天　文	17	17
前卷集上	春景類	129	258	一	節　序	62	62
	夏景類	28					
	秋景類	33					
	冬景類	15					
後上	節序類	53					
後上	地理類	10	10	一	形　勝	15	15
後卷集下	人物類	15	15	一	人　物	21	31
				二	居　室	10	
後卷集下	飲饌器用	11	11	一	宴　集	4	19
				二	寄　贈	3	
				二	題　詠	4	
				二	雜　詠	6	
				二	器　具	2	
後卷集下	人事類	41	41	一	遊　望	10	110
				一	行　役	2	
				一	稱　壽	2	
				二	離　別	13	
				二	宮　詞	2	
				二	閨　詞	49	
				二	懷　思	25	
				二	愁　恨	7	
後卷集下	花禽類	19	19	二	植　物	11	15
				二	動　物	4	

從上表之對照可知，《詞菁》中「遊望」、「行役」、「稱壽」、「離別」、「宮詞」、「閨詞」、「懷思」、「愁恨」等八項，相類於《草堂詩餘》「辛卯本」之「人事類」，共計110闋，為《詞菁》中收錄最多之部分，約佔全書比例41％；顯見《詞菁》之內容，多為抒發心境，蘊涵性情之作。如卷二「離別」：蕭淑蘭〈菩薩蠻〉（有情潮落西陵浦），陸雲龍評之曰：「憨厚之至，得人心事。」又卷二「閨詞」：楊用修〈長相思〉（雨聲聲），陸氏則評曰：「此為真瘦、真相思。」故《詞菁》選詞之標準，乃於抒情遣性之餘，更要求意境之提昇，所謂「險中有菁，俳不可為菁」[16]，嚴斥輕佻膚廓之作。然《詞菁》所選，尚能供文學欣賞之趣，如：陸氏評辛幼安〈鷓鴣天〉（撲面征塵去路遙）為「快意之作。」（卷一）；評范夫人徐媛〈霜天曉角〉（練波飛渺）一詞則曰：「燦然如繡，粉白黛綠，嫣然可人。」（卷二）；並稱道柳耆卿〈望海潮〉（東南形勝）：「西湖景色得強半。」（卷一）；且《詞菁》中另有「迴文」一類，此於《草堂詩餘》「辛卯本」中未見。

伍、《詞菁》之影響

明末各種文學流派縱橫、更替，主導當時文學思想之發展，而詞學於體製、內容方面之表現，亦難免受其波

及；《詞菁》作為竟陵派之代表詞選，對於晚明詞壇之變
化，或有關鍵性之影響。茲就以下兩方面析論之：

一、竟陵派之主張藉以彰顯

　　竟陵派約興起於萬曆四十五年左右，活躍於天啟及崇
禎前期，至清初而不衰。然當其接受反復古主義洗禮及掙
脫思想束縛之同時，亦體悟其中放浪輕薄之弊。鍾惺〈再
報蔡敬夫〉一文曰：

> 常憤嘉、隆間名人，自謂學古，徒取古人極
> 膚、極狹、極套者，利其便於手口，遂以為
> 得古人之精神，且前無古人矣。而近時聰明
> 者矯之，曰：「何古之法？須自出眼光。」
> 不知其至處，又不過玉川、玉蟾之唾餘耳，
> 此何以服人？[17]

　　是以不明究理，一味學古，固為不當；然若恣意率
性，只求標新立異，亦誠屬不智。因而竟陵派強調，須於
古人詩文中求其精神，進而破除蔽障，凌駕乎上，方能具
獨創之價值。鍾惺〈詩歸序〉曰：

> 真詩者，精神所為也。察其幽情單緒，孤行
> 靜寄于喧雜之中；而乃以其虛懷定力，獨往
> 冥游于寥廓之外。如訪者之幾于一逢，求者

之幸于一獲，入者之欣於一至。[18]

　　詩人應以清遠淡雅之風格，表現超凡曠達之情懷，並營造幽微深美、含蓄靈動之意境，此即為竟陵派之主張體現於詩文之審美理想。而竟陵之風，藉由《詞菁》之編選，吹拂至晚明詞壇，不僅對前期選詞之範圍與內容，予以重新審視，更將其特殊之文化心態灌注其中，既承續傳統，又追求創新。

二、間接促使明末詞風向復古主義回歸

　　公安派極盛時期，自由浪漫之思潮瀰漫文壇，然隨後繼起之竟陵派，則似一條無形之繩索，欲導正其放任不羈之行徑。廖可斌於《明代文學復古運動研究》一書中，即明白指出此種高潮起落之興替現象：

> 當天啟末、崇禎初，在浪漫主義狂飆過後
> 的文壇上，一方面是浪漫主義的末流還在蔓
> 延，它的弊端已充分暴露出來；另一方面，
> 浪漫主義文學思潮本身也發生了某種蛻變，
> 表現出向復古主義回歸的傾向。這正反兩個
> 方面構成一種合力，呼喚著復古主義的高潮
> 再一次到來。[19]

　　明代崇禎初期之詞選：《古今詞統》，雖對南宋及明

代之詞，付予較多關注，並努力拓展選詞之視野與範疇，
積極突破狹隘之局限；然《詞菁》繼出後，潛藏於詞壇之
復古思想，受其激發，至明末時期再次發酵。陳子龍〈答
胡學博〉曰：

> 然舉古人所為溫厚之旨，高亮之格，虛響沉
> 實之工，珠聯璧合之體，感時託諷之心，援
> 古証今之法，皆棄不道，而又高自標置，以
> 致海內不學之小生，游光之緇素，侈然皆自
> 以為能詩。何則？彼所為詩，意既無本，辭
> 又鮮據，可不學而然也。[20]

陳子龍為明末雲間詞派之領袖人物，從其所論，對日
後雲間詞人推崇晚唐五代詞風以接續詞統，並鼓吹窮本探
源之復古主張，則不難理解。

【附錄一】

《詞菁》中誤題作者之詞：

卷次	詞　作[21]	所題作者姓名[23]	
		《詞菁》[22]	《全唐五代詞》、《全宋詞》、《全金元詞》、《明詞彙刊》[24]
一	鷓鴣天（拂草揚波復振條）	楊用修	文徵明
	滿江紅（斗帳高眠）	張安國	無名氏
	秋霽（虹影侵階）	李後主	無名氏
	如夢令（門外綠楊千頃）	秦少游	曹　組
	如夢令（鶯嘴啄花紅溜）	闕名[25]	無名氏
	浣溪沙（水漲魚天拍柳橋）	周美成	無名氏
	玉漏遲（杏香飄禁苑）	宋子京	韓嘉彥
	點絳唇（紅杏飄香）	賀方回	蘇　軾
	柳梢青（子規啼血）	賀方回	蔡　伸
	滿江紅（漠漠輕寒）	闕　名	文徵明
	生查子（眉黛遠山長）	秦少游	張孝祥
	浣溪沙（花市東風卷笑聲）	陸渭南	毛　滂
	漢宮春（春已歸來）	黃山谷	辛棄疾
	聲聲慢（梅黃金重）	劉巨濟	無名氏
	喜遷鶯（梅霖初歇）	吳子和	黃　裳
	霜天曉角（帆輕一扇）	范大人	范夫人
	憶王孫（同雲風掃雪初晴）	歐文忠	李重元
	訴衷情（清晨簾幕卷輕霜）	闕名[26]	歐陽修
	清平樂（醉紅宿翠）	童甕天	石孝友
	惜分飛（花雨繽紛迷小院）	李伊士	李伊玉
	新荷葉（雨過回塘）	僧仲殊	趙　抃

	賀新郎（可喜人如玉）	吳毅甫	吳　潛
	浣溪沙（新婦磯頭眉黛愁）	闕　名	黃庭堅
	滿江紅（慘結秋陰）	趙元禎	趙　鼎
二	踏莎行（芳草平沙）	張仲宗	張　矞
	酷相思（月挂霜林寒欲墜）	闕　名[27]	程　垓
	如夢令（誰伴明窗獨坐）	李易安	向　滈
	生查子（相思懶下床）	無名氏	向子諲
	點絳唇（春雨濛濛）	何　籀	無名氏
	浣溪沙（漠漠輕寒上小樓）	歐陽永叔	秦　觀
	阮郎歸（春風吹雨遶殘枝）	秦少游	無名氏
	鷓鴣天（枝上流鶯和淚聞）	秦少游	無名氏
	南鄉子（曉日壓重簷）	孫夫人	無名氏
	踏莎行（小徑紅稀）	寇平叔	晏　殊
	臨江仙（春睡懨懨生怕起）	秦公庸	秦士奇
	聲聲令（簾移碎影）	俞克成	章　楶[28]
	燭影搖紅（乳燕穿簾）	孫夫人	無名氏
	晝錦堂（雨送閒愁）	秦公傭	秦公庸
	搗練子（心耿耿）	李後主[29]	無名氏
	生查子（娟娟月入眉）	無名氏	向子諲
	菩薩蠻（金風籤籤驚黃葉）	秦少游	無名氏
	江城梅花引（娟娟霜月冷侵門）	康伯可	程　垓
	唐多令（雨過水明霞）	文文山	鄧　剡
	蝶戀花（小院秋光濃欲滴）	王介甫	程　垓
	桂枝香（梧桐雨細）	張宗陽	張　輯
	高陽臺（紅入桃腮）	僧皎然	王　觀
	如夢令（樓外殘陽紅滿）	晏叔原	秦　觀
	虞美人（輕紅短白東城路）	闕　名[30]	程　垓
	如夢令（枝上子規猶鬧）	王元美	王世懋
	長相思（短長亭）	萬俟雅言	万俟詠
	滿庭芳（紅蓼花繁）	張子野	秦　觀

【附錄二】

《詞菁》中調名錯誤者：

卷次	詞人[31]	原 詞 調	首　　　　句	更正詞調
一	劉伯溫	驀溪山	清明過了	驀山溪
	毛　滂	山花子	花市東風卷笑聲	浣溪沙
	舒信道	訴衷情	江梅未放枝頭結	菩薩蠻
	蘇東坡	酹江月	大江東去	酹江月
	鄭中卿	酹江月	嗟來咄去	酹江月
二	章　粢	聲聲慢	簾移碎影	聲聲令
	錢思公	鷓鴣天	城上風光鶯語亂	木蘭花

註：

1 　羅立剛撰：〈竟陵派的又一重要選本——陸雲龍選輯《翠娛閣評選行
　　笈必攜》簡介〉，《古典文學知識》1998年第6期，頁108。

2 　同前註，頁104。

3 　明・陸雲龍編：《十六名家小品》（明崇禎間錢塘陸氏原刊本，臺
　　北：國家圖書館藏）。

4 　同前註。

5 　《詞菁》卷二，「閨詞」類與「懷思」類，各錄有溫庭筠〈更漏子〉
　　（玉爐香）一闋，此重複選錄，因之僅以1闋計；又卷二「懷思」
　　類，劉伯溫〈金人捧露盤〉（水如藍），僅存上半闋，而此仍以1闋
　　計之，故卷內實際錄詞270闋。

6 　《詞菁》中同調異名者有：〈醜奴兒令〉〈採桑子〉、〈烏夜啼〉
　　〈錦堂春〉、〈南歌子〉〈南柯子〉、〈木蘭花〉〈玉樓春〉、
　　〈菩薩蠻〉〈重疊金〉、〈望江南〉〈憶江南〉、〈春霽〉〈秋
　　霽〉、〈念奴嬌〉〈酹江月〉〈百字令〉。
　　按：清・萬樹《詞律》卷七〈木蘭花〉調下論曰：「按唐詞〈木蘭
　　花〉⋯⋯，其七字八句者名〈玉樓春〉，至宋則皆用七言，而或
　　名之曰〈玉樓春〉，或名之曰〈木蘭花〉，又或加令字，兩體遂合
　　為一。」（臺北：臺灣中華書局，1978年1月，《四部備要》本，頁
　　7。）《詞菁》中〈木蘭花〉與〈玉樓春〉調，所錄皆為宋代、明代
　　作品，而自宋以後，即將此二調合為一，故此處將〈木蘭花〉與〈玉
　　樓春〉視為同調異名。

7 　同註1，頁104。

8 　明・袁宏道撰：《袁中郎全集》（臺北：世界書局，1964年2月），
　　頁5—6。

9 　明・陸雲龍編選：《詞菁》（明崇禎崢霄館刻本，上海：復旦大學圖
　　書館藏）。

10 同前註。

11 明・沈際飛評選《古香岑草堂詩餘四集》，其中包括四部詞選：
（1）《草堂詩餘正集》六卷；（2）《草堂詩餘續集》二卷；（3）
《草堂詩餘別集》二卷；（4）《草堂詩餘新集》五卷。（明崇禎間
太末翁少麓刊本，臺北：國家圖書館藏。）以下所論，依此版本，不
另附註。

12 唐圭璋編：《詞話叢編》（臺北：新文豐出版公司，1988年2月），
第1冊，頁400。

13 此項下所錄，以原作者之姓名為主。

14 同註9。

15 宋・何士信選編：《增修箋註妙選群英草堂詩餘》（元至正辛卯11
年雙璧陳氏刊本，臺北：國家圖書館藏）。以下簡稱：《草堂詩餘》
「辛卯本」。

16 同註9。

17 明・鍾惺著：《隱秀軒集》（上海：上海古籍出版社，1992年9
月），卷28，頁470。

18 同前註，卷16，頁236。

19 廖可斌著：《明代文學復古運動研究》（上海：上海古籍出版社，
1994年12月），頁346。

20 明・陳子龍撰：《安雅堂稿》（臺北：偉文圖書出版社，1977年9
月），卷18，頁10—11。

21 以下詞作，若調名有誤者，則逕予改正。

22 《詞菁》卷內，調下未題作者姓名者，以「闕名」視之。

23 《詞菁》項下之作者姓名，依原書題名；而《全唐五代詞》等項下，
則以原作者之姓名為主。

24 張璋、黃畬編：《全唐五代詞》（臺北：文史哲出版社，1986年10
月）。

　　唐圭璋編：《全宋詞》（臺北：宏業書局，1985年10月）。

　　唐圭璋編：《全金元詞》，全二冊（臺北：洪氏出版社，1980年11月）。

　　趙尊嶽輯：《明詞彙刊》，全二冊（上海：上海古籍出版社，1992年7月）。

[25] 此闋卷內未題作者姓名，卷前目次題「秦少遊」。

[26] 此闋卷內未題作者姓名，卷前目次題「無名氏」。

[27] 同前註。

[28] 唐圭璋《全宋詞》於章楶〈聲聲令〉（簾移碎影）後註曰：「案洪武本《草堂詩餘》前集卷上，此首作無名氏詞；《類編草堂詩餘》卷二，又誤作俞克成詞。」（臺北：宏業書局，1985年10月，頁214。）又於無名氏〈聲聲令〉（簾移碎影）後註曰：「⋯⋯⋯別又作章楶詞，見楊金本《草堂詩餘》後集卷上。」（同上，頁3738。）然此僅以章楶列名。

[29] 此闋卷內所題作者為：「李後主」，卷前目次則題：「秦少游」。

[30] 同註26。

[31] 此項下依原書題名，若作者題名有誤，則逕予改正。

第三節　備極情文之餘致：《精選古今詩餘醉》

崇禎時期，繼《詞菁》而後編選之詞集——《精選古今詩餘醉》，於相同時代背景之浸淫下，遭受同樣文學運動之衝擊與各派思想潮流之變革，再一次反映明末詞壇之特殊現象，亦更進一步體現詞學演變之脈絡。

壹、編者簡介

潘游龍，字鱗長，荊南（今湖北省江陵縣一帶）人。生卒年不詳，事蹟亦無可考。然據明・郭紹儀〈詩餘醉敍〉所言，則可略知其人，郭氏曰：「門人潘鱗長，磊砢英多，向從余游，讀其所輯《康濟譜》，知為深情人。繼示余以所選《古今詩餘》，益信鱗長之人之深情也。」[1]是知潘游龍感情豐富而深厚，且資質優異，具奇才異能。

貳、編選之版本及體例

《精選古今詩餘醉》（以下簡稱「詩餘醉」），凡十五卷，首頁題「荊南潘游龍選，內江范文光參，秣陵陳珽訂，海陽胡正言校」；刊本前有崇禎十年郭紹儀〈詩餘醉敍〉，崇禎九年范文光〈詩餘醉序〉、陳珽〈詩餘醉敍〉，管貞乾〈詩餘醉附言〉，以及潘游龍〈自序〉等。蓋此書應完成於明思宗崇禎九年（西元1636年），而刊刻於崇禎十年（西元1637年），有海陽胡氏十竹齋刊本，現

臺北：國家圖書館收藏。

《詩餘醉》每卷之前列有目次，著錄類別、詞調及作者，是為依類編排之「分類本」詞選。然目次所載或有缺漏，故按卷內實際收錄，共計選詞1395闋；而其分類，項目繁多，雜然紛呈，茲表列如下：

卷次	事　類　分　項	詞數
一	催春 立春 元日立春 上元前一日立春 元日 元日醉題 人日 試燈夕 元夕 荊州元夕 元宵 元宵後獨酌 元夜有懷 十三夜風雨 閏元宵 花朝 上巳 寒食 清明 端午 端午值雨 午日宴中 五日 午日弔沉河妓 七夕 閏六月七夕 立秋 中秋 中秋夜 中秋雨 中秋無月 中秋待月不至 中秋與二客泛舟 重陽 九日西山 九日牛山 閏重九飲郭園 九日雨 小春 冬至 除夕 除夕小盡生日 除夜	99
二	初春 早春 春望 春半 春暮 西湖春暮 春晚 惜春 傷春 春別 春殘 送春 西湖送春	102
三	春行 春行即事 賞春 春旅 郊行 晚行 曉行 春遊 春遊越臺 春郊獨行 春遊即事 春遊天平山 春宴 遊宴 宴飲 祖宴 佳會 飲海棠花下 懽飲 勸酒 詠酒 約友三月旦飲 酒家望 對酒 止酒 秋飲 飲酒 冬宴 冬飲 春日 曉景 春曉 春夜 春夕 春夜不寐 晚景 夜景 春晴 晚情 春雨 春江雨宿 隱靜寺觀雨 雨 聽雨 苦雨 詠雨 秋雨歎 秋雨 雨聲 舟雨 春雪 春寒	93
四	春興 春懷 春感 春情 春思 春愁 愁 詠愁 反解愁 春怨 春恨 春病 病後 病起	146
五	踏青 鬥草 春景 夏景 秋景 冬景	62
六	春 夏 秋 冬 春詞 夏詞 秋詞 冬詞 春閨 秋閨 冬閨	55

七	初夏 初夏飲歸 山中初夏 初夏聞鶯 夏日 酷暑 夏日遊湖 夏夜 夏夜露坐 納涼 夜景 初秋 新秋 深秋 暮秋 晚秋 秋日 秋夜 秋夜不寐 秋夜詠懷 秋夜花下 獨夜 夜景 秋宵 秋夕 冬夜 冬夜偶成 寒夜 秋望 秋意 秋情 秋懷 秋思 秋怨 冬怨 秋旅 旅況 旅情 旅思 旅愁 旅怨 旅恨 旅懷 羈懷 秋別 秋歸 遠歸 念遠 歸懷 歸思 賦歸 集句	138
八	贈送 贈別 送別 送別吳白樓次韻 送商參政西行 送行 餞別 惜別 問別 臨別 曉別 留別 吳閶留別 憶別 愁別 怨別 別意 別思 別情 別懷 別怨 別恨 離別 別離 離思 離情 離懷 離愁 離恨 記恨	98
九	有感 感懷 書懷 寫懷 述懷 寄懷 寄女文姝 懷人 寄思 寄情 怨情 感舊 懷舊 春日懷舊 憶舊 遇舊 憶昔 念念	62
十	宮詞 宮詞應制 宮怨 回心院詞 閨情 閨思 閨怨 閨恨	122
十一	懷古 錢塘懷古 武昌懷古 北固亭 石頭城 金陵懷古 赤壁懷古 江西造口 平山堂 登賞心亭 東陽道中 山驛 夜泊廬山 過泖橋澄鑒寺 小崑山 過采石磯題蛾眉亭 讀書臺 采石蛾眉亭 梳樓 舟過吳江 七里灘 鎮江待閘 登樓 八詠樓 西巖三澗 天台 錢塘 洞庭 題風月樓 題後院畫像 題雪堂 弔古 巫峽 徐州晚泊 江南 過虎丘 湖園 西湖 西湖秋 湖上花 湖上酒 西湖十景 湖上曲	87
十二	佳人 詠佳人口 贈粉兒 贈侍人 美人 殊麗 美人書字 美人指甲 美人足 美人眉 美人目 題美人捧茶 題美人捧觴 握扇美人圖 美人纖趾 佳人足 鞋盃 風情 多情 題情 豔情 擬豔 畫眉 春睡 記夢 幽會 燒香 詠淚 鞦韆 憶內 無題 別妾 戲人去妾 別詞 贈妓 贈妓崔念四 贈建寧妓女 舞妓 歌女 詠妓 妓館 歌妓 與妓 代妓送陳述古 遊女 蓮女 所歡 將至家寄所歡 怨歡 怨嘲 傷往 悼亡 感悼 弔青樓 美人圖 詠楊妃 題鴛鴦像 自題畫 傀儡 戲作骷髏圖並題	119

十三	遊花園 折花 惜花 落花 早梅 梅 燈夕梅花 紅梅 梅詞 詠梅 梅花 池上梅花 梅雪 落梅 賦梅 招落梅魂 范尉梅谷 詠蘭 梨花 梨花夜月 杏花 北行見杏花 芍藥 賞牡丹 克振弟賞牡丹 病中憶陳氏牡丹 茶蘼有感 詠柳 楊花 柳花 荷花 吳興荷花 小瓶荷花 過荷花蕩 月夜賞荷 戲詠瓶內荷花 採蓮 詠蓮 風蓮 桂花 木樨 芙蓉 綠陰 紅葉 芭蕉 詠雞頭 花下 鳳仙花 鼓子花 秋葵 秋海棠	92
十四	女冠 詠鏡 古鏡詞 聞箏 詠箏 彈箏 琵琶女 琵琶 詠笛 聞笛 托詠佳人吹笛 方響 詠苔 詠遊絲 草 詠草 詠茶 覓茶 題茶 杜鵑 詠蛙 詠燕 賦蟋蟀 詠蝶 詠螢 詠露 新月 望月 詠月 月 詠雪 雪夜 荊溪似雪 冬雪 春雪 晚春雪景 山林積雪 觀雪姑蘇臺 途中雪齋 賦冰	59
十五	警悟 警世 自述 代王昭儀 和王昭儀 閒適 自適 自壽 慶壽 自樂 壽劉須溪 壽范靖州 壽東軒 山居 宿吳延陵山莊 村居 吳延陵郊居 西莊 築偃湖未成靈山齊庵賦 水閣 村景 幽居 閒居書付兒童 柳塘 退閒 退居 漁父 漁舟 本意 題高宗賜岳飛手敕 責高宗殺武穆 傷亂 塞垣曲 邊思 凱歌	61

　　《詩餘醉》分類之法，顯與《增修箋註妙選群英草堂詩餘》、《唐詞紀》及《詞菁》等分類詞選不同。其未標舉事類，再細分子目；而是將每闋詞一一分類，再按相似之主題歸為一卷，致龐雜無序，已失原先為便於說唱者採擇之意義。

　　《詩餘醉》選詞範圍至廣，涵括隋、唐、五代、宋、遼、金、元及明等朝，書中所列詞家，或署名，或書字、號，然有同一人而前後稱呼不同者，如：「溫庭筠」，或題「溫飛卿」；「王修微」，或題「草衣道人」；亦有誤

題作者姓名，或撰人姓氏可考而題為無名氏者。茲據《全唐五代詞》、《全宋詞》、《全金元詞》及《明詞彙刊》查考訂正（參見【附錄一】），除無名氏外，總計選錄詞家325人。另《詩餘醉》中所錄之詞調，有同調異名，[2]及調名錯誤（參見【附錄二】）之情形，經予歸併更正，計收錄253調，分別為：小令（58字以內）92調，中調（59—90字）67調，長調（91字以上）94調。此外，卷內詞後間附詞評，雖無深義，亦可知編者之用心。

參、選詞原因

　　《詩餘醉》選詞千餘闋，卷帙頗繁，而其所面臨之情勢，為明末社會之動盪紛亂，以及諸多文學流派競相繼起，是以此選成書之原因，編者必經一番思想周折與去取考量，茲就下列兩方面論之：

一、溯流尋源，詳詩餘之體

　　「詞」之為體，歷來有以「詩餘」稱之者，然詞實自詩蛻化，非詩降而為詞也。況周頤《蕙風詞話》卷一曰：「詞之情文節奏，並皆有餘於詩，故曰『詩餘』。世俗之說，若以詞為詩之賸義，則誤解此餘字矣。」[3]又盧冀野於《詞曲研究》中強調：「所謂『詩餘』，⋯⋯⋯就是許多情感，或者許多境界，在『詩』這種體裁裏，不容易表現出來；我們不得不在『詩』之外另創一種體裁，此體裁是

詩之外的，故名『詩餘』。」⁴是知詞之情感與境界，甚至
節奏方面，均有別於詩，且自成一格；然則其體之旨及辭
情之源為何？據郭紹儀〈詩餘醉敘〉言：

> 夫惟嗟嘆詠歌之不足，不得已而有言詩，《
> 三百篇》豈非性情之餘者乎？則凡為詩之苗
> 裔，其所繇來，概可知已。乃古人以性情為
> 詩，而詩有餘，今人以詩為詩，而詩不足，
> 其道每下，矧云餘耶？則其所不足，亦概可
> 知已。鱗長有慨于中，方欲溯流尋源，睹其
> 所為餘者，則取諸詩餘選，否合妙意，輒敏
> 手一評一點，能使作者之精神，浮動毫墨，
> 森然來會，信深情矣哉！然則有能讀鱗長所
> 選詩餘者，必能讀《三百篇》者也；能知鱗
> 長所選，不遠於《三百篇》之性情者，是可
> 與言詩餘者也。⁵

《三百篇》為中國文學史上最早之詩歌總集，內容豐
富，真切自然，為歷代詩詞韻文之所本。故潘氏乃遙溯上
古，追尋源頭，曉悟詩餘之旨，在於性情；而性情之源，
萬古亙一，無須遠求。由精選詩餘，加以評點，藉顯作者
之情與萬物之性；復從作品情感之抒發與情意之表述，則
可會通《三百篇》，承先啟後，脈絡相連；而潘氏選詞之

動機，亦可明矣。

二、恐尖薄之氣，漸濡文筆

　　有明一代，主要之文學派別，各有缺失，諸如：前後七子之復古主張，陷入泥古守舊之窠臼；公安末流，追求解放，導至粗率莽蕩之弊病；竟陵一派，則陷於僻澀晦昧之境而難以自拔。因而，時人對詩文創作之風，不免憂心。明‧范文光〈詩餘醉序〉曰：

> 甚則廟堂律呂之章，皆欲以曉風殘月之致
> 行之；而士大夫侑食登歌，未有事不出于閨
> 閣，辭不發于巧麗者，吾誠不知其何說也。
> 昔之人取詩之餘以作詞，今之人取詞之餘以
> 作詩，抑氣之移人有不自覺，抑士君子之氣
> 有不自振者耶？邠人文子太青常謂光：「學
> 者絕不可涉目詩餘，蓋恐尖薄之氣，漸我文
> 筆。」而光反覆聲歌之原，尤有深懼者也。
> 楚友潘子鱗長，文學菁藻，妙選詞令，而
> 胡子曰：「從雅有俊致，刻之十竹齋，名曰
> 《詩餘醉》。」[6]

　　詞雖小道，工之匪易，詞風之形成，往往受文學傳統之煽動、時代之制約、地域之限制以及思想流派所主導。是以屬事遣辭，如何能不為物役；情感氣格，如何能趨於

雅正，流風所衍，當戒之、慎之。而潘氏編選詞集，則欲
以清空沉鬱之詞，不浮、不薄之風，一掃詞壇尖薄習氣，
使詩詞之作能不染塵埃，不著色相，此為其妙選詞令之因
由也。

<h2 style="text-align:center">肆、選詞標準</h2>

明代詞集選本之編纂，由嘉靖、萬曆而至崇禎，依詞
學觀念之發展而循序漸進。明末《詩餘醉》承繼前代思想
體系，並開啟清初詞風，是以其選詞之標準與取捨詞作之
原則，可從以下幾方面加以探討：

一、宗尼父刪詩之餘意

孔子刪詩之說，歷來或有爭議，然後世學者多主《詩
經》三百零五篇，應為孔子刪選；亦即刪其淫辭害義之
篇，而存佳美純正之章。明・陳珽〈詩餘醉敘〉曰：

> 詩之有餘，猶詩之有風也。雅則清廟明堂，
> 風則不廢村疃閭巷，《三百篇》要以道性情
> 而止，然無情則性亦不見。子輿氏曰：「乃
> 若有情，則可以為善。」是從來忠孝節義，
> 只了當一情字耳。夫子刪詩，即今人選詩之
> 祖。[7]

夫人因有情而有忠孝節義之性，而其行則趨於良善；

今選家輯詞，本昔時尼父刪詩之旨——「興、觀、群、怨」，以涵泳詞意。潘游龍〈自序〉曰：

> 詞則自極其意之所之，凡道學之所會通，方
> 外之所靜悟，閨帷之所體察，理為真理，情
> 為至情；語不必蕪而單言隻句，餘于清遠者
> 有焉，餘于摯刻者有焉，餘于莊麗者有焉，
> 餘于悽惋悲壯、沉痛慷慨者有焉。令人撫一
> 調，讀一章，忠孝之思，離合之況，山川草
> 木，鬱勃難狀之境，莫不躍躍于言後言先，
> 則詩餘之興起人，豈在《三百篇》之下乎？[8]

《論語‧陽貨》卷第十七云：「小子！何莫學夫詩？詩，可以興，可以觀，可以群，可以怨。」[9]從內在本心言：「興、觀、群、怨」即為啟發、審察、溝通、宣洩人之情志。[10]而詩詞之意，舉凡會通道學，靜悟方外，體察閨帷，皆為真理、至情，倘使作品能兼具各種風格，即不在《三百篇》之下；是以忠孝之思，離合之況，山川草木，鬱勃難狀之境，皆入選其中。

二、擇取宋彥之集與明代才人之作

《詩餘醉》為明代詞選中，選詞範圍最廣者，其擇取趨向，以北宋、南宋、明代為主，故本節擬以選詞在十五闋以上之詞家為例，進一步加以分析。茲表列如次（詞人

以時代歸類，並按詞數之多寡排列）：

時代	詞　人[11]	詞　數	合　計
隋五唐代	李　煜	18	18
北宋	蘇　軾	53	210
	周邦彥	45	
	歐陽修	40	
	秦　觀	36	
	黃庭堅	21	
	柳　永	15	
南宋	蔣　捷	34	96
	辛棄疾	32	
	陸　游	15	
	黃　昇	15	
明代	王世貞	47	206
	楊　慎	38	
	劉　基	36	
	陳繼儒	35	
	王　微	33	
	顧　璘	17	

　　據以上之統計，《詩餘醉》中選詞在十五闋以上者：
隋、唐、五代1家，計18闋；北宋6家，計210闋；南宋4
家，計96闋；明代6家，計206闋；要以北宋及明代詞為
多。然就《詩餘醉》全書所錄，除無名氏及時代不詳者
外，總計有：隋、唐、五代詞91闋，北宋詞350闋，南宋

詞447闋,遼詞8闋,金詞11闋,元詞16闋,明詞397闋;
此以北宋、南宋及明代詞為多,尤以南宋詞為最。另再就
所錄之詞家言,《詩餘醉》全書,除無名氏及時代不詳者
外,計錄:隋、唐、五代27人,北宋60人,南宋150人,遼
朝1人,金代7人,元代13人,明代60人。顯見南宋詞家及
其作品,總數居冠,約佔全書比例32%;而北宋與明代,
則為詞家個人所屬之作品較多,分別約佔全書比例25%及
28%。是以《詩餘醉》選詞之準則,即為明・管貞乾〈詩
餘醉附言〉所論:「蓋詩自《三百篇》遞創格詩餘,可謂
情文之至矣乎,何怪先生之沉酣於茲也;先生取宋彥之所
集與國朝名勝之所作,合而編之,曰:《詩餘醉》。」[12]

三、言情述志,別存懷抱

《詩餘醉》全書十五卷,其中以第四卷所錄146闋,及
第七卷所錄138闋居多,就此二卷之事類分項析之,其內容
大抵係藉春、夏、秋、冬四季之時序遞換,寫愁抒怨,以
排遣情思。而管貞乾〈詩餘醉附言〉則從多方論說,詳述
《詩餘醉》選詞立意之依歸:

> 先生嘗抵掌連雞飛兔,醉心於縱橫家;嘗
> 救患恤弱,慷慨立義,醉心於《游俠傳》;
> 嘗潑墨作高文典冊,含毫擬草檄飛書,醉
> 心於相如、枚皋之才;嘗淹貫《南華》,博

通內典，醉心於支遁、許掾之談；嘗與余流
涕時艱，摧利弊、策本末，聚米借箸，有封
居胥、踏賀蘭意，醉心於董、賈、衛、霍之
學；一動以雲物林丘，閨情旅思之變；現又
喜聽天韶女郎，唱曉風殘月之章。然則先生
安往而不醉心哉？寧獨詩餘也。先生分別次
第，特出深心，非僅以便覽者之睫。先之以
時序，律呂之所以從陰陽也；終之以邊思，
見有情之不忘於倥傯也。笳聲淒楚，堪走胡
宵之騎；河骨愴心，猶憐閨夢之人。唐詩不
廢，〈塞上曲〉、〈昭君怨〉，咸此志也。[13]

　　蓋編者將縱橫家、《游俠傳》之言，支遁、許掾之
論，相如、枚皋之才，董仲舒、賈誼、衛青、霍去病之
學，皆醞釀於心；因之詩餘之選，先以時序，終以邊思，
而情志在焉。其評《詩餘醉》卷四「春恨」：歐陽修〈木
蘭花〉（樽前擬把歸期說）一詞曰：「有情自癡，何關風
月，語極超脫，而意自有寄。」又於卷十五「自述」：王
昭儀〈滿江紅〉（太液芙蓉）之後評曰：「河山千古恨，
出自婦人口中，已愧鬚眉男子。」故《詩餘醉》所選，以
意為主，託志帷房，深情婉至，而懷抱別寄。

伍、《精選古今詩餘醉》之影響

　　就詞史之發展言，詞至明代而衰，然明末因時局之動
亂，促使詞風重振，並繼開清代詞學復興之盛況。《詩餘
醉》處於明、清易代之際，故對於詞壇之影響，自當詳析
之。

一、承襲一貫「情性」之理念

　　明代之大型詞選，諸如：沈際飛《古香岑草堂詩餘四
集》，主張：情生文，文生情，而詩餘之傳，乃傳情也；
又卓人月、徐士俊《古今詞統》亦申說：詞為本於作者
之情；而《詩餘醉》則秉持《三百篇》隨其性、道其情之
旨。可見各家詞選均將「情性」之理念，一貫承襲，其影
響遂及於明末「雲間詞派」。明・陳子龍〈幽蘭草詞序〉
曰：

> 自金陵二主以至靖康，代有作者，或穠纖
> 婉麗，極哀豔之情；或流暢澹逸，窮盼倩之
> 趣。然皆境緣情生，辭隨意啟，天機偶發，
> 元音自成，繁促之中尚存高渾，斯為最盛
> 也。[14]

　　陳子龍重視作品之情致，於特定之時空中，以情、意
經緯其間，追求渾然天成之格。而清代前期詞人顧貞觀、
納蘭性德，亦以情為論詞之基石。顧貞觀〈通志堂詞序〉
言：

非文人不能多情，非才子不能善怨，騷雅之
作，怨而能善，惟其情之所鍾，為獨多也。[15]

又納蘭性德〈淥水亭雜識四〉曰：

詩乃心聲，性情中事也。發乎情，止乎理
義。[16]

夫真情實感，抒寫性靈，為顧氏及納蘭二人主情說
之主要特徵；其不拘派別，獨具面貌，遂為清初大家。方
智範等著《中國詞學批評史》有言：「納蘭性德和顧貞觀
以『性情』為軸心輻射展開的詞學主張，於浙西詞派『醇
雅』大纛之外另樹一幟。」[17]是以此類詞人，依循情性承傳
之軌跡，影響詞壇而獲注目，贏得不朽之地位。

二、清代婦女詞繁榮之先聲

《詩餘醉》選詞在十五闋以上者，明代計有6人，其
中王微為女姓詞人，收錄其詞33闋。王微，字修微，生卒
年不詳，約明思宗崇禎末前後在世，自傷七歲慈父見背，
致飄落無所依，乃淪為歌妓，眉目間時見恨色。常輕舟載
書，往來五湖間，晚年皈心禪寂，自號草衣道人。其詩媚
秀幽妍，與李清照、朱淑真相上下。[18]《詩餘醉》中大量選
入王微之作品，使女姓詞人繼李清照後，再次受到詞壇之
矚目。

　　試就清代詞選所錄，分析其中對女姓詞人作品輯選之情形：清・周銘《林下詞選》[19]，一至四卷，計收宋代女詞人65家；卷五，收元代女詞人10家；六至九卷，收明代女詞人42家；十至十三卷，收清代女詞人44家；卷十四補遺，收錄女詞人23家。而清・徐樹敏、錢岳同選《眾香詞》[20]，共選錄明末清初女詞人382家。又清・徐乃昌輯《小檀欒室彙刻閨秀詞》[21]，則彙刻有清一代婦女詞60家；另徐氏所編之《閨秀詞鈔》[22]，收錄清代女詞人38家。顯見清代已出現不少專收女姓詞人作品之選集，因而張珍懷《清代女詞人選集・前言》論曰：

> 唐圭璋先生輯《全宋詞》，所收兩宋女作家不過六十餘人，其中名家祇有李清照《漱玉詞》、朱淑真《斷腸詞》及魏夫人（曾布妻）、孫道絢。此外，少數女作者存詞三首，大多數僅存一、二首。………而清代女詞人之作數量上遠遠逾越宋代。[23]

　　清代女詞人，部分出現家族群體之現象，或為母女，或為姐妹，其秉受世家門第傳統文學氣圍之浸染，是以閨閣多秀；同時由於朝代歷經更替，社會環境產生變異，予以女姓詞人較多之發展空間與機會。嚴迪昌《清詞史》曰：「清代婦女文化的活躍情況，………隨著城市社會的

某些質變在不斷地有所改觀。有範圍的『登臨游觀唱酬嘯詠』活動，在清代『閨秀』這個階層漸始增多，………這是開始參與社會活動的跡象。清代中晚期的熊璉、吳藻、趙我佩等女詞人的唱酬題詠就超出了閨闈、伉儷的空間，與各方詞人頻有交流，即是很典型的例子。」[24]故清代婦女詞，不僅數量蔚然可觀；其內容亦充實豐富，寓意深遠。

【附錄一】

《精選古今詩餘醉》中誤題作者之詞：

卷次	詞　　作[25]	所題作者姓名[26]	
		《精選古今詩餘醉》	《全唐五代詞》、《全宋詞》、《全金元詞》、《明詞彙刊》[27]
一	木蘭花（一年滴盡蓮花漏）	晏叔原	毛　滂
	青玉案（東風未放花千樹）	無名氏	辛棄疾
	生查子（去年元夜時）	朱淑真	歐陽修
	滿江紅（柳帶榆錢）	吳毅甫	吳　潛
	齊天樂（疏疏幾點黃梅雨）	周美成	楊無咎
	喜遷鶯（梅霖初歇）	吳子和	黃　裳
	賀新郎（思遠樓前路）	劉潛夫	甄龍友
	洞仙歌（癡兒騃女）	毛澤民	楊無咎
	望梅（小寒時節）	柳耆卿	無名氏
二	一叢花（今年春淺臘侵年）	商弘載	商　輅
	浣溪沙（青杏園林煮酒香）	秦少游	晏　殊[28]
	點絳唇（紅杏飄香）	賀方回	蘇　軾
	浣溪沙（樓上晴天碧四垂）	李易安	周邦彥
	柳梢青（子規啼血）	賀方回	蔡　伸
	怨王孫（夢斷漏悄）	李易安	無名氏
	臨江仙（綠暗汀洲三月暮）	晁無咎	無名氏
	雨中花（聞說海棠開盡了）	無名氏	程　垓
	江南春（波渺渺）	寇仲平	寇　準
	如夢令（池上春歸何處）	周美成	秦　觀

	滿江紅（浪蕊浮花）	辛稼軒	無名氏
	水龍吟（夜來風雨匆匆）	辛幼安	程 垓
	虞美人（子規解勸春歸去）	劉雲間	劉天迪
	木蘭花慢（問花花不語）	梁黃父	梁 曾
三	少年遊（霽霞散曉月獨明）	林少詹	林 仰
	應天長（一鉤初月臨妝鏡）	李後主	李 璟
	金明池（瓊苑金池）	秦少游	無名氏
	生查子（眉黛遠山長）	秦少游	張孝祥
	浣溪沙（花市東風捲笑聲）	陸渭南	毛 滂
	踏莎行（碧蘚迴廊）	無名氏	歐陽修
	海棠春（流鶯窗外啼聲巧）	秦少游	無名氏
	滿江紅（斗帳高眠）	張安國	無名氏
四	滿江紅（燕子何時）	季叔房	李孟蓮
	聲聲令（簾移碎影）	俞克成	章 粢[29]
	高陽臺（紅入桃腮）	僧皎如	王 觀
	浣溪沙（漠漠輕寒上小樓）	歐陽永叔	秦 觀
	無愁可解（光景百年）	蘇子瞻	陳 慥
	二郎神（悶來彈雀）	徐翰臣	徐 伸
	如夢令（樓外斜陽紅滿）	晏叔原	秦 觀
	生查子（金鞍美少年）	晏叔用	晏幾道
	謁金門（鴛鴦浦）	秦處度	張元幹
	謁金門（春與足）	韋 莊	無名氏[30]
	攤破浣溪沙（手捲真珠上玉鉤）	李 景	李 璟
	探春令（綠楊枝上曉鶯啼）	晏叔原	無名氏
	瑞鷓鴣（門前楊柳綠成陰）	黃叔陽	程 垓
	千秋歲（柳花飛盡）	歐陽永叔	楊 基
五	如夢令（鶯嘴啄花紅溜）	秦少游	無名氏
	浣溪沙（水漲魚天拍柳橋）	周美成	無名氏
	浣溪沙（小院閒窗春色深）	周美成	李清照

	阮郎歸（南園春半踏青時）	歐陽永叔	馮延巳
	眼兒媚（楊柳絲絲弄輕柔）	王元澤	無名氏
	柳梢青（岸草平沙）	秦少游	仲　殊
	錦纏道（燕子呢喃）	宋子京	無名氏
六	點絳唇（春雨濛濛）	何　籀	無名氏
	點絳唇（鶯踏花翻）	何　籀	無名氏
	浣溪沙（錦帳重重捲暮霞）	張子野	秦　觀
	浣溪沙（水滿池塘花滿枝）	張子野	趙令畤
	阮郎歸（春風吹雨遶殘枝）	秦少游	無名氏
	桃源憶故人（碧紗影弄東風曉）	秦少游	歐陽修
	鷓鴣天（枝上流鶯和淚聞）	秦少游	無名氏
	小重山（樓上風和玉漏遲）	趙德仁	趙令畤
	醉春風（陌上清明近）	趙德仁	無名氏
	眼兒媚（薄情煞去奈渠何）	劉伯溫	陳　淳
	搗練子（心耿耿）	秦少游	無名氏
	點絳唇（高柳蟬嘶）	蘇叔黨	汪　藻
	菩薩蠻（金風籔籔驚黃葉）	秦少游	無名氏
七	臨江仙（煙柳疏疏人悄悄）	李知機	李　石
	齊天樂（夜來疏雨鳴金井）	王月小	王月山
	喜遷鶯（登山臨水）	趙德莊	瞿　佑
	蝶戀花（小院秋光濃欲滴）	王介甫	程　垓
	南鄉子（夜闌夢難收）	周美成	無名氏[31]
	山花子（菡萏香消翠葉殘）	李後主	李　璟
	清商怨（關河愁思望處滿）	晏同叔	歐陽修
	鵲橋仙（斜陽一抹）	鄧玉霄	滕　賓
	感皇恩（殘角兩三聲）	陸敬信	陸　蘊
	唐多令（雨過水明霞）	文文山	鄧　剡
	祝英臺近（挂輕帆）	商弘載	蘇　軾
八	西江月（憶昔錢塘話別）	張子野	無名氏

	詞牌		
	長相思（吳山青）	林君後	林　逋
	踏莎行（芳艸平沙）	張仲宗	張　翥
	點絳唇（美滿生離）	無名氏	董解元
	望江南（人別後）	顧仲從	徐爾鉉
九	眼兒媚（蕭蕭江上荻花秋）	無名氏	張孝祥
	祝英臺近（倚危闌）	無名氏	褚　生
	念奴嬌（半堤花雨）	無名氏	褚　生
	青衫溼（南朝千古傷心事）	吳彥方	吳　激
	青玉案（一年春色多無幾）	歐陽永叔	無名氏
	浣溪沙（雨過殘紅溼未飛）	歐陽永叔	周邦彥
十	鶴沖天（曉月墜）	和　凝	馮延巳
	花心動（風裏楊花）	謝無逸	無名氏[32]
	南鄉子（曉日壓重簷）	孫夫人	無名氏
	江城梅花引（娟娟霜月冷侵門）	康伯可	程　垓
	燭影搖紅（乳燕穿簾）	孫夫人	無名氏
	晝錦堂（雨洗桃花）	周美成	無名氏
	生查子（娟娟月入眉）	無名氏	向子諲
	浣溪沙（香靨凝羞一笑開）	歐陽永叔	秦　觀
	西江月（愁黛頻成月淺）	秦少游	晏幾道
	浪淘沙（簾外五更風）	歐陽永叔	無名氏
	浪淘沙（素約小腰身）	李易安	趙子發
十一	念奴嬌（半空樓閣）	吳毅甫	吳　潛
	念奴嬌（長溪西住）	鮮于伯擬	鮮于樞
	風入松（一春常費買花錢）	于國寶	俞國寶
	多麗（晚山青）	石次仲	張　翥
十二	憶秦娥（香馥馥）	周美成	無名氏
	柳梢青（有箇人人）	周美成	無名氏
	南鄉子（泊雁小汀洲）	韓文璞	蔣　捷
	惜分飛（花雨繽紛迷小院）	李伊土	李伊玉

413

	浣溪沙（雲薄羅裙綵帶長）	毛熙寰	毛熙震
	蘇幕遮（隴雲沉）	周美成	無名氏
	滿路花（簾烘淚雨乾）	朱希真	周邦彥
	踏青游（識箇人人）	蘇東坡	無名氏
	賀新郎（可意人如玉）	吳毅甫	吳潛
	憶王孫（輕羅團扇掩微羞）	張仲宗	呂渭老
	清平樂（醉紅宿翠）	童甕天	石孝友
	意難忘（花擁鴛房）	蘇東坡	程垓
	沁園春（漏洩元陽）	吳仲珪	吳仲圭
十	點絳唇（流水泠泠）	孫和仲	朱翌
三	絳都春（寒陰漸曉）	朱希真	無名氏
	折紅梅（喜輕澌初綻）	杜安世	吳感
	東風第一枝（老樹渾苔）	呂聖求	張矞
	鳳棲梧（一色杏花三百樹）	凌彥沖	凌雲翰
	踏莎行（繡幕堪圖）	吳遵巖	王慎中
	新荷葉（雨過回塘）	僧仲殊	趙抃
十	女冠子（含嬌含笑）	溫廷筠	溫庭筠
四	菩薩蠻（哀箏一弄湘江曲）	張子野	晏幾道
	生查子（含羞整翠鬟）	張子野	歐陽修
	木蘭花（檀槽響碎金絲撥）	蘇子瞻	歐陽修
	醉落魄（紅牙板歇）	黃山谷	無名氏
	水調歌頭（危樓雲雨上）	無名氏	李泳
	十六字令（眠。月影穿窗白玉）[33]	周邦彥	周玉晨
	憶秦娥（雲垂幕）	張安國	朱熹
十	青玉案（人生南北如岐路）	吳彥高	無名氏
五	鷓鴣天（誰把璿璣運化工）	魏華父	魏了翁
	眼兒媚（酣酣日腳紫煙浮）	范至能	范成大
	浣溪沙（新婦磯頭眉黛愁）	周美成	黃庭堅
	滿庭芳（紅蓼花繁）	張子野	秦觀

鵲橋仙（一竿風月）	無名氏	陸　游
滿江紅（汴鼎南遷）	沈起南	沈啟南
望海潮（雲雷天塹）	鄧千秋	鄧千江

【附錄二】

《精選古今詩餘醉》中調名錯誤者：

卷次	詞 人[34]	原 詞 調	首　　　句	更正詞調
一	史邦卿	玉蝴蝶	酒館歌雲	東風第一枝
	蔣勝欲	玉樓春	去年雲掩冰輪皎	步蟾宮
二	洪叔璵	永夜樂	歌雪徘徊	永遇樂
三	馬莊父	歸朝歌	聽得提壺沽美酒	歸朝歡
	蕭吟所	賞芙容	淫逗晚香殘	賣花聲
	史邦卿	玉蝴蝶	巧翦蘭心	東風第一枝
五	歐陽永叔	賀聖朝歌	白雪梨花紅粉桃	賀聖朝影
	蔣勝欲	玉樓春	玉窗犛鎖香雲漲	步蟾宮
八	無名氏	江西月	憶昔錢塘話別	西江月
	朱希真	十算子	碧瓦小紅樓	卜算子
十	陸務觀	虞美人	獨夜寒侵翠被	夜遊宮
	劉無黨	攤破浣溪沙	菱鑑玉奩秋月	烏夜啼
	程正伯	御街行	傷春時候一憑闌	一叢花
十一	徐淵子	浪淘沙	風緊浪花生	虞美人
十三	蔣勝欲	玉樓春	綠華剪碎嬌雲瘦	步蟾宮
	陳眉公	增減字浣溪沙	晏起還嗔中酒時	攤破浣溪沙
十四	張子野	薄命女	含羞整翠鬟	生查子
	舒信道	十算子	池臺小雨乾	卜算子
	王敬美	蘇遮幙	竹床涼	蘇幙遮
	史邦卿	玉蝴蝶	巧剪蘭心	東風第一枝
十五	高深甫	祝英臺近	濃煙稠白望中深	風入松
	陳眉公	增減字浣溪沙	蜂欲分衙燕補巢	攤破浣溪沙
	陳眉公	增減字浣溪沙	曉來露井看櫻桃	攤破浣溪沙
	陳眉公	增減字浣溪沙	有個人家	□□□
	楊用修	闕　名	秦時明月玉弓懸	瑞鷓鴣

註：

1　明‧潘游龍編：《精選古今詩餘醉》（明崇禎丁丑10年海陽胡氏十竹
　　齋刊本，臺北：國家圖書館藏）。

2　《精選古今詩餘醉》中同調異名者有：〈南歌子〉〈南柯子〉、〈采
　　桑子〉〈醜奴兒令〉、〈菩薩蠻〉〈重疊金〉、〈一斛珠〉〈醉落
　　魄〉、〈錦堂春〉〈烏夜啼〉、〈一絡索〉〈玉聯環〉、〈浪淘沙〉
　　〈賣花聲〉、〈攤破浣溪沙〉〈南唐浣溪沙〉〈山花子〉、〈喜遷
　　鶯〉〈鶴沖天〉、〈望江南〉〈憶江南〉、〈蝶戀花〉〈鳳棲梧〉、
　　〈滿路花〉〈滿園花〉、〈江城子〉〈江神子〉、〈隔浦蓮〉〈隔浦
　　蓮近〉、〈灼灼花〉〈小桃紅〉、〈念奴嬌〉〈百字令〉、〈望梅〉
　　〈解連環〉、〈夏雲峰〉〈金明池〉、〈倦尋芳〉〈倦尋芳慢〉。
　　按：清‧萬樹《詞律》卷二十，方千里〈六醜〉（看流鶯度柳）後註
　　曰：「此調楊升庵以其名不雅，改曰〈箇儂〉，已為無謂；圖譜乃於
　　〈六醜〉之外，又收〈箇儂〉一調，兩篇相接，何竟未一點勘耶？
　　且楊本和周韻，而兩詞分句大異，可怪之甚！」（臺北：臺灣中華書
　　局，1978年1月，《四部備要》本，頁12。）又清‧丁紹儀《聽秋聲
　　館詞話》卷十一曰：「周美成製〈六醜〉調，楊升庵嫌其名不雅，改
　　稱〈箇儂〉。若不知宋人廖瑩中自有〈箇儂〉本調，前後極整齊。萬
　　氏《詞律》因升庵所作，雖用周韻，而句讀參差，祇知辨其錯謬，亦
　　不知調本〈箇儂〉，詞係廖作。………升庵生有明中葉，其為竄易廖
　　詞，竊為己作可知。」（唐圭璋編：《詞話叢編》，臺北：新文豐出
　　版公司，1988年2月，第3冊，頁2706。）故不將〈六醜〉與〈箇儂〉
　　歸為同調異名。

3　唐圭璋編：《詞話叢編》（臺北：新文豐出版公司，1988年2月），
　　第5冊，頁4406。

4　盧冀野編：《詞曲研究》（臺北：臺灣中華書局，1982年1月），頁5
　　—6。

5 同註1，頁1—2。

6 同前註，頁3—4。

7 同前註，頁1。

8 同前註，頁3—4。

9 魏・何晏集解、宋・邢昺疏：《論語注疏》（臺北：藝文印書館，1979年，《十三經注疏》本），卷17，頁5。

10 裴普賢著：《詩經研讀指導》（臺北：東大圖書公司，1987年9月），頁56。

11 此項下所錄，以原作者之姓名為主。

12 同註1，頁3—4。

13 同前註，頁4—5。

14 明・陳子龍撰：《安雅堂稿》（臺北：偉文圖書出版社，1977年9月），卷5，頁3。

15 楊家駱主編：《清詞別集百三十四種》（臺北：鼎文書局，1976年8月），第5冊，頁2592。

16 清・納蘭性德撰：《通志堂集》（上海：上海古籍出版社，1979年2月），卷18，頁2。

17 方智範等著：《中國詞學批評史》（北京：中國社會科學出版社，1994年7月），頁264。

18 以上參明・鍾惺輯《名媛詩歸》卷二十六，及清・朱彝尊《明詩綜》卷九十八。

19 清・周銘編：《林下詞選》（清康熙辛亥10年寧靜堂刊本，臺北：國家圖書館藏）。

20 清・徐樹敏、錢岳同選：《眾香詞》（臺北：富之江出版社，1997年1月）。

21 清・徐乃昌輯：《小檀欒室彙刻閨秀詞》（臺北：富之江出版社，1997年2月）。

22 清・徐乃昌編：《閨秀詞鈔》（清末南陵徐氏清稿本，臺北：國家圖書館藏）。

23 張珍懷選注：《清代女詞人選集》（臺北：文史哲出版社，1997年10月），頁1—2。

24 嚴迪昌著：《清詞史》（南京：江蘇古籍出版社，1999年8月），頁592。

25 以下所列詞作，若詞調有誤者，則逕予改正。

26 《精選古今詩餘醉》項下之作者姓名，依原書題名；而《全唐五代詞》等項下，則以原作者之姓名為主。

27 張璋、黃畬編：《全唐五代詞》（臺北：文史哲出版社，1986年10月）。

唐圭璋編：《全宋詞》（臺北：宏業書局，1985年10月）。

唐圭璋編：《全金元詞》，全二冊（臺北：洪氏出版社，1980年11月）。

趙尊嶽輯：《明詞彙刊》，全二冊（上海：上海古籍出版社，1992年7月）。

28 唐圭璋《全宋詞》於晏殊〈浣溪沙〉（青杏園林煮酒香）後註曰：「案此首別見歐陽修《近體樂府》卷三，未知孰是。」（臺北：宏業書局，1985年10月，頁88。）《全宋詞》將此詞分別收錄於晏殊及歐陽修名下，而此僅以晏殊列名。

29 唐圭璋《全宋詞》於章楶〈聲聲令〉（簾移碎影）後註曰：「案洪武本《草堂詩餘・前集》卷上，此首作無名氏詞；《類編草堂詩餘》卷二，又誤作俞克成詞。」（臺北：宏業書局，1985年10月，頁214。）《全宋詞》將此詞分別收錄於無名氏及章楶名下，而此僅以章楶列名。

30 唐圭璋《全宋詞》於無名氏〈謁金門〉（春雨足）後註曰：「案此首別又誤作蜀韋莊詞，見《類編草堂詩餘》卷一。」（臺北：宏業書

局，1985年10月，頁3739。）此詞雖收錄於《全唐五代詞》（張璋、黃畬編）韋莊名下，然於《花間集》與《尊前集》中卻未見載，茲依唐圭璋《全宋詞》所言，將此詞列於無名氏下。

[31] 唐圭璋《全宋詞》於周邦彥「存目詞」：〈南鄉子〉（夜闌夢難收）後註曰：「明人傳奇《覓蓮記》中詞，非周邦彥作。」（臺北：宏業書局，1985年10月，頁631。）故且將此詞歸入無名氏下。

[32] 唐圭璋《全宋詞》於謝逸「存目詞」：〈花心動〉（風裏楊花）後註曰：「明人傳奇《覓蓮記》中詞，非謝逸作。」（臺北：宏業書局，1985年10月，頁652。）故且將此詞歸入無名氏下。

[33] 唐圭璋編《全金元詞》（二）「元詞」，周玉晨〈十六字令〉後註曰：「其首俱以一字句斷，今本訛眠字為明，遂作三字句斷，非也。」（臺北：洪氏出版社，1980年11月，頁860。）今依其言，改「明」為「眠」。

[34] 此項下依原書題名 ，若作者題名有誤，則逕予更正。

第六章　明末清初選詞之過渡階段

　　明末雲間詞派興起，為清詞中興之契機；嚴迪昌《清詞史》曰：「雲間詞派是在一個動盪變遷的時代，以藝術的探求啟其端而隨著政治的動因而終其局的文學流派。」[1]當雲間中堅人物：陳子龍、李雯、夏完淳等，相繼辭世後，續存之詞家、盟友，及其門弟子，於時代紛亂之巨變中，面臨不同之生存環境與遭遇，創作、思想發生變異，故多自雲間詞派分流而出。據蕭鵬《群體的選擇——唐宋人選詞與詞選通論》一書言，乃衍出所謂「四大雲間支脈」：西泠詞派、柳洲詞派、廣陵詞派與毗陵詞派；[2]雖皆從雲間入，然各具特色，是為雲間詞派之餘音流風，亦為從明末詞壇過渡至清初之重要階段。茲將四大支脈之形成發展、主要之詞集及其詞學觀，分為以下各節論述。

第一節　西泠詞派

　　西泠詞派之成立，由明末至清初，幾達百年，門下甚眾，於詞壇佔有一席之地，故此派之特色及其重要性，深值探究。

壹、西泠詞派之形成與發展

　　「西泠」亦稱「西陵橋」或「西林橋」，位於杭縣西湖孤山西北盡頭處，為由孤山入北山必經之路，今則指浙

江杭州一帶；清初文人多結社於此，而「西泠十子」聲名
尤著。清・陳康祺《郎潛紀聞》卷十四云：

> 康熙間，陸圻景宣、毛先舒稚黃、吳百朋錦
> 雯、陳廷會際叔、張綱孫祖望、孫治宇台、
> 沈謙去矜、丁澎飛濤、虞黃昊景明、柴紹炳
> 虎臣，稱「西泠十子」；所作詩文，淹通藻
> 密，符采燦然，世謂之「西泠派」。[3]

明崇禎末年，陸圻、吳百朋、柴紹炳、丁澎等人，皆
已成名，且入「登樓社」[4]，而「十子」之名，則始於清
世祖順治七年（西元1650年）毛先舒、柴紹炳所編輯刊行
之《西陵十子詩選》，自此「西泠十子」遂為定稱；[5]而十
子亦為西泠一派主要之詞人群體，以杭州為地域中心。然
十子所學又與雲間宗主陳子龍關係密切，陸圻〈東江集鈔
序〉曰：

> 崇禎辛巳（14年，西元1641年），予以華
> 亭陳給事詩授之，沈子特喜。于是去溫、
> 李之綺靡，而效給事所為。即沈子詩益工，
> 尋漢、魏之規矩，蹈初、盛之風致，內竭忠
> 孝，外通諷喻，洵詩人之隩區也。[6]

毛先舒《白榆集》〈小傳〉言：

其後「西泠十子」各以詩章就正，故十子
皆出臥子先生之門。國初，西泠派即雲間派
也。[7]

　　雖謂十子曾以詩詞文章就教於陳子龍，受其影響頗
深，而清初時人亦認為西泠派即雲間派，然兩派之作品與
詞學理論，則不盡相同；雖西泠詞派難脫雲間餘息，唯同
中有異，特色自現，因之得以主盟浙中詞壇，直至浙西詞
派興起，方被取而代之。

貳、西泠派主要之詞集：《西陵詞選》

　　《西陵詞選》[8]為西泠詞人師友間，最具代表性之重
要選集。全書凡八卷，卷端首頁題「郡人陸進蓋思、俞士
彪季琤仝輯」，由曹爾堪、尤侗、許虬、吳綺、王士禛、
陳維崧、彭孫遹、毛甡、蔣平階、陳玉璂、紀映鍾、李天
馥、徐喈鳳、董俞、黃周星、吳剛思等人參與閱定，當成
書於清初順治康熙年間，今有清康熙刻本，藏於北京圖書
館。

　　《西泠詞選》一至三卷為小令，四、五卷為中調，
而六至八卷則為長調，全書依詞調字數多寡編次，為「分
調本」詞選。計收錄小令75調，詞307闋；中調65調，詞
169闋；長調67調，詞188闋。而其中有若干特殊之詞調，
如：〈勝常〉、〈滿鏡愁〉等調，為沈謙自度曲；另〈一

痕眉碧〉（上二句〈一痕沙〉，下二句〈眉峰碧〉，後段
同）、〈銀燈映玉人〉（上五句〈剔銀燈〉，下三句〈玉
人歌〉，後段同）、〈山鷓鴣〉（上三句〈小重山〉，下
二句〈鷓鴣天〉，後段同）等，則為丁澎新譜犯曲，[9]由此
可見西泠詞人於詞曲樂律方面之才華。

又《西陵詞選》一書，詞作以題作者之姓名為主，除
闕名外，計收錄詞人185家，詞作664闋。茲將選詞在十闋
以上之詞家，表列如次（按詞數之多寡排列）：

詞　　　人[10]	詞　　數
沈豐垣	32
陸　進	31
沈　謙	30
俞士彪	30
張台柱	30
丁　澎	23
毛先舒	23
王　晫	16
徐昌薇	15
徐　燦	15
張綱孫	14
吳儀一	14
潘雲赤	13
徐士俊	11
張雲錦	11
洪　昇	11

據上表統計得知，《西陵詞選》中選詞在十闋以上者，計有16家，以沈豐垣詞32闋為最多；其中沈謙、丁澎、毛先舒、張綱孫四人屬「西泠十子」，而其餘六人，柴紹炳、陸圻，詞選僅錄一闋，另吳百朋、陳廷會、孫治、虞黃昊等人之作則未收。顯然《西陵詞選》所輯，並未以十子為限，乃涵括十子前後期之西泠詞人；此外，尚輯錄方外、閨秀之詞，亦頗受詞壇重視。

參、西泠派詞學觀之承繼與新變

由《西陵詞選》及歷代詞話之記載中，不難發現西泠詞派沿雲間餘韻，而另開宗風之跡。茲將西泠派之詞學理論，歸納為下列三點：

一、承續雲間雅正高渾之格

明代晚期，民歌、戲曲等新興文學流行，文風趨向直率淺俗，影響所及，致詞學風格亦多卑弱不振；雲間一派深感此弊，乃以自然元音，立雅調、開高渾，以正詞風；西陵詞派則稟承此論，而有類似之主張。如：沈謙《填詞雜說》曰：

> 詞要不亢不卑，不觸不悖，驀然而來，悠然而逝。立意貴新，設色貴雅，搆局貴變，言情貴含蓄，如驕馬弄銜而欲行，粲女窺簾而未出，得之矣。[11]

又清‧王又華《古今詞論》載：

> 張祖望（按：張綱孫字祖望）曰：詞雖小
> 道，第一要辨雅俗，結構天成。而中有艷
> 語、雋語、奇語、豪語、苦語、癡語、沒要
> 緊語，如巧匠運斤，毫無痕跡，方為妙手。[12]

是知西泠詞人論詞在於崇雅避俗，追求渾脫之境以達
自然；而毛先舒亦認為：「詞家惟刻意、俊語、濃色，俱
賴作者神明。然雖有淺淡處，尋常處，忽著一二乃佳。」
[13]唯《西陵詞選》中錄有：「猶帶滿頭珠翠，卻便倒人懷
裏，輕輕掩上小窗兒，晚風吹。」（卷一，張台柱〈添
字昭君怨〉下半闋）及「蛇蟠新樣青絲膩，拂拂香風細，
蜻蜓裊裊上金釵，剩卻遠山眉黛等郎來。」（卷三，柳
葵〈虞美人〉下半闋），此類輕艷浮靡之作；但西陵派大
多數詞人，對提升詞境所為之努力，仍值鼓勵；如《柳塘
詞話》謂丁澎詞：「雄視藝林」、「絕不似柳郎中有穢褻
語」；[14]洪昇則言沈豐垣詞：「多天然妙語」、「直臻神
境」。[15]因此對渾雅境界之追尋，西陵詞人於創作方面雖力
有未逮，然卻能堅持其一貫之理念而不變。

二、不以小令為獨擅

雲間詞作多以小令為主，至蔣平階、沈億年等人，
更專意於小令。然西泠詞人則不以此為限，綜觀《西陵詞

選》所錄：小令75調，中調65調，長調67調，平均各約佔
全書詞調30％左右，不偏於一隅；又所收詞作，小令307
闋，約佔全書比例46％；而中調169闋與長調188闋，兩者
則約佔全書比例達54％，是知西泠詞人雖以小令為主，唯
仍兼重中調及長調。沈謙於《填詞雜說》中，即論述各調
之作法與特點：

> 小調要言短意長，忌尖弱；中調要骨肉停
> 勻，忌平板；長調要操縱自如，忌粗率。能
> 于豪爽中，著一二精緻語，綿婉中著一二激
> 厲語，尤見錯綜。[16]

　　蓋依沈謙所論，小令若失之尖弱，則短而無味；中調
若失之平版，則骨肉焉附；而長調若流於粗率，則將難以
統攝。此應為沈謙自實際創作中之感發，方能深知個中三
昧，或可視為西泠詞派創作之指導原則。

三、崇北宋亦不斥南宋

　　晚明崇禎時期，《古今詞統》、《詞菁》、《精選古
今詩餘醉》等詞選所輯，已跨越北宋之藩籬，使南宋詞漸
受矚目；而西泠詞派於此選風之帶動下，對南、北宋詞之
評價，則持較客觀之態度。如沈謙《填詞雜說》讚稼軒詞
曰：

> 稼軒詞以激揚奮厲為工,至「寶釵分,桃
> 葉渡」一曲,昵狎溫柔,魂銷意盡,才人伎
> 倆,真不可測。昔人論畫云:能寸人豆馬,
> 可作千丈松。知言哉![17]

　　沈謙已然體認,稼軒雖高唱豪放雄音,然亦有婉約柔情,是以文人之才,豈可一言蔽之?而詞風多變,亦豈可拘執一端?徐珂《近詞叢話》則評沈氏曰:「謙字去矜,步武蘇、辛,而以五代、北宋為歸。」[18]顯見清初西泠一派論詞,仍以五代、北宋旖旎委婉之調為宗,然不斥南宋雄放磊落之作;唯風氣初開,尚存《花間》、《草堂》之習染。

註:

[1] 嚴迪昌著:《清詞史》(南京:江蘇古籍出版社,1999年8月),頁20。

[2] 蕭鵬著:《群體的選擇——唐宋人選詞與詞選通論》(臺北:文津出版社,1992年11月),頁230—231。

[3] 清・陳康祺撰:《郎潛紀聞》(臺北:新文豐出版公司,1997年3月,《叢書集成三編》,第68冊),卷14,頁1。

[4] 朱倓〈明季杭州讀書社考〉謂:「綜合杭州社事觀之,小築社蓋起於萬曆三十七年右,………至天啟末,始改為讀書社。崇禎二年,一方加入復社,一方仍保持其獨立態度。………崇禎十五年,復社大會於蘇州之虎丘,杭州登樓社諸子皆與其會,………則讀書社之改為登樓社,殆在崇禎十年至十五年之間。登樓社亦一方加入復社,一方保持

其獨立態度，此當時社事皆然，如幾社等對外則稱復社，對內仍稱幾社，杭州讀書社與登樓社，亦同此例耳。」（吳智和主編：《明史研究論叢》第一輯，臺北：大立出版社，1982年6月），頁369—370。

5　吳熊和撰：〈《西陵詞選》與西陵詞派〉，《中國文哲研究通訊》第7卷第4期（1997年12月），頁62。

6　明・沈謙撰：《東江集鈔》（清康熙15年沈照昭、沈聖暉刻本，北京：北京圖書館藏）。

7　轉引自嚴迪昌著：《清詞史》，同註1，頁22。

8　據吳熊和撰〈《西陵詞選》與西陵詞派〉一文，第二項「《西陵詞選》的編選特色」所言：《西陵詞選》書前有梁允植、丁澎、陸進、俞士彪四序及凡例，而卷首為《宦游詞選》一卷與「姓氏錄」。（同註5，頁57—58。）然余今所見之北京圖書館藏清康熙刻本，並未附載吳氏所言諸項，故下文敘述僅就所見論之。

9　以上詞調參楊家駱主編：《詞調辭典》（臺北：世界書局，1981年11月，即吳藕汀《詞名索引》）。

10　此項下之作者姓名，依原書題名。

11　唐圭璋編：《詞話叢編》（臺北：新文豐出版公司，1988年2月），第1冊，頁635。

12　同前註，頁605。

13　清・沈雄撰：《古今詞話》，〈詞品〉下卷，同註11，頁850。

14　同前註，〈詞話〉下卷，頁814。

15　同前註，〈詞評〉下卷，頁1049。

16　同註11，頁629。

17　同前註，頁630。

18　同前註，第5冊，頁4222。

第二節　柳洲詞派

　　明末清初，另一重要之詞人群——柳洲詞派，亦興起
於浙江地區，特殊之家族群體，為構成此派成員之基礎，
而諸多大型唱和活動之舉行，則為促進柳洲詞派蓬勃發展
之主要動因，其對清初詞壇之影響，不容輕忽。

壹、柳洲詞派之形成與發展

　　柳洲位嘉善熙寧門外，地處浙江省東北部；東與東北
連上海金山、青浦縣，東南接平湖縣，西鄰嘉興市郊區，
北界江蘇吳江縣，今隸屬嘉興市。[1]據《嘉善縣志》卷一載：

> 明宣德五年（西元1430年），大理寺卿胡
> 槩巡視江南，謂地廣賦繁，請立縣治，遂割
> 嘉興東北境為嘉善，建治魏塘鎮。………相
> 傳宋大姓魏武居此，聚商成市，原所本曰嘉
> 期，俗美曰善。胡槩請分為七，遣吏部員外
> 郎李亨覆視，析嘉興為秀水，嘉善因舊有遷
> 善六鄉，俗尚敦龐，少犯憲辟，故曰嘉善。[2]

　　是知嘉善自明初定邑，而柳洲詞派與雲間、西泠兩
派，地緣相近。其創作初始，起於明萬曆年間，至崇禎時
期，乃漸趨繁盛，而有「柳洲八子」之稱。《嘉善縣志》
卷三載：

柳洲亭，舊名劉公墩；明萬曆二十六年，
知縣余心純，築土建「真武殿」，西建「文
昌閣」三層，沿隄植柳，阻北流水勢，閣
之東有堂曰「環碧」。崇禎間，錢繼振、郁
之章、魏學濂、吳亮中、魏學洓、魏學渠、
曹爾堪、蔣玉立，每月於此會文；邑侯李陳
玉，題其堂曰「八子會文處」。[3]

　　夫八子之中，以曹爾堪最負盛名，曾分別發起或參與
清初三次著名之唱和活動：

一、江村唱和

　　清聖祖康熙四年（西元1665年），曹爾堪、宋琬、王
士祿三人於杭州，互為酬和，各填〈滿江紅〉八闋，計24
篇，輯為《三子倡和詞》。[4]

二、紅橋唱和

　　康熙五年（西元1666年），杜世農、冒襄、王士祿、
曹爾堪、宋琬、陳維崧等，卿、大夫、士、緇衣、女史，
凡四十餘人，讌集於揚州紅橋，人限二字，賦唐人五言
近體二首，合為《紅橋倡和》詩集。已而之遠者，還故
鄉者，往京畿者，次第散去，四方之客，殘留於此者僅
宋琬、曹爾堪、王士祿、陳世祥、鄧漢儀、范國祿、沈
泌、季公琦、談允謙、程邃、孫枝蔚、冒襄、李以篤、陳
維崧、孫金礪、宗元鼎、汪楫等十七人，其讌聚歡會，相

與酬贈，賦〈念奴嬌〉詞，各十二闋，結集成《廣陵倡和詞》。[5]

三、秋水軒唱和

康熙十年（西元1671年），文人周在浚寓居於北京孫承澤「秋水軒」別墅，一時名公賢士：曹爾堪、龔鼎孳、紀映鍾、徐倬、陳倬、陳維岳、周在浚、王士祿、杜首昌等人，聚會於此，飲酒嘯詠，無日不至；並以〈賀新郎〉調，交游酬唱，而輯成《秋水軒倡和詞》，計收錄詞人26家，詞作176闋。[6]

由於曹爾堪及柳洲派其他詞人，熱衷參與文人交往、相互唱和之集會，不僅擴展柳洲詞派之發展空間，對清初詞學風氣之推動，更有積極之貢獻。

貳、柳洲派主要之詞集：《柳洲詞選》

柳洲詞派中，最足以反映其群體組織，考探其詞學特色者，為《柳洲詞選》[7]。全書凡六卷，卷端首頁題「同里錢煐蔚宗、戈元穎長鳴、錢士賁巖燭、陳謀道心微論定」，或輯成於順治年間，[8]現有清初刻本，藏於北京圖書館。

《柳洲詞選》一、二卷為小令，三、四卷為中調，五、六卷為長調，按詞調字數之多寡編排，是為「分調本」詞選，且卷內每闋詞前幾擬有詞題。計收錄小令70調，詞221闋；中調51調，詞171闋；長調55調，詞144闋。

而其中所載之詞，以題作者之姓名為主，若為前闋撰人所作，則多空缺不題，總共選錄詞人158家，詞作536闋。

　　然《柳洲詞選》與其他詞選最大之不同，在於詞人之組合由家族群體所構成，因此，柳洲一派詞學活動之參與，亦從單獨之個人而推廣至整個團體組織。茲將選中各個家族詞人群，予以歸納統計（參見【附錄】），乃知《柳洲詞選》總計輯錄24個家族群體，其中所選以錢氏家族14人，詞71闋為最多，而以袁氏家族2人，詞2闋為最少；故整部詞選以家族詞人群為中間主幹，當無容置疑。所謂父襲祖業，子承父志，「一門數代，風雅相繼」[9]；此種家族群體之特色，為地域性詞選建立鞏固之根基，更賦予其綿延不絕、生生不息之發展潛力。

參、柳洲派詞學觀之承繼與新變

　　《柳洲詞選》於創作形式上，如同西泠一派以小令為主，而兼及中、長調；然因各個地區之特色，與文人集團之表現，乃造就不同之詞風。故擬從下列三點，論述柳洲派之詞學觀：

一、崇奉詞統，唱作新聲

　　柳洲諸子於作詩填詞方面，皆有優秀之成績，然其崇奉之旨，多承襲古風。《四庫全書總目提要》卷一百九十四「柳洲詩集」項下載：

柳洲在嘉善熙寧門外，順治初，增新與同里
魏學渠等結詩社相倡和，稱「柳洲八子」。
其後攀附者日眾，因遴次所作錄為一編，共
七十餘人；其詩體格相似，大抵五言多宗選
體，七言悉學唐音，猶明季幾社餘派也。[10]

是知柳洲一派，詩體風格以六朝、唐代之作為宗，且
《提要》中明言其為「幾社餘派」，則顯見其詞體風格應
如雲間詞派，以五代、北宋為正統之音。柳洲詞派雖受復
古流風之影響，然其於技巧、內容上，仍力求突破，發為
新聲。清‧李漁《窺詞管見》曰：

文字莫不貴新，而詞為尤甚。不新可以不
作，意新為上， 語新次之，字句之新又次
之。所謂意新者，非於尋常聞見之外，別
有所聞所見，而後謂之新也。即在飲食居
處之內，布帛菽粟之間，儘有事之極奇，情
之極豔，詢諸耳目，則為習見習聞，考諸詩
詞，實為罕聽罕睹，以此為新，方是詞內之
新，非《齊諧》志怪、《南華》志誕之所謂
新也。人皆謂眼前事、口頭語，都被前人說
盡，焉能復有遺漏者，予獨謂遺漏者多，說
過者少。唐宋及明初諸賢，既是前人，吾不

　　復道。只據眼前詞客論之，如董文友、王西
　　樵、王阮亭、曹顧庵、丁藥園、尤悔庵、吳
　　蘭次、何醒齋、毛稚黃、陳其年、宋荔裳、
　　彭羨門諸君集中，言人所未言，而又不出尋
　　常見聞之外者，不知凡幾。[11]

　　曹爾堪主盟柳洲詞壇，而與其相唱和之王士祿與宋婉等人，皆能於尋常事物之中，唱作新調。鄒程村亦曰：「南溪諸詞，能取眼前景物，隨手位置，所製自成勝寄。」[12]因之柳洲詞人能自平凡之境中，創奇特之思，不悖乎詞統，亦不隨波逐流，於既有之原則下，求「意新」、「語新」及「字句之新」。

二、脫《花間》餘習，尚清雅之風

　　柳洲詞派承續詞統，難免因襲《花間》作法，如《柳洲詞選》中載：魏學渠〈上西樓〉下半闋：「人千里，思兩地，淚幾行。燕燕鶯鶯故故，惱人腸。」（卷一）；及曹鑑平〈阮郎歸〉上半闋：「畫簾深鎖柳絲垂，呢喃燕雙棲，飛飛猶認舊烏衣，堂前人已非。」（卷一）等穠麗小詞。然柳洲派於求新突破之過程中，受環境丕變之影響，而促使詞風發生改易，脫離《花間》餘習。嚴迪昌《清詞史》云：

　　柳洲詞派的宗尚本也近「花間」一路，是「

> 雲間詞派」的一翼。甲申「國變」前後,風
> 氣漸變,淵渟豪邁兼舉,悲涼之氣滲現。[13]

　　柳洲詞人由於政治上之遭遇與經歷,心態、思維為之轉變;詞作亦由纖豔,趨於勁拔。如陳謀道雖工小令,但得南宋風致;[14]而曹爾堪則自言:「性不喜豔詞」,故工於寓意,詞風雅潔。[15]綜觀歷代詞話對柳洲派之品評,應以清・鄒祇謨《遠志齋詞衷》所論,較為肯切,其言曰:

> 詞至柳洲諸子,幾二百餘家,可謂極盛。
> 無論袁、錢、戈、支諸先輩,吐納風流如爾
> 斐、子顧、子更、子存、卜臣、古喤諸家,
> 先後振藻,飆流符會,實有倡導之功。要之
> 阮亭所云,不纖不詭,一往熨貼,則柳洲詞
> 派盡矣。[16]

　　柳洲諸子,吐納風流,先後振藻,有謂曹爾堪之品格「當在周、秦、姜、史間」[17],宋・張炎《詞源》卷下則曰:「秦少游、………姜白石、史邦卿………,此數家格調不侔,句法挺異,俱能特立清新之意,刪削靡曼之詞,自成一家,各名於世。」[18]是知「立清新」、「削靡曼」,乃為曹爾堪詞之風格特色;而嚴迪昌《清詞史》亦謂:錢繼章〈鷓鴣天〉(髮短髯長眉有格)詞,於一派清蒼氣韻中明志達意,風骨乃見。[19]故柳洲詞人所作,皆朝追求「清

雄雅潔」之目標奮進，蓋「不纖不詭，一往熨貼」，乃為
柳洲詞派之最佳寫照。

三、嚮慕歸隱閒澹之境

　　身處明末清初之柳洲詞人，遭逢家國喪亡、新朝壓迫
之雙重打擊，悲痛憤懣之情，不言可喻；然當一切底定，
絕處得以逢生之際，詞人心中之波瀾，亦由當初之慷慨激
昂，而漸趨於和緩平靜。嚴迪昌《清詞史》對「江村唱和
」之詞人心態，有頗為深刻之剖析，其言曰：

> 曹爾堪、宋琬、王士祿三人以相同的遭際而
> 相聚會在西子湖畔，並非是一種偶然巧遇。
> 這是順康之交漢族士大夫在新朝廷上動輒得
> 咎，所處境況極險譎的必然性表現。所以，
> 「江村」唱酬是當時具相當普遍性的遷謫之
> 客的感受的一次大抒發，有著時代印記，絕
> 非出於閒情逸致。[20]

　　又曰：

> 攙和著餘悸和慶幸，隱寄以怨憤和頹傷，表
> 現為對塵世的勘透，但求於山水中頤養劫後
> 餘生，這些就是「江村唱和」的幾個層次的
> 內涵。[21]

　　顯見柳洲詞人嚮慕歸隱之心態，較明萬曆時期，《唐宋元明酒詞》中所寓寄之隱逸閒情，多一份悲涼、無奈，及思念故國之情懷；而此複雜紛呈，難以釐清之感受，訴之於詞，柳洲詞人則將之轉化為閒澹、豁然之境。

【附錄】

《柳洲詞選》之家族詞人群（依詞數之多寡排列）：

家族	項目	各家詞人與詞數														合計
錢	詞	錢	錢	錢	錢	錢	錢	錢	錢	錢	錢	錢	錢	錢	錢	
	人	繼	士			繼		繼				繼			士	14
		章	賁	煐	登	烱	棻	振	爔	栴	棟	霞	爆	黷	升	
氏	詞數	11	11	10	7	6	6	4	4	3	3	3	1	1	1	71
曹	詞	曹	曹	曹	曹	曹	曹	曹	曹	曹	曹					
	人	鑑	爾	偉	爾	爾	爾	爾	鑑	鑑						10
		平	堪	謨	垣	坊	埴	埏	徵	章	勳					
氏	詞數	11	10	5	5	4	4	4	4	4	2					53
陳	詞	陳	陳	陳	陳	陳	陳	陳	陳	陳	陳	陳				
	人	謀	哲	喆	龍		增	學	暉	誼		霆				11
		道	庸	倫	正	昌	新	謙	吉	臣	秉	萬				
氏	詞數	11	6	6	6	5	5	3	2	2	1	1				48
魏	詞	魏	魏	魏	魏	魏	魏	魏	魏							
	人	學	允	學	允	大	學	允	允							8
		濂	枚	渠	梠	中	洙	札	植							
氏	詞數	9	8	6	4	4	2	2	1							36
孫	詞	孫	孫	孫	孫	孫	孫	孫	孫	孫	孫	孫	孫	孫		
	人		以	復		序	纘	聖			紹	茂	玄			13
		鈘	鐏	煒	濤	皇	祖	蘭	煌	鋙	詢	祖	之	鑑		
氏	詞數	8	6	4	3	3	2	2	2	1	1	1	1	1		35
沈	詞	沈	沈	沈	沈	沈	沈	沈	沈	沈	沈	沈	沈	沈	沈	
	人			玄	權	受				士	師	受	汝			14
		棠	湛	煌	淀	齡	之	祜	爐	鱒	泓	立	昌	祉	雄	
氏	詞數	5	5	4	3	3	2	2	2	2	2	1	1	1	1	34

周氏	詞人	周珂	周振斑	周宏璜	周振藻	周丕藻	周瑗	周顯	7
	詞數	8	8	6	2	2	1	1	28
李氏	詞人	李煒	李炳	李標	李鄂	李炯	李煃	李光堯	7
	詞數	6	5	4	2	2	1	1	21
王氏	詞人	王屋	王綸	王瑛	王國標	王廷愷	王蔚章		6
	詞數	7	4	3	2	2	1		19
計氏	詞人	計善	計敬	計能					3
	詞數	8	6	5					19
朱氏	詞人	朱以洽	朱泗滑	朱曾省	朱遙成	朱顏復	朱夢來	朱廷旦	朱輅	朱愚	9
	詞數	3	2	2	2	1	1	1	1	1	14
蔣氏	詞人	蔣睿	蔣玉瑑	蔣會立	蔣國貞	蔣榮		5
	詞數	4	3	3	2	1		13
毛氏	詞人	毛蕃	毛穗	毛㮰	毛楠		4
	詞數	8	2	2	1		13

姓氏			計
吳氏	詞人	吳亮中　吳自求　吳鎮	3
	詞數	6　4　3	13
凌氏	詞人	凌如恆　凌斗垣　凌如升	3
	詞數	9　2　1	12
支氏	詞人	支毓祺　支隆求　支遵范　支大綸　支如玉　支如增	6
	詞數	4　2　2　1　1　1	11
陸氏	詞人	陸淮　陸凝　陸埰　陸樹駿	4
	詞數	5　2　2　2	11
戈氏	詞人	戈元穎　戈止	2
	詞數	9　1	10
徐氏	詞人	徐遠　徐之陵　徐石麒	3
	詞數	6　1　1	8
呂氏	詞人	呂鼏　呂升	2
	詞數	4　3	7

丁氏	詞人	丁胤淦	丁璜		2
	詞數	5	2		7
夏氏	詞人	夏完淳	夏允彝		2
	詞數	5	1		6
郁氏	詞人	郁自振	郁褒	郁荃	3
	詞數	2	1	1	4
袁氏	詞人	袁黃	袁仁		2
	詞數	1	1		2

註：

1　以上參李漢杰主編：《中國分省市縣大辭典》（北京：中國旅游出版
　　社，1990年12月），「嘉善縣」，頁408。

2　清・江峰青等修、顧福仁等纂：《嘉善縣志》（臺北：成文出版社，
　　1970年11月），卷1，頁2—3。

3　同前註，卷3，頁29—31。

4　參嚴迪昌著：《清詞史》（南京：江蘇古籍出版社，1999年8月），
　　頁51。

5　以上參清・孫金礪撰：〈紅橋雅集記〉，清・宋琬、曹爾堪等撰：
　　《紅橋倡和》第一集（清康熙間刊本，臺北：中央研究院歷史語言
　　研究所傅斯年圖書館藏）；及〈廣陵倡和詞序〉、龔鼎孳〈廣陵倡和
　　詞小引〉，清・王士祿、曹爾堪等撰：《廣陵倡和詞》（清刊本，臺
　　北：中央研究院歷史語言研究所傅斯年圖書館藏）。

6　同註4，頁125—128。

7　據吳熊和〈《柳州詞選》與柳州詞派〉曰：「《柳州詞選》於目
　　錄後，有所選詞人的姓氏錄。姓氏錄分兩部，前者為『先正遺稿姓
　　氏』，………後者為『名公近社姓氏』………。」（《中國文哲研
　　究通訊》第7卷第4期，1997年12月，頁37。）然余今所見之北京圖書
　　館藏清初刻本，並無「目錄」及「姓氏錄」，且卷三、卷四之卷末殘
　　缺，故下文敘述，僅就所見論之。

8　據金一平《柳洲詞派》曰：「《柳洲詞選》一書………刊刻年代不
　　詳。北京圖書館另藏有《柳洲詩集》十卷，………刻於順治十六年
　　（1659）。《柳洲詞選》刊刻時期應該與此相近或略晚。」（杭州：
　　杭州大學博士學位論文，1997年10月），頁5。

9　金一平《柳洲詞派》曰：「嘉善幾個文化望族，一門數代，風雅相
　　繼。萬曆以來，嘉善一地，錢氏、魏氏、曹氏等，都是遠近聞名的高
　　門大族，世代簪纓，門第清華，子侄亦人各有集。」（杭州：杭州大

學博士學位論文，1997年10月），頁16。

10　清・永瑢、紀昀等撰：《四庫全書總目提要》（臺北：臺灣商務印書
館，1983年10月），卷194，頁5。

11　唐圭璋編：《詞話叢編》（臺北：新文豐出版公司，1988年2月），
第1冊，頁551—552。

12　清・沈雄撰：《古今詞話》，〈詞評〉下卷，同前註，頁1039。

13　同註4，頁46。

14　清・馮金伯輯：《詞苑萃編》，卷之八〈品藻〉，同註11，第2冊，
頁1944。

15　清・沈雄撰：《古今詞話》，〈詞話〉下卷，同註11，第1冊，頁
804；清・郭麐撰：《靈芬館詞話》，卷二，同註11，第2冊，頁
1533；清・馮金伯輯：《詞苑萃編》，卷之八〈品藻〉，同註11，第
2冊，頁1929。

16　同註11，頁657。

17　清・馮金伯輯：《詞苑萃編》，卷之八〈品藻〉，同註11，第2冊，
頁1929。

18　同註11，頁255。

19　同註4，頁46—47。

20　同前註，頁53。

21　同前註。

第三節　廣陵詞派

清初詞壇與西泠詞派、柳洲詞派約略同時，且間有往來者，為廣陵詞派。而廣陵一派，群英薈萃，詩文酬唱，激盪交流，不僅為詞學發展開拓新路，並啟發詞人創作之熱情。茲論述如下：

壹、廣陵詞派之形成與發展

「廣陵」，春秋時其地屬吳，秦屬九江郡，東漢時為廣陵郡，隋朝稱揚州，因避煬帝諱而改江都郡；至唐又改為廣陵郡，復為揚州；宋因之，而元朝稱揚州路，明、清時則稱為揚州府；故城在今江蘇省江都縣東北。

明末清初詞家由雲間、西泠、柳洲等派，發展至順、康之際，要以廣陵詞壇為盛。然廣陵詞壇中，最主要之領袖應為詞人王士禛；王士禛為清世祖順治十五年（西元1658年）進士，次年授揚州府推官，順治十七年（西元1660年）到任，至聖祖康熙四年（西元1665年）離任；其間王士禛帶引風潮，為凝聚揚州一地詞學活動之核心。嚴迪昌《清詞史》述其盛況曰：

> 王士禛在揚州通判任上，廣交詩人文士，遺
> 逸中有林古度、杜濬、方文、孫枝蔚等，又
> 與邵潛、陳維崧等或修禊於如皋冒襄的水繪

園，或酬唱在紅橋、蜀岡間諸勝地。特別是
團聚了大批詞苑名流，不僅有本郡的吳綺（
蘭次）、汪懋麟（蛟門）、宗元鼎（定九）
，有通州的陳世祥（散木），更有曹爾堪、
宋琬以及其長兄王士祿。而避地如皋八載之
久的陳維崧則無疑成為雅聚修禊的主角之一
。至於鄒祇謨、董以寧、彭孫遹等乃漁洋詞
學同志，過從尤密。這樣一大批詞人相好無
間，朝夕唱和不休，真是空前未有的盛事。[1]

蓋揚州之名人雅士，曾飲酒宴游於紅橋，共賦詩詞，
輯成《紅橋倡和》詩集與《廣陵倡和詞》，而諸君子之
作，「風流駘宕，興寄甚高」[2]。然另有詞人於如皋一邑，
匯聚於冒襄之「水繪園」，其或為遷客逐臣、畸人寒士，
抑或為遺老故舊、草野之民，為廣陵詞壇重要之支翼。自
清・陳維崧〈水繪園修禊詩序〉中，則可見四方之客來聚
相會之情景，其言云：

余之居東皋，蓋七、八年於茲矣，此七、
八年中，每偕皋之數君子以游於茲園，然
往往恨不克從王先生；及余來揚州，平山紅
橋之間，明簾白舫，欲與皋之數君子者游，
而又邈乎其不可得也。⋯⋯⋯始余至東皋茲

園也，風月之晨，煙雲之夕，冒先生未嘗不
至，余未嘗不從。………今幸王先生既按部
東皋，而陳生從陽羨來，毛生又從婁東至，
邵山人雖老且善病，然尚健飯，形容固未
甚憊也；東皋數君子，雖晨風零雨，飄散為
多，而山濤、穀梁、青若尚竭，蹶從冒先生
後，以觴詠於茲園也，何其樂耶！[3]

　　是知陳維崧從游於王士禛，而廣陵詞人對於王士禛，
亦備極尊崇；雖然士禛離開揚州後，自此不復言詞，但廣
陵詞壇於諸多文人熱烈之參與下，繁榮興盛，使詞學創作
得以全面推展。

貳、廣陵派主要之詞集：《國朝名家詩餘》

　　《國朝名家詩餘》為清初一部規模宏偉之詞集，由
廣陵詞人孫默，彙編當世詞家之著作而成；另別名為《
十五家詞》或《留松閣詞集》。是書經四次刊刻，歷時
十四載始成，可謂卷帙浩繁。據《四庫全書總目提要》卷
一百九十九「十五家詞」載：

其初刻在康熙甲辰（按：即康熙3年，西元
1664年），為鄒祇謨、彭孫遹、王士禛三家
，即《居易錄》所云：「杜濬為之序。」至
丁未（按：即康熙6年，西元1667年），續以

曹爾堪、王士祿、尤侗三家，是為六家，孫
金礪為之序。戊申（按：即康熙7年，西元
1668年），又續以陳世祥、陳維崧、董以寧
、董俞四家，汪懋麟為之序。十五家之本定
於丁巳（按：即康熙16年，西元1677年），
鄧漢儀為之序，凡閱十四年始彙成之。[4]

今《四部備要》本據文瀾、文津閣本校刊[5]（以下簡
稱「四部備要本」），輯錄十五家詞為：吳偉業《梅村
詞》二卷、梁清標《棠村詞》三卷、宋琬《二鄉亭詞》
二卷、曹爾堪《南溪詞》二卷、王士祿《炊聞詞》三卷、
尤侗《百末詞》二卷、陳世祥《含影詞》二卷、黃永《溪
南詞》二卷、陸求可《月湄詞》四卷、鄒祇謨《麗農詞》
二卷、彭孫遹《延露詞》三卷、王士禛《衍波詞》二卷、
董以寧《蓉渡詞》三卷、陳維崧《烏絲詞》四卷、董俞
《玉鳧詞》二卷，共三十七卷。書前載《四庫全書總目提
要》及鄧漢儀、孫金礪、汪懋麟、杜濬等序，卷內各家之
詞，以小令、中調、長調為次編排，每闋詞前幾附詞題，
而各卷之前或錄有本集原序。另仁和邵位西《四庫簡明
目錄》，則增錄龔鼎孳《香嚴詞》二卷，標注為「十六家
詞」，共三十九卷。[6]

又臺北：國家圖書館現所藏之《國朝名家詩餘》，
為清康熙間留松閣刊本（以下簡稱「國圖藏本」），

僅二十五卷，收錄：《梅村詞》、《二鄉亭詞》、《棠村詞》、《月湄詞》、《南溪詞》、《麗農詞》、《延露詞》、《衍波詞》、《炊聞詞》、《含影詞》、《溪南詞》等十一家著作。書前載有陳維崧〈國朝名家詩餘序〉、孫金礪〈六家詩餘序〉、杜濬〈三家詞序〉、汪懋麟〈四家詩餘序〉及尤侗〈梅村詞序〉等；而各家詞前列有「目次」，著錄詞調及闋數，依詞調字數之多寡，按小令、中調、長調編排，並於「目次」最後，總計調數及詞數；間或於每篇之末，附以評語，然「四部備要本」為免穢亂簡牘，則將篇末評語悉數刪除。

此外，北京圖書館亦藏有清康熙孫氏留松閣刻本《國朝名家詩餘》（以下簡稱「北京藏本」），其載錄十七家詞，凡四十卷；較「四部備要本」多錄兩家：龔鼎孳《香嚴詞》二卷及程康莊《衍愚詞》一卷；而較「國圖藏本」則多錄六家：龔鼎孳《香嚴詞》二卷、尤侗《百末詞》二卷、董以寧《蓉渡詞》三卷、陳維崧《烏絲詞》四卷、董俞《玉鳧詞》二卷及程康莊《衍愚詞》一卷。

是知《國朝名家詩餘》不同之版本，所錄詞家著作乃互有增減，然其價值所在，即如《四庫全書總目提要》所言：「雖標榜聲氣，尚沿明末積習，而一時倚聲佳製實略備於此，存之可以見。」[7]

據馬興榮等主編《中國詞學大辭典》「十五家詞」項

下載：「有康熙留松閣刻本，末附《紅橋倡和集》、《廣陵倡和集》二種。」[8]然就目前所得見之「國圖藏本」及「四庫備要本」言，書後並未附載《紅橋倡和》及《廣陵倡和詞》，而此二集乃藏於臺北：中央研究院歷史語言研究所傅斯年圖書館（以下簡稱「傅圖」），另北京圖書館亦有藏本。茲僅以「傅圖」所藏析之：

《紅橋倡和》第一集，為清康熙刻本。書前載龔鼎孳〈序〉及孫金礪〈紅橋雅集記〉，計收錄杜世農等36人作品，每人限韻二字，各賦唐五言近體詩兩首，共72首。

《廣陵倡和詞》，亦為清康熙刻本，或與《紅橋倡和》合一冊。書前載〈廣陵倡和詞序〉及龔鼎孳〈廣陵倡和詞小引〉；並輯錄「廣陵倡和詞姓氏」，包括宋琬等17位詞家，著錄詞人字、號及籍貫。而全書內容分為：「南溪」、「炊聞」、「含影」、「青簾」、「幽篁」、「烏絲」、「小香」等七卷，即為曹爾堪、王士祿、陳世祥、鄧漢儀、季公琦、陳維崧、宗元鼎等七家所賦之〈念奴嬌〉詞，各12闋，總計為84闋。另每闋詞前皆有詞題，間附詞家評語於篇末。

故以上諸書，乃廣陵詞人之詩詞彙錄，應皆為廣陵詞壇重要之詞總集及詩詞選集。

參、廣陵派詞學觀之承繼與新變

　　廣陵詞人除王士禎、彭孫遹等，已有詞學論著：《花草蒙拾》及《金粟詞話》外，其餘詞家對詞作之評語，亦可間接反映廣陵諸家之詞學思想與主張。茲將廣陵派之詞學觀，概括為以下三方面：

一、追踵「花草」之風

　　孫金礪〈六家詩餘序〉云：「今讀六家詞，………擅《花間》、《草堂》、《尊前》、《花菴》之眾美，當並唐宋諸家，傳之千祀。」[9]孫氏此言，明白指出《國朝名家詩餘》編選之旨，及廣陵詞人融和「花草」詞風之宗趣；而王士禎《花草蒙拾》則直陳《花間》、《草堂》之佳處：「或問《花間》之妙，曰：戞金結繡而無痕跡。問《草堂》之妙，曰：采采流水，蓬蓬遠春。」[10]是以士禎詞作，用字措意，莫不秉承「花草」風格。清・鄒祇謨《遠志齋詞衷》曰：

> 金粟云：阮亭《衍波》一集，體備唐、宋，
> 珍逾琳琅，美非一族，目不給賞。………約
> 而言之，其工緻而綺靡者，《花間》之致語
> 也；其婉孌而流動者，《草堂》之麗字也。[11]

　　除王士禎外，時人讀其兄士祿之詞，亦謂：「靜情豔致，撮《花》、《草》之標，似未肯放阮亭獨步。」[12]然其餘詞人於創作方面之表現，則為：宗梅岑評陳世祥〈西江

451

月〉（惆悵夢魂何處）云：「『枕邊詩句阿誰聽，月送海棠花影。』真是《花間》風味。」[13]鄒祗謨評彭孫遹〈風中柳〉（槐樹陰濃）云：「換頭以下，逼真宋詞神品。」[14]又王士禎評彭孫遹〈眉峰碧〉（漫把重簾約）云：「末二語欲逼《湘真》。」[15]故綜言之，作為雲間支脈之廣陵派，其填詞、論詞之所本，唯以雲間詞風為基調，繼而追蹤「花草」，尋求溫麗閒雅，當行本色之詞作風格。

二、批評浮豔之習

　　廣陵詞人論詞雖以「花草」為主體，然亦不喜淺俗儇薄之語，並揚棄柔靡輕豔之作。如「廣陵諸子，善百、園（薗）次，巧於言情；宗子梅岑，精於取境，然宗固是豔才，刻意避香奩語。」[16]而鄧漢儀於《十五家詞》之〈序〉文中，則體現當世詞風之趨向：

> 溫、李厥倡風格，周、辛各極才情，頓挫淋漓，原同樂府；纏綿婉惻，何殊《國風》。而摭拾浮華，讀之了無生氣；強填澀語，按之幾欲晝眠。此其體未明，而有庾于《花間》、《草堂》之遺法者。[17]

　　是知廣陵詞壇遵循《花》、《草》遺則，排浮華、去澀語，效《國風》之格，使不落香弱鄙俚之境，因之乃嚴斥五代、北宋浮豔之詞。王士禎《花草蒙拾》云：

牛給事「須作一生拚，盡君今日歡」，狎昵
已極。南唐「奴為出來難，教君恣意憐」，
本此；至「檀口微微，靠人緊把腰兒貼」，
風斯下矣。[18]

又彭孫遹《金粟詞話》云：

山谷「女邊著子，門裏安心」，鄙俚不堪
入誦。如齊梁樂府「霧露隱芙蓉，明燈照空
局」，何蘊藉乃沿為如此語乎。[19]

由此可見，廣陵詞人欲導正詞風，而於具體創作上與
詞論方面所為之努力；不僅改變明詞淫靡卑弱之習，亦繼
開浙西詞派醇雅之論。

三、注重南宋之詞

孫金礪〈六家詩餘序〉云：「今讀六家詞，驚豔有若
溫、韋，蒨麗有若牛、歐，雋逸有若二李，風流醖藉，有
若周、柳、秦、晏，奔放雄傑，有若蘇、辛、劉、陸。」
[20]是以廣陵一派之創作理念，並不為「花草」、「雲間」專
尚五代、北宋所桎梏；且其對雲間作者不涉南宋，甚言欲
廢宋調，表現極度不滿。王士禎《花草蒙拾》曰：

雲間數公論詩拘格律，崇神韻。然拘于方幅
，泥于時代，不免為識者所少。其于詞，亦

不欲涉南宋一筆，佳處在此，短處亦坐此。[21]

又曰：

近日雲間作者論詞有云：「五季猶有唐風，
入宋便開元曲，故專意小令，冀復古音，屏
去宋調，庶防流失。」僕謂此論雖高，殊屬
孟浪。廢宋詞而宗唐，廢唐詩而宗漢魏，廢
唐宋大家之文而宗秦漢，然則古今文章，一
畫足矣，不必三墳八索；至六經三史，不幾
幾贅疣乎。[22]

　　王氏主張，除五代、北宋詞外，南宋之詞，亦該存而
不廢，不應畫地自限；其已將目光及於南宋之詞，並對於
南宋詞人，多所肯定。王士禎曰：

詞以少游、易安為宗，固也；然竹屋、梅
溪、白石諸公，極妍盡態處，反有秦、李未
到者。[23]

　　王氏此說，顯對南宋詞已有相當之接觸與認知；另廣
陵各家於詞作之表現，亦多能與南宋格調相與爭輝。如：
唐畊塢評陳世祥〈多麗〉（試放眼）云：「骯髒語難得如
此細膩，是以周、柳心情，為辛、劉格調者。」[24]王士禎評
彭孫遹〈宴清都〉（四壁秋聲靜）云：「每讀史邦卿『詠

燕』詞，………以為詠物至此人，巧極天工，錯無復嗣響
矣。從素紈得羨門此詞，………二詞並傳，千古勿謂古今
人不相及也。」[25]又鄒祗謨評王士禎〈水龍吟〉（岷峨萬里
滔滔）云：「末將吳帝、宋武對舉，………有恨古人不見
我之意，不徒縱橫上下，與辛、劉匹敵也。」[26]蓋詞學之發
展，至此若再一味沿襲五代、北宋詞風，終將面臨瓶頸而
困阨難行，故嘗試另闢路徑，而由南宋詞入手，則為後續
詞學演進之必然趨勢。

註：

[1] 嚴迪昌著：《清詞史》（南京：江蘇古籍出版社，1999年8月），頁59。

[2] 清・龔鼎孳撰：〈廣陵倡和詞小引〉，清・王士祿、曹爾堪等撰：《廣陵倡和詞》（清刊本，臺北：中央研究院歷史語言研究所傅斯年圖書館藏）。

[3] 清・陳維崧撰：《陳迦陵文集》（臺北：臺灣商務印書館，1979年11月，《四部叢刊正編》，第82冊），卷1，頁30。

[4] 清・永瑢、紀昀等撰：《四庫全書總目提要》（臺北：臺灣商務印書館，1983年10月），卷199，頁30—31。

[5] 清・孫默輯：《十五家詞》（臺北：臺灣中華書局，1971年9月，《四部備要》本）。

[6] 《十五家詞》「校記」，同前註。

[7] 同註4，卷199，頁31。

[8] 馬興榮等主編：《中國詞學大辭典》（杭州：浙江教育出版社，1996年10月），頁302。

[9] 清・孫默編：《國朝名家詩餘》（清康熙間留松閣刊本，臺北：國家

圖書館藏）。

[10] 唐圭璋編：《詞話叢編》（臺北：新文豐出版公司，1988年2月），第1冊，頁675。

[11] 同前註，頁661。

[12] 《炊聞詞》〈序文〉，同註5，卷10，頁1。

[13] 清・陳世祥撰：《含影詞》，同註9，卷上，頁19。

[14] 清・彭孫遹撰：《延露詞》，同註9，卷2，頁18。

[15] 清・彭孫遹撰：《延露詞》，同註9，卷1，頁21。

[16] 清・鄒祇謨撰：《遠志齋詞衷》，同註10，第1冊，頁658。

[17] 同註5，頁1。

[18] 同註10，頁674。

[19] 同前註，頁722。

[20] 同註9。

[21] 同註10，頁685。

[22] 同前註，頁686。

[23] 王士禎評彭孫遹〈白苧〉（雨乍晴）之語。清・彭孫遹撰：《延露詞》，同註9，卷3，頁25。

[24] 清・陳世祥撰：《含影詞》，同註9，卷下，頁30。

[25] 清・彭孫遹撰：《延露詞》，同註9，卷3，頁13。

[26] 清・王士禎撰：《衍波詞》，同註9，卷下，頁9。

第四節　毗陵詞派

毗陵一派與雲間習氣同聲相應，並與廣陵詞家往來熱絡，共相唱和，創為諸多時代之音，使清代詞壇之格局，日益壯大。茲析論如下：

壹、毗陵詞派之形成與發展

「毗陵」，春秋時屬吳延陵季子之采邑，秦併天下置會稽郡，延陵等四縣俱屬焉；漢改延陵為毗陵縣，至晉因避諱，改為晉陵郡；隋廢郡，置常州，旋又改為毗陵郡；至唐則為常州晉陵郡，宋稱常州毗陵郡，元改為常州路，即今江蘇省武進縣。然梁武帝時，曾改為「蘭陵」，故毗陵又稱蘭陵。[1]

毗陵詞人以常州一帶為活動中心，文風熾盛，其中以鄒祇謨、陳維崧、董以寧、黃永等四人，最受矚目，並稱為「毗陵四子」。依陳維崧〈任植齋詞序〉所言，可知鄒、董二人全心參與，專力於詞學創作：

> 憶在庚寅、辛卯間（按：即順治七、八年，西元1650、1651年），與常州鄒、董游也，文酒之暇，河傾月落，杯闌燭暗，兩君則起而為小詞。方是時天下填詞家尚少，而兩君獨矻矻為之，放筆不休，狼藉旗亭北里間。[2]

蓋是時填詞者尚少，然鄒、董二人，仍執著無悔，其
投注於詞作之用心，可見一斑。而孫默彙編之《國朝名家
詩餘》，則將「毗陵四子」之著作，皆涵括其中，顯見此
四子之作品，已受時人及他派詞家之重視與肯定，因而掀
起毗陵地區之創作風潮，並使清代詞壇得獲開啟新貌之契
機。

貳、毗陵派主要之詞集：《倚聲初集》

毗陵詞人鄒祗謨對清初詞壇最主要之貢獻，為《倚
聲初集》之輯選；今可見者，為清順治間大冶堂刻本，
藏於臺北：中央研究院歷史語言研究所傅斯年圖書館（以
下簡稱「傅圖本」）。全書凡二十卷，卷端首頁題「武進
鄒祗謨程邨，新城王士禎阮亭全選」；卷前載有王士禎與
鄒祗謨撰於順治庚子之〈序〉文，故此集當成書於清順治
十七年（西元1660年）間；而《倚聲初集》於序後列有目
次，按字數多寡，分為小令、中調、長調編排，是為「分
調本」詞選，每卷著錄調名、闋數及詞調體式，並分別統
計總合。其後又附載「爵里」三卷，簡介詞人字號、籍貫
與官職等；卷一輯錄萬曆朝45人、天啟朝15人及崇禎朝91
人，卷二、卷三則輯錄清順治朝共362人。然卷內作者，以
題詞人之姓名為主，而同調之詞，若為前闋撰人所作，則
多空缺不題；另卷中於詞調之下，則註明體式及同調之異

名，而每闋詞前皆擬有詞題，間附詞人評語於後。

　　唯「傅圖本」所輯，其中卷十二缺漏甚夥，就目次所計，應有24體99闋，現僅存5體19闋；且目次所列與卷內實際所收多有差異，如：卷二，目次著錄為：「三十字至四十一字」，實應為33字至41字；另卷三〈點絳唇〉，目次著錄為：「三十三首」，實應為38首；又卷九，目次統計為：「十六體選一百零九首」，然實應為15體選121闋，諸如此類，不勝枚舉。茲僅以表列，詳述「傅圖本」卷內實際收錄之情形：[3]

調別	卷次	字　　數	詞作		體式		詞　調[4]	
			詞數	小計	體數	小計	調數	小計
小 令	一	14—33	129	1140	30	195	26	160
	二	33—41	136		27		23	
	三	41—43	124		9		8	
	四	44	114		6		5	
	五	44—46	96		14		12	
	六	46—48	103		18		18	
	七	48—50	96		19		18	
	八	50—54	101		37		26	
	九	54—56	121		15		11	
	十	56—58	120		20		13[5]	
中 調	十一	60—61	105	288	8	83	7	76
	十二	?—67	19		5		5	
	十三	67—76	84		25		22	
	十四	76—92	80		45		42	

			詞數		體數		調數	
長	十五	93—95	83		10		9	
	十六	95—100	69		49		48	
	十七	100—102	75	442	21	168	20	161
	十八	102—108	71		33		32	
	十九	108—116	70		21		20	
調	二十	116—236	74		34		32	
合		計	詞數	1870	體數	446	調數	397

　　是知《倚聲初集》「傅圖本」所錄，卷一至卷十為
小令，選詞1140闋，詞體195體，詞調160調；卷十一至卷
十四為中調，選詞288闋，詞體83體，詞調76調；卷十五至
卷二十為長調，選詞442闋，詞體168體，詞調161調；總計
輯選詞作1870闋，詞體446體，詞調397調，故全書所收以
小令為主，約佔全書比例達61%。

　　《倚聲初集》「傅圖本」選錄之範圍，橫跨明、清
兩代，由明萬曆至清順治年間，包括：明萬曆朝37人，詞
作107闋；天啟朝11人，詞作43闋；崇禎朝80人，詞作418
闋；合計明代詞人128家，詞作568闋；另清順治朝為268
人，詞作1302闋，是以選詞重心偏於有清一代。茲將全書
所輯396位詞家中，選詞在三十闋以上者，表列如次（詞人
以時代歸類，並按詞數之多寡排列）：

時代	詞　　　人[6]	詞　　數	合　　計
明代	陳子龍	65	154
	龔鼎孳	56	
	俞　彥	33	
清代	鄒祇謨	192	674
	董以寧	115	
	王士禎	101	
	宋徵輿	63	
	曹爾堪	55	
	彭孫遹	44	
	陳維崧	35	
	賀　裳	35	
	計南陽	34	

　　據上表統計可知，《倚聲初集》所收，涵括西泠、柳洲、廣陵、毗陵等派詞家之作，而鄒祇謨、董以寧、王士禎等三家之詞，多達百闋，其中以選錄鄒祇謨詞192闋居冠；全書所輯「毗陵四子」：鄒祇謨、董以寧、陳維崧之詞，皆為三十闋以上，而黃永一家，則僅錄23闋。另所選明代之詞，以陳子龍詞65闋為最多，而隸屬雲間餘脈之詞家，乃多師承子龍，顯見陳子龍於清初詞壇之地位與所受之重視。而鄒祇謨、王士禎編選《倚聲初集》，其所本宗旨，可由鄒祇謨〈倚聲初集序〉得其梗概：

　　　　然近世如用修、元美、元朗、仲茅諸先生，
　　　　無不尋流溯源，探其旨趣，而詞學復明，犁

461

然指掌。然如錢功甫、卓珂月、沈天羽諸前
輩，有成書而網羅未備；賀黃公、毛馳黃、
劉公馘諸同志，有論斷而甄汰未聞。僕乃與
漁洋山人綜覈近本，攬擷芳蕤，被以丹黃，
申之辨論，為時不及百年，而為體與數與
人，彷彿乎兩宋之盛。………庶幾數百年而
後，得比於《花菴》、《尊前》諸選，不零
落於荒煙蔓草之間，以存一時之嘯詠。[7]

又王士禎〈倚聲初集序〉曰：

《花菴》博而未覈，《尊前》約而多疏，《
詞統》一編，稍撮諸家之勝，然亦詳于隆、
萬，略於啟、禎。鄒子與予蓋嘗嘆之，因網
羅五十年來薦紳、隱逸、宮閨之制，彙為一
書，以續《花間》、《草堂》之後，使夫聲
音之道，不至湮沒而無傳，亦猶尼父歌弦之
意也。[8]

蓋《倚聲初集》「傅圖本」所錄，與明‧卓人月、徐
士俊之《古今詞統》，於編選體例方面有類似之處，如：
兩者皆以字數多寡為序，詞調之下亦均標註體式，且《倚
聲初集》「傅圖本」中，明代之詞約佔全書比例30％，故
編者意欲接續《古今詞統》，以完成由隋至清詞選集之用

心甚明。又「傅圖本」中，僅1闋入選之詞家，計233人，約佔全書比例59%，因之《倚聲初集》具有重要存詞輯佚之文獻價值，不容漠視。

參、毗陵派詞學觀之承繼與新變

《倚聲初集》薈萃諸家詞作，不僅體現當世詞壇之風貌，亦反映毗陵詞人論詞主張之轉變。茲將毗陵派詞學理論之特色，分述如下：

一、主情性、避穢褻

明・孟稱舜〈古今詞統序〉強調，詞之內涵「要以摹寫情態，令人一展卷而魂動魄化者為上。」[9]而鄒祇謨繼《古今詞統》之後，輯選《倚聲初集》，亦以深情致性為論詞標準，其於〈倚聲初集序〉曰：

> 凡名公巨卿之剩藝，騷人逸友之遺音，無不推本性情，標舉風格。[10]

又曰：

> 揆諸北宋，家習諧聲，人工綺語。楊花謝橋之句，見許伊川；碧雲紅葉之調，共推文正。其餘名儒碩彥，標新奏雅，染指不乏。必欲以莊辭為正聲，是用《尚書》、〈禮運〉而屈〈關雎〉、〈鵲巢〉也。[11]

463

蓋名公、巨卿、騷人、逸友、學儒、碩彥之作，
皆推本於性情；然情性之表達，貴以「標新」，唯有求
「新」，方能不落窠臼，因之鄒氏反對為屈從莊辭正聲，
而有礙詞人情性之抒發。其餘毗陵詞人所作，亦多本此，
如：王士禎評董以寧〈醉公子〉（儂心何事惱）曰：「不
癡不慧，曲盡情性。」（卷二）[12]；鄒祗謨評孫允恭〈菩薩
蠻〉（眉痕淡蹙嬌無力）曰：「含情無限。」（卷四）[13]；
又鄒祗謨評陳維崧〈浪淘沙〉（湘閣斂星眉）曰：「其年
工作情語，濃澹皆有倩色。」（卷九）[14]；雖鄒氏主張詞中
之情性，不應為傳統禮教所羈，當予自由發揮之空間，然
其於「標新」之後，仍不忘言「奏雅」。如：鄒祗謨評董
以寧〈如夢令〉（綺語和郎細誦）曰：「文友少工小詞，
捉筆輒得數十首，清新婉孌，妙不一種，此等作復屢經刪
潤，務歸大雅。」（卷二）[15]；清・賀裳《鄒水軒詞筌》亦
云：「詞雖宜於豔冶，亦不可流于穢褻。」[16]。是知毗陵一
派，標舉情性大纛，而力主「豔而不流於淫，麗而趨近於
雅」之詞風。

二、識變異、開新貌

明代詞壇推尊「花草」，尤重晚唐、五代及北宋之
詞；然至崇禎時期，《古今詞統》、《詞菁》、《精選古
今詩餘醉》諸選，乃輯錄為數不少之南宋作品，選詞重心
顯已漸趨改易；而毗陵詞人鄒祗謨，則進一步申言此風演

變之跡。〈倚聲初集序〉曰：

> 揆諸北宋，家習諧聲，人工綺語。………至
> 於南宋諸家，蔣、史、姜、吳，警邁瑰奇，
> 窮姿構彩；而辛、劉、陳、陸諸家，乘間代
> 禪，鯨吂鰲擲，逸懷壯氣，超乎有高望遠舉
> 之思。譬諸篆籀變為行草，寫生變為皴劈，
> 而雲書穗跡、點睛益頰之風，績焉不復。非
> 前工而後拙，豈今雅而昔鄭哉。[17]

又王士禛〈倚聲初集序〉亦曰：

> 詩餘者，古詩之苗裔也。語其正，則景
> （按：應為「璟」）、煜為之祖，至漱玉、
> 淮海而極盛，高、史其大成也。語其變，則
> 眉山導其源，至稼軒、放翁而盡變，陳、劉
> 其餘波也。[18]

　　毗陵詞人既不獨擅五代、北宋，亦不偏好南宋，而係從不同風格體式之呈現，認知詞風「變異」之必然趨勢。唯不同之詞家流派，經此「變異」之過程，終能脫殼蛻化，開拓新境域。如：王士禛評莊綠〈點絳唇〉（冷雨疏窗）云：「結句從坡老『明月、清風、我』脫化，而此更極新婉。」（卷三）[19]；鄒祇謨評董以寧〈相思兒令〉（銀

葉如錢一點）云：「豔處能新，總為詞家別開生面。」
（卷六）[20]；顯見毗陵詞派意為打破泥古僵局，由知其異而
順其變，以擴展新貌。

三、重《風》《騷》、言寄託

　　張宏生於《清代詞學的建構》一書曰：「在清代，真
正將《風》、《騷》概念最早引入詞中的人，………在朱
彝尊之前，《倚聲初集》中已經多次見到這種說法。」[21]又
曰：「《倚聲初集》以比興寄託說詞暨對《風》、《騷》
觀念的引進是與當時的社會大變動以及作家們身世際遇密
切相關的。」[22]夫時代之易動，王朝之更替，給予詞人心靈
強烈震撼，而毗陵詞人乃藉由《風》、《騷》之旨，以寓
寄託之情。鄒祇謨〈倚聲初集序〉云：

> 〈惱公〉、〈懊儂〉之曲，《金荃》、《蘭
> 畹》之編，其源始於「采苯」、「弋雁」，
> 其流濬於美人香草，言情之作，原非外篇。[23]

　　蓋詞本諸《國風》，質樸而言情；託諸《離騷》，微
言而敘志；故其言情敘志，實蘊深厚之思。如：鄒祇謨評
王賓〈祝英臺近〉（咽蟬風）曰：「惝怳紆宕，〈九辯〉
之遺。」（卷十四）[24]；又鄒祇謨評陳維崧〈滿江紅〉（一
畝書齋）曰：「………諸辭離奇險麗，字字〈湘君〉、〈
山鬼〉之亞。………」（卷十五）[25]。是以毗陵詞人，要皆

合乎《國風》好色不淫，《離騷》忠怨不悔之致，主張託
體《風》、《騷》，寄於此而興於彼。因之，詞經毗陵一
派陶鑄融合，已非單純娛賓遣興之作，乃為詞人內心深層
感情之體現，並將清詞之地位予以提昇。

註：

[1] 以上參宋・王象之撰：《輿地紀勝》（臺北：文海出版社，1962年4月），卷6，頁1—3。

[2] 清・陳維崧撰：《陳迦陵文集》（臺北：臺灣商務印書館，1979年11月，《四部叢刊正編》，第82冊），卷2，頁13。

[3] 《倚聲初集》，北京圖書館亦有藏本，全書凡二十卷，另載前編四卷，此為「傅圖本」所無；是以該刻本或較「傅圖本」完整，唯今尚難得見，他日若能親睹，則當再予補充，以求完備。

[4] 詞調有第一體、第二體、第三體………者，僅以一調計算。

[5] 卷十〈河轉〉調下註：「一名〈河傳〉十三體。」（頁10），故〈河轉〉與〈河傳〉應為同調異名，此不另計一調。

[6] 此項下之作者姓名，依原書題名。

[7] 清・鄒祗謨、王士禎輯：《倚聲初集》（清順治間大冶堂刻本，臺北：中央研究院歷史語言研究所傅斯年圖書館藏）。

[8] 同前註。

[9] 明・卓人月編、徐士俊評：《古今詞統》（明崇禎刊本，臺北：國家圖書館藏）。

[10] 同註7。

[11] 同前註。

[12] 同前註，卷2，頁18。

[13] 同前註，卷4，頁10。

[14] 同前註,卷9,頁7。

[15] 同前註,卷2,頁6。

[16] 唐圭璋編:《詞話叢編》(臺北:新文豐出版公司,1988年2月),第1冊,頁698。

[17] 同註7。

[18] 同前註。

[19] 同前註,卷3,頁又2。

[20] 同前註,卷6,頁2。

[21] 張宏生著:《清代詞學的建構》(南京:江蘇古籍出版社,1998年7月),頁201。

[22] 同前註,頁203。

[23] 同註7。

[24] 同前註,卷14,頁4。

[25] 同前註,卷15,頁12。

第七章　明人選詞對清代詞派之影響

　　趙叔雍〈惜陰堂彙刻明詞記略〉曰：「選家之學，門
徑所係，於詞亦然。《花間》一篇，卓絕千古。《草堂》
繼之，家喻戶曉。………明人治詞，獨少總集。《百琲明
珠》、《詞林萬選》，均宋選之芻狗也。錢允治、沈天羽
諸家，賡續《草堂》，增賡續補，其於唐宋各家，固不足
盡探驪之妙，而於明人所作，既不能求備家數，又未能循
流溯源。」[1]趙氏直指明人選詞之弊，是知明人因觀念之
偏執，於詞選之編纂，難免有掛漏之失；而清代陽羨、浙
西、常州等派，則引以為前鑑，並高倡豪壯、醇雅與寄託
之詞風，乃欲正明人選詞之缺漏，使詞學之發展，得以再
現高潮。

第一節　陽羨詞派之豪壯

　　繼雲間而後起之陽羨詞派，為清詞發展歷程中重要之
一環。嚴迪昌《陽羨詞派研究》曰：「推陳維崧為宗主的
陽羨詞派，以其鮮明的流派個性活躍在清初詞壇，表現出
一種發揚蹈厲的藝術生命力。」[2]是以陽羨詞派無論於詞學
之創作抑或理論之闡述，皆有積極之建樹，並體認明人選
詞之失，與明詞衰頹之因，而予清詞重振之信念。

469

壹、陽羨詞派之形成與發展

陽羨，舊縣名；秦置陽羨縣，漢屬會稽郡，晉永嘉中析置義興郡；隋郡廢改縣，曰「義興」，屬常州；唐高祖武德七年（西元624年），置南興州；宋太平興國初避諱，改曰「宜興」；元世祖至元十五年（西元1278年），升為宜興府；明洪武初，復曰「宜興縣」。故城在今江蘇省宜興縣南五里。[3]

陽羨一地，與毗陵同屬常州府，而與廣陵揚州府亦相鄰近，詞人間相與往來，使陽羨地區詞學活動熱烈盛行。蔡嵩雲《柯亭詞論》曰：「陽羨派倡自陳迦陵，吳薗次、萬紅友等繼之，效法蘇、辛，惟才氣是尚。」[4]是知陳維崧（字其年，號迦陵）首倡陽羨詞派；清世祖順治七年（西元1650年），曾與鄒祇謨、董以寧填詞唱和，並擠身為「毗陵四子」之一。其父陳貞慧，因熱衷參與反清勢力之聚會，故棄世後，迦陵頓失託庇，恐遭政治威脅，而於順治十五年（西元1658年），避居如皋水繪園，王士禎等廣陵詞人均曾與之雅聚酬唱。後士禎離任赴京，鄒、董相繼辭世，陳維崧亦盡嚐生活之坎坷顛沛，乃思返鄉家居；十載間，專力詞作，詞風漸變，並創為詞派，陽羨一地之詞人群體亦因之日趨擴張。蔣景祁〈陳檢討詞鈔序〉曰：

向者詩與詞並行，迨倦遊廣陵歸，遂棄詩

弗作。傷鄒、董又謝世，間歲一至商丘，尋
失意返，獨與里中數子，晨夕往還，磊砢抑
塞之意，一發之於詞，諸生平所誦習經史百
家、古文奇字，一一於詞見之，如是者近十
年。[5]

又蔣景祁〈荊溪詞初集序〉曰：

以觀今日填詞家，自一二士大夫而下，以
至執經之士，隱淪散逸，人各有作，家各
有集，即素非擅長而偶焉寄興，單辭隻調
亦無不如吉光片羽，嘖嘖可傳。其何故也？
凡物莫不聚於所好，而人樂得其性之所近。
聚於所好，故習之者多；性之所近，故工焉
者眾。………子弟稍俊爽者，皆欲令之通詩
書，以不文為恥。其文人率多鬥智角藝，閉
戶著書，蓋其所好然也，好之專，故其氣常
聚。………前輩如盧司馬、吳學使尚矣；近
則其年先生，負才晚遇，僦居里門近十載，
專攻填詞，學者靡然從風，即向所等夷者，
尚當拜其後塵，未可輕頡頏矣。[6]

蔣氏此論，已說明陽羨詞人於創作上之努力及盛況，
並可進一步推知陽羨詞派形成與發展之過程。然誠如嚴迪

昌《陽羨詞派研究》所論：陳維崧「僦居里門近十載，專
攻填詞，學者靡然從風」之時期，即為陽羨詞派真正進入
理論建樹與創作實踐之興隆高潮期，而此時期為康熙八年
（西元1669年）。[7]因之可謂陽羨詞派為成就清代詞學之繁
榮復興而開啟先路。

貳、陽羨派主要之詞集：《瑤華集》

由陳維崧主編之《今詞苑》與曹亮武為主而編選之《
荊溪詞初集》，以及蔣景祁所編之《瑤華集》，並稱為「
陽羨三大詞選」[8]。然因前二集現藏於北京圖書館，未能得
見，故僅以蔣景祁《瑤華集》論之。

《瑤華集》，凡二十二卷，書前首頁題「宜興蔣景祁
京少一字荊少選次」，其後載康熙二十五年（西元1686年）
宋犖〈瑤華集序〉，及康熙丁卯（26年，西元1687年）顧
景星〈瑤華集後序〉，是知《瑤華集》最遲應成書於康熙
二十五年，為天藜閣刻本，北京圖書館收藏；而後於西元
1982年，北京：中華書局據北京大學圖書館藏本縮印，其
中損漫之處，則以中華書局藏本抽補印行，全三冊，書末
另編「詞人姓氏詞牌筆畫索引」，俾便翻檢。

據黃克〈重印瑤華集序〉曰：「《瑤華集》………
卷首冠以《刻瑤華集述》，評述編集之旨，復作《瑤華
集詞人》簡表，開列所收詞人的姓氏、籍貫、官爵和詞集

名稱。集後並附《名家詞話》、《沈謙詞韻略》。凡此，對於研究清初詞和詞人均有參考價值。」[9]又《瑤華集》每卷之前列有目次，載錄詞牌、闋數及詞調體式，除卷二十一、二十二為後來所增補外，全書按字數多寡編排，是為「分調本」詞選。共計選詞2476闋，詞調482個[10]，分別為：小令（58字以內）164調，詞904闋；中調（59—90字）113調，詞378闋；長調（91字以上）205調，詞1194闋。是知蔣氏所輯，以長調為夥，約佔全書比例48%。

　　《瑤華集》全書選錄範圍，涵括明、清二代，且卷內所輯，於每闋詞前幾標著詞題；而所題作者，以詞人姓名為主，然同調之中若為前闋撰人所作，則多空缺不題。依「瑤華集詞人」簡表所列，可將詞家分屬於十二個不同之地區，即：京師17人，江南258人，山東13人，山西6人，河南8人，陝西2人，湖廣7人，浙江145人，江西4人，福建8人，廣東1人，貴州1人，計470人；另尚有方外5人，閨秀30人，河東伎1人等，身分特殊之詞家，計36人；總計全書收錄詞人506家，而以江南、浙江兩地詞人居多，約佔全書比例80%。是以蔣景祁於〈刻瑤華集述〉自言：「景祁生長東南，未免南、浙擭採較富。」[11]茲將《瑤華集》中，選詞在三十闋以上者，表列如次（詞人以地區歸類，並按詞數之多寡排列）：

地　區	詞　　人[12]	詞　　數[13]	合　計
江 南	陳維崧	148	504
	蔣景祁	89	
	錢芳標	48	
	史惟圓	45	
	龔鼎孳	41	
	陳　枋	39	
	吳　綺	32	
	吳偉業	32	
	鄒祇謨	30	
浙 江	朱彝尊	111	195
	曹　溶	43	
	沈　謙	41	
京 師	成　德	37	71
	梁清標	34	
山 東	曹貞吉	35	35

　　據上表統計可知，《瑤華集》中選詞在三十闋以上者，計有15家，其中所錄以江南陳維崧詞148闋，與浙江朱彝尊詞111闋為最多。黃克〈重印瑤華集序〉曰：「陳是尊崇蘇軾、辛棄疾的陽羨（今江蘇宜興）派的宗主，朱是尊崇姜夔、張炎的浙江派的領袖，兩相對壘，各自擁有很大的勢力。集中選他們的詞都在百首以上，充分肯定了他們的詞壇盟主的地位。」[14]且上述之15家中，除成德、梁清標、曹貞吉三人外，其餘皆屬江南、浙江兩地之詞人，是

以此二地之詞家，為《瑤華集》主要之輯選對象，亦為構成陽羨一地區域詞選之主要詞人群體。

參、陽羨派之詞學理論

陳維崧與雲間詞派淵源頗深，早期詞作多存「花間」婉麗氣息，後因遭逢時代、家國巨變之衝擊，致詞風轉化，並於明詞衰頹之際，力闢陽羨詞論。茲將其特色，分為以下三方面論之：

一、尊體存詞

明・陳子龍〈王介人詩餘序〉曰：「物有獨至，小道可觀也。」[15]明・沈億年《支機集・凡例》曰：「詞雖小道，亦風人餘事。」[16]是知雲間詞人雖已體認「詞」之獨至、可觀與抒情之特性，然尚未能擺脫詞為「小道」之思維；雖亦極力推尊詞體，上溯五代、北宋，求覓詞統，然卻桎梏於復古狹徑之中。有鑒於此，陽羨派乃從詞之本體立論，以廓清「詞為小道」之觀念。清・任繩隗〈學文堂詩餘序〉言：

> 夫詩之為騷，騷之為樂府，樂府之為長短歌、為五七言古、為律、為絕，而至於為詩餘，此正補古人之所未備也，而不得謂詞劣於詩也。[17]

　　任氏強調「詞」之地位，等同於《詩》、《騷》、樂府，正補歷代體裁之未備，是以詞何劣於詩耶？此乃從「史」論說，就根本理念之闡述，以提尊詞體。而陳維崧更將詞與「經」、「史」並舉，其〈詞選序〉云：

> 蓋天之生才不盡，文章之體格亦不盡。
> ………要之，穴幽出險以屬其思，海涵地負
> 以博其氣，窮神知化以觀其變，竭才渺慮以
> 會其通；為經為史，曰詩曰詞，閉門造車，
> 諒無異轍也。[18]

　　陳氏提出為經為史，固要「屬其思」、「博其氣」、「觀其變」、「會其通」；而作詩填詞，亦不可離此四要項，本此原則，經、史與詩、詞何有「異轍」也？陳維崧並言：「選詞所以存詞，其即所以存經存史。」[19]如蔣景祁《瑤華集》即蒐羅諸多他集未備之詞，其〈刻瑤華集述〉曰：

> 其年先生向有選本，頗嫌簡略，茲編大約
> 攬其所有而益補未備，外此則藉之周子雪客
> 在浚、顧子梁汾貞觀、惠子沛蒼潤、姜子敬直
> 遠、黃子螭山庭，已刻未刻，薈萃兼收；而校
> 定之力，則同邑史子雲臣惟圓、儲子同人欣、
> 曹子南耕亮武、吳子天篆梅鼎、王濤漆、陳子

緯雲_{維岳}、次山_枋，頗極研討，以故乏魯魚亥
豕之憾。[20]

　　陽羨詞人從詞體創作之根本著手，冀能扭轉世人視詞
為小道之錯誤觀念，並就選詞而存詞之過程，具體提昇詞
學向上發展之動力。明代詞選《花草粹編》雖已徵引佚詞
舊籍，對詞壇貢獻不菲，然其所選僅止於元代；故陽羨詞
派《瑤華集》、《今詞苑》、《荊溪詞初集》，以及清代
其餘大型詞選之編輯，於詞統永續傳承之落實上，具有重
要之價值。

二、不主一格

　　明人選詞偏於婉麗綺靡之「花草」風格，而張綖則
將詞體流派大別為：「婉約」、「豪放」二體，並強調
以「婉約」為正則本色。陽羨宗主陳維崧，早期與毗陵、
廣陵詞人唱和之際，多旖旎麗語，因之其填詞創作，乃以
情勝；唯獨開門徑，則不拘於「婉約」之調。蔣兆蘭《詞
說》曰：

宋代詞家，源出於唐、五代，皆以婉約為
宗。自東坡以浩瀚之氣行之，遂開豪邁一
派。南宋辛稼軒，運深沉之思於雄傑之中，
遂以「蘇辛」並稱。他如龍洲、放翁、後村
諸公，皆嗣響稼軒，卓卓可傳者也。嗣茲以

降，詞家顯分兩派，學蘇、辛者所在皆是。
至清初陳迦陵，納雄奇萬變於令、慢之中，
而才力雄富，氣概卓舉。蘇、辛派至此可謂
竭盡才人能事。後之人無可措手，不容作、
亦不必作也。[21]

又清‧陳廷焯《詞壇叢話》曰：

陳其年詞，縱橫博大，海走山飛，其源亦
出蘇、辛。而力量更大，氣魄更勝，骨韻更
高，有吞天地、走風雷之勢，前無古、後無
今。[22]

陳維崧歷經鼎革之亂後，以其發揚蹈厲之絕大氣魄，
崩迸滿腔之悲慨與內心之抑鬱，展現陽羨一派豪壯雄音，
是知陳維崧詞為「婉約」、「豪放」二體兼備。另蔣景祁
編選《瑤華集》，亦反對獨尊一格之偏執觀念，其〈刻瑤
華集述〉云：

今詞家率分南、北宋為兩宗，岐趨者易至角
立。究之臻其堂奧，鮮不殊途同軌也。猶論
曲亦分南、浙，吾皆不謂之知音。[23]

故陽羨派論詞，不主一格，兼容並蓄，即如陳廷焯《
詞壇叢話》所言：「北宋詞，詩中之風也；南宋詞，詩中

之雅也。不可偏廢，世人亦何必妄為軒輊。」[24]因而若強分派別，偏於一隅，無疑畫地自限，唯有持平開放，方能建立清詞廣袤之發展空間。

三、考訂詞律

　　聲律調譜之學，為治詞者所宗，明代之《詩餘圖譜》、《詩餘》與《嘯餘譜》諸選，即分調定體以辨析格律；唯首創先聲，不免未盡周全。清·田同之《西圃詞說》曰：「宋、元人所撰詞譜流傳者少。自國初至康熙十年前，填詞家多沿明人，遵守《嘯餘譜》一書。詞句雖勝於前，而音律不協，即《衍波》亦不免矣，此《詞律》之所由作也。」[25]《詞律》為陽羨詞人萬樹所纂輯，書中直指《嘯餘》諸譜之失，並予審定改正，以求詞律之正軌；而萬樹於康熙七、八年（西元1668、1669年）間，又曾與陳維崧研討聲律之課題，[26]顯見陽羨詞派對詞調格律之重視與投注之心力。此外，蔣景祁輯錄《瑤華集》目的之一，亦冀能使審音知樂者，能有所取法。宋犖〈瑤華集序〉云：

　　夫填詞非小物也，其音以宮、商、徵、角，其按以陰陽歲序，其法以上生下生，其變以犯調、側調；調有定格，字有定數，韻有定聲，法嚴而義備，後之欲知樂者，必於此求之。………蔣子之意蓋將使後之學者，由

479

　　此知樂也，何則？古詩與樂一也，今詩與樂
二也？詩自言志而依永、而和聲、而成文，
而後謂之音。古樂不可得見，而宋之填詞，
太宗親定之，大晟樂府領之，煌煌乎一代之
制，今其聲律較然可考，非如李、杜詩篇，
短長隨意，用以自適其指趣而已。………今
日諸名家之詞，可任其湮沒弗傳矣乎！審音
知樂者，知必有取乎爾也。[27]

　　夫詞調之體式、詞句之字數與韻腳之用韻等，皆為後
人填詞所應掌握之準則；而陽羨詞派於雄健慷慨、俊爽壯
闊之氣象中，著力於詞律之探究考訂，無疑希冀詞家能於
暢述內心情感之餘，亦可講求詞調之協律合韻，以兼顧詞
意與詞律、內容與形式，追求詞作聲情之美，使清代詞學
於創作方面更臻完善。

註：

[1]　趙尊嶽輯：《明詞彙刊》（上海：上海古籍出版社，1992年7月），
　　下冊，頁9。

[2]　嚴迪昌著：《陽羨詞派研究》（濟南：齊魯書社，1993年2月），頁
　　92。

[3]　以上參清・顧祖禹著：《讀史方輿紀要》（臺北：老古文化事業公
　　司，1981年8月），卷25，頁44。

[4]　唐圭璋編：《詞話叢編》（臺北：新文豐出版公司，1988年2月），

第5冊，頁4908。

5　清・陳維崧撰：《湖海樓詞》，《清詞別集百三十四種》（臺北：鼎文書局，1976年8月），第2冊，頁747。

6　陳良運主編：《中國歷代詞學論著選》（南昌：百花洲文藝出版社，1998年8月），頁447。

7　同註2，頁70。

8　馬興榮等主編：《中國詞學大辭典》（杭州：浙江教育出版社，1996年10月），〈詞集・總集〉部分之「瑤華集」項，頁281。

9　清・蔣景祁編：《瑤華集》（北京：中華書局，1982年11月），上冊，頁4。

10　詞調有第一體、第二體、第三體………者；或如〈南歌子〉調有「溫助教體」、「張舍人體」等，皆以一調計算。

11　同註9，頁5。

12　此項下所錄，依原書題名。

13　此按「瑤華集詞人姓名詞牌索引」所統計之數據載錄；同註9，下冊，頁1—51。

14　同註9，頁3。

15　明・陳子龍撰：《安雅堂稿》（臺北：偉文圖書出版社，1977年9月），卷3，頁29。

16　同註1，上冊，頁556。

17　同註6，頁377。

18　清・陳維崧撰：《陳迦陵文集》（臺北：臺灣商務印書館，1979年11月，《四部叢刊正編》，第82冊），卷2，頁14。

19　同前註，頁14—15。

20　同註9，頁7。

21　同註4，頁4632。

22　同前註，第4冊，頁3731。

[23] 同註9，頁1。

[24] 同註4，第4冊，頁3720。

[25] 同前註，第2冊，頁1473。

[26] 清・萬樹〈詞律自敘〉曰：「戊申、己酉之間，即與陳檢討_{其年}論此志於金臺客邸。」（《詞律》，臺北：臺灣中華書局，1978年1月，《四部備要》本），頁2。

[27] 同註9，頁4—7。

第二節　浙西詞派之醇雅

浙西詞派為清代康熙至嘉慶時期之重要詞派，此派雖接替陽羨而起，然卻自成一格，有其獨特之論詞宗旨，並自不同之角度，挽救明詞之頹風，促進清詞之中興，形成清代詞壇崇奉之主流；而浙西詞家之創作以及詞集之編選，則為有清一代詞學發展之豐碩成果。

壹、浙西詞派之形成與發展

浙西，指錢塘江以西之浙江省北部地區，其西南部主要為天目山脈，北連江蘇省，為長江下游平原。據吳熊和〈梅里詞緝讀後〉一文曰：「浙西是個廣泛的地區。宋時以錢塘江為界，置浙東、浙西兩路。南宋時，浙江西路有臨安、平江、鎮江、嘉興四府，安吉、常、嚴三州及江陰軍，包括現在的浙西及大部分蘇南地區，華亭一地當時就隸屬於嘉興。清初，浙西則有杭、嘉、湖三府。………出於杭、嘉、湖三州者，就都是浙西詞人。雲間、柳洲、西泠、陽羨，都是一郡一邑的專名，浙西則是廣有三府二十二縣的共名。」[1]是知浙西地域廣袤，不專指一縣一地，為江南一帶諸府、縣之通稱。

浙西詞派，由秀水（今浙江省嘉興縣）朱彝尊（字錫鬯，號竹垞）所倡導；而朱氏歲及中年，始致力為詞，並曾與同鄉先輩曹溶更迭唱和，受曹氏影響頗深。朱彝尊〈

靜惕堂詞序〉言：

> 彝尊憶壯日從先生南游嶺表，………往者明
> 三百祀，詞學失傳，先生搜輯南宋遺集，尊
> 曾表而出之。數十年來，浙西填詞者，家白
> 石而戶玉田，春容大雅，風氣之變，實由先
> 生。[2]

　　顯見曹溶為朱彝尊詞學思想之啟發者，然至康熙十七
年（西元1678年）《詞綜》之編選，方為浙西成說立派
建構根基。康熙十八年（西元1679年），朱彝尊五十一
歲，以布衣應博學鴻詞科，中試特授翰林院檢討，譽載京
城。其時朱氏將《樂府補題》一書，攜至京師，「宜興蔣
京少，好倚聲為長短句，讀之賞激不已，遂鏤板以傳。」
[3]輦下諸公因之群相唱和，詞體、風格為之改變。同年，
龔翔麟匯編《浙西六家詞》，是書凡十一卷，輯錄：朱
彝尊《江湖載酒集》三卷、李良年《秋錦山房詞》一卷、
沈皞日《拓西精舍詞》一卷、李符《耒邊詞》二卷、沈岸
登《黑蝶齋詞》一卷、龔翔麟《紅藕莊詞》三卷等；而此
六家中，除龔翔麟為仁和人外，其餘五家皆嘉興人，故稱
「浙西六家」。是以浙西正式成派，係自此始，而後風靡
一時，影響清代詞壇百餘年。

貳、浙西派主要之詞集：《詞綜》

　　《詞綜》一書流傳廣遠，為浙派創作思想與詞學理論之體現。《詞綜》卷內署名「秀水朱彝尊抄撮、休寧汪森增定、嘉善柯崇樸編次、嘉興周筼辨訛」，是知朱彝尊乃得多人助力而成書。書前所載之汪森〈序〉，則明言《詞綜》輯錄之過程：

> 友人朱子錫鬯輯有唐以來迄於元人所為詞，凡一十八卷目，曰《詞綜》。訪予梧桐鄉，予覽而有契於心，請雕刻以行，朱子曰：「未也，宋、元詞集傳於今者，計不下二百家，吾之所見僅及其半而已，子其博搜，以輔吾不足，然後可。」予曰：「唯唯。」錫鬯仍北遊京師，南至於白下，逾三年歸，廣為二十六卷，予亦往來苕雪間，從故藏書家抄白諸集，相對參論，復益以四卷，凡三十卷；計覽觀宋、元詞集一百七十家，傳記、小說、地志共三百餘家，歷歲八稔，然後成書，庶幾可一洗《草堂》之陋，而倚聲者知所宗矣。若其論世而敘次詞人爵里，勘讎同異而辨其訛，則柯子寓匏、周子青士力也。[4]

　　蓋清聖祖康熙十七年（西元1678年）間，朱彝尊輯錄《詞綜》，由十八卷廣為二十六卷，汪森復益以四卷，凡三十卷，今《四庫全書》所收，即此三十卷本；而後於康熙三十年（西元1691年），汪森增訂「補人」三卷及「補詞」三卷，合為三十六卷；至清仁宗嘉慶七年（西元1802年），王昶又纂「續補人」二卷，合為三十八卷，今中華書局《四部備要》本，即據此原刻本校刊發行（以下簡稱「備要本」）。

　　《詞綜》「備要本」於汪森〈序〉後，列有「詞綜總目」，著錄卷次、詞作之時代與闋數：卷一為唐詞，計68闋；卷二至卷三為五代十國詞，計148闋；卷四至卷二十五為宋詞，計1387闋；卷二十六為金詞，計62闋；卷二十七至卷三十為元詞，計217闋；後六卷則為「補遺」：卷三十一至卷三十三為補人詞，計203闋；[5]卷三十四至卷三十六為補詞，計166闋。是知全書選詞範圍涵括唐、五代十國、宋、金及元等朝，共計錄詞2251闋，而以選錄宋詞為夥。故蔣兆蘭《詞說》有言：「清人選宋詞，博而且精者，無過朱竹垞《詞綜》一書。」[6]

　　然「備要本」於「總目」之後又列「目錄」，以時代之先後為序，分載各卷所收之詞人姓名；而每卷之前再列細目，著錄詞人與闋數。全書除無名氏外，總計收錄詞家686人，包括：唐代19人，五代十國24人，宋代374人，金

代27人，元代93人及續補詞家149人。茲將其中選詞在二十
闋以上之詞家，表列如次（依時代歸類，並按總詞數之多
寡排列）：

時代	詞　　人[7]	詞　數	補　詞[8]	總詞數	合　　計
唐代	溫庭筠	33	0	33	33
五代十國	韋　莊	20	0	20	40
	馮延巳	20	0	20	
北宋	周邦彥	37	0	37	199
	張　先	27	3	30	
	晏幾道	22	3	25	
	賀　鑄	9	16	25	
	柳　永	21	0	21	
	歐陽修	21	0	21	
	毛　滂	20	0	20	
	呂渭老	17	3	20	
南宋	吳文英	45	12	57	354
	周　密	54	3	57	
	張　炎	39	10	49	
	辛棄疾	35	8	43	
	王沂孫	31	4	35	
	史達祖	26	0	26	
	姜　夔	22	1	23	
	陳允平	22	1	23	
	蔣　捷	21	0	21	
	高觀國	20	0	20	

金代	元好問	21	2	23	23
元代	張　翥	27	0	27	27

　　據上表統計可知，《詞綜》「備要本」選詞在二十
闋以上者，以南宋10家，計354闋為最多；次為北宋8家，
計199闋；全書所錄則以周密、吳文英二人居冠，各選詞
57闋。另《詞綜》收錄姜夔詞23闋，朱彝尊〈詞綜發凡〉
曰：「姜堯章氏最為傑出，惜乎《白石樂府》五卷，今僅
存二十餘闋也。」[9]是知朱氏編輯《詞綜》時，幾將姜夔之
詞悉數選錄。此外，卷內於詞人名下，多簡介詞家生平，
或僅略述字、號、籍貫；另於卷前尚輯錄朱彝尊纂〈詞綜
發凡〉十七條，而每篇或載詞題於調下，間附詞家評語於
篇末，由此或可窺知朱氏之論詞主張。

參、浙西派之詞學理論

　　嚴迪昌《清詞史》曰：「『浙西詞派』自朱彝尊創
始起，歷經康、雍、乾、嘉四朝，直至道光年間仍綿延未
絕，是清代詞史上衍變時間最久的一個流派。」[10]又曰：
「………『浙派』在各個時期流變的歷程，根據該詞派的
實際創作面貌，大體分前、中、晚三期。前期以朱彝尊為
旗幟，中期以厲鶚為宗匠，晚期則以吳錫麒為中介環節，

而以郭麐為詞風嬗變的代表。這三個時期恰好都是50年上下為一期，基本上籠蓋了『浙派』詞史約經三個甲子的總流程。」[11]茲據嚴氏所論，將浙西詞派分為三個階段，以探究詞人於不同時期所倡導之浙派宗風：

一、前期——尚雅正、重詠物

　　朱彝尊為開創浙西詞派之領袖，並建構浙派詞學之基本理論。明代詞壇崇奉「花草」，致詞風衰頹；雲間詞派唯尊北宋，致偏執一端。因之朱彝尊認為，明末清初以來，詞風之所以不振，乃為古詞選本散佚，而僅「《草堂詩餘》所收最下最傳」[12]，其〈孟彥林詞序〉強調：

> 詞雖小道，為之亦有術矣。去《花菴》、《草堂》之陳言，不為所役，俾滓穢滌濯，以孤枝自拔於流俗。綺靡矣，而不戾乎情；鏤琢矣，而不傷乎氣，夫然後足與古人方駕焉。[13]

　　是以填詞之道，首須去陳言、滌滓穢，不戾乎情、不傷夫氣，方能不為物役，自拔脫俗，趨近古人直而不俚之正道。又謂：「言情之作，易流於穢，此宋人選詞，多以雅為目。」[14]朱彝尊藉由選詞，進一步申言詞欲雅而正之論詞主張，並標舉姜夔、張炎為宗，遂衍為詞壇「家白石而戶玉田」[15]之習。朱氏〈黑蝶齋詩餘序〉曰：

> 詞莫善於姜夔，宗之者張輯、盧祖皋、史達
> 祖、吳文英、蔣捷、王沂孫、張炎、周密、
> 陳允平、張翥、楊基，皆具夔之一體。[16]

　　其中朱氏所舉諸家，皆為《詞綜》所輯錄，然除張輯
、盧祖皋二人外，其餘所選之詞皆在二十闋以上。清‧陳
廷焯《詞壇叢話》曰：「竹垞所選《詞綜》，自唐至元，
凡三十八卷，一以雅正為宗，誠千古詞壇之圭臬也。其所
自作，濃淡相兼，疏密相稱，深得風雅之正。」[17]顯見朱彝
尊於姜夔「如野雲孤飛，去留無跡。」[18]之風格引領下，特
立清新之意，刪削靡曼之詞，樹立浙派雅正之詞風。

　　若夫姜夔之詞，固多詠物之作；而曾風行京師之《樂
府補題》，亦為南宋詠物之極致。因之，朱彝尊論詞，尤
重詠物，並開啟浙西詞派詠物之風。清‧謝章鋌《賭棋山
莊詞話》卷七云：

> 余嘗怪今之學金風亭長者，置《靜志居琴
> 趣》、《江湖載酒集》於不講，而心摹手
> 追，獨在《茶煙閣體物》卷中，則何也？
> 夫詠物南宋最盛，亦南宋最工，然儻無白石
> 高致，梅溪綺思，第取《樂府補題》而盡和
> 之，是方物略耳，是群芳譜耳，便謂超凡入
> 聖，雄長詞壇，其不然歟！[19]

　　蓋詠物之佳者，在於能致高格、醞綺思，方不致流於餖飣堆砌之弊，而朱氏之《茶煙閣體物》集，乃極其工致。又朱氏〈陳緯雲紅鹽詞序〉曰：「善言詞者，假閨房兒女之言，通之於《離騷》、《變雅》之義。」[20]因此浙西詞派之詠物，於形式方面，擬掙脫《樂府補題》之窠臼，以拓展內容；然一味求新，於立意方面，則不免失之空洞枯槁；朱彝尊雖已明白指出假物言志之微言要旨，唯後學者僅片面追摹，未能明瞭朱氏用心。故其後常州詞派起，乃以浙派為鑑，倡言比興寄託之說（詳參本文第七章第三節第參項第二點）。

二、中期──主清空、致幽境

　　謝章鋌《賭棋山莊詞話》卷十一云：「雍正、乾隆間，詞學奉樊榭為赤幟，家白石而戶梅溪矣。」[21]是知浙西詞派自朱彝尊後，厲鶚（字太鴻，號樊榭）成為主盟清代詞壇之巨匠。然厲鶚之論詞主張，以浙派前期高舉姜、張為基礎，而上溯推崇周邦彥；蓋清真詞風，婉約隱秀，格律協暢，誠倚聲家之所宗。《續修四庫全書總目提要》「秋林琴雅」項下載：

　　　　鶚學力甚深，天才軼舉。詞似同於朱彝尊
　　　　一派，故有朱、厲二家之稱。其實鶚詞不為
　　　　朱派所限，蓋彝尊以南宋為最高，鶚並不以

> 姜、周、張、王為止境也。其騷情雅意，曲
> 折幽深，聲調高清，丰神搖曳，此境不易到
> 也。………細繹鶚詞，確以南宋為基，然逞
> 其才力，頗欲沿流以泝源也。[22]

是知厲鶚之詞，情性雅而幽深，形神清而搖曳，嚮慕清空幽渺之意境。厲鶚並於〈群雅詞集序〉中，具體論述詞作由雅正而致清空之特色，其言曰：

> 今諸君詞之工，不減小山，而所託興，乃
> 在感時賦物、登高送遠之間；遠而文，澹而
> 秀，纏綿而不失其正，騁雅人之能事，方將
> 凌轢周、秦，睎　姜、史，日進焉而未有所
> 止。[23]

厲鶚認為縱使詞意纏綿，然須以雅正為矩範；所謂「遠而文」、「澹而秀」，則為以清空之手法，落實雅正之詞風。其並於〈論詞絕句〉十二首[24]中，強調清空之說，如：「鬼語分明愛賞多，小山小令擅清歌。」（第三首）「舊時月色最清妍，香影都從授簡傳。」（第五首）「玉田秀筆溯清空，淨洗花香意匠中。」（第七首）顯見厲鶚所形容之「小令清歌」、「月色清妍」、「秀筆清空」，主要之內涵，即為詞作意蘊之深窈幽邃。清‧郭麐〈夢綠庵詞序〉曰：

> 國初之最工者，莫如朱竹垞；沿而上者，
> 莫如厲樊榭。樊榭之詞，其往復自道，不及
> 竹垞；清微幽眇，間或遇之。白石、玉田之
> 旨，竹垞開之，樊榭濬而深之。故浙之為詞
> 者，有薄而無浮，有淺而無褻，有意不逮而
> 無塗澤呫囁之習，亦樊榭之教然也。[25]

　　厲鶚將白石、玉田之旨「濬而深之」，並將浙派雅正
詞論，推進至清空之層次，而創幽微深婉、無浮無褻之風
格，故可謂「清、婉、淡、幽」[26]，為浙派中期所追求之審
美特質。

三、後期──講情志、明通變

　　吳錫麒、郭麐為乾、嘉年間，浙西詞派後期之主要代
表人物；而吳、郭二者，乃一貫承襲朱彝尊雅正之說。吳
錫麒曰：「大抵詞之道，情欲其幽，而韻欲其雅。」[27]郭麐
則認為：「本朝詞人，以竹垞為至，一廢《草堂》之陋，
首闡白石之風。《詞綜》一書，鑒別精審，殆無遺憾。」
[28]然此時浙派弊端已現，僅以巧構形式之言，為雅正依存之
體，致意旨枯寂，性靈不存。郭麐《靈芬館詞話》卷二，
乃直言其失：

> 倚聲家以姜、張為宗，是矣。然必得其胸中
> 所欲言之意，與其不能盡言之意，而後纏綿

> 委折,如往而復,皆有一唱三嘆之致。近人
> 莫不宗法雅詞,厭棄浮豔,然多為可解不可
> 解之語,借面裝頭,口吟舌言,令人求其意
> 恉而不得,此何為者耶?昔人以鼠空鳥即為
> 詩妖,若此者,亦詞妖也。[29]

是以「借面裝頭,口吟舌言」,為流弊之所由生也;
然欲正其弊,唯能得「胸中所欲言之意」與「不能盡言之
意」,自心生情而言志,則詞旨明矣。夫人之情性不同,
發而為言則各有獨至,因此吳錫麒於浙派所高張白石、玉
田之旗幟下,申言詞之派別有二:

> 一則幽微要眇之音,宛轉纏綿之致,戞虛響
> 於絃外,標雋旨於味先,姜、史其淵源也。
> 本朝竹垞繼之,至吾杭樊榭而其道盛。一則
> 慷慨激昂之氣,縱橫跌宕之才,抗秋風以奏
> 懷,代古人而貢憤,蘇、辛其圭臬也。本朝
> 迦陵繼之,至吾友瘦銅而其格尊。然而過涉
> 冥搜,則縹緲而無附;全矜豪上,則流蕩而
> 忘歸。性情不居,翩其反矣。惟是約精心而
> 密運,聳健骨以高騫,⋯⋯一陶並鑄,雙
> 峽分流,情貌無遺,正變斯備。[30]

吳氏已體認「過涉冥搜」與「全矜豪上」之弊病,而

唯以「精心」、「健骨」乃能救其缺失，使情貌具全。雖
吳氏論詞之主張，已較浙派早期進步，不再獨尊一體，然
仍未擺脫將詞分為正、變之傳統束縛；而郭麐則另從詞風
之演變歷程，予以全面觀照，提出不同之論點，其〈無聲
詩館詞序〉曰：

> 詞家者流，其原出於《國風》，其本沿於
> 齊、梁，自太白以至五季，非兒女之情不
> 道也。宋立樂府，用於慶賞飲宴，於是周、
> 秦以綺靡為宗，史、柳以華縟相尚，而體
> 一變。蘇、辛以高世之才，橫絕一時，而奮
> 末廣憤之音作。姜、張祖騷人之遺，盡洗穢
> 豔，而清空婉約之旨深。自是以後，雖有作
> 者，欲離去別見，其道無由。然寫其心之所
> 欲出，而取其性之所近，千曲萬折，以赴聲
> 律，則體雖異而其所以為詞者，無不同也。
> ………進么弦而笑鐵撥，執微旨而訾豪言，
> 豈通論乎！[31]

　　所謂「體雖異而詞同」，其所同者，厥為「寫其心之
所欲出」、「取其性之所近」也。蓋人之心、性，隨時代
之改易及環境之變遷，感受體悟自會有所不同；知其變，
則可匯其通，強分派別、優劣，殊屬無謂。是以郭氏「極

玩百家，博涉眾趣」[32]之主張，已使浙西詞派之本質產生變化。

註：

1. 林玫儀主編：《詞學研討會論文集》（臺北：中央研究院中國文哲研究所籌備處，1996年6月），頁309。

2. 清・曹溶撰：《靜惕堂詞》，《清詞別集百三十四種》（臺北：鼎文書局，1976年8月），第1冊，頁75。

3. 清・朱彝尊撰：〈樂府補題序〉，《曝書亭集》（臺北：世界書局，1964年2月），卷36，頁445。

4. 清・朱彝尊輯：《詞綜》（臺北：臺灣中華書局，1970年6月，《四部備要》本），頁1。

5. 依「總目」載，《詞綜》「備要本」卷三十一，計錄詞69闋；然其中王十朋〈點絳唇〉（野態芳枝）一詞，已見錄於卷十一，故此不再重複計數，因之卷三十一，實際錄詞應為68闋。

6. 唐圭璋編：《詞話叢編》（臺北：新文豐出版公司，1988年2月），第5冊，頁4632。

7. 此項下之作者姓名，依原書題名。

8. 此為《詞綜》「備要本」卷三十四至卷三十六所補之詞。

9. 同註4，頁3。

10. 嚴迪昌著：《清詞史》（南京：江蘇古籍出版社，1999年8月），頁436。

11. 同前註。

12. 清・朱彝尊撰：〈詞綜發凡〉，同註4，頁3。

13. 清・朱彝尊撰：《曝書亭集》（臺北：世界書局，1964年2月），卷40，頁490。

14. 清・朱彝尊撰：〈詞綜發凡〉，同註4，頁5。

15 清‧朱彝尊撰：〈靜惕堂詞序〉，同註2。

16 同註13，頁488。

17 同註6，第4冊，頁3730。

18 宋‧張炎撰：《詞源》，卷下，同註6，第1冊，頁259。

19 同註6，第4冊，頁3415。

20 同註13，頁488。

21 同註6，第4冊，頁3458。

22 王雲五主持：《續修四庫全書提要》（臺北：臺灣商務印書館，1972年3月），集部，頁737—738。

23 清‧厲鶚著：《樊榭山房全集‧文集》（臺北：文海出版社，1978年12月，《近代中國史料叢刊續編》，第61輯），卷4，頁4。

24 清‧厲鶚著：《樊榭山房全集‧詩集》（臺北：文海出版社，1978年12月，《近代中國史料叢刊續編》，第61輯），卷7，頁2—3。

25 清‧郭麐撰：《靈芬館雜著》（臺北：新文豐出版公司，1989年7月，《叢書集成續編》，第193冊），卷2，頁24。

26 同註10，頁353。

27 清‧吳錫麒〈屈戌園竹淈漁唱序〉，陳良運主編：《中國歷代詞學論著選》（南昌：百花洲文藝出版社，1998年8月），頁509。

28 清‧郭麐撰：《靈芬館詞話》，卷一，同註6，第2冊，頁1503。

29 同註6，第2冊，頁1524。

30 清‧吳錫麒撰：〈董琴南楚香山館詞鈔序〉，《有正味齋駢體文》（清道光11年嘉興汪氏手定底稿本，臺北：國家圖書館藏），卷8。

31 同註25，頁26。

32 清‧郭麐撰：〈詞品序〉，同註25，頁95。

第三節　常州詞派之寄託

　　陽羨詞派提倡豪壯之詞風，浙西詞派高舉醇雅之旗幟，皆欲正明人選詞柔靡、鄙俗之失，然其末流卻自陷粗疏、餖飣之弊。清代嘉慶、道光時期，常州詞派興起，嚴迪昌《清詞史》曰：「『常州詞派』，是個在觀念上既呈進步形態又表現濃重的保守意識的文學流派。」[1]是以常州詞派之創作思想及詞學理論，可謂於矛盾中求融貫，而獨闢門徑；且受當時政治環境之影響，常州詞派遂代陽羨、浙西而起，主盟清代詞壇近百年。

壹、常州詞派之形成與發展

　　常州，地處江蘇之長江、太湖附近，北控長江，東連海道，川澤沃衍，物產阜繁；[2]而毗陵詞派與陽羨詞派之發祥地，亦皆隸屬常州府，故常州一地，人文薈萃，士風鼎盛。

　　徐珂《清代詞學概論》云：「浙派至乾嘉間而益敝，張皋文起而改革之，其弟翰風和之，振北宋名家之緒，闡意內言外之旨，而常州派成。」[3]是以張惠言（字皋文，號茗柯）自浙派後，於清中葉另開宗風；因惠言及其唱和者，大都為常州（今江蘇省武進縣）籍詞人，乃名之曰「常州詞派」。然當時詞壇頹風橫流，清・金應珪於〈詞選後序〉中，則指陳詞壇之蔽有三：

　　近世為詞，厥有三蔽：義非宋玉而獨賦蓬
髮，諫謝淳于而唯陳履舄，揣摩床第，污
穢中冓，是謂「淫詞」，其蔽一也；猛起奮
末，分言析字，詼嘲則俳優之末流，叫嘯則
市儈之盛氣，此猶巴人振喉以和《陽春》，
黽蜮怒嗌以調疏越，是謂「鄙詞」，其蔽二
也；規模物類，依托歌舞，哀樂不衷其性，
慮歎無與乎情，連章累篇，義不出乎花鳥，
感物指事，理不外乎酬應，雖既雅而不豔，
斯有句而無章，是謂「游詞」，其蔽三也。[4]

　　蓋「淫詞」之蔽，以學柳永、周邦彥等北宋詞人，
輕豔綺靡之作，為明代崇奉「花草」之餘響；而「鄙詞」
之蔽，為效蘇、辛之豪邁，然於陽羨後期，一味「叫囂
打乖，墮入惡趣」[5]；又「游詞」之蔽，則從姜、張之雅
正，唯至浙西尾聲，乃徒事堆垛，雕蟲賦物，意旨枯寂。
因此，張惠言論詞「以有懷抱、有寄託為歸，將以力挽淫
豔、猥瑣、虛枵、叫呶之末習，其用意遠矣。」[6]

　　另一方面，清朝於乾、嘉之際，國勢由盛而衰，朝綱
日益廢弛，內憂外患紛至沓來；文人士子遭受社會動亂之
衝擊，既憂慮家國之命運，又面臨動輒得咎之危機，此種
悲憤失落之隱曲心緒，形成常州詞派之創作基礎。念述〈
試談周濟介存齋論詞雜著〉一文曰：

> 張惠言在嘉慶二年開始提出「意內言外」的
> 「微言」，周濟隨後標榜「感慨所寄」的「
> 詞史」，正是清代文學經受了數十年之久的
> 壓抑迫害之後，隨著歷史變動，乘時以發的
> 曲折表現。[7]

是知於特殊政治背景之激發下，促使張惠言創始常州詞派，而與之唱和者頗眾，如：張惠言之鄉友惲敬、錢季重、丁履恒、陸繼輅、左輔、李兆洛輩；其弟子金應城、金式玉，及其甥董士錫等，皆步趨之，至周濟乃依其旨擴而廣之。[8]故常州一派，聲勢盛大，對清代詞學之發展，具有重要之影響與地位。

貳、常州派主要之詞集：《詞選》

張惠言、張琦兄弟合輯之《詞選》（原名《宛鄰詞選》），對於常州詞派之興起，具有代表性之意義。此書凡二卷，書前載有清宣宗道光十年（西元1830年）張琦〈詞選序〉，及清仁宗嘉慶二年（西元1797年）金應珪〈詞選後序〉、張惠言〈詞選目錄序〉；是知《詞選》一書，應編選於嘉慶二年，而於張惠言歿後二十九年，由其弟張琦予以重刊。今臺北：國家圖書館藏有清同治六年（西元1867年）及同治十一年（西元1872年）重刊本，另尚有清莫友芝朱筆批校藍格鈔本，唯原書殘缺，僅存一卷。然從

張琦之〈詞選序〉中,可窺知《詞選》成書之原因及編選
之體例,其言曰:

> 嘉慶二年,余與先兄皋文先生,同館歙金
> 氏;金氏諸生好填詞,先兄以為詞雖小道,
> 失其傳且數百年,自宋之亡而正聲絕,元之
> 末而規矩隳,窈宦不闚,門戶卒迷。乃與余
> 校錄唐、宋詞四十四家,凡一百十六首,為
> 二卷,以示金生,金生刊之。[9]

顯見張惠言編輯《詞選》之初,乃為學詞之讀本,並
無藉以開宗立派之意,而後因附和者眾,遂受矚目。全書
選詞範圍由唐至宋,包括:唐代詞20闋,五代詞26闋及宋
詞70闋,總計錄詞116闋。而卷內作者之題名,以詞人之
字為主,並附註其名於下;是書除無名氏外,計收錄唐代
詞人3家,五代詞人8家及宋代詞人33家,共計選錄詞人44
家。茲將書中選詞在三闋以上者,表列如次(詞人以時代
歸類,並按詞數之多寡排列):

時代	詞　人[10]	詞　數	合　計
唐代	溫飛卿	18	18
五代	後　主 馮正中 韋端己 南唐中主	7 5 4 4	20
北宋	秦少游 蘇子瞻 周美成 張子野	10 4 4 3	21
南宋	辛幼安 朱希真 李易安 王聖與 姜堯章	6 5 4 4 3	22

　　據上表統計可知，書中選詞在三闋以上者，唐、五
代、北宋及南宋之詞，所佔之比例相當。全書所錄，以溫
飛卿詞18闋居冠；而宋詞33家中，則以北宋秦少游詞10闋
為多，故與朱彝尊《詞綜》之選詞趨向，已顯然不同。另
每闋詞間或附載評說於後，此為張惠言詞學主張之體現。

　　道光十年，張琦重刊《詞選》，增補鄭善長所輯：黃
景仁《竹眠詞》一闋、左輔《念宛齋詞》二闋、惲敬《蒹
塘詞》六闋、錢季重《黃山詞》七闋、張惠言《茗柯詞》
七闋、張琦《立山詞》七闋、李兆洛《蜩翼詞》五闋、

丁履恒《宛芳樓詞》三闋、陸繼輅《清鄰詞》五闋、金應城《蘭簃詞》六闋、金式玉《竹鄰詞》七闋、鄭善長《字橋詞》七闋等，共計選錄同代詞人12家，詞63闋，合為一卷，附錄於《詞選》之後；以為「當今海內之士，有能為詞者，………必不遺此數章，則可知已矣，因比而錄之，益以張子之詞。」[11]

另張琦又補入董毅《續詞選》二卷，選詞範圍亦涵括唐、五代及宋，而其中計唐詞4家9闋，五代詞6家13闋，宋詞42家100闋，全書總計收錄詞人52家，詞122闋。茲將書中選詞在三闋以上者，表列如次（詞人以時代歸類，並按詞數之多寡排列）：

時代	詞　人[12]	詞　數	合　計
唐代	溫飛卿	5	5
五代	韋端己	3	9
	李　珣	3	
	馮正中	3	
北宋	秦少游	8	18
	周美成	7	
	蘇子瞻	3	
南宋	張叔夏	23	43
	姜堯章	7	
	王聖與	4	
	陳子高	3	
	程正伯	3	
	史邦卿	3	

據上表統計可知,《續詞選》中選詞在三闋以上者,以南宋6家計43闋為夥,並以張叔夏詞23闋居冠;然與《詞選》相較,《詞選》中僅收錄張叔夏詞1闋,彼此差異甚大;且《續詞選》所輯錄詞家、詞作之數量,亦較《詞選》為多,而其中有31位詞人,則為《詞選》所未錄。張琦〈續詞選序〉曰:「《詞選》之刻,多有病其太嚴者,擬續選而未果。今夏,外孫董毅子遠來署,攜有錄本,適愜我心,爰序而刊之,亦先兄之志也。」[13]是以《續詞選》可視為《詞選》之補充與延續。

此外,常州詞派之後繼者周濟(字保緒,號止庵),曾與張惠言甥董士錫切磋詞學,彼此雖為一脈師承,然周濟對於張惠言之論詞觀點,並不全然苟同,乃就張氏原立論之基礎,予以闡發、充實,甚且修正,以建立常州派完善之詞論體系。故由周濟所編選之《宋四家詞選》,或可體現其詞學主張。

《宋四家詞選》,不分卷,書前載有同治十二年(西元1873年)潘祖蔭〈敘〉,及道光十二年(西元1832年)周濟〈宋四家詞選目錄序論〉;是知《宋四家詞選》應成書於道光十二年,而於同治十二年由吳縣潘氏予以重刊,現有《滂喜齋叢書》本。全書標舉周邦彥、辛棄疾、王沂孫、吳文英四家為首,其餘詞人則附屬於四家之下:周邦彥部分,凡10家83闋;辛棄疾部分,凡14家64闋;王沂

孫部分，凡12家44闋；吳文英部分，凡15家48闋，總計選
錄詞人51家，詞239闋。茲將書中選詞在三闋以上者，表
列如次（以周、辛、王、吳四家歸類，並按詞數之多寡排
列）：

詞　　　人[14]	詞　數	合　計
周邦彥	26	
柳　　永	10	
晏幾道	10	
秦　　觀	10	
歐陽修	9	81
賀　　鑄	7	
張　　先	5	
晏　　殊	4	
辛棄疾	24	
姜　　夔	11	
蔣　　捷	5	
晁補之	4	
方　　岳	4	57
范仲淹	3	
蘇　　軾	3	
陸　　游	3	
王沂孫	20	
張　　炎	8	35
毛　　滂	4	
史達祖	3	
吳文英	22	
周　　密	8	34
陳　　克	4	

據上表統計可知，《宋四家詞選》中選詞在三闋以上者，以周邦彥部分8家，計81闋為夥，且全書收錄以周邦彥詞26闋為最多；而其中輯錄吳文英詞亦高達22闋，然張惠言《詞選》中，吳文英詞則一闋未錄，顯見周濟選詞趨向已有所改易，書眉處附載評箋，可略窺其旨。

參、常州派之詞學理論

蔣兆蘭《詞說》曰：「填詞之學，既始於讀詞，則所讀之選本宜審矣。約而言之，《茗柯詞選》（按：應即張惠言《詞選》），導源風雅，屏去雜流，途軌最正。………周止庵《宋四家詞選》，議論透闢，步驟井然，洵乎闇室之明燈，迷津之寶筏也。」[15]此二選揭櫫常州派詞學之要義，而張、周兩人之詞論見解，則為常州詞派理論之核心。茲分從下列三點論之：

一、提高詞體地位

由於明代詞壇追慕《花間》、《草堂》宴嬉逸樂之風，且視詞為小道卑體、倚聲豔歌，而使有明一代詞學式微。然明末清初，自雲間派推尊詞體，而後各家詞派幾沿襲此說；此中，又以雲間、陽羨、浙西等派為主，著眼於形式體制之提尊，而常州詞派則從內容立意方面加以闡述。張惠言〈詞選敘〉曰：

　　詞者，蓋出於唐之詩人，採樂府之音以制
　　新律，因繫其詞，故曰詞。………蓋《詩》
　　之比興，變風之義，騷人之歌，則近之矣。
　　然以其文小，其聲哀，放者為之，或跌蕩靡
　　麗，雜以昌狂俳優。然要其至者，莫不惻隱
　　盱愉，感物而發，觸類條鬯，各有所歸，非
　　苟為雕琢曼辭而已。[16]

　　張氏認為詞之淵源，出於唐之樂府，而其性質與《詩
經》之變風、騷人之歌相近；周濟〈介存齋論詞雜著〉亦
言：「詩有史，詞亦有史，庶乎自樹一幟矣。」[17]由是強調
詞與《風》、《騷》屬同源之流派，以推尊詞體。然詞人
情志之體現，應本諸儒家傳統含蓄中和之精神，所謂「感
物而發，觸類條鬯，各有所歸。」方不致淪為「跌蕩靡
麗」、「昌狂俳優」之淺俗，此則由詞之內容立意，提高
詞格，實踐尊詞之旨；而使風雅之士，於填詞創作，得與
詩賦之流同類而諷頌之也。

二、崇尚比興寄託

　　常州一派，推尊詞體，具體之道，乃以比興寄託為
法。而「比興寄託」，為歷來詩歌所運用之創作手法，亦
為常州派重要之詞論綱領；張惠言〈詞選敘〉即明言比興
寄託於詞作中之內涵寓意：

傳曰：意內言外謂之詞。其緣情造端，興於
微言，以相感動。極命風謠里巷男女哀樂，
以道賢人君子幽約怨悱不能自言之情，低回
要眇，以喻其致。[18]

　　蓋張惠言揭示，詞之意在於言外，而此「意」為賢人
君子內心「幽約怨悱不能自言之情」，作者緣情感動，寄
託其情於里巷男女之歌謠，透過微言之興發，以達於低回
要眇之美好意境。張惠言將詞體性質擬之於《國風》，冀
藉比興寄託之說，提尊詞體之地位。孟森〈聽秋聲館詞話
提要〉曰：「張皋文《詞選》謂：詞必有寄託乃高。故所
選極嚴，學者疑雅詞僅有此數；此書則推求古人高作，無
非中有寄託，則申明皋文文旨，而放開眼界以讀詞，詞之
不為小道，此書其首功矣。」[19]是知張氏之功，在於使詞不
為小道；雖選詞極嚴，然其缺失即為拘執「無非中有寄託
，則申明皋文文旨。」如其評溫庭筠〈菩薩蠻〉（小山重
疊金明滅）云：「此感士不遇也。」（卷一）；評歐陽修
〈蝶戀花〉（庭院深深深幾許）云：「………『樓高不見
』，哲王又不寤也。………『雨橫風狂』，政令暴急也。
………」（卷一）；又引鮦陽居士之言：「………驚鴻，
賢人不安也。回頭，愛君不忘也。………」（卷一），詮
釋蘇軾〈卜算子〉（缺月挂疏桐）詞。張氏過分強調字句
之寓意，亟欲凸顯詞體政治教化之作用，反致穿鑿附會，

迂腐固陋，一味斷章取義，終歸背離原旨。而後周濟即針對此弊，提出修正之言論，其〈介存齋論詞雜著〉曰：

> 初學詞求有寄託，有寄託，則表裏相宣，斐然成章。既成格調，求無寄託，無寄託，則指事類情，仁者見仁，知者見知。[20]

〈宋四家詞選目錄序論〉亦曰：

> 夫詞非寄託不入，專寄託不出。一物一事，引而伸之，觸類多通。驅心若游絲之罥飛英，含毫如郢斤之斲蠅翼，以無厚入有間。[21]

　　周濟以張惠言所求之言外之意為前題，主張詞應有寄託，且須表裏相宣；而其「裏」為「或綢繆未雨，或太息厝薪，或已溺己飢，或獨清獨醒」[22]之盛衰感慨，乃借藝術技巧之「表」，以寓社會政治現實之功能，方能形神兼備、相得益彰，此為「有寄託入」也。夫格調既成，有謂「指事類情」、「觸類多通」，則諸事萬物之所感，應隨人之性情、身世、學問、處境，而有不同之啟發，自是仁知互見；雖不專指比興，不強附寓意，然能以無厚入有間，妙合圓融，寄託之情自在其中，此「無寄託出」也。故周濟以渾化無跡之寄託理論，補正張惠言強烈主觀意識之傾向，使常州詞派藝術審美之眼界為之開擴。

三、辨明源流正變

　　浙派以取法南宋詞為主，張惠言欲挽其內容空虛、徒飾技巧之流弊，以詞史發展區分詞體正變，標舉學習晚唐、五代及北宋之詞。張惠言〈詞選敘〉云：

> 自唐之詞人李白為首，其後韋應物、王建、韓翃、白居易、劉禹錫、皇甫淞（按：「淞」應為「松」）、司空圖、韓偓，並有述造；而溫庭筠最高，其言深美閎約。五代之際，孟氏、李氏君臣為謔，競作新調，詞之雜流，由此起矣。至其工者，往往絕倫，亦如齊梁五言，依託魏晉，近古然也。宋之詞家，號為極盛，然張先、蘇軾、秦觀、周邦彥、辛棄疾、姜夔、王沂孫、張炎，淵淵乎文有其質焉。其盪而不反，傲而不理，枝而不物，柳永、黃庭堅、劉過、吳文英之倫，亦各引一端，以取重於當世。而前數子者，又不免有一時放浪通脫之言出於其間，後進彌以馳逐，不務原其指意，破析乖剌，壞亂而不可紀。故自宋之亡而正聲絕，元之末而規矩隳。以至於今，四百餘年，作者十數，諒其所是，互有繁變，皆可謂安蔽乖方，迷不知門戶者也。[23]

　　張惠言於晚唐、五代中，首推溫庭筠，稱讚其詞「深美閎約」，格調最高，故《詞選》輯錄溫詞18闋，居全書之冠；而詞至宋代，號為極盛，張惠言以「淵淵乎文有質焉」者，稱張先等八家，其中除張炎外，其餘七家於《詞選》中，所錄之詞均達三闋以上，是以之為正聲。然詞不免有放浪通脫、壞亂乖剌者，因此張惠言則指斥柳永、黃庭堅詞「盪而不反」，劉過詞「傲而不理」，吳文英詞「枝而不物」，不足取法，故《詞選》中，此四家詞皆未選入，並以之為變聲。

　　周濟所著《詞辨》，今存二卷，亦分正、變，所錄之詞家為：

　　正卷：溫庭筠、韋莊、歐陽炯、馮延巳、晏殊、歐陽修、晏幾道、柳永、秦觀、周邦彥、陳克、史達祖、吳文英、周密、王沂孫、張炎、唐珏、李清照等18家。周濟〈詞辨序〉謂此之流：「莫不蘊藉深厚，而才豔思力，各騁一途，以極其致。」[24]

　　變卷：李後主、蜀主孟昶、鹿虔扆、范仲淹、蘇軾、王安國、辛棄疾、姜夔、陸游、劉過、蔣捷等11家。周濟〈詞辨序〉曰：「南唐後主以下，雖駿快馳鶩，豪宕感激，稍稍漓矣。然猶皆委曲以致其情，未有亢厲剽悍之習，抑亦正聲之次也。」[25]

　　顯見周濟認為正聲「蘊藉深厚」，變聲亦能「委曲以

致其情」，故視變聲為正聲之次體、別格，並未如張惠言
予以嚴厲貶斥，已漸掙脫張氏正變觀之藩籬。且周濟於〈
宋四家詞選目錄序論〉，進一步提出學詞之具體途徑，其
言曰：

> 問塗碧山，歷夢窗、稼軒，以還清真之渾化
> ，余所望於世之為人者，蓋如此。[26]

　　周濟於《宋四家詞選》中，即標舉周邦彥、辛棄疾、
吳文英、王沂孫四家為首。碧山詞，「餍心切理，言近指
遠，聲容調度，一一可循。」[27]故初學者宜師從王沂孫，
以求有寄託入手；而後歷夢窗之「奇思壯采，騰天潛淵，
返南宋之清泚，為北宋之穠摯。」[28]及稼軒之「斂雄心，抗
高調，變溫婉，成悲涼。」[29]；此二人之詞風，一密麗、一
疏宕，互相為濟，以過渡至無寄託之階段；最後則以周邦
彥集其大成，達於渾然天成之化境。蓋周濟以南宋上溯北
宋，追尋學詞門徑，而《宋四家詞選》錄此四家之詞，其
詞數亦依此序漸次增多，頗能與其主張相符，而可示人津
筏。方智範等撰《中國詞學批評史》一書有言：「張惠言
區分正變，周濟標舉宋四家詞，略作修正，意味著常州詞
派以師古為前提的藝術創作規範的正式確立。」[30]因之張、
周二人，辨源流、明正變之論，造成常州後學與清末詞壇
一股步趨之宗風。

註：

1　嚴迪昌著：《清詞史》（南京：江蘇古籍出版社，1999年8月），頁
　　467。

2　參清・顧祖禹著：《讀史方輿紀要》（臺北：老古文化事業公司，
　　1981年8月），卷25，頁40。

3　徐珂撰：《清代詞學概論》（臺北：廣文書局，1979年5月），頁6。

4　清・張惠言錄：《詞選》（臺北：廣文書局，1979年6月），頁3—
　　4。

5　清・吳衡照《蓮子居詞話》卷三，唐圭璋編：《詞話叢編》（臺北：
　　新文豐出版公司，1988年2月），第3冊，頁2450。

6　清・謝章鋌撰：《賭棋山莊全集・課餘續錄》（臺北：文海出版社，
　　1975年4月《近代中國史料叢刊續編》，第15輯），卷4，頁30。

7　念述撰：〈試談周濟《介存齋論詞雜著》〉，《文學遺產增刊》第9
　　輯（香港：聯合出版社，1962年6月），頁101。

8　賀光中撰：《論清詞》（臺北：鼎文書局，1971年9月，《歷代詩史
　　長編》，第23種），頁18。

9　同註4，頁1。

10　此項下之作者姓名，依原書題名。

11　清・鄭善長撰：〈附錄序〉，同註4，頁55。

12　同註10。

13　同註4，頁79。

14　同註10。

15　唐圭璋編：《詞話叢編》（臺北：新文豐出版公司，1988年2月），
　　第5冊，頁4631。

16　同註4，頁6。

17　同註15，第2冊，頁1630。

18　同註4，頁6。

[19] 清・丁紹儀撰：《聽秋聲館詞話》（民國20年上海醫學書局影印本，臺北：國家圖書館藏），頁1。

[20] 同註15，第2冊，頁1630。

[21] 同前註，頁1643。

[22] 同前註，頁1630。

[23] 同註4，頁6—7。

[24] 同註15，第2冊，頁1637。

[25] 同前註。

[26] 同前註，頁1643。

[27] 同前註。

[28] 同前註。

[29] 同前註。

[30] 方智範等著：《中國詞學批評史》（北京：中國社會科學出版社，1994年7月），頁334。

第八章 結論

本論文探討「明代詞選」共二十四種，為嘉靖至崇禎時期所輯錄，其內容特點，已分別於第三、四、五章中論述。於此，擬再將各詞選之異同，做一比較歸納，並分析明代選詞之趨勢，使明代詞選之全貌，得以完整呈現。

壹、明代詞選之比較

明代《精選名賢詞話草堂詩餘》等二十餘種詞選，就形式方面言，其編選體例，有某些共同缺失，經整理歸納，主要為以下兩點：

一、卷內實際收錄之詞作，與目錄所載多有差異；或目錄漏列，或卷內未收，甚或詞數、詞調之數目統計錯誤等。

二、同書中作者之題名前後不一，或書名，或書字、號；另有題「前人」，或空缺不著者，且亦多誤題作者之情形。

是知明人編選詞集之態度並不謹嚴，難免遭受校讎不精、雜亂訛脫之批評。然明代詞選，於選詞數量、編選型式與輯錄範圍等方面，仍各具不同之特色。茲比較分析（參見【附錄一】），可將明代詞選相異之處，綜合彙整為下列三點：

一、明代詞選編選之體例，主要有按類編排之「分類

本」詞選,及依詞調字數多寡為序之「分調本」詞選。

　　二、明代詞選輯錄詞作之數量,差異甚大。如萬曆時期詞選:《花草粹編》選錄之詞作,多達3702闋,詞調703個;而《花間集補》所選之詞,則少至71闋,詞調僅29個。

　　三、明代詞選之輯錄範圍,時間跨度之長短,有顯著之差別。如《精選古今詩餘醉》之選詞範圍至廣,涵括:隋、唐、五代、宋、遼、金、元、明等朝;而《花間集補》僅選錄晚唐、五代之詞;另《類編箋釋國朝詩餘》、《草堂詩餘新集》,則僅以明代為範圍。

　　蓋經由辨析明代詞選之異同,除可知曉其於編選形式上之特點外,尚可瞭解明代詞選於詞壇之地位。如:《類編草堂詩餘》首創小令、中調、長調三分法,成為詞調編排之常規;又《天機餘錦》、《花草粹編》、《古今詞統》、《精選古今詩餘醉》等,選詞皆達千首,於存詞輯佚、校勘異文方面,提供莫大之助益。

　　此外,明代各時期之詞選,因文學風氣之改易,與選詞趨向之不同,具體反映出明詞演變之跡,茲將各期之特色分述如下:

一、嘉靖時期——突破傳統之發展期

　　由孝宗弘治至世宗嘉靖時期,前後七子崛起文壇,倡言復古,其時《精選名賢詞話草堂詩餘》、《類編草

堂詩餘》及《草堂詩餘》（楊慎批點）等詞選，乃以纖麗
婉約之北宋詞為主要輯選範圍，並以之為「當行」、「本
色」。而後楊慎反對襲古模擬之歪風，針對《草堂》未
收之詞，彙錄而成《詞林萬選》與《百琲明珠》二集，且
將選詞重心延伸至南宋及元、明兩代。又編者題程敏政之
《天機餘錦》，所選詞作以南宋詞為夥，此即是對嘉靖詞
壇以北宋詞為尊之復古觀念，所作之修正與突破，奠定日
後詞選發展之根基。

二、萬曆時期──新舊交替之鼎盛期

明神宗萬曆時期，為後七子復古思想與公安派浪漫
思潮之主要發展階段；此期之詞選：《花間集補》、《花
草粹編》、《詩餘》、《嘯餘譜》、《唐詞紀》、《唐宋
元明酒詞》、《詞的》等，成書原因雖各有所本，然輯選
之詞，大體皆以晚唐、五代及北宋為主；而當時詞壇「花
草」之風熾盛，與反雅正主張相互交雜、衝擊，形成詞選
繁盛之景象。

三、崇禎時期──宗法南宋之轉型期

時至晚明，流派紛呈，選詞之範疇不再局限於晚唐、
五代與北宋。如：《古今詞統》極力推尊南宋之詞，並統
合婉約、豪放兩家風格，不使分道；另《詞菁》與《精選
古今詩餘醉》，則輯錄頗多當世之作，拓展明末詞選發展

之方向，並呈現出不同以往之新樣貌。

貳、明代選詞之趨勢

　　明代詞選，就內容方面言，其整體選詞之趨勢，以
《草堂詩餘》為發展主軸。參見【附錄一】所列之表，
以《草堂詩餘》為名之詞選，嘉靖時期即有：《精選名賢
詞話草堂詩餘》、《類編草堂詩餘》及《草堂詩餘》（閔
刊本）等，分別就《增修箋註妙選群英草堂詩餘》（辛
卯本）[1]予以重新分類、編排，或加註批點；而萬曆時期
之選：《類選箋釋草堂詩餘》、《類編箋釋續選草堂詩
餘》、《類編箋釋國朝詩餘》與崇禎時期之《古香岑草堂
詩餘四集》[2]等，則均為續、補《草堂詩餘》之相關詞選。
此外，《詞林萬選》、《百琲明珠》、《天機餘錦》、
《花草粹編》、《古今詞統》等，雖未以《草堂》為名，
然皆以《草堂詩餘》為藍本，加以增添、刪減而成書。故
《草堂詩餘》可謂縱貫明代詞壇，並形成有明一代，輕靡
纖豔、婉轉綿麗之詞風。

　　雖然明代詞選之輯錄範圍，於時間跨度之長短，差
別顯著；但就其所選詞作之數量統計分析，大部分詞選所
輯，多以晚唐、五代及兩宋詞為夥，因之明代諸選，應是
以此為主要之選錄範圍。今擬進一步探究，詞選中所輯之
詞家與作品，視其採錄為通俗名篇？抑或獨有偏執？使能

更具體掌握明代選詞之趨向。

　　茲將明代詞選中，選詞數量最多之前三位詞家，統合歸納（參見【附錄二】），結果可知，除明代詞人「貝瓊」身分不詳外，其餘位居詞選中作品數量最多之前三名者，皆為詞壇知名作家；而以北宋周邦彥、蘇軾、秦觀三人詞作，入選之比例最高。然將周、蘇、秦三家為諸選所輯之作，分別例舉如下：周邦彥詞，〈意難忘〉（一染鶯黃）為《草堂詩餘》（辛卯本）等七本詞選（【附錄二】表列打✓者，以下亦同）收錄；〈滿庭芳〉（風老鶯雛）除《詞的》外，其餘六本詞選皆錄；又〈拜新月慢〉（夜色催更）與〈六醜〉（正單衣試酒）二詞，除《唐宋元明酒詞》及《詞菁》外，其餘五本詞選皆錄。而蘇軾詞，〈一斛珠〉（洛陽春曉）與〈木蘭花令〉（霜餘已失長淮闊）二詞，為《類編箋釋續選草堂詩餘》、《詞林萬選》及《精選古今詩餘醉》收錄；〈水調歌頭〉（昵昵兒女語）為《草堂詩餘別集》與《精選古今詩餘醉》收錄；其他〈洞仙歌〉（冰肌玉骨）、〈賀新郎〉（乳燕飛華屋）、〈水龍吟〉（似花還是飛花）及〈念奴嬌〉（大江東去）等，皆為《草堂詩餘》（辛卯本）與《精選古今詩餘醉》所收錄。另秦觀詞，〈千秋歲〉（柳邊沙外）除《類編箋釋續選草堂詩餘》外，其餘四本詞選皆錄；〈鵲橋仙〉（纖雲弄巧）則除《詞菁》外，其餘四本詞選皆

錄；又〈踏莎行〉（霧失樓臺）與〈畫堂春〉（東風吹柳
日初長）二詞，乃為《草堂詩餘》（辛卯本）、《詩餘圖
譜》及《詞的》收錄。是知明代詞選所輯，原則上乃以詞
壇名家之作，及流行廣遠之名篇，為選錄對象。唯每部詞
選之編者，另針對編選上特殊之原因，而別有不同之擇取
標準，然並未刻意蒐羅罕見冷僻之詞，以求標新立異。故
綜觀明代詞選，選中甚少豪放磅礴之氣息，大都皆為婉約
詞人之宴饗笙歌，而以綺靡柔媚、幽俊香豔為當行本色。

參、明代詞選之影響

明代嘉靖、萬曆、崇禎時期，為明代詞選最為繁盛之
三階段，雖編選之原因與標準各不相同，然卻互有特色，
對當代與後世詞壇之發展，具有重要之影響，茲從以下三
方面言之：

一、明代詞風之衰頹

《草堂詩餘》流傳廣遠，百年不絕；而明人選詞，多
墨守舊制，尊奉《花間》、《草堂》之選為學詞規範。然
因取法不高，故縱使名家之作，亦遠不及宋人，難以掙脫
「花草」之束縛，蓋詞人之作多柔靡淺俗。又蕭鵬《群體
的選擇——唐宋人選詞與詞選通論》曰：「『花草』不僅
是明代詞家的經典讀物，也是明人詞話的主要討論對象、
詞論的主要觀點之依據。楊慎《詞品》、陳霆《渚山堂

詞話》、王世貞《藝苑巵言》等著述都是以『花草』為主
要參考書和主要研究範圍。………明人詞論都不出以唐五
代、北宋為尊，以香豔鄙俚為詞家本色的範圍，一葉障目
不見泰山，『花草』障目不見全宋。」[3]因而造成有明一代
詞風卑弱，欲振乏力。

二、詞律調譜之訂定

　　元、明之際，樂譜散佚，宮調淪亡。張綖、徐師
曾、程明善等人編撰之《詩餘圖譜》、《詩餘》與《嘯餘
譜》，乃兼具選詞與訂譜之作用；其區分平仄格律，明白
確立不同之體製，為治詞者所宗。蓋以此為先導，是為開
啟日後清代圖譜之學與纂輯詞律之藍圖，而使詞調格律、
體製之訂定，更臻完善周全。

三、清代詞派之興起

　　明朝末年，詞壇選風深受不同文學思潮之衝擊，產
生起伏變革；且面臨社會動盪、家國危亂之巨變，人心惶
惑難安。而「雲間詞派」乃於此時，孕育而生，積極提尊
詞體地位，主張感物言情，追求雅正高渾之境，使明代詞
壇再現生機，亦為清詞復興展開新貌。明末清初「四大雲
間支脈」：西泠詞派、柳洲詞派、廣陵詞派與毗陵詞派，
雖謂承繼雲間風格，然各具特色，另唱新聲。而後清代陽
羨、浙西、常州等詞派，相繼而起，力矯明詞之弊，促進

清詞之改革發展，並於詞學之創作與理論方面，皆有積極
之建樹。

　　總言之，明代詞學之研究，雖向為學界所忽視；然就
中國詞學發展之整體言，明詞於詞壇之貢獻，具有承先啟
後之重要意義。而對「明代詞選」之探討，乃為體認明詞
全貌之關鍵，藉以奠定明代詞學研究之基礎，使詞學演進
之脈絡，清晰可循。

【附錄一】

明代詞選之比較分析：

時代	詞　　　選	詞數[4]	調數[5]	編選型式	選詞範圍
嘉靖時期	精選名賢詞話草堂詩餘（戊戌本）	349	169	分類體	晚唐、五代、宋
	類編草堂詩餘（庚戌本）	443	189	分調體	晚唐、五代、宋
	草堂詩餘（閔刊本）	440	190	分調體（批點本）	晚唐、五代、宋
	詩餘圖譜（嘉靖本）	219	150	分調體	晚唐、五代、宋、元
	詞林萬選	234	110	無定體	晚唐、五代、宋、金、元、明
	百琲明珠	159	99	無定體	南北朝、隋、唐、五代、宋、金、元、明
	天機餘錦	1255	213	分調體	晚唐、五代、宋、金、元、明

萬曆時期	花間集補（茅刻本）	71	29	以詞家彙錄	晚唐、五代
	花草粹編（萬曆癸未本）	3702	703	分調體	晚唐、五代、宋、金、元、明
	詩餘	579	305	分類體	晚唐、五代、宋、金、元
	嘯餘譜	579	305	分類體	晚唐、五代、宋、金、元
	唐詞紀	922	120	分類體	隋、唐、五代、宋、元
	唐宋元明酒詞	134	43	無定體	晚唐、五代、宋、金、元、明
	詞的	392	145	分調體	晚唐、五代、宋、元、明
	類選箋釋草堂詩餘（甲寅本）	434	192	分調體	晚唐、五代、宋
	類編箋釋續選草堂詩餘（類編續選本）	221	68	分調體	晚唐、五代、宋、金、元、明
	類編箋釋國朝詩餘（國朝本）	463	144	分調體	明代

崇禎時期	草堂詩餘正集（正集本）	454	194	分調體（批點本）	晚唐、五代、宋
	草堂詩餘續集（續集本）	223	69	分調體（批點本）	晚唐、五代、宋、金、元、明
	草堂詩餘別集（別集本）	464	162	分調體（批點本）	隋、唐、五代、宋、金、元、明
	草堂詩餘新集（新集本）	524	152	分調體（批點本）	明代
	古今詞統（癸酉本）	2037	296	分調體	隋、唐、五代、宋、金、元、明
	詞菁	270	110	分類體	晚唐、五代、宋、金、元、明
	精選古今詩餘醉	1395	253	分類體	隋、唐、五代、宋、遼、金、元、明

【附錄二】

明代詞選中，選詞數量最多之前三位詞家[6]（依時代歸類）：

詞　　選	晚　唐　、　五　代　詞　人[7]						
	劉禹錫	白居易	溫庭筠	李珣	孫光憲	馮延巳	李煜
草堂詩餘 （辛卯本）[8]							
類編箋釋續選草堂詩餘 （類編續選本）[9]							
草堂詩餘別集 （別集本）							
類編箋釋國朝詩餘 （國朝本）[10]							
詞林萬選							
百琲明珠							
天機餘錦							
花間集補 （茅刻本）	✔	✔					✔
花草粹編 （萬曆癸未本）							
詩餘圖譜 （嘉靖本）							
嘯餘譜[11]							
唐詞紀			✔		✔	✔	
唐宋元明酒詞				✔	✔		
詞的							

古今詞統 （癸酉本）							
詞菁							
精選古今詩餘醉							
合　計	1	1	1	1	2	1	1

詞選	北宋詞人						
	張先	歐陽修	柳永	晏幾道	蘇軾	秦觀	周邦彥
草堂詩餘（辛卯本）					✓	✓	✓
類編箋釋續選草堂詩餘（類編續選本）		✓			✓	✓	
草堂詩餘別集（別集本）					✓		
類編箋釋國朝詩餘（國朝本）							
詞林萬選			✓		✓		
百琲明珠		✓					
天機餘錦							
花間集補（茅刻本）							
花草粹編（萬曆癸未本）			✓	✓			✓
詩餘國譜（嘉靖本）	✓		✓			✓	
嘯餘譜			✓				✓
唐詞記							
唐宋元明酒詞							✓
詞的		✓				✓	✓
古今詞統（癸酉本）							
詞菁						✓	✓
精選古今詩餘醉					✓		✓
合計	1	3	4	1	5	5	7

詞　　　選	南　宋　詞　人			
	辛棄疾	劉克莊	張　炎	蔣　捷
草堂詩餘（辛卯本）				
類編箋釋續選草堂詩餘 （類編續選本）				
草堂詩餘別集（別集本）	✓			✓
類編箋釋國朝詩餘 （國朝本）				
詞林萬選				
百琲明珠				
天機餘錦		✓	✓	
花間集補（茅刻本）				
花草粹編（萬曆癸未本）				
詩餘圖譜（嘉靖本）				
嘯餘譜	✓			
唐詞紀				
唐宋元明酒詞	✓			
詞的				
古今詞統（癸酉本）	✓			✓
詞菁				
精選古今詩餘醉				
合　　　計	4	1	1	2

詞　　　　選	元　代　詞　人			
	劉秉忠	王　惲	周　權	張　翥
草堂詩餘（辛卯本）				
類編箋釋續選草堂詩餘（類編續選本）				
草堂詩餘別集（別集本）				
類編箋釋國朝詩餘（國朝本）				
詞林萬選		✓		
百琲明珠	✓			
天機餘錦				✓
花間集補（茅刻本）				
花草粹編（萬曆癸未本）				
詩餘圖譜（嘉靖本）				
嘯餘譜				
唐詞紀				
唐宋元明酒詞			✓	
詞的				
古今詞統（癸酉本）				
詞菁				
精選古今詩餘醉				
合　　計	1	1	1	1

詞　　　　　選	明　代　詞　人				
	劉　基	楊　基	楊　慎	王世貞	貝　瓊
草堂詩餘（辛卯本）					
類編箋釋續選草堂詩餘（類編續選本）					
草堂詩餘別集（別集本）					
類編箋釋國朝詩餘（國朝本）	✓		✓	✓	
詞林萬選					
百琲明珠					✓
天機餘錦					
花間集補（茅刻本）					
花草粹編（萬曆癸未本）					
詩餘圖譜（嘉靖本）					
嘯餘譜					
唐詞紀					
唐宋元明酒詞				✓	
詞的		✓			
古今詞統（癸酉本）			✓		
詞菁	✓				
精選古今詩餘醉				✓	
合　　　計	2	1	2	3	1

註：

[1] 以下簡稱：《草堂詩餘》（辛卯本）

[2] 明・沈際飛評選《古香岑草堂詩餘四集》，其中包括四部詞選：（1）《草堂詩餘正集》六卷；（2）《草堂詩餘續集》二卷；（3）《草堂詩餘別集》二卷；（4）《草堂詩餘新集》五卷。

[3] 蕭鵬著：《群體的選擇——唐宋人選詞與詞選通論》（臺北：文津出版社，1992年11月），頁235。

[4] 以下詞數按卷內實際收錄統計。

[5] 以下調數去其同調異名，按卷內實際收錄統計。

[6] 若第三順位之詞家，有二位以上詞數相同者，則併列之，不以三人為限。

[7] 以下所載晚唐、五代、北宋、南宋、元代、明代等詞人，按其生卒年之先後排列。

[8] 《精選名賢詞話草堂詩餘》（戊戌本）、《類編草堂詩餘》（庚戌本）、《草堂詩餘》（閩刊本）、《類選箋釋草堂詩餘》（甲寅本）與《草堂詩餘正集》（正集本）等選，皆以《草堂詩餘》（辛卯本）為底本，加以增刪重訂，故此僅列舉「辛卯本」統計之結果以為代表。

[9] 《草堂詩餘續集》（續集本）所選內容，大體上與《類編箋釋續選草堂詩餘》一致，故此僅列舉「類編續選本」統計之結果以為代表。

[10] 《草堂詩餘新集》（新集本）為根據《類編箋釋國朝詩餘》增刪重訂，故此僅列舉「國朝本」統計之結果以為代表。

[11] 《詩餘》所輯錄之詞調、詞作，以及編排順序，與《嘯餘譜》中之《詩餘譜》相同，故此僅列舉《嘯餘譜》統計之結果以為代表。

主要參考書目

一、經籍、史籍、方志、傳記等

論語注疏	魏·何晏集解、宋·邢昺疏	臺北：藝文印書館	1979年版
宋史	元·脫脫等撰	臺北：鼎文書局	1983年11月三版
明史	清·張廷玉等奉敕撰	臺北：臺灣商務印書館景印文淵閣四庫全書	1984年8月版
明一統志	明·李賢等奉敕撰	臺北：臺灣商務印書館景印文淵閣四庫全書	1985年2月版
明史紀事本末	清·谷應泰著	臺北：三民書局	1985年9月再版
明史新編	楊國楨、陳支平著	香港：中國圖書刊行社	1994年4月第一版
欽定大清一統治	清·和珅等奉敕撰	臺北：臺灣商務印書館景印文淵閣四庫全書	1985年2月版
直齋書錄解題	宋·陳振孫撰	臺北：臺灣商務印書館	1978年5月臺一版
千頃堂書目	清·黃虞稷撰	臺北：臺灣商務印書館景印文淵閣四庫全書	1985年8月版
四庫全書總目提要	清·永瑢、紀昀等撰	臺北：臺灣商務印書館	1983年10月初版

續修四庫全書提要	王雲五主持	臺北：臺灣商務印書館	1972年3月初版
中國善本書目提要	王重民撰	臺北：明文書局	1984年12月初版
紹熙雲閒志	宋・楊潛著	臺北：新文豐出版公司（叢書集成續編）	1989年7月臺一版
松江府志	明・顧清等修纂	臺北：成文出版社	1983年3月臺一版
杭州府志	清・龔嘉儁修、李楁纂	臺北：成文出版社	1974年12月臺一版
嘉善縣志	清・江峰青等修、顧福仁等纂	臺北：成文出版社	1970年11月臺一版
確山縣志	李景堂纂、張綬璜修	臺北：成文出版社	1975年臺一版
華亭縣志	清・馮鼎高等修、王顯曾等纂	臺北：成文出版社	1983年3月臺一版
江南通志	清・黃之雋等編纂	臺北：臺灣商務印書館景印文淵閣四庫全書	1985年2月版
浙江通志	清・嵇曾筠等監修、沈翼機等編纂	臺北：臺灣商務印書館景印文淵閣四庫全書	1985年2月版
河南通志	清・孫灝、顧棟高等編纂	臺北：臺灣商務印書館景印文淵閣四庫全書	1985年2月版

四川通志	清・張晉生 等編纂	臺北：臺灣商務印書館 景印文淵閣四庫全書	1985年8月版
輿地紀勝	宋・王象之 撰	臺北：文海出版社	1962年4月初版
讀史方輿紀要	清・顧祖禹 著	臺北：老古文化公司	1981年8月臺初版
中國歷史地名 要覽	日・青山定 雄編	臺北：洪氏出版社	1984年元月初版
中國分省市縣 大辭典	李漢杰主編	北京：中國旅游出版社	1990年12月第一版
本朝分省 人物考	明・過庭訓 撰	明天啟間原刊本	國家圖書館藏
殿閣詞林記	明・黃佐、 廖道南撰	臺北：臺灣商務印書館 景印文淵閣四庫全書	1985年2月版
盛朝名世考	明・劉孟雷 撰	臺北：明文書局	1991年元月初版
國朝獻徵錄	明・焦竑編	臺北：明文書局	1991年元月初版
狀元圖考	明・顧祖訓 原編	臺北：明文書局	1991年元月初版
掖垣人鑑	明・蕭彥等 撰	臺南：莊嚴文化公司 （四庫全書存目叢書）	1996年8月初版
東林列傳	清・陳鼎撰	臺北：臺灣商務印書館 景印文淵閣四庫全書	1984年8月版
中州人物考	清・孫其逢 撰	臺北：臺灣商務印書館 景印文淵閣四庫全書	1985年2月版

列朝詩集小傳	清・錢謙益撰	臺北：世界書局	1985年2月三版
御定佩文齋書畫譜	清・孫岳頒等奉敕撰	臺北：臺灣商務印書館景印文淵閣四庫全書	1986年2月版
天啟崇禎兩朝遺詩小傳	清・陳濟生撰	臺北：明文書局	1991年元月初版
啟禎野乘	清・鄒漪纂	臺北：明文書局	1991年元月初版
楊文憲公年譜	明・簡紹芳編次、清・程封改輯	臺北：新文豐出版公司（叢書集成續編）	1989年7月臺一版
升菴先生年譜	清・李調元校	臺北：新文豐出版公司（叢書集成新編）	1985年元月臺一版

二、詞總集、選集

全唐五代詞	張璋、黃畬編	臺北：文史哲出版社	1986年10月臺一版
全唐五代詞	曾昭岷等編著	北京：中華書局	1999年12月第一版
全宋詞	唐圭璋編	臺北：宏業書局	1985年10月再版
全宋詞補輯	孔凡禮編	臺北：源流文化公司	1982年12月初版
全金元詞	唐圭璋編	臺北：洪氏出版社	1980年11月初版
校輯宋金元人詞	趙萬里輯	臺北：臺聯國風出版社	1972年3月重刻

景刊宋元本詞	吳昌綬輯	清宣統3年至民國6年 仁和吳氏雙照樓刊本	國家圖書館藏
明詞彙刊	趙尊嶽輯	上海：上海古籍出版社	1992年7月第一版
陽春集箋	南唐・馮延 巳撰、民國 陳秋帆箋	民國22年南京書店 排印本	國家圖書館藏
花間集	後蜀・趙崇 祚編	明正德辛巳16年 吳郡陸元大覆宋刊本	國家圖書館藏
花間集	後蜀・趙崇 祚編	明末虞山毛氏汲古閣刊 《詞苑英華》本	國家圖書館藏
尊前集	宋初人編輯	明末虞山毛氏汲古閣刊 《詞苑英華》本	國家圖書館藏
增修箋註妙選 群英草堂詩餘	宋・何士信 選編	元至正辛卯11年 雙璧陳氏刊本	國家圖書館藏
增修箋註妙選 群英草堂詩餘	宋・何士信 選編	影抄元至正癸未3年 盧陵泰宇書堂刊本	國家圖書館藏
增修箋註妙選 群英草堂詩餘	宋・何士信 選編	明成化庚子16年 劉氏日新書堂刊本	國家圖書館藏
草堂詩餘	宋・不著編 人	明末虞山毛氏汲古閣刊 《詞苑英華》本	國家圖書館藏
草堂詩餘	宋・不著編 人、明・楊 慎批點	臺北：新文豐出版公司 （叢書集成續編）	1989年7月臺一版
類編草堂詩餘	宋・不著編 人	臺北：臺灣商務印書館 景印文淵閣四庫全書	1988年2月版

精選名賢詞話草堂詩餘	宋・何士信選編	上海：上海古籍出版社（四印齋所刻詞）	1989年8月第一版
類選箋釋草堂詩餘六卷、續二卷、國朝詩餘五卷	明・顧從敬編、錢允治續補	明萬曆甲寅42年刊本	國家圖書館藏
古香岑草堂詩餘	明・沈際飛評選	明崇禎太末翁少麓刊本	國家圖書館藏
詞林萬選	明・楊慎編	明末虞山毛氏汲古閣刊《詞苑英華》本	國家圖書館藏
百琲明珠	明・楊慎評選	上海：上海古籍出版社（明詞彙刊上）	1992年7月第一版
天機餘錦	明・陳敏政編	明藍格鈔本	國家圖書館藏
天機餘錦	明・陳敏政編、王兆鵬等校點	瀋陽：遼寧教育出版社	2000年1月第一版
花間集補	明・溫博輯	明萬曆8年茅氏凌霞山房刻本	北京圖書館藏
花間集補	明・溫博輯	臺北：臺灣商務印書館（四部叢刊正編）	1979年11月臺一版
花間集補	明・溫博輯、陳紅彥點校	瀋陽：遼寧教育出版社	1998年12月第一版
花草粹編	明・陳耀文編	明萬曆癸未11年刊本	國家圖書館藏

花草粹編	明・陳耀文編	明萬曆癸未11年刊本	國家圖書館前代管北平圖書館藏書
花草粹編	明・陳耀文編	鈔本過錄清金繩武校語及跋	國家圖書館藏
花草粹編	明・陳耀文編	民國22年國學圖書館影印明萬曆刊及金氏評花先館活字本	國家圖書館藏
花草粹編	明・陳耀文編	臺北：臺灣商務印書館景印文淵閣四庫全書	1988年2月版
詩餘圖譜	明・張綖編	明嘉靖丙申15年刊本	國家圖書館藏
詩餘圖譜	明・張綖編	明崇禎乙亥8年虞山毛氏汲古閣刊《詞苑英華》本	國家圖書館藏
嘯餘譜	明・程明善撰	明萬曆己未47年刊本	國家圖書館藏
嘯餘譜	明・程明善撰、清・張漢重訂	清康熙壬寅元年刊本	國家圖書館藏
嘯餘譜	明・程明善撰	臺南：莊嚴文化公司（四庫全書存目叢書）	1997年6月初版
詩餘	明・徐師曾撰	清道光間福申鈔本	國家圖書館藏
唐詞紀	明・董逢元編	臺南：莊嚴文化公司（四庫全書存目叢書）	1997年6月初版

唐宋元明酒詞	明·周履靖和韻	明萬曆間金陵荊山書林刊本	國家圖書館藏
詞的	明·茅暎評選	明金閶世裕堂刊本	中央研究院史語所傅斯年圖書館藏
古今詞統 附徐卓晤歌	明·卓人月編、徐士俊評	明崇禎間刊本	國家圖書館藏
草堂詩餘 （或題名《詩餘廣選》）	明·卓人月編、徐士俊評	明末刊豹變齋印本	國家圖書館藏
詞菁	明·陸雲龍評選	明崇禎崢霄館刊本	復旦大學圖書館藏
精選古今詩餘醉	明·潘游龍編	明崇禎丁丑10年 海陽胡氏十竹齋刊本	國家圖書館藏
西陵詞選	清·陸進、俞士彪輯	清康熙刻本	北京圖書館藏
柳洲詞選	清·戈元穎、錢士賁、錢煐、陳謀道等輯	清初刻本	北京圖書館藏
廣陵倡和詞	清·王士祿、曹爾堪等撰	清刊本	中央研究院史語所傅斯年圖書館藏
國朝名家詩餘	清·孫默輯	清康熙間留松閣刊本	國家圖書館藏
十五家詞	清·孫默輯	臺北：臺灣中華書局	1971年9月臺二版

倚聲初集	清・鄒祇謨、王士禎輯	清順治17年大冶堂刻本	中央研究院史語所傅斯年圖書館藏
瑤華集	清・蔣景祁編	北京：中華書局	1982年11月第一版
詞綜	清・朱彝尊輯	臺北：臺灣中華書局	1970年6月臺二版
明詞綜	清・王昶輯	臺北：臺灣中華書局	1970年6月臺二版
浙西六家詞	清・龔翔麟輯	臺南：莊嚴文化公司（四庫全書存目叢書）	1997年6月初版
詞選	清・張惠言錄、董子遠續錄	臺北：廣文書局	1979年6月再版
宋四家詞選	清・周濟編	臺北：廣文書局	1962年11月初版
宋七家詞選	清・戈載輯、杜文瀾校註	臺北：河洛圖書出版社	1978年5月臺初版
林下詞選	清・周銘編	清康熙辛亥10年寧靜堂刊本	國家圖書館藏
眾香詞	清・徐樹敏、錢岳同選	臺北：富之江出版社	1997年1月初版
小檀欒室彙刻閨秀詞	徐乃昌輯	臺北：富之江出版社	1997年2月初版
閨秀詞鈔	徐乃昌輯	清末南陵徐氏清稿本	國家圖書館藏
清詞別集百三十四種	楊家駱主編	臺北：鼎文書局	1976年8月初版

詞林集珍　　　谷玉等校點　　上海：上海古籍出版社　　1988年12月第一
　　　　　　　　　　　　　　　　　　　　　　　　　　　　　版

三、詞話及詞譜等

詞話叢編　　　唐圭璋編　　　臺北：新文豐出版公司　　1988年2月臺一
　　　　　　　　　　　　　　　　　　　　　　　　　　　　　版
　本文參考諸家如下：
　第一冊：
　　詞源　　　　　　　　宋・張炎
　　渚山堂詞話　　　　　明・陳霆
　　藝苑巵言　　　　　　明・王世貞
　　詞品　　　　　　　　明・楊慎
　　窺詞管見　　　　　　清・李漁
　　古今詞論　　　　　　清・王又華
　　填詞雜說　　　　　　清・沈謙
　　遠志齋詞衷　　　　　清・鄒祇謨
　　花草蒙拾　　　　　　清・王士禎
　　金粟詞話　　　　　　清・彭孫遹
　　古今詞話　　　　　　清・沈雄
　第二冊：
　　西圃詞說　　　　　　清・田同之
　　靈芬館詞話　　　　　清・郭麐
　　介存齋論詞雜著　　　清・周濟
　　宋四家詞選目錄序論　清・周濟
　　詞苑萃編　　　　　　清・馮金伯
　第三冊：

蓮子居詞話	清・吳衡照
樂府餘論	清・宋翔鳳
問花樓詞話	清・陸鎣
聽秋聲館詞話	清・丁紹儀

第四冊：

賭棋山莊詞話	清・謝章鋌
詞壇叢話	清・陳廷焯
白雨齋詞話	清・陳廷焯
復堂詞話	清・譚獻

第五冊：

論詞隨筆	清・沈祥龍
大鶴山人詞話	鄭文焯
蕙風詞話	況周頤
詞說	蔣兆蘭
柯亭詞論	蔡嵩雲
聲執	陳匪石

詞苑叢談校箋	明・徐釚編著、王百里校箋	北京：人民文學出版社	1988年11月第一版
聽秋聲館詞話	清・丁紹儀撰	民國20年上海醫學書局影印本	國家圖書館藏
彙輯宋人詞話	映庵輯	臺北：廣文書局	1970年10月初版
詞藻	清・彭孫遹著	臺北：廣文書局	1970年1月初版
詞律	清・萬樹編	臺北：臺灣中華書局	1978年1月臺三版
御製詞譜	清聖祖敕撰	臺北：聞汝賢據殿印本縮印	1976年元月再版

白香詞譜淺釋	徐迅、徐高祉釋	南昌：江西人民出版社	1995年1月第一版
詞繫	清・秦巘編	北京：北京師範大學出版社	1996年9月第一版
詞牌彙釋	聞汝賢纂	臺北：作者自印	1963年5月臺一版
填詞名解	清・毛先舒撰	臺北：廣文書局（詞學全書本）	1971年4月初版
詞調辭典	楊家駱主編	臺北：世界書局	1981年11月三版

四、詞學專著

詞林紀事	清・張宗橚撰	臺北：鼎文書局	1971年3月初版
詞話十論	劉慶雲著	長沙：岳麓書社	1990年1月第一版
詞話學	朱崇才著	臺北：文津出版社	1995年1月初版
唐宋詞集序跋匯編	金啟華等編	臺北：臺灣商務印書館	1993年2月臺初版
詞籍序跋萃編	施蟄存主編	北京：中國社會科學出版社	1994年12月第一版
中國歷代詞學論著選	陳良運主編	南昌：百花洲文藝出版社	1998年8月第一版
中國詞學史	謝桃坊著	成都：巴蜀書社	1993年6月第一版

中國詞學批評史	方智範等著	北京：中國社會科學出版社	1994年7月第一版
詞曲史	王易撰	臺北：廣文書局	1988年8月五版
詞曲研究	盧冀野編	臺北：臺灣中華書局	1982年1月臺三版
詞學通論	吳梅著	臺北：盤庚出版社	1978年版
詞學論叢	唐圭璋著	上海：上海古籍出版社	1986年6月第一版
詞學論薈	趙為民、程郁綴選輯	臺北：五南圖書公司	1989年7月臺初版
詞學理論綜考	梁榮基著	北京：北京大學出版社	1991年8月第一版
群體的選擇——唐宋人選詞與詞選通論	蕭鵬著	臺北：文津出版社	1992年11月初版
詞與音樂關係研究	施議對著	北京：中國社會科學出版社	1985年7月第一版
唐五代詞評析	徐育民著	太原：山西人民出版社	1987年2月第一版
唐五代詞紀事會評	史雙元編著	合肥：黃山書社	1995年12月第一版
唐宋詞通論	吳熊和著	杭州：浙江古籍出版社	1989年3月第二版
唐宋名家詞風格流派新探	殷光熹著	昆明：雲南教育出版社	1993年5月第一版

唐宋詞史論	王兆鵬著	北京：人民文學出版社	2000年1月第一版
南宋詞研究	王偉勇著	臺北：文史哲出版社	1987年9月初版
姜白石詞編年箋校	夏承燾著	臺北：臺灣中華書局	1984年10月臺二版
論清詞	賀光中撰	臺北：鼎文書局	1971年9月初版
清代詞學概論	徐珂撰	臺北：廣文書局	1979年5月初版
清詞史	嚴迪昌著	南京：江蘇古籍出版社	1999年8月第二版
清詞名家論集	葉嘉瑩、陳邦炎撰	臺北：中央研究院中國文哲研究所籌備處	1996年12月初版
清代詞學的建構	張宏生著	南京：江蘇古籍出版社	1998年7月第一版
清詞論說	艾治平著	上海：學林出版社	1999年7月第一版
清代女詞人選集	張珍懷選注	臺北：文史哲出版社	1997年10月初版
陽羨詞派研究	嚴迪昌著	濟南：齊魯書社	1993年2月第一版
朱彝尊之詞與詞學研究	蘇淑芬著	臺北：文史哲出版社	1986年3月初版
厲鶚及其詞學之研究	徐照華撰	高雄：復文圖書出版社	1998年9月初版
常州派詞學研究	吳宏一著	臺北：嘉新水泥公司	1970年6月初版
詞學（第二集）	《詞學》編輯委員會編	上海：華東師範大學出版社	1983年10月第一版

詞學（第三集）	《詞學》編輯委員會編	上海：華東師範大學出版社	1985年2月第一版
詞學（第四集）	《詞學》編輯委員會編	上海：華東師範大學出版社	1986年8月第一版
詞學（第十集）	《詞學》編輯委員會編	上海：華東師範大學出版社	1992年12月第一版
第一屆詞學國際研討會論文集	中研院文哲所編委會主編	臺北：中央研究院中國文哲研究所籌備處	1994年11月初版
詞學研討會論文集	林玫儀主編	臺北：中央研究院中國文哲研究所籌備處	1996年6月初版
詞學詞典	陳果青主編	貴陽：貴州人民出版社	1990年6月第一版
中國詞學大辭典	馬興榮等主編	杭州：浙江教育出版社	1996年10月第一版
詞學研究書目（1912—1992）	黃文吉主編	臺北：文津出版社	1993年4月初版
詞學論著書目（1901—1992）	林玫儀主編	臺北：中央研究院中國文哲研究所籌備處	1996年6月初版

五、詩話、詩文集、詩文評及筆記雜著等

苕溪漁隱叢話	宋・胡仔編	臺北：長安出版社	1978年12月版
升菴詩話	明・楊慎撰	臺北：新文豐出版公司（叢書集成新編）	1985年元月臺一版

雪橋詩話三集	清・楊鍾羲輯	臺北：鼎文書局 （歷代詩史長編第十七種）	1971年3月初版
帶經堂詩話	清・王漁洋著	臺北：清流出版社	1976年10月版
詩淵	明初人	北京：書目文獻出版社	1984年版
遜志齋集	明・方孝孺撰	臺北：臺灣商務印書館 景印文淵閣四庫全書	1987年8月版
詳註王陽明全集	明・王守仁撰	民國24年掃葉山房石印 本	國家圖書館藏
王陽明傳習錄	明・王守仁著	臺北：廣文書局	1994年5月第三 版
詞原	明・芝田生編	舊鈔本	國家圖書館藏
吳承恩詩文集	明・吳承恩著 劉修世輯校	臺北：河洛圖書出版社	1975年9月臺初 版
篁墩程先生文粹	明・程敏政撰	明正德元年休寧知縣 張九逵刊本	國家圖書館藏
升菴集	明・楊慎撰、 張士佩編	臺北：臺灣商務印書館 景印文淵閣四庫全書	1987年8月版
張南湖先生詩餘	明・張綖撰	明嘉靖辛亥30年 高郵張氏家刊本	國家圖書館藏
詩體明辯	明・徐師曾纂 、沈芬、沈騏 著	臺北：廣文書局	1972年4月初版
文體明辯	明・徐師曾編	明萬曆辛卯19年吳江刊 本	國家圖書館藏
茅鹿門先生文集	明・茅坤撰	明萬曆間刊本	國家圖書館藏

震川集	明‧歸有光撰	臺北：世界書局 景印摛藻堂四庫全書薈要	1988年2月初版
夷門廣牘	明‧周履靖編	臺北：藝文印書館	1968年版
青蓮觴詠	唐‧李白著、 明‧周履靖和	臺北：新文豐出版公司 （叢書集成新編）	1985年元月臺 一版
梅墟先生別錄	明‧李日華、 鄭琰著	臺北：新文豐出版公司 （叢書集成新編）	1985年元月臺 一版
蕊淵集	明‧卓人月撰	明崇禎丁丑10年刊本	國家圖書館藏
雁樓集	明‧徐士俊撰	清順治間刊本	國家圖書館藏
空同集	明‧李夢陽撰	臺北：臺灣商務印書館 景印文淵閣四庫全書	1987年8月版
王氏家藏集	明‧王廷相撰	臺南：莊嚴文化公司 （四庫全書存目叢書）	1997年6月初版
大復集	明‧何景明撰	臺北：臺灣商務印書館 景印文淵閣四庫全書	1987年8月版
弇州續稿	明‧王世貞撰	臺北：臺灣商務印書館 景印文淵閣四庫全書	1987年8月版
藝苑卮言校注	明‧王世貞著 、羅仲鼎校注	濟南：齊魯書社	1992年7月第一 版
袁中郎全集	明‧袁宏道撰	臺北：世界書局	1964年2月初版
袁宏道集箋校	明‧袁宏道著 、錢伯城箋校	上海：上海古籍出版社	1981年7月第一 版
隱秀軒集	明‧鍾惺著、 李先耕、崔重 慶標校	上海：上海古籍出版社	1992年9月第一 版

名媛詩歸	明・鍾惺輯	臺南：莊嚴文化公司（四庫全書存目叢書）	1997年6月初版
安雅堂稿	明・陳子龍撰	臺北：偉文圖書出版社	1977年9月版
陳子龍文集	明・陳子龍撰	上海：華東師範大學出版社	1988年11月第一版
東江集鈔	明・沈謙撰	清康熙15年沈照昭、沈聖暉刻本	北京圖書館藏
明清民歌時調集	明・馮夢龍等編	上海：上海古籍出版社	1999年12月第二版
詞譜	明・無名氏撰、盧冀野校	民國25年上海中華書局排印本	國家圖書館藏
明文海	清・黃宗羲編	臺北：臺灣商務印書館景印文淵閣四庫全書	1988年2月版
感舊集	清・王士禛編	上海：有正書局影印本	1919年12月初版
陳迦陵文集	清・陳維崧撰	臺北：臺灣商務印書館（四部叢刊正集）	1979年11月臺一版
紅橋倡和第一集	清・宋琬、曹爾堪等撰	清康熙刻本	中央研究院史語所傅斯年圖書館藏
曝書亭集	清・朱彝尊撰	臺北：世界書局	1964年2月初版
明詩綜	清・朱彝尊編	臺北：臺灣商務印書館景印文淵閣四庫全書	1988年2月版
通志堂集	清・納蘭性德撰	上海：上海古籍出版社	1979年2月第一版

有正味齋駢體文集	清・吳錫麒撰	清道光11年嘉興汪氏手定底稿本	國家圖書館藏
賭棋山莊全集	清・謝章鋌撰	臺北：文海出版社（近代中國史料叢刊續編）	1975年4月影印版
樊榭山房全集	清・厲鶚著	臺北：文海出版社（近代中國史料叢刊續編）	1978年12月版
兩浙輶軒錄補遺	清・楊秉初輯	清嘉靖八年序刊本	國家圖書館藏
御選宋金元明四朝詩	清・張豫章等奉敕編	臺北：臺灣商務印書館景印文淵閣四庫全書	1988年2月版
橋李詩繫	清・沈季友編	臺北：臺灣商務印書館景印文淵閣四庫全書	1988年2月版
百尺梧桐閣文集	清・汪懋麟撰	臺北：文海出版社	1999年10月出版
夢溪筆談	宋・沈括撰	臺北：臺灣商務印書館	1968年9月臺一版
吹劍錄全編	宋・俞文豹撰、張宗祥校訂	北京：中華書局	1959年8月第一版
萬曆野獲編	明・沈德符著、黎欣點校	北京：文化藝術出版社	1998年6月第一版
社事始末	清・杜登春纂	臺北：新文豐出版公司（叢書集成新編）	1985年元月臺一版
靈芬館雜著	清・郭麐撰	臺北：新文豐出版公司（叢書集成續編）	1989年7月臺一版
郎潛紀聞	清・陳康祺撰	臺北：新文豐出版公司（叢書集成三編）	1997年3月臺一版

國學導讀叢編	周何、田博元主編	臺北：康橋出版事業公司	1983年10月四版
詩經研讀指導	裴普賢著	臺北：東大圖書公司	1987年9月再版
文心雕龍讀本	梁‧劉勰著、王更生注譯	臺北：文史哲出版社	1985年3月初版
中國思想史	韋政通著	臺北：水牛出版社	1987年10月八版
中國文學批評史	王運熙、顧易生主編	臺北：五南圖書公司	1991年11月初版
中國俗文學史	鄭振鐸著	上海：上海書店	1987年12月第二版
明史研究論叢第一輯	吳智和主編	臺北：大立出版社	1982年6月初版
明清之際黨社運動考	謝國楨著	臺北：臺灣商務印書館	1967年1月臺一版
明清文學史（明代卷）	吳志達編著	武昌：武漢大學出版社	1991年12月第一版
明清詩歌史論	周偉民著	長春：吉林教育出版社	1995年12月第一版
晚明士風與文學	夏咸淳著	北京：中國社會科學出版社	1994年7月第一版
復古派與明代文學思潮	廖可斌著	臺北：文津出版社	1994年2月初版
明代文學復古運動研究	廖可斌著	上海：上海古籍出版社	1994年12月第一版

明代隆慶萬曆間文學思想轉變研究	饒龍隼著	重慶：西南師範大學出版社	1995年6月第一版
明代詩文的演變	陳書錄著	南京：江蘇教育出版社	1996年11月第一版
公安與竟陵	王愷著	南京：江蘇古籍出版社	1996年12月第一版
晚明士人心態及文學個案	周明初著	北京：東方出版社	1997年8月第一版
明朝酒文話	王春瑜著	臺北：東大圖書公司	1990年5月初版
徽商研究	張海鵬、王廷元主編	合肥：安徽人民出版社	1995年12月第一版
明清戲曲家考略	鄧長風著	上海：上海古籍出版社	1994年12月第一版
蘇軾論稿	王水照著	臺北：萬卷樓圖書公司	1994年12月初版
楊慎學譜	王文才著	上海：上海古籍出版社	1988年8月第一版
楊慎研究資料彙編	林慶彰、賈順先編	臺北：中央研究院中國文哲研究所	1992年10月初版
景午叢編	鄭騫著	臺北：臺灣中華書局	1972年1月初版
照隅室古典文學論集	郭紹虞著	臺北：丹青圖書公司	1985年10月臺一版
中國經學史論文選集	林慶彰編	臺北：文史哲出版社	1993年3月初版

六、學位論文

清代浙江詞派研究	張少真	私立東吳大學中國文學研究所碩士論文	1978年5月
宋代詞選集研究	劉少雄	國立臺灣大學中國文學研究所碩士論文	1986年6月
陳大樽詞的研究	涂茂齡	國立高雄師範大學國文研究所碩士論文	1992年5月
楊慎的詞學	陳清茂	國立臺灣師範大學國文研究所碩士論文	1994年5月
草堂四集及古今詞統之研究	李娟娟	國立高雄師範大學國文學系碩士論文	1996年6月
柳洲詞派	金一平	杭州大學博士學位論文	1997年10月
雲間詞派研究	鄒秀容	國立中興大學中國文學系碩士論文	1998年6月

七、期刊論文

選詞標準論	龍沐勛	詞學季刊第1卷第2號	1933年8月
金荃玉屑——讀詞雜記：草堂詩餘跋	趙叔雍	同聲月刊第1卷第11號	1941年10月
《草堂詩餘》跋——兼論宋人詞集與話本之關係	吳世昌	中國古典文學研究論叢第一輯	1980年9月

《草堂詩餘》誌略	李鼎芳	河北大學學報1981年第2期	
《草堂詩餘》的版本、性質和影響	劉少雄	中國文學研究第5期	1991年5月
《草堂詩餘》版本論著目錄初編	劉少雄	中國文哲研究通訊第3卷第1期	1993年3月
《草堂詩餘》的盛衰和清初詞風的轉變	孫克強	中國文哲研究通訊第2卷第1期	1992年3月
試論《草堂詩餘》在詞學批評史上的影響和意義	孫克強	中國韻文學刊1995年第2期	
關於《草堂詩餘》的編者	楊萬里	文獻1999年第3期	
論《草堂詩餘》成書的原因	楊萬里	宋代文學國際研討會論文	2000年3月
詞學的新發現——明鈔本《天機餘錦》之成書及其價值	黃文吉	宋代文學研究叢刊第3期	1997年9月
《天機餘錦》見存瞿佑等明人詞	黃文吉	書目季刊第32卷第1期	1998年6月
《天機餘錦》見存宋金元詞輯佚	黃文吉	宋代文學研究叢刊第4期	1998年12月

詞學秘籍《天機餘錦》考述	王兆鵬	文學遺產1998年第5期	
詞籍提要：《花草粹編》十二卷	趙尊嶽	詞學季刊第3卷第1號	1936年3月
陳耀文及其考證學	林慶彰	東吳文史學報第4號	1982年4月
陳耀文及其《花草粹編》	姚學賢	古籍整理研究學刊1993年第2期	
《花草粹編》誤收誤題唐五代詞考辨	王兆鵬	中國韻文學刊1994年第2期	
《花草粹編》版本源流考	黃慧禎	大陸雜誌第93卷第6期	1996年12月
略論張綖及其《詩餘圖譜》	曹濟平	汕頭大學學報1988年第1、2期	
詞集提要：《詞的》四卷	趙尊嶽	詞學季刊創刊號	1933年4月
《古今詞統》誤收誤題隋唐五代詞考辨	王兆鵬	中華詞學國際研討會論文	2000年7月
竟陵派的又一重要選本——陸雲龍選輯《翠娛閣評選行笈必攜》簡介	羅立剛	古典文學知識1988年第6期	

唐宋派與陽明心學	廖可斌	文學遺產1996年第3期	
復社初探	郭松林	蘇州大學學報1985年第4期	
幾社述論	周殿杰	史林1988年第1期	
論雲間詞派	黃士吉	瀋陽師範學院學報1996年第3期	
論明詞中衰	金一平	江海學刊1997年第4期	
崇禎末至康熙初年的詞學思潮	陳水雲	湖北大學學報1996年第2期	
評康熙時期的選詞標準	陳水雲	武漢大學學報1998年第1期	
《西陵詞選》與西陵詞派	吳熊和	中國文哲研究通訊第7卷第4期	1997年12月
《柳州詞選》與柳州詞派	吳熊和	中國文哲研究通訊第7卷第4期	1997年12月
《倚聲初集》的文獻價值	張宏生	古籍整理研究學刊1996年第1期	
朱彝尊的詠物詞及其對清詞中興的開創作用	張宏生	文學遺產1994年第6期	
千古詞壇之圭臬——《詞綜》	諸葛憶兵	古典文學知識1996年第6期	
清初浙派詞論研究	楊麗珠	國立臺灣師範大學國文研究所集刊第28號	1984年6月
論周濟的寄託論	曹保合	天津師大學報1994年第5期	

試談周濟《介存齋論詞雜著》	念述	文學遺產增刊第9輯	1962年6月
常州詞派家法攷	鄺士元	人生第33卷第3期	1968年7月
常州詞派與詩教復振簡論	徐楓	許昌師專學報1998年第1期	
清代浙、常兩派異同辨──《詞綜》與《詞選》綜論	梅運生	安徽師大學報1990年第4期	
論唱和詩詞的淵源、發展及特點	鞏本棟	中國詩學第1輯	1991年12月
生命歷程與創作情調的暫時轉折──劉夢得〈竹枝詞〉的再探討	許麗芳	大陸雜誌第89卷第3期	1994年9月
〈花間集序〉的詞學觀點及《花間集》詞	賀中復	文學遺產1994年第5期	
中華千秋詩酒緣──明代的浪漫酒風及其根源	劉揚忠	古典文學知識1998年第1期	
試論「當行」、「本色」在詞壇上之應用	王偉勇	中國文學理論與批評論文集	1998年10月

國家圖書館出版品預行編目

明代詞選研究 / 陶子珍著. -- 一版.
臺北市：秀威資訊科技, 2003[民 92]
面 ； 公分. -- 參考書目：533-558 面
ISBN 978-957-28593-9-1(平裝)
1. 詞 - 歷史 - 明(1365-1662)
2. 詞 - 評論

820.9306   92010181

 語言文學類　AG0006

明代詞選研究

作　　者 / 陶子珍
發 行 人 / 宋政坤
執行編輯 / 林秉慧
圖文排版 / 張慧雯
封面設計 / 黃偉志
數位轉譯 / 徐真玉　沈裕閔
圖書銷售 / 林怡君
網路服務 / 徐國晉
出版印製 / 秀威資訊科技股份有限公司
　　　　　台北市內湖區瑞光路 583 巷 25 號 1 樓
　　　　　電話：02-2657-9211　　　傳真：02-2657-9106
　　　　　E-mail：service@showwe.com.tw
經 銷 商 / 紅螞蟻圖書有限公司
　　　　　台北市內湖區舊宗路二段 121 巷 28、32 號 4 樓
　　　　　電話：02-2795-3656　　　傳真：02-2795-4100
　　　　　http://www.e-redant.com

2006 年 7 月 BOD 再刷
定價：500 元

讀 者 回 函 卡

感謝您購買本書,為提升服務品質,煩請填寫以下問卷,收到您的寶貴意見後,我們會仔細收藏記錄並回贈紀念品,謝謝!

1. 您購買的書名:＿＿＿＿＿＿＿＿＿＿＿＿＿＿

2. 您從何得知本書的消息?

　　□網路書店　□部落格　□資料庫搜尋　□書訊　□電子報　□書店

　　□平面媒體　□ 朋友推薦　□網站推薦　□其他＿＿＿＿＿

3. 您對本書的評價:(請填代號　1.非常滿意 2.滿意 3.尚可 4.再改進)

　　封面設計＿＿　版面編排＿＿　內容＿＿　文/譯筆＿＿　價格＿＿

4. 讀完書後您覺得:

　　□很有收獲　□有收獲　□收獲不多　□沒收獲

5. 您會推薦本書給朋友嗎?

　　□會　□不會,為什麼?＿＿＿＿＿＿＿＿＿＿＿＿＿＿

6. 其他寶貴的意見:＿＿＿＿＿＿＿＿＿＿＿＿＿＿＿

＿＿＿＿＿＿＿＿＿＿＿＿＿＿＿＿＿＿＿＿＿＿＿＿

＿＿＿＿＿＿＿＿＿＿＿＿＿＿＿＿＿＿＿＿＿＿＿＿

＿＿＿＿＿＿＿＿＿＿＿＿＿＿＿＿＿＿＿＿＿＿＿＿

讀者基本資料

姓名:＿＿＿＿＿＿＿＿　年齡:＿＿＿　性別:□女 □男

聯絡電話:＿＿＿＿＿＿　E-mail:＿＿＿＿＿＿＿

地址:＿＿＿＿＿＿＿＿＿＿＿＿＿＿＿＿＿＿＿＿

學歷:□高中(含)以下　□高中　□專科學校　□大學

　　　□研究所(含)以上 □其他＿＿＿＿＿＿＿

職業:□製造業 □金融業 □資訊業 □軍警 □傳播業 □自由業

　　　□服務業 □公務員 □教職　□學生 □其他＿＿＿＿